Robin Rice

Hundert Wege der Hoffnung

Verlag Via Nova

Edition Spirituelle Romane

Robin Rice

Hundert Wege der Hoffnung

vianova
Verlag Via Nova
Edition Spirituelle Romane

Übersetzung aus dem Amerikanischen:
Ulrike Kraemer

Originaltitel:
A Hundred Ways to Sunday

Zuerst erschienen bei:
Be Who You Are Press
P O Box 57
Riva, Maryland 21140
U.S.A.

1. Auflage 2004
Verlag Via Nova, Alte Landstraße 12, 36100 Petersberg
Telefon: (06 61) 6 29 73
Fax: (06 61) 9 67 95 60
E-Mail: info@verlag-vianova.de
Internet:
www.verlag-vianova.de
www.transpersonal.com

Umschlag: Marketing Design Service GmbH, Hamburg
Satz: typo-service kliem, 97647 Neustädtles
Druck und Verarbeitung: Rindt-Druck, 36037 Fulda

ISBN 3-936486-71-9

Zum Andenken an
Nelle Bouterse und Ricky Rice

und

Gewidmet
meinen großartigen und erstaunlichen Kindern
Richard und Taylor

Danksagungen

Ein Projekt dieses Ausmaßes unternimmt man niemals allein.

Mein erster und größter Dank geht an Terry Nebeker, die zwei Jahre lang zugehört hat, wenn ich laut vorlas, die jedes Mal gelacht hat, wenn ich sagte, „ich gebe auf", und die mich immer wieder daran erinnert hat, dass ich fähig war, mich der Herausforderung meiner Aufgabe zu stellen. Sie übernahm es auch, das Manuskript zur Veröffentlichung vorzubereiten, und stand mir bei jedem Schritt mit wertvollen Ratschlägen zur Seite. Ihre Hilfe ist Beweis dafür, dass hinter jeder erfolgreichen Frau noch mindestens eine weitere erfolgreiche Frau steht.

Ich möchte Loree Lough und Cindy Whitesel danken, die mich lehrten, erzählende Dichtung zu schreiben, lange bevor dieses Buch entstand. Ihre Zeit und ihr Fachwissen lieferten mir die Werkzeuge, mit deren Hilfe ich Marys Geschichte erzählen konnte.

Mein Dank geht an meine spirituellen und schamanischen Lehrer, insbesondere an John Perkins und die Schamanen des Amazonasgebietes, sowie an andere Schriftsteller, darunter Debbie Ford *(Die dunkle Seite der Lichtjäger)*, Arnold Mindell *(The Shaman's Body)* und Dennis William Hauck *(The Emerald Tablet)*.

Ich danke Daniel und Leander von Canyon de Chelly Tours und Timothy von der Thunderbird Lodge für ihre Weisheit und Führung im Canyon. (An dieser Stelle möchte ich darauf hinweisen, dass jede Figur sich aus vielen anderen Menschen zusammensetzt, die ich kenne, und dass keine Figur auf einer bestimmten Person beruht. Darüber hinaus hat die Geschichte, wenngleich sie einen wahren Kern besitzt, nicht im Canyon de Chelly stattgefunden. Der Leser möge mir daher jede fehlerhafte Darstellung der Legenden, der Traditionen, der Kultur oder des Volkes der Navajo verzeihen.)

Mein ganz besonderer Dank geht an Suzanne Brinks dafür, dass sie mir vom Tode ihres Vaters und von ihrer eigenen Erfahrung, mit ihm zum Rande der *anderen* Seite zu fliehen, berichtet hat. Ihnen beiden ist Kapitel 35 gewidmet.

Ich möchte auch meinen ersten Lesern und Herausgebern, Rosemarie Brown, Bob Drews, Pam Fields, Tamela Tilly, Karen Geiselhart, Leah Hinkle, Normie Kane, Rose Khalsa und Paul Shaw danken.

Zum Schluss danke ich meinen Kindern Richard und Taylor, denn sie haben mich gelehrt, dass jeder Mensch – ganz gleich, wie alt er ist – über ein Seelenwissen verfügt, dem zuzuhören sich lohnt. Ihnen ist es zu verdanken, dass Puck in dieser Geschichte all das ist, was er ist, und dass ich als Mensch all das bin, was ich bin.

1

Oya, die neunköpfige Göttin stürmischer Veränderung, starrte mich in dieser ersten Nacht die ganze Zeit an. In Wahrheit war ich natürlich diejenige, die sie anstarrte, wenn man bedenkt, dass sie nicht mehr war als ein handgeschnitzter Block aus afrikanischem Holz. Trotzdem hatte ich das Gefühl, als würde sie zurückstarren, ja sogar, als wollte sie etwas sagen. Da ich nur einen Kopf habe, der noch dazu allem angeblich Göttlichen sehr skeptisch gegenüber steht, verstand ich kein einziges verflixtes Wort.

Mir fiel allerdings auf, dass ihre Verpackung nicht im Entferntesten afrikanisch war, sondern aus dem Stellenanzeigenteil einer in Arizona erscheinenden Lokalzeitung bestand. Außerdem bemerkte ich einen großen Kaffeefleck neben einer Anzeige, mit der ein Fahrer für einen Bücherbus im Reservat der Navajo-Indianer gesucht wurde.

Ein Kaffeefleck allein hätte mich natürlich kalt gelassen. Aber die Statue hatte ich schon Jahre zuvor während eines Aufenthaltes in Nigeria bestellt, und meine berufliche Laufbahn habe ich damit zugebracht, eingeborene Schamanen in allen Teilen der Welt zu studieren. War es nur Zufall, dass sie genau an dem Tag ankam, an dem ich die Nachricht erhielt, dass die Geldmittel für ein Projekt gestrichen waren, das es mir erlaubt hätte, mit dem Studium eingeborener amerikanischer Schamanen zu beginnen?

Andererseits fühle ich mich Oya nicht sonderlich verbunden. Ich weiß nicht einmal allzu viel über sie, außer dass sie für ihre Stürme und Tornados berüchtigt ist. Ich dachte einfach nur, sie sähe cool genug aus, um sie zu all den anderen Statuen zu stellen, die ich im Laufe der Jahre gesammelt habe. Vielleicht war es ein Zeichen der Göttin, vielleicht brauchte ich aber auch nur einen Job. Was immer es war, es hat mich hierher gebracht, in diesen Laden, in dem ich auf Jimmy Two Feathers warte und der aussieht, als sei er eine Mischung aus einem miesen Billigladen und einer heiligen Begräbnisstätte. Das und die verzweifelte Hoffnung, dass all die anderen bizarren Zufälle, die mir in den letzten zehn Jahren immer wieder begegnet sind, tatsächlich irgendwohin führen.

Jimmy weiß, dass ich hier bin. Das Wohnmobil vor der Tür verrät es todsicher. Er lässt mich warten, wie immer. Ich befühle das Gewebe eines kleinen, dreihundert Dollar teuren Teppichs, den ich liebend gerne kaufen würde, für den ich aber keinen Platz habe, und sende einen stillen Gruß an die drei Yeí-Geister, die in den Stoff eingewebt sind. Ich erhalte keine wahrnehmbare Antwort.

Komm schon, Jimmy.

Dass ich warten muss, stört mich nicht wirklich. Es bestätigt nur, was ich seit sechs Wochen vermute – dass hier etwas vor sich geht, das zu wissen sich lohnt. Jimmy macht es ziemlich offensichtlich. Dieses Herumschleichen, sobald ich seinen Laden betrete, das gutturale Flüstern, die sich verstohlen umschauenden Augen, als ob er sicher sein wollte, dass niemand uns beobachtet, wenn wir Geschäfte machen. Es ist ziemlich komisch, denn bei allen anderen Kunden ist er der überfreundliche Verkäufer, der ganz genau weiß, wie er auch das dünnste Portmonee öffnen kann.

Anfangs dachte ich, er müsse glauben, dass ich etwas zu verbergen hätte, dass mein Bücherbus in Wirklichkeit ein Vorwand für einen Spionagering war, den die Regierung ihnen aus Washington geschickt hatte, zumal ich bei unserer ersten Begegnung erwähnt hatte, dass dies meine Heimatstadt sei. Vielleicht, dachte ich, war er aber wie die meisten Navajo hier draußen auch einfach misstrauisch gegenüber großen, unabhängigen Frauen, die ungebeten in übergroßen Wohnmobilen durch die Gegend fahren.

Mittlerweile glaube ich, dass es weder das eine noch das andere ist, auch wenn ich noch nicht mit Bestimmtheit sagen kann, was es ist. Letzten Endes spielt es keine Rolle. Ich spiele mit, schaue mich verstohlen um und versuche, meinem Flüstern einen heiseren Klang zu verleihen, denn Jimmy hat die schönsten Quarzkristalle, die ich jemals gesehen habe. Und wenn ich etwas wirklich liebe, dann ist es Quarz. Ich arbeite sogar an meinem schleichenden Gang, obwohl ich bezweifle, dass ich ihn zustande bringen werde. Ich bin von Natur aus ein geradliniger Typ, und bisher habe ich immer nur ausgesehen, als hätte ich einen meiner geliebten Steine im Schuh, wenn ich versucht habe, meinem Gang etwas Geheimnisvolles zu verleihen.

Ich bin ziemlich sicher, dass er meine Bemühungen ohnehin durchschaut. Tief im Herzen des Kaufmanns verbirgt sich eine granitharte spirituelle Weisheit, die man nicht in jedem Mann hier draußen findet, wie rein sein Stammesblut auch immer sein mag. Ich kann solche Dinge sehen. Genauso, wie man einen Schwindler nicht beschwindeln kann, so kann man auch einen Seher *nicht* sehen.

Jetzt, wo ich darüber nachdenke, scheint es mir durchaus möglich, dass wir dieses Schleichspiel nur deshalb spielen, damit wir so tun können, als würden wir das, was wir in dem jeweils anderen erkennen, *nicht* sehen. Diese Vorstellung jagt einen Schauer über meinen Rücken und eine kalte Energie durch meine Venen. Das Atmen fällt mir schwer, und alles, was ich sehe, erscheint plötzlich lebhafter, so als sei es tatsächlich lebendig.

Ich kenne dieses Gefühl. Ich musste es sehr oft fühlen, kurz ehe ich überraschend einem verehrten Schamanen oder spirituellen Guru begegnete, bevor ich endlich zugeben konnte, dass es einen sicheren Zusammenhang gab. Trotzdem gibt es Leute, die wollen, dass ihre Offenbarungen sauber in rationelle, vernünftige, kleine Schachteln passen, auch wenn sie das betreffen, was ich gerne als das *große Mysterium* bezeichne. Kurz gesagt, es gibt Leute, die lernen langsam.

Ich höre das dumpfe Rascheln der schweren Felltür, die Jimmys Privaträume vom Hinterzimmer des Ladens trennt. Aufschauend sehe ich, wie seine kräftigen, lederartigen Hände vorsichtig etwas auspacken, das einem kleinen Kaminscheit ähnelt. So wie seine Hand dabei zittert, würde ich schätzen, dass es mindestens ein paar Pfund wiegt. Das ist keinesfalls das, was ich bestellt habe.

„Ich wollte Hämatit haben", flüstere ich und bemühe mich dabei um einen heiseren Klang.

„Warte", knurrt er und müht sich mit dem leuchtenden, bunten Stoff ab, in den der Gegenstand eingepackt ist. Seine geschürzten Lippen und schweren, zusammengezogenen Augenbrauen lassen ihn älter aussehen als die etwa fünfzig Jahre, die er alt ist.

„Hämatit", wiederhole ich. „Du weißt schon, kleine, glatte Tropfen aus silbrigem Stein, sieht aus wie dunkles, erstarrtes Quecksilber."

Keine Antwort. Ich warte, während er sich mit der Verpackung abmüht.

„Wie viel?", frage ich schließlich und weiß, dass es mich, wie hoch der Preis auch immer sein mag, wahrscheinlich mehr kosten wird als der Hämatit. Jimmy könnte sogar Raj über den Tisch ziehen, den besten asiatischen Juwelier, den ich kenne. Raj lockt dich schneller mit einem Billigangebot, um dir dann etwas Teures zu verkaufen, als du einen Schluck von der Orangenlimonade trinken kannst, die er dir als seinem verehrten Gast so hartnäckig anbietet.

„Warte", knurrt er wieder. Allmählich habe ich das Gefühl, dass er sich absichtlich viel Zeit lässt, um dem Geheimnis eine dramatische Wirkung zu verleihen.

Geschieht mir recht. Ich brauchte den Hämatit nicht wirklich. Ich brauchte nur eine Ausrede, um wieder hierher zu kommen, wo das Leben spielt.

Ich warte und rufe mir ins Gedächtnis, dass das zusätzliche Geld für Jimmy nicht so wichtig ist wie die Freude an der Jagd. Sein wirkliches Vergnügen besteht im Erlegen der Registrierkasse. Wenn man genau hinschaut, sieht man es in seinem Gesicht, gerade unter der Oberfläche, sobald das antiquierte Gerät bimmelt und sich schwungvoll öffnet. Ganz offensichtlich wird es, wenn sein neues Kreditkartengerät eine Karte einlesen darf. Reines Entzücken bahnt sich seinen Weg durch einen Mund voller Karies.

„Ich zahle auf keinen Fall mehr als…", fange ich an zu argumentieren, doch genau in diesem Moment wird der Preis endlich enthüllt. Mir klappt die Kinnlade herunter, und die restlichen Worte bleiben mir im Hals stecken.

Wir schauen beide schweigend.

„Wo zum Teufel hast du das her?“, frage ich schließlich. Ich versuche, hier draußen nach Möglichkeit nicht zu fluchen, das ist meine Art, die Navajo-Ältesten zu besänftigen, die so nett sind, eine weiße Frau mit einem benzinfressenden Monster Tag für Tag durch ihr heiliges Land fahren zu lassen. Oft genug vergesse ich es aber auch.

Jimmy sagt nichts.

„Das ist nicht das, was ich bestellt habe“, sage ich und spreche das Offensichtliche aus.

„Es gefällt dir“, sagt er mit einem verschlagenen Lächeln.

Gefallen? Schimmernde Scherben aus weichem, milchigem Stein in einem riesigen, nahezu transparenten Block, der vor Lebendigkeit pulsiert. Ein so schönes Stück Selenit habe ich noch nie gesehen.

Noch wichtiger als der Block selbst ist jedoch, was in seine Beschaffung investiert wurde. Irgendwie scheint Jimmy immer zu wissen, nach welchem Stein ich als nächstes frage, insbesondere dann, wenn es ein Stein ist, von dem ich in der Nacht zuvor geträumt habe. Letzte Nacht hat genau dieser Block dauernd vor dem getanzt, was die New-Age-Leute drüben in Sedona mein „Drittes Auge“ nennen würden. Er hat zu mir gesungen, wie ein Liebender nach seiner lange verlorenen Geliebten ruft. Man könnte meinen, es war nur ein Traum. Aber ehe ich hierher ins Reservat kam, habe ich nie geträumt. Noch nicht einmal als Kind.

Ich versuche, ihm direkt in die Augen zu sehen, um ihm zu zeigen, dass ich weiß, dass hier etwas Seltsames vor sich geht. Als echter Navajo weicht er meinem Blick aus.

„Neunundvierzigfünfundneunzig“, bietet er an.

Fünfzig Dollar. Ein hoher Preis für Selenit, aber lächerlich für die Magie, die mich spürbar umgibt.

„Woher hast du ihn?“, frage ich, um einen beiläufigen Ton bemüht. Ich will wissen, wer meine Träume belauscht oder sie mir vielleicht sogar schickt. Wie schon einmal sagt mir meine Intuition, dass es nicht Jimmy ist.

„Ein Chief“, antwortet er.

Bingo!

Mein Kopf schnellt hoch. Diesmal gelingt es mir, seinen Blick festzuhalten.

„Welcher Chief?“ Ich schreie fast.

Die Lautstärke überrascht ihn. Er sieht fort und zuckt mit den Schultern, als wäre es keine große Sache. Aber die Geste ist übertrieben und verrät die Wahrheit. Es ist eine große Sache. Eine ganz große Sache.

„Welcher Chief?“, wiederhole ich, leiser und mit einem gezwungenen Lächeln.

„Der Selenit soll es dir sagen“, antwortet er und schiebt mir den Stein hin.

Ich höre auf zu lächeln und nehme den Stein. In meinen Händen lösen sich Splitter, die zu weich sind, um meine Haut zu durchdringen. Der Stein lässt mich taumeln, bringt mein Gleichgewicht in Gefahr. Magie.

Wie von weit her höre ich, dass Jimmy sein Angebot wiederholt.

„Ja“, antworte ich, zu sehr von Ehrfurcht ergriffen, um mit ihm zu handeln, zu sehr darin gefangen, welche Träume wohl als nächstes kommen, ganz zu schweigen davon, wie und wann ich diesem Chief begegnen werde.

„Zum Teufel, ja.“

2

„Mary Margaret Hathaway“, sagt Eric langsam und hält mich auf Armeslänge von sich fort, nachdem er mich lange umarmt und verführerisch von oben bis unten gemustert hat. „Du siehst aus, als wärst du keinen Tag älter als fünfundzwanzig.“

Typisch Eric – er glaubt noch immer, dass er durch Schmeicheleien etwas erreichen kann. Und warum auch nicht? Schließlich ist er derjenige, der nicht älter aussieht als ein Vierteljahrhundert, auch wenn wir beide zehn Jahre darüber hinaus sind. Wahrscheinlich erreicht er durch Schmeicheleien noch immer fast alles, was er will. Das war schon auf dem College so. Das und die Millionen, die auf seinen Bankkonten herumliegen, obwohl er schon drei Scheidungen hinter sich hat.

Er aktiviert die Alarmanlage an seinem Wagen, legt mir den Arm um die Schultern und geht mit mir auf den Bücherbus zu. Ich stolpere fast in den ausgefallenen Schuhen, die ich für besondere Gelegenheiten aufgehoben habe. Der heutige Tag erfüllt zwar kaum die Bedingungen für eine besondere Gelegenheit, verfügt aber dennoch über ein größeres Potenzial als jedes andere Ereignis der letzten sechs Monate, und irgendwie muss ich mir ab und zu einfach ins Gedächtnis rufen, dass ich eine Frau bin.

„Ich bin dir wirklich dankbar, dass du dir die Zeit nimmst, mich herumzuführen“, sagt er. „In meinem neuen Laden soll es nur echte indianische Kunsterzeugnisse geben, aber ich selber wäre nicht in der Lage, ein echtes Stück von einem in China hergestellten Tipi zu unterscheiden. Als ich hörte, dass du in der Gegend bist, dachte ich, das sei doch ein perfekter Vorwand, um dich zu treffen und mich ein bisschen…“, er zögert und hebt anzüglich die Augenbrauen, „beraten zu lassen.“

Er tritt einen Schritt zurück, um mich noch einmal zu betrachten. „Wann bist du so hübsch geworden?“ Seine Stimme trieft vor Aufrichtigkeit. „Ich meine, du hast ja immer gut ausgesehen. Fast einsachtzig groß“, er streckt seine Hand aus, um meine Haare zu berühren, während ich zurückweiche, „mit diesen dunklen Locken und den zauberhaften, blauen Augen.“

Ich verdrehe die Augen so unzauberhaft, wie ich nur kann.

„Jetzt, nachdem du ein wenig zugenommen hast“, fährt er fort, als hätte ich um sein aktualisiertes Urteil gebeten, „siehst du nicht mehr so dürr und schlaksig aus. Ein wenig Make-up, und die Männer hier draußen würden deinetwegen den Mond anheulen.“

Ich schüttle den Kopf, unfähig, alle seine zweifelhaften Komplimente auf einmal zu verarbeiten. Ich bin versucht, ihm zu sagen, dass ein wenig Make-up ganz bestimmt nicht dafür sorgen wird, dass die Männer meinetwegen den Mond anheulen, da die Navajo nur ihre Toten schminken. Er gibt sich so große Mühe, dass ich es nicht übers Herz bringe.

„Hör auf mit dem Mist“, sage ich. Ich helfe ihm wirklich gerne, sein Geschäft mit den Plastik-Tipis auf die Reihe zu bringen, aber es kommt nicht in Frage, dass er meine persönlichen Vorzüge auseinander nimmt.

Er stößt einen übertriebenen Seufzer aus. „Mary, Mary. Du konntest noch nie gut mit Komplimenten umgehen. Ist es so schwer zu glauben, dass ich dich hübsch finde? Immerhin waren wir früher mal ein Paar.“

Das Schlüsselwort ist „früher“, mein Freund.

Ich habe diesem Treffen nur deshalb zugestimmt, weil es die perfekte Möglichkeit bietet, bei Jimmy Two Feathers ein paar Pluspunkte zu sammeln, indem ich seinem Laden einen zahlenden Kunden vermittle. Ich habe es mir so vorgestellt, dass ich Jimmy einen Kunden bringe, der in großen Mengen kauft, und er mir dafür sagt, wo ich diesen Chief finden kann. Ein einfacher Handel, obwohl Eric ganz offensichtlich andere Vorstellungen hat.

Um ehrlich zu sein, ich war selbst ein bisschen neugierig, was wohl zwischen uns geschehen könnte. Schließlich können Menschen sich im Laufe der Jahre verändern, und meine letzte intime Begegnung ist schon ziemlich lange her. Ein Blick auf ihn, als er aus seinem auf Hochglanz polierten Wagen stieg, reichte jedoch aus, um mir klar zu machen, dass es noch nicht lange genug her war. Es ist keineswegs so, dass ich protzige Millionäre verachte. Ich bin nur nicht so dumm zu glauben, wir hätten irgendetwas gemeinsam.

„Vielen Dank für das Kompliment“, sage ich mit einem müden Lächeln.

Er lächelt zurück und steckt dann die Hände in die Hosentaschen, als sei er davon überzeugt, Fortschritte erzielt zu haben. „Wie läuft das Geschäft mit dem Bücherbus denn so?“, fragt er, während er auf den Beifahrersitz klettert. Obwohl er gut einsneunzig groß ist, scheint der Sitz ihn zu verschlucken.

Ich zucke gleichgültig mit den Schultern, unbeeindruckt von meinem zwölf Meter langen Monster, das sein Hersteller ironischerweise *Ultimate Advantage* getauft hat.

„Wo liegt das Problem? Ist nicht alles kostenlos, wie in einer Bücherei?“

Ich seufze, zucke noch einmal mit den Schultern und überlege, ob ich ihm wirklich alles erzählen will. Besser, ich beschränke mich auf die Kurzfassung.

„Das Volk der Navajo hat eben nie darum gebeten, dass eine weiße Frau mit einem hochtrabenden Titel in einem riesigen Wohnmobil Bücher durch ihr Reservat spazieren fährt. Noch dazu in einem Wohnmobil, das ein reicher weißer Wichtigtuer finanziert, der meint, er wüsste, was Bildung ist.“

„Dein phantasievoller Abschluss macht sich also wirklich bezahlt“, scherzt er und grinst, während er sich darüber lustig macht, dass ich damals Soziologie studiert habe, statt seinem Rat zu folgen und einen „echten“ Abschluss in Betriebswirtschaft oder Jura zu machen.

Ich mache mir nicht die Mühe, ihn daran zu erinnern, dass ich zwischenzeitlich die Schamanen von vierzehn Stämmen in fünf verschiedenen Ländern erforscht und bis auf meine Dissertation alles zusammen habe, um meinen Doktor der Philosophie zu machen.

Warum auch, wenn ich trotz meiner sechsundzwanzig Kisten mit Forschungsergebnissen anscheinend nicht ein einziges verdammtes Wort zu Papier bringen kann?

„Ich nehme an, das ganze Projekt wird in absehbarer Zeit sowieso begraben", füge ich hinzu. „Ich wundere mich, dass es nicht schon längst passiert ist."

Eric lacht knurrend. „Sie verpassen dir einen Fußtritt, weil du helfen willst?"

„Ist schon in Ordnung", antworte ich, weil ich nicht will, dass man den Navajo die Schuld in die Schuhe schiebt. „Der weiße Mann ist immer noch viel zu schnell dabei, die Ureinwohner mit seinen eigenen Vorstellungen von Bildung zu überrennen."

Die Wahrheit ist, dass ich den Job nie angenommen hätte, wenn mir klar gewesen wäre, was mich erwartet. Was wahrscheinlich der Grund dafür ist, dass man mir diese Information vorenthalten hat.

„Ich glaube sowieso nicht, dass das der Grund ist, weshalb ich hier bin", füge ich leise hinzu, fast zu mir selbst, und bereue es sofort.

„Oh, oh, jetzt kommt's", scherzt mein Begleiter, grinst über das ganze Gesicht und zeigt seine großen, vollkommen geraden Zähne.

Ich fahre schweigend weiter. Erst jetzt wird mir bewusst, wie gerne ich jemandem erzählen würde, was hier wirklich vor sich geht. Doch wer würde es verstehen, wenn das noch nicht einmal mir selbst gelingt? Und was gibt es zu sagen? Dass Schamanen überall auf der Welt mir eine Bestimmung prophezeit haben, die über alles hinausgeht, was ich jemals für mich selbst erträumt habe? Dass jeder von ihnen mich dann einfach gesegnet und auf meinem Weg weitergeschickt hat? Dass ich immer wieder so verzweifelt versucht habe, die Puzzlestücke zu sortieren, dass ich Hinweisen wie Brotkrumen gefolgt bin und mich dabei die ganze Zeit gefragt habe, ob mein Ego mir nicht einfach nur einen üblen Streich spielt? Wer würde glauben, was ich selber die meiste Zeit kaum glauben konnte? Eric ganz bestimmt nicht.

„Es tut mir Leid", entschuldigt er sich. Es klingt aufrichtig. „Erzähl mir, warum du deiner Meinung nach wirklich hier bist. Ich möchte es wissen." Er lehnt sich zu mir und sieht mich so durchdringend an, dass man tatsächlich glauben könnte, er sei interessiert. Ich frage mich, ob das jetzt zu seiner Masche gehört, damit er mich schneller am Haken hat. Wahrscheinlich hat er es in einem Fortune-500-Seminar[1] gelernt. „Du willst immer noch die Welt retten, habe ich Recht?“

Ich hole tief Luft und lasse sie langsam wieder ausströmen. Er kannte mich also doch. Zumindest ein bisschen. Die Vorstellung, dass jemand mich kennt, mich wirklich kennt, versetzt meinem Herzen einen schmerzhaften Stoß. Es ist etwas, das in mir lebt, wie eine verlorene Hoffnung, an die ich mich nicht erinnern kann, wie sehr ich mich auch darum bemühe. Ich schaue Eric an und denke über eine ehrliche Antwort nach.

Nein. Bei Leuten wie ihm sollte man besser locker bleiben.

„Alles, was ich davon retten kann“, erkläre ich mit dem aufgesetzten Lächeln einer Schönheitskönigin. Ich neige mich zu ihm herüber, versetze ihm einen sanften Stoß in die Rippen und füge hinzu: „Wobei ich wetten möchte, dass du nicht dazu gehörst.“

„Ich bin nicht mehr zu retten.“ Seine Stimme ist leise. Sie überrascht mich, und ich kann sehen, dass er es wirklich glaubt. Das bewirkt, dass ich meinen Schild lange genug senke, um wirkliches Mitgefühl mit ihm zu empfinden.

„Jeder kann gerettet werden“, sage ich, „es sei denn, er glaubt nicht daran, dass es so ist.“

„Wie ich gesagt habe…“, antwortet er verloren und starrt aus dem Fenster.

Zusammen mit ihm betrachte ich die großartige, sonnenverbrannte Landschaft aus rötlichem Gold, blassem Gelb und gedämpften Grüntönen. Obwohl ich die Straße schon so oft entlanggefahren bin, lässt der riesige rote Tafelberg in der Ferne mich noch immer ehrfürchtig staunen. Im neuen Licht des frühen Morgens scheint er ungeduldig auf jeden Zentimeter seiner Erleuchtung durch die Sonne

[1] Anm. der Übersetzerin: „Fortune 500“ sind die fünfhundert größten US-amerikanischen Unternehmen, deren Rangliste jährlich von der Zeitschrift *Fortune* veröffentlicht wird.

zu warten. Selbst durch die Klimaanlage ist der Geruch nach Salbei und sandiger Erde deutlich wahrzunehmen. Ich bin dankbar. Nichts bringt einen so schnell zur Vernunft wie ein guter Hauch Arizona.

Ich bin versucht, Eric zu sagen, dass er genau hinsehen und ganz tief einatmen soll, damit er merkt, dass das Land hier draußen lebendig ist. Mutter Erde ist bereit, mit uns zu kommunizieren, wenn wir bereit sind, eine neue Sprache zu lernen. Ich widerstehe dieser Versuchung. Sie kann für sich selbst sprechen. Ihre natürliche Inspiration ist ganz sicher weit eher fähig, ein Wunder für ihn zu vollbringen, als ich es bin.

Wir fahren schweigend weiter, vorbei an dem rätselhaften, naturgemeißelten Loch in der Steinlandschaft, das der Stadt Window Rock ihren Namen gibt. Schließlich biegen wir auf die etwa eine halbe Meile lange Schotterstraße ein, die zu Jimmy Two Feathers' Laden führt. Mein Atem geht schneller, und mein Herz schmerzt beinahe vor Aufregung. Seit meinem letzten Guru ist ziemlich viel Zeit vergangen.

„Also", sagt Eric, „kann man mit diesem Jimmy handeln, oder ist es besser, einfach auf jedes Geschäft einzugehen, das er anbietet?"

„Ihr beide wurdet füreinander geschaffen", antworte ich, parke ein und springe aus dem Wohnmobil. Ich stelle mir vor, wie die beiden wegen einem Dutzend handgefertigter Schildkrötenrasseln aufeinander losgehen. Dennoch weiß ich, wer mehr leiden wird, wenn Eric versucht, möglichst niedrige Preise herauszuschlagen.

„Handeln wird erwartet", füge ich hinzu. „Du solltest jedoch daran denken, dass es hier nicht nur um Jimmy geht. Die indianischen Frauen und Handwerker brauchen ihren Anteil an den Einnahmen, damit sie im nächsten Winter etwas zu essen haben. Sei also so großzügig, wie du kannst."

Er sieht mich an, als käme ich von einem anderen Stern. Wieder schmerzt es mich, ein Leben zu sehen, das keinen Sinn hat. Doch der Gedanke lässt mich mit einem Ruck innehalten. Wie komme ich dazu, das zu denken? Erics Leben hat nicht weniger Sinn als mein eigenes. Ich bin ein ebenso großer Narr wie mein Boss, wenn ich denke, ich wüsste besser, was ein anderer Mensch braucht. Außerdem hat mein Weg mich wohl kaum dahin gebracht, wo ich hinwollte. Wer bin ich, anderen eine Predigt zu halten?

Ich betrete den Laden, den Kopf schuldbewusst gesenkt. Keine zwei Schritte hinter der Tür stolpere ich über Jimmys ältliche Mutter, die allen Touristen als die „Sandwich Lady" bekannt ist. Sie fällt hin, und ihre Waren fliegen über den Boden.

„Aaaeeeee", kreischt die kleine, rundliche Frau. Ihr leuchtend purpurroter Rock ist hochgerutscht und offenbart knotige, alte Knie.

„Verdammt", sage ich leise zu mir selbst.

3

„Es tut mir so Leid, ich habe Sie wirklich nicht gesehen“, stottere ich, obwohl ich weiß, dass Jimmys Mutter außer dem Satz „Sandwich, Eier und Schinken, Hammel und Käse, ein Dollar“ kein Wort Englisch spricht. Ihre Frühstücks-Tortillas, einzeln und fest in ein Stück Alufolie und eine Serviette eingepackt, sind bei Einheimischen und Touristen gleichermaßen beliebt.

„Aaaee, Aaaee“, schreit sie vor Schmerzen und starrt mich wütend an. Sie steht auf und belastet ihren Fuß vorsichtig mit ihrem Körpergewicht. Die Kühltasche, die sie in der Hand hat, ist aufgegangen, und Sandwiches liegen überall auf Jimmys staubigem Boden verstreut.

„Eric“, befehle ich, ohne ihn anzusehen, „kauf die Sandwiches, die auf dem Boden liegen. Lass es so aussehen, als würdest du wirklich so viele brauchen.“

Zu meiner Überraschung geht er sofort darauf ein und setzt sein charismatisches Lächeln auf, während er schnell den Schaden abschätzt. Er hebt beide Hände, spreizt die Finger und sagt: „Sandwich?“

Die Frau nickt, nachdem sie mich noch einmal böse angefunkelt hat. Sie lässt sich nicht einen Augenblick lang an der Nase herumführen. Eric hebt die Folienpäckchen auf, zählt zehn ab – neun vom Boden und eines aus der Kühltasche – und greift nach seinem Portmonee. Jimmy nähert sich dem Tumult.

„Hammel und Käse“, sagt die Sandwich Lady mit ihrem schweren, einheimischen Akzent und zeigt auf die, die mit einem Filzstiftstrich markiert sind, „Ei und Schinken“, sie zeigt auf die anderen, die mit einem Kreis gekennzeichnet sind, „einen Dollar.“ Es ist offensichtlich, dass sie Schmerzen hat, aber ich weiß, dass das Geschäft ihr wichtiger ist. Ihr Stolz zweifellos auch.

Mist, Mist, Mist.

Eric gibt ihr zehn Dollar. Sie richtet sich auf und streicht stolz ihren Rock glatt. Mit einem letzten zornigen Blick auf mich und auf ihren Sohn humpelt sie davon.

Eric wickelt ein mit Ei und Schinken belegtes Sandwich aus seiner Folie und beißt hinein. „He, die sind echt gut."

„Sie kocht mit ihrer Seele", sage ich und frage mich, warum sie ausgerechnet heute so früh hier auftauchen muss. Normalerweise kommt sie erst mittags in den Laden.

„Es war ein Unfall", beruhigt Eric mich.

Es ist nett von ihm, das zu sagen, aber die Vorstellung tröstet mich nicht. So wie ich mich kenne, werde ich den ganzen Vorfall tagelang immer wieder durchspielen. Gute alte katholische Schuld. Wenn man in der Kindheit genug davon bekommt, wird es später im Leben nahezu unmöglich, ihr völlig abzuschwören.

„Zu dumm", sagt Jimmy und sieht mich an, als ob ich diejenige wäre, die verletzt worden ist.

„Es ist mir furchtbar peinlich." Selbstsüchtigerweise gilt mein Mitgefühl nicht nur ihr. Wie soll ich Jimmy dazu bringen, dass er mir etwas erzählt, nachdem ich gerade seine Mutter über den Haufen gerannt habe?

„Sie kommt schon wieder in Ordnung", antwortet Jimmy nüchtern. „Aber du? Da bin ich nicht so sicher."

„Dies hier ist ein Freund aus Phoenix", erkläre ich und ziehe schnell das aus dem Ärmel, was eigentlich meine Trumpfkarte hätte sein sollen. Jetzt kann ich nur hoffen, dass es zur Wiedergutmachung reicht. „In seinem neuen Geschäft, das er gerade eröffnet, will er echte indianische Handwerkskunst verkaufen. Ich habe ihm gesagt, dass du der richtige Mann für ihn bist."

Jimmy grinst und nickt mehrmals. „Ich kann Ihnen alles beschaffen, was Sie haben wollen. Meine Leute machen die schönsten Sachen, die im gesamten Reservat zu finden sind. Sie kaufen alles aus einer Hand!"

Eric lächelt und wirft mir einen wissenden Blick zu.

Ich nicke einmal und versuche, mich für ihn zu freuen.

„Aber erst muss ich mit der Lady sprechen", sagt Jimmy und überrascht mich.

Mein Puls hatte sich gerade ein wenig beruhigt, aber bei diesen Worten schießt er gleich wieder in die Höhe. Jimmy zieht mich mit sich ins Hinterzimmer, ignoriert mich dann aber, um ein paar abschließende Handgriffe an einem Paket vorzunehmen, das er zum Versand fertig macht.

Typisch Navajo, diese Heimlichtuerei, obwohl sie reden wollen. Zumindest bin ich zu dieser Schlussfolgerung gelangt. Sechs Wochen hier draußen, und beinahe alles, was ich weiß, habe ich aus den Kinderbüchern im Bus und von ein paar Weberinnen gelernt, die ich vor Jahren bei einer Veranstaltung der Smithsonian Institution zu Hause gesehen habe. Die anderen Bücher will ich nicht lesen. Ich will aus erster Hand etwas über einen Stamm lernen, will sie als das kennen lernen, was sie heute sind, ehe ich lese, in welcher Form die Historiker die Erinnerung an sie bewahrt haben wollten. Das Problem dabei ist allerdings, dass die Navajo ganz offenbar nicht kennen gelernt werden wollen. Zumindest nicht von mir.

Jimmys ausschweifende Handbewegungen lenken meine Aufmerksamkeit auf das, was er tut, so als wollte er, dass ich es sehe, ohne dass er darüber sprechen muss.

Aus dem Paket hebt er eine handgefertigte Trommel heraus, die nur etwa fünfzehn Zentimeter hoch ist und einen Durchmesser von fünfzig Zentimetern hat. Sie besteht aus straff gespanntem Hirschleder mit uralten Symbolen, die einen schielen lassen, wenn man sie betrachtet. Sie sind tief in das Leder eingezogen und gleichen eher einer übergroßen Tätowierung als der Arbeit eines Malers. Jimmy sieht mich an und schlägt einmal auf die Trommel, als wolle er mir zeigen, was für eine wunderbare, tiefe Resonanz sie hat. Dann bettet er sie sanft in ihre Verpackung zurück.

Der Ton jagt mir einen Schauer über den Rücken und lässt mich von Kopf bis Fuß erbeben. Ich wette eines meiner miserablen Monatsgehälter, dass diese Trommel wichtig ist oder es noch sein wird.

Jimmy kritzelt die Adresse so auf das Paket, dass ich sie ohne Probleme lesen kann. Ich passe auf, was ihn zu befriedigen scheint.

Er adressiert es an Mary Margaret Begaye, Juniper Street, Scottsdale/Arizona. Die Rücksendeadresse ist sein Laden, zu Händen von „Wyunetta Morningstar“. Abgesehen davon, dass die Empfängerin meine Vornamen hat, sagt mir das alles gar nichts.

„Hast du mich deshalb hierher gebracht?“, frage ich.

Jimmy schaut nicht auf. „Meine Mutter. Du musst ihr nachgehen.“

„Glaubst du, dass sie einen Arzt braucht?“

Er winkt ab. „Der Chief hat nach dir geschickt. Sie kennt ihn. Deshalb war sie heute so früh hier. Sie wusste, dass du kommst.“

„Verdammt!“, sage ich und schicke gleich noch ein zweites, lautloses „Verdammt“ hinterher, weil ich schon wieder vergessen habe, dass ich in seinem Beisein nicht fluchen wollte. „Warum hast du mir das nicht vorne im Laden gesagt?“

Jimmy sieht sich verstohlen um. „Dein Freund. Er ist nicht wie du. Er ist nicht Teil des Plans.“

„Und ich bin es?“ Es fällt mir zunehmend schwerer, meinen Atem zu kontrollieren. Ein Plan? Jimmy hat bisher noch nie etwas von einem Plan gesagt. Es kommt mir so vor, als wäre ich urplötzlich in einen Verteiler aufgenommen worden.

„Geh ihr nach. Sie wird jetzt nicht mehr helfen wollen, weil sie es für ein schlechtes Zeichen hält.“ Jimmy sieht mir freiwillig in die Augen, eine schockierende Geste. Ich sehe in seinen Augen, dass er es ernst meint. Fast scheint es, als wolle er mich anspornen.

„Du musst ihr beweisen, dass du *Die Eine* bist“, sagt er, und verstaut das Paket auf einem Regal hinter sich.

„*Die Eine* für was?“ frage ich hektisch. Mein Verstand rast, um an alle Einzelheiten zu denken. Was mache ich mit Eric? Und mit dem Bücherbus?

Jimmy antwortet nicht. Es spielt keine Rolle. Ich renne zurück in den Hauptbereich des Ladens, wo mein Begleiter gerade eine billige Spielzeugtrommel mit Samenkörnern auf beiden Seiten betrachtet, die einen ziemlich mickrigen Klang von sich gibt.

„Die sind witzig“, sagt er.

„Ich muss gehen“, antworte ich atemlos. „Du kannst doch den Bücherbus fahren?“ Ich hole die Schlüssel heraus und drücke sie ihm in die Hand. Wenn ich dieses Monster fahren kann, dann kann es jeder.

„Was? Das kann nicht dein Ernst sein."

„Es tut mir wirklich Leid. Es ist wichtig. Lass ihn auf dem Parkplatz stehen, wo wir uns getroffen haben. Ich komme dann schon irgendwie dahin."

„Eh, warte…" Er stockt, während ich wie Espenlaub zittere. „Ich will nicht, dass du irgendwo festsitzt. Warum nimmst du nicht mein Handy? Ruf mich einfach an, wenn ich dich abholen soll."

Durch das Fenster sehe ich, wie meine Führerin sich weiter und weiter entfernt. Ich kann nicht mehr klar denken. „Es könnte Tage dauern", sage ich.

Er lächelt mich warm an. „Dann dauert es eben Tage. Es scheint wichtig zu sein."

„Das ist es." Ich nehme das Telefon, wenn auch eher, um ihn glücklich zu machen, als deshalb, weil ich beabsichtige, es zu benutzen. Er folgt mir zur Tür.

„Danke", sage ich und überrasche mich selbst, indem ich ihn umarme.

„He", sagt er und weicht zurück, legt mir dann jedoch die Hände auf die Schultern. „Ich bin bloß ein Trottel auf einem Einkaufstrip. Aber einen echten Artikel erkenne ich, wenn ich ihn sehe. Wenn irgendjemand die Welt retten kann, Mary, dann du."

Die unerwartete Unterstützung berührt mich, aber ich sehe, dass die alte Frau es in der Zwischenzeit bis auf die andere Seite der Zufahrtstraße geschafft hat und kaum noch humpelt. Ich drücke Erics Arm noch einmal schnell und renne los, um prompt wieder mit Jimmy zusammenzustoßen. Wird denn jeder meiner Schritte durchkreuzt?

„Finde den, der verloren ist, meine Schwester", sagt er mit ernster Stimme. „Ohne den Glauben können wir nicht leben."

Den, der verloren ist? Wer ist das? Der Chief? Aber wie könnte er nach mir fragen, wenn es so wäre? Meine Eile lässt mich nicht klar denken. Alles, was ich mit Sicherheit weiß, ist, dass meine Führerin mir entkommt. Ich nicke zustimmend, worum auch immer Jimmy mich gebeten hat.

„Geh jetzt!“, drängt er mich barsch.

Ich schieße los. Schon nach kurzer Zeit habe ich Seitenstechen. Ich würde Jimmys Mutter gerne zurufen, dass sie auf mich warten soll, als mir einfällt, dass ich nicht weiß, wie sie heißt. Ich weiß noch nicht einmal Jimmys tatsächlichen Nachnamen. Schließlich kann ich ja nicht einfach „He, Sandwich Lady!“ oder „Warten Sie, Mrs. Two Feathers!“ rufen.

Name oder nicht, es spielt keine Rolle. Meine Bestimmung hinkt da vorne vor mir her, endlich klar in Sicht. Ich kehre auf keinen Fall um.

4

Drei Stunden später ist die Kühltasche der Sandwich Lady endlich leer, und meine Tasche habe ich verloren. Sie ist ohne Zweifel in einem der zwei Dutzend Läden, die wir besucht haben, aber ich habe keine Ahnung, in welchem. Noch schlimmer ist, dass meine Führerin nach wie vor nicht die Absicht zu haben scheint, meine Gegenwart zur Kenntnis zu nehmen. Sie ignoriert mich, seit wir unseren Marsch über Schotterwege, asphaltierte Straßen und mit Unkraut überwucherte Feldwege begonnen haben. Ich schaue auf meine geschwollenen Füße hinunter und verfluche zum wiederholten Mal meine Eitelkeit, die mich dazu gebracht hat, statt der üblichen Wanderstiefel heute hübsche, aber unbequeme Schuhe anzuziehen. Und das nur in der unbestimmten Hoffnung, dass ich vielleicht einen ehemaligen Liebhaber beeindrucken will.

Voller Neid schaue ich auf die Mokassins meiner Führerin, die diese ganz bequem auf ihrem Weg voranbringen. Weniger erstrebenswert ist ihre Nationaltracht. Das hellrote, langärmelige Hemd aus Pannesamt steckt in einem Rock aus purpurfarbenem Satin. Es wird durch einen fünfzehn Zentimeter breiten Ledergürtel gehalten, der reich mit Silber und Türkisen besetzt ist. Der perlen- und münzenähnliche Schmuck um ihren Hals scheint mir in der trockenen Hitze auch eher eine Bürde zu sein. Ein wenig modischer Schick an einem ganz normalen Tag, sogar bei den Ältesten unter den Frauen. Ich frage mich, ob der Chief etwas damit zu tun hat oder ob die Touristen deswegen mehr Sandwiches kaufen. Vielleicht macht es sie aber auch einfach nur glücklich.

Ich seufze verstohlen, während wir weitergehen, ständig darauf bedacht, sie nicht zu verärgern. Die Einheimischen, denen wir unterwegs begegnet sind, haben sehr darauf geachtet, nicht mit mir zu sprechen, nachdem sie warnend in meine Richtung genickt hat, wenngleich eine mutige Seele mir zugeflüstert hat, ihr Name sei Wyunetta Morningstar. Ich habe nur einen Augenblick gebraucht, um die Verbindung zu der Trommel in Jimmys Laden herzustellen.

Jetzt weiß ich also ihren Namen, dass sie jemanden kennt, der dieselben Vornamen hat wie ich, und dass sie im Hinblick auf Geschenke einen erstklassigen Geschmack hat. Ich habe versucht, ihr Alter zu schätzen. Wahrscheinlich Ende siebzig, wenn Jimmy Mitte fünfzig ist, obwohl ich beide Zahlen nicht beschwören würde. Harte Arbeit und das raue Wetter lassen die Menschen hier draußen schneller altern, als man denkt.

Zwar weiß ich jetzt mehr als vor drei Stunden, aber das hilft mir immer noch nicht weiter. Was könnte ich sagen? „He, Wyunetta, verehrte Älteste, was hat es damit auf sich, dass irgendein Chief mich treffen will?“ Nein, ich kann nur warten und mit ihr mithalten, bis sie mich hinreichend bestraft hat.

Das Einzige, was mich daran hindert, umzukehren, nach meiner Tasche zu suchen und Eric anzurufen, damit er mich abholt, ist die Tatsache, dass sie mich trotz ihrer Wut nicht verwundert fragt, warum ich hinter ihr herlaufe. Sie weiß, dass ich es weiß. Und sie weiß, dass ich weiß, dass sie es weiß. Es ist ein Tanz, da bin ich sicher. Ich humple hinter ihr her, und wenn es mich umbringt.

Nachdem wir ein kurzes Stück durch waldiges Gebiet gelaufen sind, gelangen wir zu einer Lichtung, auf der ein Hogan steht. Gerade rechtzeitig, vorausgesetzt, sie lässt mich hinein. In der Ferne braut sich ein Sturm zusammen. In der heißen Jahreszeit brechen sie schnell und heftig los und führen in tiefer gelegenen Gebieten oftmals zu sintflutartigen Überschwemmungen. Der Himmel hat sich bereits verdunkelt.

Wir nähern uns der sechsseitigen Hütte, einer kreisrunden Anordnung ungeschälter Baumstämme, deren Form die geometrische Struktur des Navajo-Kosmos symbolisieren soll, wie ich im Museum von Window Rock gelernt habe. Die meisten Diné, wie sich die Navajo selbst nennen, haben mindestens einen traditionellen Hogan, obschon auf ihrem Grundstück meist auch ein Haus steht, das im

Baustil des weißen Mannes errichtet wurde. Hier ist allerdings nirgendwo moderner Komfort zu sehen.

Rauch quillt in einem stetigen Strom aus der Mitte des Daches und erfüllt die ganze Lichtung mit dem Duft nach gegartem Fleisch und schweren Gewürzen. Als ich darüber nachdenke, was das heißen könnte, ergreift ein Gefühl der Furcht meinen leeren Magen. Da drinnen könnte das Mittagessen kochen. An sich keine schlechte Sache, aber was ist, wenn es das Mittagessen für das gesamte Volk der Navajo ist? Und wie steht es mit dem Abendessen? Haben wir vielleicht noch sechs bis acht weitere Stunden vor uns, ehe der Tag vorbei ist? Meine Füße schmerzen, aber die Selbstvorwürfe folgen prompt. Weshalb sollte meine Große Suche einfach sein, wenn der Alltag einer alten Frau so hart ist?

„Hm", brumme ich in mich hinein.

„Hm", wiederholt die Frau.

Oh, verdammt, das Brummen wurde gehört. Meine Gastgeberin wird es zweifellos falsch verstehen. Ich schaue hoch und sehe in fesselnde braune Augen, die darauf warten, mir in die Augen sehen zu können.

Ich bin versucht, meinen Blick abzuwenden, um die Anonymität meiner Seele zu bewahren. Aber nein. Feigheit bringt mich mit Sicherheit nicht weiter. Stattdessen lasse ich meinen Blick zu einer bewussten Bitte werden, während ich in die dunklen Augen der Frau schaue. Zu meiner Überraschung wächst ihre Erhabenheit, während unsere Blicke sich begegnen. Sie kommen mir vor wie ein unergründlicher, mütterlicher See.

Gnade ist alles, worum ich bitte, sage ich wortlos. Gnade, um den Chief zu finden, der mich sucht. Um zu verstehen, was alle von mir wollen, und um vielleicht auch das zu finden, wonach ich selbst suche.

„Hm", brummt sie noch einmal, dreht sich um und tritt durch die mit Scharnieren versehene Tür ein.

Ich weiß nicht, ob ich ihr folgen soll oder nicht. Ihre schwieligen braunen Hände halten die Tür ein paar Sekunden länger offen als nötig wäre, und so lasse ich es darauf ankommen.

Im Inneren des ersten bewohnen Hogans, den ich betrete, atme ich das himmlische Aroma und warte, dass meine Augen sich an die Dunkelheit gewöhnen. Ich sehe Fenster, deren Vorhänge zugezogen sind, und einige kleinere Scheiben, die in der Mitte der Decke rund um den Rauchabzug angebracht sind. Der Lehmboden ist fast so sauber gefegt wie ein Kachelboden. Aus den Kochtöpfen quillt Dampf in einem stetigen Strom hervor und macht mir auf schmerzhafte Weise bewusst, wie hungrig ich bin, nach Nahrung und auch nach etwas anderem. Vielleicht nach einem Zuhause, obwohl der Gedanke ungewöhnlich für mich ist.

Die meiste Zeit macht es mir nichts aus, viel zu reisen. Angesichts meiner ziemlich schwierigen Kindheit hatte ich noch nie viel dafür übrig, immer an einem Ort zu bleiben, und seither hatte ich auch noch keinen echten Grund, mich irgendwo niederzulassen. Ein Ort wie dieser aber hat eine so erfüllte Atmosphäre, dass man genau weiß, dass er einem immer in Erinnerung bleiben wird. Er kann einen dazu bringen, dass man sich wünscht, irgendwo hinzugehören.

„Für mich siehst du nicht aus wie Die Eine“, höre ich einen Mann von der anderen Seite des Hogans sagen. Die tiefe, zornige Stimme schreckt mich auf und lässt meinen Adrenalinspiegel in die Höhe schießen. Ich greife nach dem kleinen Lederbeutel, der an einer Lederschnur um meinen Hals hängt und mir jederzeit Kraft gibt. Das jedenfalls hat meine Schamanenfreundin Maria vom Amazonas versprochen, als sie ihn mir geschenkt hat. Placebo oder nicht, es funktioniert.

Ich versuche, die Gestalt am anderen Ende der Hütte auszumachen. Ein rotes Licht von der Größe eines Fünfcentstücks glüht hell und dann heller. Dahinter ein männliches Gesicht. Ich starre so lange, bis meine Augen sich völlig angepasst haben. Ich sehe, dass er zusammengesunken auf einem Feldbett sitzt, das direkt an der Wand steht. Der Rauch seiner Zigarette steigt in ovalen Kringeln nach oben, wie kleine Geister.

Ohne Warnung fängt Wyunetta plötzlich an, in ihrer Muttersprache auf den Mann zu schimpfen, während sie herumgeht und einige Öllampen anzündet. Der Mann, der etwa dreißig Jahre alt ist, lässt keine Reaktion erkennen. Sie zetert weiter, bis er sie seinerseits schließlich erbost anfährt.

Der Mangel an Achtung vor einem älteren Menschen macht mich wütend. Aber es ist mehr als das. Da ist noch etwas anderes. Etwas stimmt nicht. Es klingt, als wären ihre Stimmen hasserfüllt, aber es ist nicht die Art von Ärger, wie er in einer Familie kommt und geht. Soviel ist klar. Es kommt mir eher vor wie ein gefährlicher Hass. Wie ein Hass, dessen Ursprung eine Stammesfehde ist, wenn ich meine Vermutung mit Intuition paaren soll. Ich schaudere unwillkürlich.

„Die Eine was?“ frage ich ihn abfällig. Ich komme mir kleinlich vor, habe zugleich aber das Gefühl, im Recht zu sein. Obwohl ich es nicht begründen kann, bin ich sicher, dass auch ich so etwas wie einen Krieg mit diesem Fremden begonnen habe, indem ich diesen Tonfall zulasse. Trotz der Wärme im Raum bekomme ich kalte Hände. Kein gutes Zeichen.

Er steht auf. „Die Eine, die uns alle retten soll“, antwortet er und breitet unbeholfen die Arme aus wie die Schwingen eines Geiers, um mich weiter zu verhöhnen. Die Geste erinnert mich daran, dass der Geier in Ägypten als heilig betrachtet wird, weil er den Tod essen kann, ohne selbst zu sterben. Ich kann nicht behaupten, dass ich das Bild mag, das meine Phantasie jetzt gerade heraufbeschwört.

„Davon weiß ich nichts“, sage ich steif, obwohl Jimmy ganz genau dasselbe gesagt hat.

Bevor er antworten kann, scheucht Wyunetta ihn lautstark mit einem Besen hinaus. Er bewegt sich langsam, lässt sich viel Zeit. Ich will sie warnen, will ihr sagen, dass sie aufpassen soll. Der da ist gefährlich. Stattdessen halte ich den Atem an, will ihn mit der Kraft meines Willens zur Tür und über den Augenblick hinaus zwingen, in dem er sich umdrehen und ihren Besen entzweibrechen oder Schlimmeres tun könnte. Er öffnet die Tür, spuckt eine Ladung Schleim zwischen seine Füße und geht.

„Na, wunderbar“, sage ich leise, „er kaut und raucht gleichzeitig. Ich wünsche dir ein langes Leben, Kumpel.“

In dem Moment, in dem sie die Tür schließt, beginnt es in Strömen zu gießen. Ich beobachte sie, während sie sich wieder mit der Zubereitung des Essens beschäftigt. Ich bin sehr erleichtert, aber sie scheint es noch mehr zu sein. Ihre Laune hat sich schlagartig gebessert.

In der Stille habe ich zu viel Zeit zum Nachdenken. Wie kommt es, dass jeder hier draußen zu wissen scheint, wer ich vermeintlich bin, wenn ich selber nicht die geringste Ahnung habe? Wie kann ich diese „Eine“ sein? Ich bin eine weiße Frau. Und wer ist es, den ich Jimmy zufolge finden soll, dieser Mensch, der einen Glaubensverlust verursacht hat? Wie ein Streichholz, das die gesamte Schachtel entzündet, werden durch diese neuen Fragen viele meiner alten, abgedroschenen Fragen wieder zum Leben erweckt.

Werde ich jemals die Chance haben, auch nur einen ganz kleinen Teil der Welt zum Besseren hin zu verändern? Was, wenn nicht? Oder was, wenn ich die Chance bekomme und scheitere? Wie werde ich meine Existenz rechtfertigen? Wer werde ich sein, und was könnte mir einen Anreiz bieten, morgens aufzuwachen, wenn ich nicht mehr bin als eine durchschnittliche katholische Frau mit Anwandlungen von Größenwahnsinn? Weshalb werde ich von solchen Dingen heimgesucht, während andere Menschen damit zufrieden zu sein scheinen, ein Leben zu leben, ohne derart tiefgründige Fragen zu stellen? Wieso sagen die Schamanen, dass ich in dieser Welt eine wichtige Rolle spiele, wenn ich nichts vorzuweisen habe, das eine Berechtigung für meine Existenz wäre? Wie ist die Zukunft, für die ich auserwählt bin? Und wer hat mich denn überhaupt auserwählt?

Die Fragen und die vielen Jahre, die sie unbeantwortet geblieben sind, haben mich müde gemacht. Ich schaue von meiner inneren Selbstquälerei hoch und sehe, dass meine Gastgeberin mich mit einer Art von sanftem Mitgefühl beobachtet. Sie lächelt mich mit einem fast zahnlosen Lächeln an, das aufrichtig zu sein scheint. In meinem Herzen wallt das Gefühl von etwas Großartigem auf, auch wenn ich absolut nicht sagen kann, was es ist.

Um uns herum heulen die Winde, während der Regen auf den Hogan herabprasselt. Ohne sich weiter darum zu kümmern, bietet Wyunetta mir eine Kostprobe ihres Eintopfs an. Jede ihrer Gesten ist so etwas wie eine Entschuldigung. Ich habe nicht die blasseste Ahnung, was diesen Sinneswandel bewirkt hat. Aber ich nehme dankbar an.

„Gut“, sage ich. „Sehr gut.“

Wyunetta schlägt sich auf die Knie und lacht gackernd, während es draußen blitzt und donnert.

Ich schaue sie grinsend an. Wen kümmert es schon, wenn der Regen kommt? Hier, in diesem Augenblick, bin ich sicher.

5

Ich muss hier absolut ehrlich sein. Im Hinblick auf Mystik stecke ich noch in den Kinderschuhen. Klar, ich habe spirituelle Praktiken von Schamanen und die Wirkungen studiert, die sie auf die Sozialsysteme der jeweiligen Kulturen haben, denen sie dienen. Sorgfältig darauf bedacht, nur zu beobachten, habe ich den Medizinmännern und -frauen, denen ich bisher begegnet bin, dennoch einige Tricks abgeschaut. Ich behaupte allerdings nicht, dass ich verstehe, wie dieses „Wissen" funktioniert oder weshalb. Oder weshalb es manchmal funktioniert, manchmal aber auch nicht. Was ich weiß, ist, dass mein eigener Glaube und meine eigene Praxis – oder deren Nichtvorhandensein – mir im Weg stehen. Wenn ich also sage, dass ich die Welt retten will, dann bedeutet das nicht, dass ich weiß, wovor oder wofür ich sie rette, oder dass ich auch nur die blasseste Ahnung habe, wie ich es bewerkstelligen soll. Das ist mir einfach noch nicht klar.

Ich habe auch keine Ahnung, was Wyunettas Stimmungsumschwung herbeigeführt haben könnte, doch von dem Moment an, als der kauende und rauchende Trottel zur Tür hinaus war, wurde alles anders. Von einer wütenden, gekränkten alten Hexe verwandelte sie sich in die Mutter aller Mütter, liebevoll und fürsorglich, so als bestünde ihre einzige Freude darin, für meine Bequemlichkeit zu sorgen. Das Essen, nur für mich zubereitet, war eine indianische Fünf-Sterne-Mahlzeit. Die Mokassins, getränkt in Zuneigung und warme Kräuter für meine mit Blasen übersäten Fersen, bekam ich erst nach einer absolut göttlichen Fußmassage. Sie lächelte die ganze Zeit, kicherte oft über einen stillen Witz, so als hätte sie in ihrem Heim den höchstgeehrten Gast, den man sich nur vorstellen kann. Ich weiß wirklich nicht, was ich davon halten soll.

Hin und wieder berührt sie zärtlich mein Gesicht. Tränen treten in ihre Augen, und sie schüttelt den Kopf. Was immer sie in mir gefunden zu haben glaubt, es ist kostbar für sie. Ich bin geehrt, auch wenn ich es nicht verstehe. Ich habe versucht, ihr mit Hilfe der Zeichensprache Fragen zu stellen, aber sie nickt immer nur und blickt zur Tür, als würden wir auf jemanden warten, und das würde alles erklären. Vielleicht der Chief?

Als es tatsächlich klopft, wird mir wieder bewusst, wie nervös und aufgeregt ich bin. Die Tür öffnet sich. Es ist ein junges Navajo-Mädchen, schüchtern und sittsam, mit einem dreckverschmierten, pummeligen Gesicht. Ihrem Aussehen nach zu urteilen ist sie keinen Tag älter als zehn. Der Regen hat vor mindestens einer Stunde aufgehört, aber sie sieht aus, als wäre sie nass geworden und dann in der Sonne wieder getrocknet. Sie trägt einen einfachen Rock, ein blaues T-Shirt, auf dem eine Kuh mit einem Lasso eingefangen wird und das für das örtliche Rodeo wirbt, und schwarze Turnschuhe, die ihr bis über die Knöchel reichen und aussehen, als seien sie ihr ein wenig zu groß.

Ich bin enttäuscht, aber Wyunetta scheint genau das gefunden zu haben, worauf sie gewartet hat. Die alte Frau spricht rasch in Navajo zu dem Kind, das im Rhythmus ihrer Worte nickt und uns beide abwechselnd ansieht.

„Willkommen", sagt sie förmlich und ein wenig steif, so als ob sie die Aufgabe des Übersetzens schon öfter übernommen hätte und nicht sonderlich begeistert davon wäre. „Dies ist dein Zuhause. Weißt du es?"

„Vielen Dank", sage ich, nicht sicher, ob sie fragt, ob ich weiß, dass ich willkommen bin, dass dies für eine Weile mein Zuhause sein soll, oder was sonst. Ich zögere, mehr zu sagen, weil ich nicht riskieren will, Wyunetta erneut zu kränken. Auch wenn sie jetzt sehr liebenswürdig ist, habe ich keineswegs vergessen, dass ihre Laune im Nu umschwenken kann. Mit meiner Begabung dafür, die Dinge zu vermasseln, könnte ich den Boden, den ich gerade gewonnen habe, mit einem falschen Zug ganz schnell wieder verlieren. Meine Füße heilen, aber sie sind nicht in der Verfassung, weitere Kränkungen abzulaufen.

„Ich danke ihr, dass sie mich willkommen heißt", sage ich und verneige mich mit vor dem Körper zusammengelegten Handflächen, eine Gewohnheit, die noch aus meinen Tagen in Tibet übrig ist. „Bitte sag ihr, dass das Mittagessen wunderbar war."

Das Mädchen kommt meiner Bitte nach. Wyunetta schenkt mir ein breites Lächeln, das ihr ganzes Gesicht in Falten legt. Nur die Augen, funkelnd und lebendig, zeigen die Jugend, die noch in ihr steckt. Es bezaubert und verwirrt mich. Kann dies die Frau sein, die mich mit denselben Augen erst vor wenigen Stunden so vehement verflucht hat? Ihr Gesicht bewölkt sich einen Moment lang, als hätte mein Gesicht meine Gedanken preisgegeben.

Sie spricht wieder. Das Mädchen hört zu.

Ich beuge mich vor und neige mein Ohr zu ihrer Stimme hin, als könnte ich mehr verstehen, wenn ich besser höre.

„Sie sagt, heute Morgen hat sie nicht geglaubt, dass du Die Eine bist, weil du sie umgestoßen hast. Sie hat nicht gedacht, dass Die Eine so etwas tun würde."

Das Mädchen hält inne, um weiter zuzuhören. Ich will mich wieder entschuldigen, will ihr sagen, dass es ein Unfall war, aber ich will sie nicht unterbrechen. Das Mädchen nickt Wyunetta zu und dreht sich zu mir um. „Sie sagt, dass du hier in ihrem Hogan mit dem Mann gestritten hast, den wir Dark Crow nennen. Er war hier, um dich zu prüfen, um sicherzugehen, dass du es wirklich bist. Jetzt wird sie dich zu Chief führen."

Ich atme langsam und tief aus. Mir war nicht einmal aufgefallen, dass ich die Luft angehalten hatte. Tausend Fragen rasen durch meinen Verstand. Zum Beispiel, warum die Navajo einem Angehörigen ihres Stammes einen negativen Namen wie Dark Crow geben. Doch die wichtigen Dinge zuerst.

„Frag sie, wie ich sie nennen soll", sage ich.

Das Mädchen gibt meine Frage weiter.

„Wie du sie deinem Gefühl nach nennen möchtest", sagt sie und sieht mich an, als wolle sie fragen, ob ich verstanden habe.

Ich habe bisher nicht darüber nachgedacht, wie ich sie meinem „Gefühl" nach gerne nennen würde, aber mir kommt sofort der Gedanke Große Mutter. „Ich möchte sie gerne Große Mutter nennen, wenn sie es erlaubt."

Bei diesen Worten beugt Wyunetta sich nach vorn, schlägt mit den Handflächen auf ihre Knie und quietscht vor Glück. Dann umarmt sie mich wieder und wieder.

Nachdem sie sich wieder beruhigt hat, wende ich mich erneut dem Kind zu. „Bitte frag sie nach diesem Chief." Ich freue mich sehr über die Aufmerksamkeit, aber ich muss endlich wissen, warum ich hier bin. „Was will er von mir?"

Bei dieser Frage wird das Gesicht von Großer Mutter wieder nüchtern. Es hört sich so an, als spräche sie mit großer Genauigkeit. Ich habe das Gefühl, dass sie großen Wert darauf legt, dass die Übersetzung präzise ist.

„Sie sagt, sie wird dir die Richtung weisen, aber finden musst du ihn selber. Heute Abend wird Dark Crow dich in seinem Lastwagen zum Canyon de Chelly fahren. Das ist seine Vereinbarung. Du bist nur auf dieser Reise sicher. Danach musst du ihm aus dem Weg gehen. Er ist gefährlich für dich. Vergiss das nicht."

Als ob ich daran erinnert werden müsste. Dieser Typ ist für die ganze Gesellschaft gefährlich.

„Du musst tief in den Canyon hineingehen, noch weiter als bis dahin, wo Menschen wohnen. Du wirst Führer haben."

Während Große Mutter spricht, wird mir schwindlig bei dem Gedanken, fast zwei Stunden lang mit dem Typen, den sie Dark Crow nennen, unterwegs zu sein, ohne meine Tasche, ohne Erics Handy, ohne Große Mutter, um mir den Weg zu weisen.

Nicht weniger beängstigend ist der Canyon de Chelly. Ich habe einmal eine kurze Besichtigungstour dorthin unternommen. Ein schöner, ja sogar magischer Ort, zumindest aus der Ferne. Als ich überlegte, ob ich hineingehen soll, ließ ich es jedoch sein, weil ich fürchtete, er könne auf bedrohliche Weise von der geisterhaften Energie jener Ureinwohner erfüllt sein, die dort von den Weißen in die Enge getrieben und getötet wurden. Ganz zu schweigen von den Anasazi oder „alten Fremden", wie die Navajo sie nennen, die ihn vor fünfhundert Jahren ohne ersichtlichen Grund fluchtartig verließen. Ich schaudere.

Ich verdränge diesen Gedanken, aber sein Platz wird schnell von meiner Angst vor Skinwalkern eingenommen. Diese Furcht haben mir einige Navajo eingeflößt, die mich vor bestimmten Highway-Abschnitten gewarnt haben, die ich nachts besser nicht fahren sollte. Die Skinwalker sind die Navajo-Version der modernen Voodoo-Hexen und tragen das Fell von Tieren, um sich die Kraft dieser Tiere zunutze zu machen und alle mit einem tödlichen Fluch zu belegen, die sie nicht mögen. Die Indianer hier draußen glauben fest daran, so fest, dass sie schon bei der bloßen Erwähnung vor Schreck zusammenzucken. Waren die überwucherten Winkel und Felsspalten im Canyon de Chelly nicht der perfekte Ort, hinter dem das Böse kauern und sich verbergen konnte, bereit zum Sprung?

Mein Verstand wirbelt weiter.

Selbst wenn es weder Geister noch Skinwalker gibt, könnten die Felsmassen mich unter einer Überdosis ihrer Energie taumeln lassen, da ich ein äußerst sensitiver Mensch bin. Im Grand Canyon bin ich beinahe ohnmächtig geworden. Der Canyon de Chelly ist zwar kleiner, aber das bedeutet nur, dass die hohen Wände enger zusammen stehen. Mir wird schon schwindlig, wenn ich daran denke.

Und dann gibt es noch die Löwen und Bären, die sogar die Navajo-Ältesten davor zurückschrecken lassen, den Canyon zu betreten, weil sie Angst haben, sie könnten sich vielleicht nicht schnell genug bewegen, wenn ein Löwe oder ein Bär hinter einem Busch hervorgesprungen kommt.

Und wilde Hunde.

Und der gefürchtete Navajo-Trickster[2], der Kojote.

Und Treibsand.

Du liebe Güte, ich stecke bis über beide Ohren in der Scheiße.

---

[2] Anm. der Übersetzerin: Der „Trickster“ ist eine zumeist männliche Gestalt hauptsächlich indianischer Mythen, die sich zwielichtig und vieldeutig darstellt. Ihre Handlungen sind jedoch nicht nur destruktiv, sondern können auch eine Wandlung der Seele bewirken. Da die möglichen deutschen Übersetzungen *Gauner, Schwindler* oder ***Betrüger*** der eigentlichen Bedeutung des Wortes nicht gerecht werden, wurde hier und an anderer Stelle des Buches der englische Ausdruck unverändert stehen gelassen.

Große Mutter spricht über meine Ängste hinweg und lässt dann zu, dass ihre Worte übersetzt werden. „Deine Große Mutter sagt, du sollst keine Angst haben. Deine Aufgabe ist sehr wichtig, deshalb wird das Heilige Volk dir den Weg bereiten."

Mein Verstand sucht fieberhaft nach einem Argument, das gegen diese Ankündigung bestehen kann. Ich klammere mich daran, dass außer den Navajo keiner den Canyon de Chelly ohne Führer betreten darf, gebe aber auf, noch ehe ich den Mund aufmache. Eine spirituelle Suche lässt für diese Art von Feigheit keinen Raum. Außerdem ist es nicht so, dass ich in der Wildnis nicht schon einmal auf mich allein gestellt gewesen wäre. Ich habe es nur nie gemocht.

Ich sehe, dass in den Augen von Großer Mutter wieder Tränen stehen. Sie beginnt mit erstickter Stimme zu sprechen. Bei ihren Worten werden die Augen des Mädchens riesengroß.

„Sie sagt… sie sagt…, dass sie ein Leben lang auf dich gewartet hat, die du früher einmal…", das Mädchen errötet und sein Gesicht verzieht sich, während es nach Worten sucht, „von ihren… du weißt schon… getrunken hast."

Ich schüttle den Kopf und zucke mit den Schultern.

Verzweifelt versucht sie es noch einmal. „Von ihren… getrunken hast." Sie kann es nicht sagen. Stattdessen zeigt sie unbeholfen auf die schlaffen Brüste der alten Frau. Dann rennt sie fluchtartig aus dem Hogan und schlägt die Tür hinter sich zu.

Was? Warte!

Ich schaue verwirrt in die Richtung, in die sie geflohen ist. Tausend Gedanken sind durch mein Gehirn gerast, ehe ich mich für das Offensichtliche entscheiden kann. Große Mutter glaubt, sie habe mich gestillt?

Das ist verrückt.

Wie kann sie nur glauben, ich sei ihre Tochter? Ich bin so weiß, weißer geht es gar nicht. Glaubt sie, sie sei meine Amme gewesen? Dafür ist sie zu alt. Außerdem bin ich an der Ostküste geboren, und wie jedes gute katholische Mädchen wurde ich mit der Flasche gefüttert. Nein, ich bin absolut sicher, dass ich Wyunetta Morningstar noch nie im Leben gesehen habe.

Ein Gefühl der Furcht überwältigt mich.

Ich würde sagen, dass sie wahnsinnig sind oder irgendetwas aushecken, aber dafür ist meine Gastgeberin zu ernsthaft, kommen ihre Handlungen zu sehr von Herzen. Auch Jimmy nannte mich mit großem Ernst seine „Schwester". Wie unwahr es auch ist, diese Menschen müssen es wirklich glauben.

Eine neue Realität trifft mich, eine Wahrheit, die mir nur allzu vertraut ist. Wieder nur eine Sackgasse. Eine neuerliche Hoffnung verschwunden, wie das Kind aus der Tür. Der Göttliche Trickster spielt wieder einmal mit meinem Leben. Vorausgesetzt, dass es da draußen überhaupt ein Göttliches Etwas gibt. Ich starre auf die Tür, als könnten dort Antworten auf magische Weise auftauchen. Das ist aber nicht der Fall. Nur eines ist sicher. Ich bin nicht diejenige, die sie suchen. Nicht Die Eine, für die sie mich halten. Schließlich bin ich eine Fremd, und nicht mehr als das. Mein Herz schlägt schwer, als eine tiefe Traurigkeit sich in meiner Magengrube niederlässt. Ich weiß noch nicht, was ich mit meiner eigenen Enttäuschung tun soll oder mit der Enttäuschung Wyunettas, wenn sie es herausfindet. Selbstsüchtig, wie ich bin, ist es meine Enttäuschung, um die ich trauere. Es ist vorbei. Meine Suche ist der Vollendung nicht näher, als sie es heute Morgen mit Eric im Wohnmobil war. Als ich in die Augen von Großer Mutter schaue, weiß ich, dass sie mir fehlen wird. Sie hat sich nicht gegen mich gewandt. Es waren die Götter. Wieder einmal.

Genug jetzt. Ich muss mich dazu bringen, ihr von diesem Irrtum zu berichten. Auch Jimmy muss informiert werden. Aber wie? Ich renne zur Tür, um Ausschau nach meiner Übersetzerin zu halten. Ich brauche Hilfe, um alles zu erklären, um mich mit Anstand aus dieser Sache zurückziehen zu können, ohne jemanden allzu sehr zu enttäuschen oder zu kränken. Das Mädchen ist fort. Sonnenlicht strömt zur Tür herein und verhöhnt mich. Ich wende mich wieder nach innen, dem Heim zu, das für einen kurzen Moment weit offen war, um mich willkommen zu heißen.

Erst jetzt sehe ich die Wahrheit. Mit Freuden hätte ich mich dem Canyon de Chelly und all seinen Schrecken gestellt, um mich nicht so fühlen zu müssen.

6

Ich hatte nicht vorgehabt, an dieser Fahrt teilzunehmen. Ich hatte vorgehabt, Dark Crow zu sagen, dass es einen Irrtum gegeben hatte. Ich war nicht Die Eine, nach der sie suchten. Ich hatte angenommen, Mr. Feindseligkeit würde erfreut sein, das zu hören, nur zu glücklich, in meinem Namen alles zu erklären. Ich hatte angenommen, dass Wyunetta diesem Chief eine Nachricht zukommen lassen konnte, ohne dass ich noch etwas damit zu tun hatte. Ich selbst konnte mich aufmachen, meine Tasche zu finden, Eric anzurufen und wieder zu meinem Bücherbus zu gelangen. Dort würde ich entscheiden, was ich mit dem Rest meines Lebens anfangen wollte.

Dark Crow, der pünktlich mit dem Einsetzen der Dämmerung auftauchte, hatte für meine Einwände nur ein Lachen übrig. „Das kannst du Chief erzählen", sagte er aus dem Fenster seines ziemlich zerbeulten Pritschenwagens. Er stieg gar nicht erst aus.

Nachdem Wyunetta ihn wegen irgendetwas angefahren hatte, bellte er zurück und sagte, ich solle „verdammt noch mal einsteigen". Aus Achtung vor Wyunetta folgte ich seinem Befehl ohne eine sarkastische Erwiderung. Ehe ich die Tür zumachte, drückte die Frau, die mich den ganzen Nachmittag lang wie eine Tochter behandelt hatte, mir einen Rucksack in die Hand, der einige Navajohemden und -röcke sowie meine Schuhe enthielt. Ich hatte sie beim Packen beobachtet und zu protestieren versucht, erklärte ihr wohl zum hundersten Mal, dass ich ganz sicher nicht diejenige war, die sie suchte. Ich bin ziemlich sicher, dass sie glaubte, ich würde nur gegen die Geschenke protestieren, denn sie wollte von meiner Weigerung nichts hören.

Jetzt fahre ich also mit Dark Crow zum Canyon de Chelly. Sein harter Kiefer ist in einer eigenen Form des Protests angespannt. In beharrlich feindseligem Schweigen fährt er über Nebenstraßen, die ich nicht kenne. Mein einziger Trost liegt darin, dass ich jetzt, wo der Regen vorüber ist, als Beifahrerin die Schönheit der magentafarbenen Landschaft kurz vor dem Sonnenuntergang in vollen Zügen genießen kann.

Obwohl „genießen“ leicht übertrieben ist. Das Innere des Pritschenwagens macht wirkliches Genießen unmöglich. Mit Ausnahme der Stellen, an denen Fingerabdrücke sie abgewischt haben, ist jeder Zentimeter von einem Nikotinfilm und einer dicken Schicht Schmutz bedeckt. Dies beruht zweifellos auf dem Fehlen eines Fensterhebers auf meiner Seite und dem mangelnden Interesse des Fahrers, seinen zu benutzen.

Der lange Sitz, den wir uns teilen, federt während der Fahrt und gibt quietschende Geräusche von sich, die mich irritieren. Seine Vinylnähte sind aufgerissen, und der dünne Stoff ist mit Brandlöchern übersät. Ein Riss, der etwas weiter auf Dark Crows Seite liegt, geht über die ganze Länge des Sitzes und enthüllt eine Füllung aus müdem, schmutzigem Schaumstoff. Er hat so glatte Kanten, dass ich nicht sicher bin, ob er durch ganz normalen Verschleiß entstanden ist, oder ob Dark Crow ihn in einem Wutanfall mit dem Jagdmesser produziert hat, das er an der Seite trägt.

Der Gedanke ruft Visionen hervor, die ich nicht sehen will. Ich hoffe, dass sie nur meiner Einbildung entspringen. Ich erinnere mich an die Warnung, dass dies die einzige Fahrt ist, die ich mit Dark Crow unternehmen soll. Nicht, dass irgendjemand mich dazu bringen könnte, noch einmal mit ihm zu fahren. Ich betrachte den Riss und überlege, ob es wirklich klug war, mich auf diese Fahrt einzulassen. Wenn ich nicht Die Eine bin, wie ich meinem Fahrer gegenüber dummerweise zugegeben habe, dann ist seine Bereitschaft, mich zu meinem Bestimmungsort zu bringen, vielleicht nicht mehr vorhanden.

Wir haben also eine Frau, die mit einem wütenden fremden Mann, der nicht zu besänftigen ist und noch dazu ein Messer besitzt, allein auf einsamen Nebenstraßen unterwegs ist.

Beruhige dich, Mary Margaret.

Na gut, ich nehme an, es ist einleuchtend, dass ein Einheimischer die Nebenstraßen benutzt. Ich weiß, dass ein Messer hier draußen nichts Ungewöhnliches ist. Es gehört zur Standardausrüstung der Leute wie ein Gewehr. Und wütende Indianer gibt es mehr als genug im Reservat. Die meisten von ihnen sind einfach gute Jungs in einer schwierigen Situation. Wenige besitzen diese hässliche Negativität, die ich in meinem Fahrer spüren kann. Wie auch immer, wegen irgendeiner Vereinbarung bringt er mich zu einem Chief. Mit dieser Aufgabe muss so etwas wie Achtung verbunden sein.

Das bedeutet, dass ich wahrscheinlich sicher bin. Höchstwahrscheinlich. Ich atme zitternd aus.

Die Straße führt immer weiter, und das Schweigen wird zu einer Pattsituation. Ich rede ganz bestimmt nicht. Dark Crow wird es auch nicht tun. Hin und wieder sieht er mich direkt an und unterzieht mich ganz unverhohlen einer Prüfung. Damit es so aussieht, als würde ich mich mit unserer Situation völlig wohlfühlen, starre ich genauso unverhohlen zurück.

Er ist neunundzwanzig, vielleicht dreißig, ein paar Zentimeter größer als ich. Für einen Navajo ist das ziemlich groß. Seine kräftigen Gesichtszüge sind herber als bei den Navajo üblich. Vielleicht ist er nur zum Teil Navajo. Es hätte ein gutaussehendes Gesicht sein können, wenn auch nur ein Hauch von Freundlichkeit oder Humor darin zu finden wäre.

Seine Haare sind lang und pechschwarz. Er hat sie hinten zu einem Pferdeschwanz zusammengebunden, wenn auch ganz offensichtlich nicht, um sie in Ordnung zu halten. Ich glaube nicht, dass sie im letzten Jahr eine Bürste gesehen haben. Sie erinnern mich an einen echten Pferdeschwanz. Ich stelle mir vor, dass ich sie hochhebe und darunter einen echten Pferdehintern entdecke. Bei dem Gedanken lache ich leise in mich hinein, und ein kleines Lächeln stiehlt sich in meine Mundwinkel, wenngleich ich spüre, dass dies ein gefährliches Zugeständnis ist.

Zumindest habe *ich* einen Sinn für Humor. Er hilft mir, seine langen, schmutzigen Fingernägel und diese schrecklichen Zähne zu ertragen, die ich immer dann sehe, wenn er den Mund verzieht, um sich eine Zigarette anzuzünden. Sie sind gelb mit schwarzen Stellen zwischen den Schneidezähnen. Wie es scheint, hat der Typ eine Abneigung gegen alle möglichen Arten von Bürsten. Es reicht auf jeden Fall, um einem einen Schauer über den Rücken zu jagen.

Sein rotes T-Shirt hat keine Beschriftung außer einem sonderbaren Symbol, das ich nicht erkenne, und seine schwarzen Jeans sind ein wenig zu eng. Der große Boss auf dem Campus, jawohl, Kumpel. Ich versuche mir vorzustellen, wie sein „Blick" eine Frau oder ein junges indianisches Mädchen verführt, das auf der Suche nach einem Freund ist. Ich kann es nicht. Ich kann mir einfach nicht vorstellen, dass dieser Mann jemanden liebt, aber ich kann mir ohne Schwierigkeiten vorstellen, wie seine Faust im Gesicht einer Frau landet.

Ich kann sogar sehen, wie ein Wangenknochen bei diesem Aufprall zerschmettert. Meine eigene Wange wird heiß. Diese Art von Reaktion habe ich häufig bei unerwarteten Visionen. Ich hoffe, dass nicht ich diejenige bin, die es abbekommt, aber würde ich es einer anderen Frau, vielleicht sogar einem jungen Mädchen wünschen, das nicht so stark ist wie ich? Ich bete still, dass es, wenn es jemanden treffen muss, die Stärkste unter uns sein möge.

Der große Boss auf dem Campus räuspert sich mit einem hässlichen Geräusch und öffnet die Tür, um hinauszuspucken, während wir die staubige Straße entlang fahren. Ich bin versucht, meine eigene Tür zu öffnen und mich zu übergeben. Stattdessen wende ich meine Gedanken besseren Männern zu. Diesem Chief vielleicht.

Ich frage mich, ob es eine Möglichkeit gibt, meinen Fahrer dazu zu bringen, dass er mir etwas über ihn erzählt. Ich weiß nur wenig außer der Tatsache, dass er ein Interesse daran hat, Edelsteine und Mineralien in meinen Träumen erscheinen zu lassen. Habe ich einen riesengroßen Kopfschmuck und Kriegsbemalung zu erwarten? Lebt er irgendwo in bewohntem Gebiet, oder hat er sich in eine Felsnische zurückgezogen, in der ihn auch ein Einheimischer nur schwerlich finden würde? Mir fällt keine Möglichkeit ein, die es mir erlauben würde, in diesem lautlosen Gefecht mein Gesicht zu wahren, außer jenem alten Sprichwort, in dem es heißt, dass man manchmal eine Schlacht verlieren muss, um den Krieg zu gewinnen. Es wird reichen müssen.

„Kennst du diesen Chief?“, frage ich beiläufig.

Er dreht sich zu mir um und sieht mich an, als sei ich eine Närrin zu glauben, dass er mit mir reden wird, ganz zu schweigen davon, dass er mir irgendetwas erzählen wird, was ich wissen will. Gerade als ich sicher bin, dass er noch nicht einmal überlegt, ob er mir eine Antwort geben soll, macht er den Mund auf.

„Ich schulde ihm was. Hab viele Jahre darauf gewartet, diese Schuld zu bezahlen. Danach sind wir quitt.“

Das ist nicht die Antwort, die ich erwartet habe. Ich würde jedoch gerne mehr über diese Vereinbarung erfahren, die auch Wyunetta erwähnt hat. Dark Crow scheint darauf gewartet zu haben, mich bei diesem Chief abzuliefern, um eine Schuld zu bezahlen, was heißt, dass ich wahrscheinlich tatsächlich sicher bin. Ich spüre, wie ein Knoten in meiner rechten Schulter ein wenig nachgibt. Ich drehe leicht den Arm, um ihn zu lösen.

„Was hat er für dich getan?“, frage ich und versuche es so klingen zu lassen, als sei es keine große Sache, als sei es einfach etwas, worüber wir uns so nebenbei unterhalten könnten.

Mein Fahrer sieht mich wieder an, bohrt seine Augen in mich hinein, als wäre ich blöd.

Ich warte, bekomme keine Antwort und versuche es aus einer anderen Richtung. „Was weißt du über ihn?“

„Nee“, sagt er, ohne mich anzusehen. Ein verzerrtes Lächeln zeigt mir mehr Zähne, als ich sehen will. „Macht viel zu viel Spaß zu sehen, wie besorgt du bist.“

„Ich bin nicht besorgt“, sage ich ein wenig zu defensiv. „Ich bin in meinem Leben einigen der größten Männer und Frauen dieser Welt begegnet. Ich bin bloß neugierig, ob dieser Chief jemand ist, den ich zu dieser Liste hinzufügen möchte. Oder ob er auch nicht mehr ist als ein durchschnittlicher Guru, der glaubt, er sei etwas ganz Besonderes. Auch die sind mir schon begegnet.“

Ich bin selbst von meinem improvisierten Köder beeindruckt. Dark Crow schluckt ihn nicht, aber ich kann erkennen, dass er über den Chief nachdenkt, darüber, ob er etwas Besonderes ist oder nicht. Er rutscht auf seinem Sitz hin und her, fühlt sich offenkundig unwohl mit seinen eigenen Gedanken. Diese Vorstellung gefällt mir. Um es geradeheraus zu sagen, ich bin absolut sicher, dass Dark Crow keiner der guten Jungs ist. Wie schlecht er tatsächlich ist, ob er absichtlich dem Bösen folgt oder – wie die meisten Menschen – wegen seiner eigenen Verletzungen einfach blind um sich schlägt, kann ich nicht sagen. Aber diesem Cowboy setzt ganz bestimmt niemand einen weißen Hut auf.

„Wo warst du denn?“, fragt er. Etwas in seiner Stimme lässt mich aufhorchen. Ich höre eine gewisse Verwundbarkeit, Fernweh mit einem Hauch von Neid. Wahrscheinlich ist er noch nie irgendwo gewesen.

„Überall“, sage ich und zucke mit den Schultern. „Sechsundzwanzig Länder nach der neuesten Zählung, aber viele davon in Europa, wo du ein Land an einem Nachmittag durchqueren kannst.“

Darüber denkt er eine Minute nach.

„Was ist das Schlimmste, das du je gesehen hast?“, fragt er schließlich.

Ich sehe ihn direkt an und schätze, dass ich einen Moment Zeit habe, um darüber nachzudenken. Es ist eine interessante Frage, und bislang habe ich es vermieden, sie mir selber zu stellen. Vor meinem inneren Auge sehe ich die Bahnhöfe von Old Delhi, wo so viele Menschen auf Dreckmatten leben, dass man nicht zu seinem Zug gehen kann, ohne jemanden zu verletzen. Dann gibt es die zehn Jahre alten Prostituierten auf Haiti, kleine Mädchen, die niemals kleine Mädchen gewesen sind. Oder die friedliebenden Nonnen in Tibet, die glauben, sie seien nicht mehr würdig genug, ihre orange- und safranfarbenen Gewänder zu tragen, weil sie in chinesischen Gefängnissen wiederholt brutal vergewaltigt wurden. Und in Kalkutta gibt es siebenjährige Jungen, die jeden Tag von Sonnenaufgang bis Sonnenuntergang zwanzig Pfund Mörtel auf dem Kopf transportieren und noch nicht einmal wissen, was eine Schule ist. Wofür entscheidet man sich, wenn man diese vielen, gleichermaßen ehrenwerten Wahlmöglichkeiten hat?

„Ich wette, ich habe Schlimmeres gesehen als du“, sagt Dark Crow in meine Stille hinein. Mir wird klar, dass er die Frage nicht deshalb gestellt hat, weil er meine Antwort hören wollte, sondern weil er eine Ausrede brauchte, um mir seine eigene zu geben.

Es spielt keine Rolle. Wir befinden uns im Krieg. Ich werde alles, was er mir gibt, gegen ihn verwenden. Wie ein Stalker[3] warte ich, mit unbewegtem Gesicht, ein Grinsen in meinem Herzen.

Strategie ist alles.

---

3 Anm. d. Übersetzerin: Ein „Stalker“ (engl.: to stalk = sich anpirschen) ist jemand, der ständig die Nähe zu einer von ihm verehrten Person sucht oder sie mit Anrufen, Briefen oder anderweitig belästigt.

7

„Was hast du gesehen?“ Beinahe hätte ich „Dark Crow“ hinzugefügt, damit es so klingt, als würde es mich wirklich interessieren. Dann fällt mir ein, dass er diesen Namen wahrscheinlich nicht allzu gerne hört, sofern er überhaupt weiß, dass die anderen ihn so nennen. Da ich ihm nie richtig vorgestellt worden bin, lasse ich meine Frage so, wie sie ist.

Er lächelt kalt, als wolle er mich mit seiner Gefühllosigkeit beeindrucken.

Ja, Wer-Immer-Du-Wirklich-Bist, ich durchschaue dich mühelos.

Es gibt mir ein gutes Gefühl, mich wie ein Kampfsportler auf diese Konfrontation vorzubereiten. Man benutzt die Kraft des Gegners, um ihn zu Fall zu bringen, indem man im letzten Moment zur Seite geht. Dies ist eine klassische Gelegenheit.

„Ich hab’ gesehen, wie ein Bär einem Mann das Herz rausgerissen hat, ganz tief im Canyon de Chelly, wo du hingehst. Arme und Beine hat er ihm ausgerissen, als wär’s nur ein gekochtes Huhn, das du auseinander nimmst.“

Ich zucke zusammen.

Dark Crow wartet auf mehr, will anscheinend eine stärkere Reaktion sehen. „Sein Sohn hat zugesehen“, fügt er hinzu und lehnt sich zu mir herüber, als wüsste er, dass das mich treffen würde. „Er hat nicht geschrien, weil er zu viel Angst hatte. Dachte, der Bär würde dann auch auf ihn losgehen.“

Ich sehe das Bild nur allzu lebhaft vor meinem inneren Auge. Darauf war ich nicht gefasst. Der Vater, der Sohn. Mein Herz krampft sich zusammen, als ob die Panik meine eigene wäre. Jeder Gedanke daran, ein solches Bild als Munition in einem Psychokrieg zu verwenden, selbst gegen jemanden wie Dark Crow, scheint zumindest pietätlos, wenn nicht gar von Grund auf falsch.

„Es ist schrecklich, so etwas mit ansehen zu müssen“, sage ich.

Ich sehe ihn an und warte auf eine Antwort, aber es kommt keine. Für einen kurzen Moment stelle ich mir vor, dass er das Kind war, und empfinde einen ersten Anflug von Mitgefühl. Was, wenn es Dark Crow war, der seinen Vater und den Bären gesehen hat? Ich kann mir gut vorstellen, wie ihn das zu dem gemacht haben könnte, was er heute ist. Je tiefer ich in meinen Ort des inneren Sehens eintauche, umso stärker verkrampft meine rechte Schulter, und umso deutlicher spüre ich, dass es wahr ist.

„Warst du der Sohn?“, frage ich, vorsichtig forschend. So etwas würde ich nie und nimmer gegen ihn verwenden. Ich würde es benutzen, um ihm zu helfen, wenn ich kann. Vielleicht muss er darüber sprechen.

„Scheiße, nein!“, antwortet er laut und sieht mich wieder an, als wäre ich eine blöde weiße Kuh.

Sofort ärgere ich mich über mich selbst, dass ich es überhaupt in Betracht gezogen habe, Mitgefühl zu empfinden. Mein Herz schnappt zu. „Was in aller Welt IST denn bloß passiert, dass du so ein ewiger Sonnenschein geworden bist?“

„Nichts“, sagt er und sieht so aus, als würde ich ihn noch mehr anwidern. „Nichts im Reservat lässt dich zu Nichts werden.“

So, so. Das ist es also. So unmöglich es auch scheint, ich habe in Dark Crow etwas gefunden, das ich nachvollziehen kann. Nichts.

Wenn ich überhaupt etwas kenne, dann das Nichts. Ich weiß, wie das Nichts dich zerbrechen kann. Es ist ein langsamer Bruch, nie so sauber wie einer, auf den du zeigen kannst. Die Wahrheit ist, dass ich mit jedem „Etwas“ umgehen kann, das mir passiert. Es gibt jedoch ein gewisses Nichts, das passiert, das anscheinend schon seit ewigen Zeiten passiert, bei dem ich nicht die leiseste Ahnung habe, wie ich damit umgehen soll.

Plötzlich scheint Dark Crow ein Spiegelbild meiner selbst zu sein. Dieser Gedanke beschert meiner Schulter einen ausgewachsenen Krampf. Ich umklammere den scharfen Schmerz, ein seit langer Zeit bestehendes Leiden, das anscheinend immer im passendsten Moment aufflammt.

Ich bin versucht, ihm meine Gedanken mitzuteilen, ihm zu erklären, dass es mehr Ähnlichkeiten als Unterschiede zwischen uns gibt. Doch das hätte keinen Zweck. Er ist zweifellos genauso sicher, dass ich alle Wahlmöglichkeiten der Welt habe, wie ich sicher bin, dass er zumindest einige hat.

Wir fahren schweigend weiter, bis er langsamer wird und am Straßenrand anhält. Auch wenn meine Augen sich während der Fahrt in den Abend hinein an die zunehmende Dunkelheit gewöhnt haben, kommt mir erst jetzt zu Bewusstsein, dass es vollends dunkel geworden ist. Mein Fahrer hat seine Scheinwerfer nicht eingeschaltet.

Jetzt kommt es.

Mein Mund ist plötzlich so trocken wie die Wüste, die uns verschluckt hat.

„Wir schlafen hier“, sagt er knapp. „Hinten liegt eine Decke. Oder…“, fährt er mit verführerischer Stimme fort, „du bleibst hier vorne bei mir.“ Ich kann das Lächeln auf seinen Lippen kaum erkennen, aber seine gelben Zähne scheinen im Dunkel zu leuchten. Ich schaudere unwillkürlich.

„Wir können nicht mehr als eine Stunde weit weg sein“, argumentiere ich, äußere Logik mit versagender Stimme.

Verdammt, Mädel, zeig keine Angst. Keine. Angst.

„Scheinwerfer funktionieren nicht“, sagt er, das Lächeln jetzt in seiner Stimme.

Katz und Maus, wird mir klar, während ich zu atmen versuche. Er gewinnt.

„Du wusstest, dass die Scheinwerfer nicht funktionieren, und bist trotzdem kurz vor der Abenddämmerung losgefahren?“ Diese Erkenntnis ärgert mich maßlos und lässt mich meine Angst zumindest so weit vergessen, dass man sie mir nicht anmerkt. Wir sind am Ende der Welt. Mein Blut wird kalt, rast durch meine Adern.

„Einer ging noch, als wir losgefahren sind“, antwortet er, Musik in seiner Stimme. „Dachte ich zumindest.“

Ich glaube ihm nicht. Ich bin so wütend, dass ich für ein paar kostbare Sekunden klar denken kann. Ich schnappe mir Wyunettas Rucksack, steige aus, knalle die Tür hinter mir zu und gehe nach hinten. Ich kann Dark Crow lachen hören. Es ist ein hartes Lachen, ein Lachen, das sich freut, mit großem Vorsprung gewonnen zu haben.

Der Boden der Ladefläche besteht aus geriffeltem, schmutzigem Metall, die Kanten noch nass vom Regen. Die klatschnasse Decke sieht aus, als wäre sie nicht von Navajo, sondern von Mexikanern hergestellt worden. Das macht mich noch wütender. Ich habe nichts gegen die Mexikaner. Ich bin nur der Meinung, dass er gegenüber seinem eigenen Volk mehr Loyalität zeigen sollte. Ich ziehe beide Extrahemden und -röcke an, die sich in meinem Rucksack befinden, und decke mich mit der Decke zu, froh, dass ich nicht sehen kann, womit sie verseucht ist. Sicherheit in Schichten, so Gott will.

„Idiot", sage ich lauter als beabsichtigt, finde einen Hauch von Mut in der Scheibe, die mich von meiner Nemesis trennt. Wieder das Lachen.

Als Kissen dient mir ein alter Reifen, den der Rucksack ein wenig weicher macht. Der Winkel wird mir zweifelsohne einen steifen Nacken bescheren. Ich zwinge mich, an Old Delhi und den mit Obdachlosen überfüllten Bahnhof zu denken, die jede Nacht unter viel schlimmeren Umständen verbringen. Für gewöhnlich funktioniert das immer, wenn ich mich in einer besonders unangenehmen Situation befinde. Heute nicht.

Zwei Dinge trösten mich. Wyunettas Mokassins, abgetragen und weich, die meine Füße heilen, während ich sie durch das Leder und das Fell hindurch massiere. Und der Nachthimmel von Arizona, eine Mischung aus Samt und Seide, reich mit silbrig-weiß glänzenden Sternen übersät.

Er erinnert mich an das, was Ita, eine Lehrerin im peruanischen Dschungel, einmal zu mir gesagt hat, nachdem sie mir erklärt hatte, dass sie nicht der Lehrer sei, nach dem ich suchte. „Die Nacht ist unsere Erklärung für allen Schmerz und alles Leid. Ohne die Dunkelheit der Nacht aber können die Sterne nicht leuchten, und der

Morgen kann nicht kommen. Warte nicht nur auf den Morgen. Lerne die Nacht schätzen. Dann wirst du Gott kennen."

Die Vorstellung, Gott zu kennen, was ich mir ganz gewiss nicht anmaße, bietet ein wenig Trost, obwohl ich nach all diesen Jahren nicht mehr glaube, dass ich in einer Nacht zur Erleuchtung gelangen kann. In der Stille kann ich hören, wie Dark Crows Atem sich verändert. Ich fühle, wie seine Energie sich in Richtung Schlaf verschiebt, zumindest für den Moment.

Ich werde ein wenig ruhiger und presse den Daumen fest in meine rechte Schulter, dorthin, wo es am schlimmsten wehtut. Ich versuche dieses Fiasko zu verstehen, gelange aber zu keinem Ergebnis.

Begrenze den Schaden und schau nach vorne.

Also, weiter zu Plan B: Ich sage diesem Chief, dass ich nicht diejenige bin, für die er mich hält, versuche herauszufinden, ob er weiß, wer ich wirklich bin, und frage ihn, ob er mir meinen weiteren Weg weisen kann. Ein solch weiser Mensch scheint immer dann aufzutauchen, wenn ich am verzweifeltesten bin, wenn ich kurz davor bin, das Handtuch hinzuwerfen und so zu sein wie alle anderen Leute auch, mit einem Haus, einem Auto und einem geregelten Leben. Normalerweise wird mir bei dem Gedanken schlecht, aber heute Abend, mit einem Reifen als Kopfkissen, hat er einen gewissen Reiz.

Ich verlagere mein Gewicht und stelle mir die blauen Flecken vor, die ich auf dem harten, geriffelten Boden davontragen werde, davon, dass die feuchte Decke meine Haut wund scheuert, ganz zu schweigen.

Verdammt, ich mache das hier einfach zu oft. Ich verzeihe dem Universum – oder den Göttern und Göttinnen, die dort gebieten – einfach zu schnell. Besonders dann, wenn es mich wieder einmal in eine Sackgasse geführt hat. Ich sammle die Brosamen wie eine Maus und sage mir, dass ich sogar dafür noch dankbar sein muss.

Wieso ich das tue, verstehe ich selbst nicht. Ich schätze, dass ich ganz einfach nicht anders kann. Ich habe immer dort Hoffnung gefunden, wo es keine gibt. Eric hat einmal gesagt, dass ich sogar in einer Schlinge noch eine positive Symbolik entdecke, besonders dann, wenn die Situation so schlimm ist, dass ich Gefahr laufe, einer zu begegnen. Er hat Recht, aber was ist die Alternative? Was haben wir, wenn wir keine Hoffnung haben? Außerdem muss eine Schlinge nicht unbedingt den Tod bedeuten. Sie kann auch den Tod der alten Lebensweise ankündigen, kann der Vorbote für das Wiedererstehen des Phönix sein.

Zumindest tröste ich mich mit diesem Gedanken. Eines Tages werde ich allerdings womöglich zugeben müssen, dass ich demselben Irrglauben erlegen bin wie diejenigen, die Wärme und Sinn in einem Thanksgiving-Essen finden, bei dem die ganze Zeit bloß gestritten wird.

Ich betrachte den Mond, der in wenigen Tagen voll sein wird. Er lässt mich an ein Kartenspiel denken, das ich bei unseren qualvollen jährlichen Familientreffen als Kind oft gespielt habe. Wie hieß es doch gleich? Ich weiß es schon nicht mehr, erinnere mich aber daran, dass ich den Teil besonders gern mochte, bei dem man alles riskieren konnte, um auf den Mond zu schießen[4]. Der Plan war, alle schlechten Karten zu bekommen, alle falschen Karten, alle Karten, die das Spiel ruiniert hätten, wenn man versuchte, eine gute Hand zusammen zu bekommen – genau die Karten, die kein anderer wollte. Wenn man es schaffte, alle diese Karten in die Hand zu bekommen, hatte man gewonnen, das große Los gezogen, den Jackpot geknackt.

Ich erinnere mich, wie es sich anfühlte, wenn ich bis auf eine alle diese tödlichen Karten in der Hand hatte. Ich betete, dass das Schlechte zu etwas führen würde, das alles wert war, und hatte ebenso große Angst davor, eine gute Karte zu bekommen, die meinen Plan ruiniert hätte, wie alle anderen Angst vor der Dunkelheit hatten, die ich selbst in der Hand hielt. Etwas Ähnliches empfinde ich auch jetzt. Es trifft nicht ganz genau, aber fast, und ich gebe mich geschlagen.

„Amen“, flüstere ich und lasse den Rest offen in der unbestimmten Hoffnung, dass die höheren Mächte vielleicht eine Vorstellung davon haben, wofür ich beten sollte. Ich weiß es mit Sicherheit nicht.

---

[4] Anm. der Übersetzerin: Die Autorin spielt auf das Kartenspiel *Hearts* an. Leider gibt es keine passende deutsche Entsprechung für die Redewendung „Shoot the Moon“.

8

Dark Crow lässt den Motor an und fährt mit quietschenden Reifen auf die Straße zurück, noch ehe ich völlig wach bin. Zweifellos ist das seine Art und Weise, um mich in meine Schranken zu weisen. Er lässt mich einfach auf der Ladefläche sitzen, macht sich noch nicht einmal die Mühe, kurz an die Scheibe zu klopfen, die uns trennt, um mir zu sagen, dass es losgeht. Als ich schließlich zur Besinnung komme, betaste ich erst einmal meinen Körper, um sicherzugehen, dass ich auch wirklich hier bin, wirklich am Leben bin.

Tatsächlich. Ich habe die Nacht überlebt. Ich bin während der Stunden, die ich im Halbschlaf verbracht habe, weder vergewaltigt noch anderweitig gestört worden. Dieser Chief muss in der Tat recht große Macht über meinen Fahrer haben.

Ich lächle, atme tief ein. An einem solchen Morgen, an dem goldenes Sonnenlicht durch die Bäume herabströmt und die sandige Erde erhellt, lasse ich mich nicht aus der Ruhe bringen. Ich bin sogar lieber hier draußen auf der Ladefläche des Pritschenwagens, im frühen Morgenwind, statt in unmittelbarer Nähe von Dark Crows geierhafter Energie, von seinem Zigarettenqualm und seiner Spucke ganz zu schweigen.

Ich ziehe meine zusätzlichen Kleider wieder aus, verstaue sie in meinem Rucksack und lasse mich in einer Ecke nieder. Meine Rippen und Hüften tun weh, aber ich bin in Hochstimmung, spüre eine Woge der Hoffnung, die mich morgens oft überkommt, ganz egal, in welchen Umständen ich mich gerade befinde. Ich staune oft darüber. Es ist, als läge es in meiner Natur, froh zu sein, wann immer mir die Schönheit ihr heiliges Gesicht zuwendet, zumindest so lange, bis der Tag sich dahinschleppt. Ich schaue mich um und atme wieder und wieder tief ein.

Trotz des Aufstandes der Navajo und der schrecklichen Geschichte, die dieses Land erlebt hat, ist das Reservat ein Ort, an dem man leicht an einen Gott oder Götter glauben könnte. Die Farben sind atemberaubend. Glänzendes Gold, flammendes Orange, tiefes Rot, gedämpftes Gelb, sandiges Braun. Ihr Zusammenwirken verändert sich stündlich, bis zum Sonnenuntergang, der einen vollkommen neuen Hintergrund aus leuchtendem Pink, gedämpftem Purpurrot und majestätischen Blautönen mit sich bringt. Jede neue Kurve in der Straße ist ein sicherer Beweis dafür, dass es Wunder gibt, wenn man an solche Dinge glaubt. Wenn nicht, dann fragt man sich zumindest, ob Mutter Erde sich wohl absichtlich so erschaffen hat, ausbuchtend an einer Stelle und einsinkend an einer anderen, ein Yang und Yin ihres ganz eigenen, göttlichen Atems.

Ich habe mich, wenn auch oberflächlich, mit allen größeren Religionen befasst, aber nichts erscheint mir wahrer als das, was ich an diesem Morgen sehe. Nur an unberührten Flecken Erde wie diesem kann man ihre atemberaubende Eleganz völlig kostenlos am Rand der Straße bewundern. Natürlich, einige Straßenschilder weisen auf den offiziellen Einfluss des Menschen hin. Aber hier im Reservat sprechen sogar die Straßenschilder die Sprache der Hoffnung. Wie um meinen Gedanken eine Bestätigung zu verleihen, fahren wir an einem Straßenschild vorbei, das erklärt, dass Mr. und Mrs. Tony Wallerman einen Straßenabschnitt adoptiert und sich verpflichtet haben, ihn sauber zu halten. Anderswo in Amerika ist es eine Firma, die eine vermeintliche Werbemöglichkeit nutzt. Hier sind es Tony und seine Frau, die das Land lieben. Dieser Anblick lässt mich wieder einmal an die guten Dinge im Leben glauben.

Ein Vogel folgt dem Wagen. Er fliegt so hoch oben, dass ich nicht erkennen kann, was es ist. Ich spüre, dass ich aufsteige wie der Vogel und auf mich selbst herabschaue. Der Zeuge, wie die erleuchteten Meister sagen würden. Dieser Flug ist lange Zeit meine einzige Meditationsübung gewesen, meine einzige Möglichkeit, mich von mir selbst zu befreien, wenn die Hölle des Lebens auf mich eingestürzt ist. Wie immer bringt sie mir auch heute Frieden.

Was also, wenn Mary Margaret Hathaway nicht Die Eine ist? Die Eine wofür? Für etwas in der Zukunft. Die Zukunft existiert aber erst dann, wenn ich dorthin gelange. Ich lache über mich selbst, über die Sorgen, die ich mir gestern noch gemacht habe, weil ich nicht Die Eine für eine Zukunft war, die noch gar nicht existiert. Während ich heute, jetzt, bin. Ich bin einfach. Ich lache wieder und benutze Mary Margarets Hand, um vor Freude den Wind einzufangen.

Plötzlich macht der Wagen einen Satz, als wäre er mit etwas zusammengestoßen. Mein Kopf schlägt gegen die Kabine und taumelt als der Vogel, der ich bin. Mit einem Schlag werde ich in Mary Margarets Körper zurückbefördert. Dark Crow hämmert gegen die Scheibe, während der Wagen zu einem abrupten Halt kommt.

„Steig ein“, brüllt er durch die einen Spalt weit geöffnete Fahrertür. Dann spuckt er auf den Boden.

„Mir geht's gut hier“, schreie ich zurück.

Ich warte. Warte weiter.

Es hat keinen Zweck. Er wird erst weiterfahren, wenn ich nach vorne zurückgekehrt bin.

Mühelos erkenne ich den Grund für den ganzen Aufruhr. Dark Crow wollte, dass ich mich gekränkt fühle, aber ich habe gelacht. Ich war dabei, auf der einzigen Ebene zu gewinnen, die wirklich etwas bedeutet. Meine Freude hat ihn verrückt gemacht. Ich fühle mich großherzig genug, um es ihm nicht unter die Nase zu reiben, und steige nach vorne in die Kabine, schweigend, aber immer noch glücklich. Niemand kann dir deine Freude rauben – mir fällt ein, dass eine kluge Frau aus Jamaika das einmal zu mir gesagt hat –, nur du allein kannst sie fortgeben.

In der Kabine ist seine Wut genauso greifbar wie mein Glücklichsein. Er fährt los. Die Reifen drehen im Sand durch und hinterlassen eine Staubwolke, die so dicht ist, dass ich hinter uns nichts mehr erkennen kann. Meine gute Laune berührt das allerdings nicht. Hier, jetzt, bin ich seiner Energie und seinem Einfluss entzogen. Soll er doch sein, wer immer er sein will. Ich bin. Ich lächle, kann einfach nicht anders.

„Du bist verdammt noch mal verrückt“, klagt er mich an und wirft mit den Worten um sich wie mit Pfeilen, die aber nicht einmal das Brett, geschweige denn ins Schwarze, treffen.

Ich antworte ihm mit einer aufrichtigen Frage und lasse dabei zu, dass der singende Tonfall in meiner Stimme deutlich zu hören ist. „Hasst du mich, weil ich weiß bin oder weil dein Volk glaubt, dass ich Die Eine bin, oder weshalb?“

„Ich hasse dich nicht, verdammt noch mal. Du bist mir völlig egal. Du bist nichts, worüber man zweimal nachdenken muss“, sagt er und wirft mir einen Blick zu, der seine Worte bestätigt.

„Ah, ja, schon wieder dieses Nichts“, sage ich mit einem Anflug von Hohn. „Nichts im Reservat macht dich zu Nichts, oder wie war das? Jetzt Nichts, das dich zweimal über mich nachdenken lässt. Dieses Nichts ist ja mächtig starker Stoff für dich.“

„Halt verdammt noch mal die Klappe“, sagt er. Seine Augen werden schmal.

Ich habe einen Nerv getroffen, aber ich kann einfach nicht anders. Ich bohre weiter. Hier ist ein Typ, der sich entweder selbst ins Gesicht sehen oder für immer verloren sein muss. Das ist zumindest meine Meinung. „Klar, Nichts hat dich fest im Griff. Nichts zu tun. Nichts, worum man sich Sorgen macht. Nichts, worauf man sich freut.“

Blitzschnell hat das Messer seine Seite verlassen und schwebt wenige Zentimeter vor meiner Kehle. „Ich habe gesagt, du sollst verdammt noch mal die Klappe halten!“

Ich habe keinen Nerv getroffen. Ich habe eine Arterie getroffen – die Quelle seines lebenslangen Elends. Einerseits überrascht mich das Messer, andererseits aber auch nicht. Ein Teil von mir verlässt meinen Körper, vollkommen ruhig, um zum Vogel zu werden. Ich muss gewusst haben, dass das hier kommen würde.

Ich beobachte die Szene mit einer Losgelöstheit, die ich selbst kaum glauben kann. Ich fühle, wie ich scharf Luft hole, schaue ihm aber weiter ins Gesicht. Ich vermeide es, direkt auf das Messer zu sehen, obwohl das Ich, das noch hier ist, sich jeder Unebenheit der Straße überdeutlich bewusst ist. Ein tiefes Schlagloch, und ich bin für alle Zeiten ein Vogel.

Aber in meinem innersten Herzen glaube ich einfach nicht, dass heute der Tag ist, an dem ich sterben werde. Wie eine Närrin bohre ich weiter.

„Mach schon, bring mich jetzt um", sage ich, als wäre es mir wirklich egal. „Erlöse mich von meinem Elend."

Plötzlich, überraschend, fühle ich mich dieser Vorstellung zutiefst verbunden. Mein Elend. Die Hölle, die ich durchmache, meine eigene Form von Nichts. Ich bin der Vogel, Hoffnung und Elend zugleich. Es scheint klar, ja, noch klarer als klar, wenn ich es durch mein Vogel-Selbst betrachte. Ich frage mich, ob es eine Möglichkeit für mich gibt, diese Klarheit zu bewahren. Bin ich an diesem Ort des Nah-Todes, von dem ich gehört habe, an dem nicht mein Leben, sondern mein Mangel an Verständnis vor meinem inneren Auge vorüberzieht? Wie sehr wünsche ich mir, ich könnte die Lektionen so klar festhalten, wie ich sie jetzt sehe.

Zur gleichen Zeit bin ich ganz und gar bei Dark Crow und seinem Bedürfnis nach etwas, irgendetwas, das ich vielleicht geben kann. Meine eigene Großherzigkeit fasziniert mich. Oder glaube ich, dass ich ihm etwas schulde?

„Du fühlst dich überhaupt nicht elend", klagt er mich an. „Du bist verdammt noch mal glücklich. Du lachst. Als ob es an diesem verdammten Ort was zu lachen gäbe."

Mein Verstand arbeitet messerscharf. Er findet meine Stimme, brennt darauf, sich auszudrücken. „Es ist ein schmaler Grat für alle, Kumpel. Das wüsstest du, wenn du mal lange genug aus dem Reservat rauskämst, um dich umzusehen."

Ich halte inne und warte auf eine Reaktion, doch es kommt keine. Er hindert mich nicht mehr daran, die Wahrheit zu sagen. Wahrscheinlich, weil er weiß, dass er mich mit einem kurzen Stoß seines Handgelenks endgültig zum Schweigen bringen kann, wenn ich zu weit gehe.

„Willst du wissen, was das Schlimmste ist, das ich je gesehen habe?", fahre ich kühn fort, als wäre ich diejenige, die das Messer an seine Kehle hält. „Nichts. Ich war überall auf der Welt, und ich habe so viele Leute gesehen, die im Nichts ertrunken sind, dass ich geweint habe, bis keine Tränen mehr übrig waren. Dein Nichts gibt's wie Sand am Meer, Cowboy. Ich habe selber einen Riesenhaufen davon. Glaub also nicht, dass du besonders auserwählt wurdest, um zu leiden. Keiner ist so was Besonderes."

Als hätte die göttliche Vorsehung es so geplant, nähern wir uns einer Hauptstraße. Dark Crow betrachtet die Autos, die von links und rechts kommen. Ich kann sehen, wie er überlegt. Schließlich scheint seine Cleverness zu gewinnen. Er lässt das Messer in die Scheide zurückgleiten.

Wir fahren schweigend weiter, aber es ist eine neue Art von Schweigen. Der Hass hat sich geklärt, zumindest für den Moment. Das gibt uns beiden Zeit, über die Wahrheit nachzudenken, die ich ausgesprochen habe.

Kurz darauf sehe ich die Hinweisschilder zur Thunderbird Lodge, die am Eingang des Canyon de Chelly gelegen ist. Mein Leben und mein Selbstgefühl sind einen weiteren Tag verschont worden. Aber wofür? Für wilde Tiere und Skinwalker? Ganz zu schweigen von einem fehlgeleiteten Chief, den ich korrigieren muss, und den möglichen Folgen, die das nach sich zieht?

Du weißt echt, wie du dich in Schwierigkeiten bringen kannst, Mädel.

Wir fahren auf den Parkplatz, und Dark Crow bremst so abrupt, dass ich mich an dem schmierigen Armaturenbrett festhalten muss, um nicht durch die Windschutzscheibe zu fliegen. Als ob er das letzte Wort haben müsste, womöglich aber auch, um mich zu warnen, dass dieser Krieg gerade erst begonnen hat, wendet Dark Crow sich zu mir um und bläst mir eine Wolke seines Zigarettenqualms ins Gesicht.

9

Das Gute an der Übernachtung in Dark Crows Pritschenwagen ist, dass ich hier von der Thunderbird Lodge aus jetzt an einer der zweimal pro Tag stattfindenden Jeeptouren teilnehmen kann, die weit in den Canyon hineinführen. Wenn ich Glück habe, setzt sie mich direkt vor Chiefs Tür ab. Ich habe ein paar Stunden Zeit, um ihm alles zu erklären, und kann dann mit der Tour am Nachmittag hierher zurückkehren. Bis zum Abendessen bin ich hier raus, auf dem Rückweg nach Window Rock und dem Leben, wie ich es in den letzten sechs Wochen kennen gelernt habe. Nach dem Fiasko mit Dark Crow erscheint es mir wesentlich reizvoller, als das noch gestern der Fall war.

An der Theke des Souvenirladens frage ich nach der Tour. Der nächste Fahrer, der in den Canyon hineinfährt, heißt Nelson. Er fährt so weit, wie alle Touren gehen, bis zum Spider Rock, etliche Meilen hinein. Ich gehe nach draußen und sehe ihn, ein Klemmbrett in der Hand, wie er bereits Leute in seinen schweren offenen Wagen einsteigen lässt, der insgesamt etwa zwanzig Passagiere fasst. Der Preis für die Tour, wie die Frau im Laden mir klar machte, als sie meinen Rucksack und meine zerknitterte Erscheinung musterte, beträgt vierzig Dollar. Für den Bruchteil einer Sekunde war ich versucht, ihr zu erklären, dass ich kein Geld bei mir hatte, aber eine Älteste hatte gesagt, dass das Heilige Volk den Weg für mich bereiten würde. Außerdem sagte das starre Gesicht der Frau deutlich, dass sie sich für wenig mehr als ihre vierzig Dollar und möglicherweise eine Zigarettenpause interessierte. Ich habe das vage Gefühl, dass der Fahrer diesen Chief kennen könnte, und deshalb beschließe ich, ihn direkt anzusprechen.

„Sind Sie Nelson?“, frage ich ihn, obwohl ich schon ein halbes Dutzend Mal gehört habe, wie er sich seinen Passagieren vorgestellt hat.

„Der bin ich“, sagt er und streckt mit der bezahlten Begeisterung des Reiseführers die Hand aus. Er hat ein breites Lächeln mit ausgeprägten Krähenfüßen in einem vollen Gesicht. Mir gefällt die Art und Weise, wie er seinen Cowboy-Hut trägt, so als sei er ein alter Freund. Ich gebe ihm die Hand, und sein Ausdruck verändert sich. Die Krähenfüße graben sich noch tiefer ein, und sein Lächeln ist nun aufrichtig und warm.

„Du willst zu Chief“, sagt er mit einem stark ausgeprägten Navajo-Akzent. Das ist eine Feststellung, keine Frage.

Schon wieder Bingo!

„Woher weißt du das?“

„Er hat dich beschrieben. Hat mir gesagt, dass du kommst. Hier ist deine Tasche.“

Wie von Zauberhand zieht er meine Tasche unter dem Vordersitz hervor. Mir fällt die Kinnlade herunter. Ein wenig fettverschmiert, aber dennoch hier. Unmöglich.

Ich nehme sie entgegen und bin versucht, sofort nachzusehen, ob noch alles da ist. Dann besinne ich mich, denn ich will nicht, dass er es als unausgesprochenen Verdacht versteht, dass etwas fehlen könnte. Ich hänge sie mir über die Schulter.

Er lächelt und nickt einmal, als könne er meine Gedanken lesen und sei mit meiner Entscheidung zufrieden. Noch ein Seher?

„Vielen Dank“, sage ich mühsam. „Wie hast du sie bekommen?“

„Jemand hat sie gefunden und zum Radiosender in Window Rock gebracht. Einer, der dich mit Wyunetta Morningstar gesehen hat, sagte, es wäre deine. Sie sagte, du wärst auf dem Weg hierher. Leroy Chee, der hier vorbeikommen wollte, hat sie gestern Abend mitgebracht.“ Er legt seine Stirn in Falten. „Wir waren ziemlich besorgt, weil du so lange gebraucht hast.“

Mir ist klar, dass er auf meine Fahrt mit Dark Crow anspielt. „Ich bin in Ordnung“, versichere ich ihm und wende meine Aufmerksamkeit dann wieder meiner Tasche zu. Es ist ein großes Reservat, aber eine kleine Gemeinschaft. Ich wäre erstaunt, wenn tatsächlich noch alles da wäre – Geld, Handy und so weiter. Dennoch weiß ich intuitiv, dass es so ist. Die Vorstellung, dass womöglich wirklich ein Weg für mich bereitet wird – ob nun vom Heiligen Volk oder einfach mit Hilfe bloßer sterblicher Menschen – erregt und beunruhigt mich zugleich.

Nelson schaut zu seinem Jeep. „Willst du mitfahren?"

„Ja. Bin gleich zurück", sage ich und will zum Ticketschalter gehen.

„Du brauchst kein Ticket", bedeutet er mir beinahe flüsternd. Er geht zum hinteren Ende des Jeeps und reicht mir seine Hand, um mir die herunter gelassenen Metallstufen hinaufzuhelfen. Ich fühle mich wie Aschenputtel auf dem Ball – mein großer, metallener Zauberbus wartet auf mich. Ich lasse mich auf dem hintersten Sitz nieder. Draußen neben dem Jeep spricht er noch einmal. „Die Tour bringt dich etwa zwei Drittel der Strecke, die du gehen musst, in den Canyon hinein. Von da gehst du zu Fuß weiter." Er sieht mich an, als warte er auf meine Zustimmung zu dem Geschäft.

Ich nicke und nehme, was ich bekommen kann. Er gibt dem Metall des Jeeps einen Klaps und sagt: „Los geht's, Leute, haltet eure Hüte fest."

Obwohl der Jeep fast voll ist, habe ich eine zweisitzige Reihe für mich allein. Als Nelson auf die Mündung des Canyons zufährt, suchen meine Augen unwillkürlich nach dem Wagen von Dark Crow. Seine Energie ist nur schwer abzuschütteln. Ich frage mich, wann die ganze Sache wohl auf mich einstürzen wird.

Wir fahren etwa eine Viertelmeile weit in den Canyon hinein und halten dann unter einem Baum. Die Sonne brennt bereits. Während ich aus einem von Wyunettas Röcken eine notdürftige Kopfbedeckung bastle, beginnt Nelson mit gut einstudierter Begeisterung seine Ansprache. Mit der Autorität des Führers erklärt er den Unterschied zwischen einer Petroglyphe (Zeichnungen auf der Canyonwand) und einem Piktogramm (Wandmalerei), spricht über den Anbau und die Lagerung von Getreide und schließlich über den Langen Marsch von 1864, der vom US-Militär angeführt wurde.

„Über achttausend Navajo sind eine Strecke von dreihundert Meilen bis zu einem Ort gelaufen, den wir Hweldi nennen", sagt er mit düsterer Stimme, als ginge dieser Teil der Geschichte ihm immer noch zu Herzen, „was so viel bedeutet wie ein Ort sehr großen Leids. Als man uns vier Jahre darauf gestattete, in unser Gebiet und zu unseren heiligen Bergen zurückzukehren, brach mein Volk in Tränen aus und sandte Gebete zum Himmel. Es war eine Zeit großer Freude."

Er schweigt einen Moment, um uns die Möglichkeit zu geben, über das Leid und die Freude der Heimkehr nachzudenken. Dann rückt er seinen Hut zurecht und wendet sich wieder seiner Aufgabe zu. „Okay, Leute, weiter geht's."

Wir fahren weiter, dringen auf dem viel befahrenen, sandigen Boden tiefer in den Canyon vor. Die Wände wachsen höher und höher. Wie die anderen Touristen, so erliege auch ich allmählich seiner Faszination, vergesse, woher ich komme und wohin ich gehe. Wir umrunden eine weitere Kurve, und ich lasse noch ein wenig mehr los, lasse zu, dass die Großartigkeit des Canyons mich überwältigt und mich zeichnet wie der Wüstenlack, der von den oberen Kanten der Canyonwände herunterströmt. Nelson ruft uns zu, dass er zwar so aussieht, als habe der Regen nasse Streifen hinterlassen, dass er in Wahrheit aber durch Mangan gebildet wird. Er erzählt, dass seine Großmutter ihn immer das Haar von Mutter Erde genannt hat.

Das reicht. Ich bin hin und weg, verzaubert vom Haar und all den anderen Werken von Mutter Erde, endgültig und vollständig verführt. Ich stelle mir Nelsons Großmutter, die, wie er sagt, hier aufgewachsen ist, als eine starke, stämmige Frau vor. Es gefällt mir, dass die Frauen der Navajo gegenüber den Männern gleichberechtigt sind und das Land durch die Matriarchin besitzen und weitergeben. Wegen der Decken, die sie weben – und die in der heutigen wirtschaftlichen Lage oft den Lebensunterhalt für eine ganze Familie liefern –, werden sie sehr geschätzt und bewundert. Am meisten gefällt mir aber, dass sie zu den besten Geschichtenerzählerinnen gehören, die ich kenne.

Es kommt mir so vor, als sei es erst gestern gewesen, dass ich im Smithsonian eine kleine Gruppe von Frauen beobachtet habe, die dort ihre Decken gewebt und Geschichten von der Schöpfung und der Lebensweise der Navajo erzählt haben. Diese Begegnung hat erheblich dazu beigetragen, dass ich mich für einen Berufsweg entschieden habe, der sich mit dem Studium eingeborener Völker befasst. Beides, das Geschichtenerzählen und das Weben der Decken, folgte einem Rhythmus, der aus der ruhigen Gewissheit entstand, dass alle Dinge eine Ordnung haben. Als ich ging, hatte ich das Gefühl, dass alles gut werden würde, wenn ich in den Fluss des Lebens gelangen und diese Ordnung einhalten könnte. Jetzt kehrt dieses Gefühl zurück, in diesem immensen Durchbruch aus roter und goldener Erde, der mir den Weg zur Hoffnung weist.

Hier draußen gibt es vieles, so vieles, woran man glauben kann, und wenn es nur an die Großartigkeit des Augenblicks ist. Ich lege den Kopf in den Nacken. Am liebsten würde ich laut lachen. Bezaubernd. Ich atme ganz bewusst, voll und tief. Die Wände des Canyons ragen höher und höher auf und hüllen uns in ein lebendiges, atmendes Theater der Natur ein.

Nur meine Reisegefährten mit ihren Videokameras und ihren großen Schlapphüten lenken mich ab. Ein Hauch von Kokosöl trifft auf meine Nasenlöcher und verletzt meine Sinne. Ich will das Land riechen, nicht künstliche Pflanzen. Ich frage mich, was wohl die Ahnen von diesem ganzen Tourismus halten müssen. Leute, die vierzig Dollar bezahlen, um mit dem Jeep in den Canyon hineinzufahren, einen Blick auf ihr Land zu werfen und nüchterne Tatsachen über ihre Kultur und ihr Leben zu hören, und die den Canyon dann beeindruckt, aber unverändert wieder verlassen und sich an genau dem materialistischen Konkurrenzkampf beteiligen, der das Land zerstört, von dem sie hoffen, ein anderer werde es retten.

Ich merke, dass ich schlechte Laune bekomme. Die gut geölte junge Frau vor mir ist die Quelle meines Ärgers. Ich denke an einen zukünftigen Krebs, während sie noch mehr Öl aus ihrer übergroßen Flasche quetscht. Womöglich eine mediale Erkenntnis, aber auch reine Logik. Ich werde neugierig und werfe einen genaueren Blick in ihre Zukunft, lasse meine Augen ihren Fokus verlieren und gehe nach innen.

Ja, da ist Krebs. Allerdings nicht Hautkrebs, sondern Kehlkopfkrebs. Und bis dahin dauert es noch gut dreißig Jahre. Sie wird schreckliche Angst haben, so wie ihr Mann und ihre Kinder, die es in ihrem Leben jetzt noch gar nicht gibt. Die Krankheit wird zu ihrem spirituellen Weckruf werden. So spät im Leben. Schlimm.

Ganz plötzlich erinnere ich mich daran, dass ein Mystiker einmal zu mir gesagt hat, das Sehen der Zukunft stelle nur die halbe Gabe dar. Mit jeder Erkenntnis gehe die Macht einher, das verändern zu können, was nicht wünschenswert ist. Und damit gehe wiederum die Verantwortung einher, zu erkennen, ob man dazu aufgerufen sei, es zu tun. In diesem Fall habe ich das Gefühl, dass es angemessen ist, in ihrem Namen ein Gebet zu sprechen. Ich lasse meinen Ärger über sie los und bete, dass sie nicht zu lange warten muss, bis sie ihre eigene Seele kennen lernt. Ich bitte nicht um einen sanfteren Weckruf, denn es steht mir nicht zu, das zu tun, und möglicherweise braucht sie sogar den Tod, um zu sich selbst durchzubrechen. Der Tod hat diese Macht, ob es nun der eigene Tod oder der Tod eines Menschen ist, den man liebt. Ich sollte es wissen.

Die Großartigkeit unserer Umgebung überwältigt mich erneut. Der Ort hat wirklich eine starke Polarität. Von der Ehrfurcht zum Ärger zum Gebet zur Großartigkeit in weniger als drei Minuten. Irgendwie beängstigend, vor allem, wenn ich daran denke, welche Wirkung der Grand Canyon auf mich hatte.

Nelson bringt den Jeep auf einer Seite des matschigen Weges zum Stehen. Wieder kommt er seiner Pflicht als Reiseführer nach, spuckt Fakten und Mythen aus und rundet sie mit ein paar Scherzen ab. Ich vermute, er würde uns lieber mit offenem Mund starren lassen und uns dabei beobachten, wie wir das würdigen, was für ihn zweifellos heilig ist. Sein Trinkgeld verdient er jedoch nicht, indem er zulässt, dass das Heilige die Seele des Durchschnittstouristen berührt. Er verdient es durch einen unverschämten Fahrstil, durch das Ausspucken von Fakten und einstudierten Scherzen und dadurch, dass er zulässt, dass der vorlaute Typ, der unbedingt vorne sitzen wollte, ihn „Junge“ nennt.

Dieses Trinkgeld ernährt mit Sicherheit die Familie unseres Reiseführers. Wie der Rest der Menschheit tut auch er nur das, was er tun muss. Es hinterlässt allerdings seine Spuren. Ich kann es daran erkennen, wie er seinen Hut zurechtrückt, sodass niemand ihm wirklich in die Augen sehen kann, und daran, wie er sich eine Zigarette anzündet und nach dem ersten tiefen Zug seufzt.

„Das Heilige wird profan", flüstere ich, obwohl niemand mir zuhört. Ich antworte mir selbst: „Wie wahr."

Ich merke, dass meine Stimmung wieder ins Negative umschlägt. Ich werde sogar wütend. Mein Gott, hier draußen bin ich ein verdammter Pingpong-Ball. Vielleicht liegt es einfach daran, dass ich die Todesdrohung von Dark Crow nicht ernst genug genommen habe, und jetzt holt sie mich ein. Vielleicht liegt es aber auch daran, dass ich wirklich die Kontrolle verliere und es einfach nicht weiß, weil alles viel zu schnell geht. Es macht mir Angst, so wie die gewaltigen Wände des Canyons mir Angst machen, wenn wir ihnen zu nahe kommen. Was hindert diese massiven Wände überhaupt daran, ganz einfach in sich zusammenzustürzen?

„Nach Massacre Cave fahren wir heute nicht", sagt Nelson. „Das ist die Höhle, die im linken Arm des Canyons liegt, der als Canyon Del Muerto bezeichnet wird, das heißt Canyon der Toten. Die Geschichte hören die Leute trotzdem gerne. Die meisten Männer waren fort zur Jagd und hatten die älteren Männer, Frauen und Kinder auf einem hohen Felsvorsprung zurückgelassen. Die spanischen Truppen kamen vorbei, und eine Navajo-Frau fing an, sie anzuschreien. Die Spanier kamen nicht rauf, deswegen schossen sie auf den Felsvorsprung und brachten die meisten um. Mehr als hundert Navajo sind dort oben gestorben. Wir glauben heute noch, dass der Ort chindi ist. Sie würden wohl sagen, dass es dort spukt."

„Wunderbar", flüstere ich. Meine Stimmung macht einen weiteren Sturzflug. Noch mehr Geister, die es zu bekämpfen gilt, wenn man davon ausgeht, dass sie den gesamten Canyon als ihren Tummelplatz betrachten. Ganz abgesehen davon, dass Leute, die solche Geschichten gerne hören, direkt vor mir sitzen.

Wir fahren weiter und halten bei den nächsten Ruinen erneut an. Es sind Häuser aus Lehmziegeln, die auf halber Höhe der Canyonwand in Nischen versteckt liegen und ohne Hand- und Fußgriffe nicht zugänglich sind. Hier haben die Anasazi gekocht, Geschichten erzählt, Kinder bekommen und sich vor ihren Feinden verborgen. Ich blicke nach oben, an den Ruinen vorbei, die mir Angst einjagen, und recke den Hals, damit ich die Oberkante des Canyons sehen kann.

Ohne Vorwarnung kippt der Jeep plötzlich zur Seite, als hätte Treibsand seine linke Seite verschluckt. Mein Magen bleibt aufrecht und mir wird übel. Ich schaue mich um. Alle scheinen zur Seite gekippt zu sein, aber keiner scheint es zu bemerken. Mein Gehirn fühlt sich an wie Salat, der gerade in einer Salatschleuder ausgewrungen wird.

Schwindel. Die Wände neigen sich und ragen hoch auf, sind selbst Geistern ähnlich, bedrohlich. „Wie kannst du es wagen?", scheinen sie zu schreien, belebt, lebendig. Mein Magen kippt, mein Herz pumpt Blut, das so schwer ist wie Öl. Auf Schultern, Oberlippe und Stirn bricht mir der Schweiß aus.

Der Verlust meiner Mitte lässt einen inneren Damm brechen. Angst strömt in mich ein wie eine Springflut. Die Anasazi beobachten mich von ihren winzigen Lehmdörfern aus, die in diesen unmöglichen Felsen auf halber Höhe der Canyonwände versteckt sind. Ich weiß es. Ich kann sie fühlen. Wie viele? Weshalb sind sie noch hier? Was wollen sie von mir?

Als ob man ihm ein Stichwort gegeben hätte, erzählt Nelson, wie er als Kind einmal an einem dieser verbotenen Orte festsaß, die Knie plötzlich so schwach, dass er sich nicht mehr bewegen konnte, sicher, dass die Geister da draußen waren, um ihn zu fangen, wie seine Eltern ihn eindringlich gewarnt hatten. Mein Herz zittert, mein Mut wird durch die Kehle aus mir herausgesaugt.

Ich lege den Kopf zwischen die Knie und höre, wie ein Tourist fragt: „Glauben Sie wirklich an Geister?" Nelson antwortet, indem er die Knie einbeugt und ein knackendes Geräusch verursacht, das für mich so klingt wie ein Gewehrschuss, der von den Wänden des Canyons abprallt.

„Es ist nur der Schwindel", sage ich zu mir selbst. „Eine ganz normale körperliche Reaktion, wenn die Augen ihre korrekte Wahrnehmung verlieren."

Ein Wolkenfetzen schießt auf mich herab, rast unter meine Nase. Ich zwinge mich, tief und gleichmäßig zu atmen. Wenn der Schwindel vorbeigeht, gehen vielleicht auch die Geister. Ich schlucke mit trockenem Hals, sehe, wie meine Finger zittern.

Ich höre Nelson in dem Moment neben mir, in dem er nach meiner Schulter greift. „Manchen passiert das“, flüstert er mir zu und versetzt mir einen harten Stoß. Dabei hält er mich an einem Arm fest, damit ich nicht aus dem Sitz fliege. Eine Energie strömt auf rätselhafte Weise von seinen Händen durch meine linke Schulter bis in meine Mitte und drückt den Schwindel zu meiner rechten Schulter hinaus. Ich schaue ihn ehrfürchtig an. Ein Heiler?

Ohne ein weiteres Wort geht er nach vorne zurück, lässt den Motor an und fährt los. Ich sitze aufrecht und starre ihm sprachlos nach. Ich fühle mich vollkommen in Ordnung. Nur mein klatschnasses Hemd zeugt noch von dem, was ich gerade durchgemacht habe. Nicht, dass ich Gefahr liefe, es zu vergessen.

Nach einer Erfrischungspause in der mutmaßlich einzigen modernen Einrichtung, die es hier draußen gibt, nur für uns Touristen gebaut, fahren wir weiter.

Schon bald danach kommt er in Sicht. Spider Rock, der aus der Mitte des Canyons emporstrebt. Eine alles überragende Säule, die, als die Erde um sie herum abfiel, darauf bestanden haben muss, genau dort zu bleiben, wo sie war. Kein Wunder, dass man sagt, das Heilige Volk habe hier seinen Wohnsitz genommen.

Endstation für mich. Aber ich bin nicht bereit. Die Angst hat mich noch immer im Griff, auch wenn der Schwindel fort ist. Es gibt Geister hier draußen, ich schwöre es, und wenn auch nur in Form von energiegeladenen Wolkenfetzen. Mehr, als zu bewältigen ich in der Lage bin.

Nelson lässt die Stufen herunter und ist allen beim Aussteigen behilflich. Ich lasse die anderen vorangehen. Als ich an der Reihe bin, drückt er meine Hand. „Harte Fahrt“, sagt er, lächelt und hockt sich hin, um seine Kniegelenke knacken zu lassen. Ich lächle steif zurück und finde es überhaupt nicht lustig.

„Wohin gehe ich von hier aus?“, frage ich nervös und schaue in den Canyon hinein, dessen Wände jetzt monströs hoch sind. Dennoch scheint der Schwindel weit weg, so als ob er in Schach gehalten würde, unfähig, mich noch zu erreichen. Dafür bin ich unendlich dankbar.

„Weiter Richtung Osten, ungefähr ein halbes Dutzend Meilen. Geh einfach immer weiter rein. Ein Junge kommt dir entgegen. Nach dem Regen gestern gibt es Treibsand. Nur ein paar Zentimeter tief, kann aber trotzdem Probleme machen. Er weiß, wie man ihn umgeht. Ist selbst bin oft genug drin stecken geblieben."

Noch ein halbes Dutzend Meilen? Er muss Witze machen. Ich will ihm sagen, wie verrückt das alles ist, dass ich nicht Die Eine bin, dass Chief mich wenigstens hier hätte treffen können, obwohl ich ganz deutlich sehen kann, dass man mit einem Jeep nicht viel weiter kommt als bis zu der Stelle, an der wir uns jetzt befinden. Weiter vorne scheint das Gelände den Weg allmählich zurückzuerobern, und irgendwann ist gar kein Weg mehr zu erkennen. Worauf, zum Teufel, habe ich mich bloß eingelassen?

Nelson legt eine Hand auf meine Schulter, als könne er meinen Aufruhr sehen und wolle sein Mitgefühl zum Ausdruck bringen. Ich bin dankbar genug, um meinen Mund zu halten. Ich sehe die Frau an, die ihren Weckruf in dreißig Jahren erhalten wird, und weiß, dass ich meinem Weckruf, hier und jetzt, nicht aus dem Weg gehen kann. Dennoch zögere ich, will, dass diese heilende Hand mich so lange wie möglich berührt. Außerdem habe ich Fragen, die ich gerne beantwortet hätte, bevor ich dem Chief begegne. Vor allem will ich wissen, wen er wirklich erwartet, denn ich weiß, dass ich nicht Die Eine bin.

„Wie hat dieser Chief mich denn eigentlich beschrieben? Als große, dunkelhaarige weiße Frau?"

Er sieht mich eigenartig an. „Nein."

„Wie denn?"

„Er hat gesagt, ich würde eine Seele spüren, die zu seiner passt. Das war so, als du mir die Hand gegeben hast."

„Oh", sage ich.

Sein Lächeln wird breiter, als wüsste er, dass er mich nervös gemacht hat. „Hier ist ein bisschen Wasser. Wird ziemlich heiß da draußen, und das Wasser des Creeks ist nicht sicher, wenn du nicht gerade eine natürliche Quelle findest." Er gibt mir eine Plastiktüte mit zwei Flaschen darin und weist in die Richtung, in die ich gehen muss. Ich überlege, wie sonderbar ich wohl aussehen muss, eine hellhäutige Frau mit Mokassins und einer notdürftigen Kopfbedeckung, die sich verzweifelt an einem Rucksack, einer Plastiktüte und einer fettverschmierten Tasche festklammert.

Jetzt mach schon.

In Ordnung. Ich danke Nelson für seine Großzügigkeit, schaue mutig in die Ferne, bete mein „Amen" für alle Fälle und gehe los, hinein in die unermessliche Schönheit, die mir schreckliche Angst einjagt. Wenn der Flugsand unter meinen Füßen eine Metapher ist – oder schlimmer noch, ein direktes Zeichen –, dann will ich es nicht wissen.

Nelson ruft mit strenger Stimme hinter mir her: „Halte Ausschau nach Berglöwen, wenn du da drinnen bist." Ich warte auf das Lachen, das kommen muss, wenn es ein Witz war. Es kommt nicht.

10

Der Jeep donnert ohne mich los. Auf mich warten ein Junge, ein Chief und wilde Tiere. „Löwen, Chiefs und Kinder… oh je!“, sage ich, als ob ich Dorothy wäre, und lache über mich selbst. Um die Wahrheit zu sagen, ich fürchte mich weniger vor den Löwen da draußen in der Wildnis als vor dem größten Löwen von allen – dem Canyon selbst. Als ich in diese weite Öffnung der Erde hineingehe, fühlt es sich tatsächlich so an, als ginge ich in das Maul eines Löwen hinein. Gleichzeitig scheine ich ein merkwürdiges Gefühl der Gewissheit zu empfinden. Nicht die Gewissheit, dass ich nicht bei lebendigem Leibe gefressen werde, sondern dass ich, sollte ich gefressen werden, es mögen werde. Dass ich sogar froh sein werde, im Bauch des Löwen verdaut und ausgeschieden zu werden, neu geboren. Zumindest würden die Schamanen, die ich kenne, es so ausdrücken.

Während ich laufe, suche ich Zuflucht in ihren Worten der Prophezeiung. Auch ich bin eine Schamanin, haben sie gesagt. Obwohl ich ihre Theorie niemals wirklich getestet habe, tröstet mich dieser Gedanke. Wenn ich auch nicht an mich selbst glaube, so glaube ich doch an sie. Zumindest an einige von ihnen. Zumindest manchmal. Ich bin also eine Teilzeitgläubige zweiten Grades. Klingt ungefähr richtig.

Ich atme ein und wieder aus, akzeptiere damit diesen schamanischen Todesmarsch. Tod und Neugeburt. Weshalb es in diesem von Wind und Wasser gemeißelten Heiligtum der Erde und nicht an einem der vielen anderen heiligen Plätze geschehen soll, an denen ich gewesen bin, weiß ich nicht. Ich fühle es einfach. Hier werde ich sterben. Und wenn es mich nicht umbringt, wird es gut sein.

Ich trinke einen Schluck des schon warm gewordenen Wassers und rieche den Duft von Pfirsichen und Beifuß, während ich laufe, einen

Fuß vor den anderen setze. Mühelos scheine ich aufzusteigen und in meinem Vogel-Selbst zu fliegen. Ich schwebe höher und höher, irgendwie aber auch tiefer ins Hier und Jetzt hinein. Hier draußen in der Wildnis kann es gefährlich sein, wenn man sich zu weit von seinen Kampf- und Fluchtinstinkten entfernt. Statt jedoch in die Angst hineinzufallen, beobachte ich sie einfach dort unten, in Mary Margaret, und lasse sie los.

Die Zeit vergeht fast unbemerkt. Die hohen, verwitterten Wände, der offene blaue Himmel und der wilde Canyonboden erschaffen eine optische Täuschung. Es scheint so, als käme ich nicht voran, obwohl ich laufe und zwischendurch immer wieder anhalte, um einen kleinen Schluck Wasser zu trinken. Die Sonne scheint sich ebenfalls zu bewegen, obwohl ich mir dessen nicht wirklich sicher bin. Der Canyon windet sich zu sehr, deshalb ist es schwer zu sagen. Und wo ist der versprochene Junge?

Als ob das sein Stichwort wäre, ist er plötzlich da. Etwa fünf Jahre alt, taucht er aus dem Nichts auf und lässt mich erschreckt zusammenfahren. Mein Vogel-Selbst kehrt mit einem Schlag in die Realität zurück. Verdammt, irgendwann muss ich mal eine Technik für den Wiedereintritt lernen.

Der Junge kichert über mein entsetztes Zusammenzucken. Seine nackten braunen Schultern hüpfen, während er sich den Mund zuhält.

„Hallo“, stammle ich. „Wo kommst du denn her?“

„Ich bin ziemlich sicher, dass ich vor diesem Leben ein Engel gewesen bin“, sagt er nüchtern. Ich frage mich sofort, was für ein Leben er bisher wohl gelebt hat, wenn er Vorstellungen von „Engeln“ und „vor diesem Leben“ hat. Kommt mir eher wie New Age als wie Navajo vor. Ich frage mich auch, was das wohl für Narben auf seinem Rücken sind, lang und so breit wie Schnürsenkel.

„Oh“, sage ich. „Cool“.

Er strahlt, und das erinnert mich an jemanden, den ich vor sehr langer Zeit gekannt habe. Jemanden, den ich geliebt habe. Möglicherweise wegen dieser Assoziation bete ich ihn schon jetzt an.

Von diesem Zeitpunkt an höre ich alles über die Innenwelt eines Fünfjährigen, das es zu wissen gibt. Er wird Puck genannt, weil er immer einen Hockey-Puck in der Tasche hat, den er am Rand des Canyons gefunden hat, als er im reifen Alter von drei Jahren dort in Forschungsangelegenheiten unterwegs war. Er hat noch nie ein Hockeyspiel gesehen, hat aber davon gehört, und von all den Kämpfen, nach denen man kaum noch einen Zahn im Mund hat, und ich bin aber sehr groß und sehr weiß, und sein Vater hat den Truck, der nie funktioniert, an einem Ort namens „Damn Tuba City" gekauft, und er kennt ein paar Leute, die mir für viel oder wenig Geld sehr hübsche Halsketten verkaufen.

Ehe ich antworten kann, ist mein kleiner Gefährte bereits zu den sehr verwickelten Anweisungen für das Aufhängen einer Reifenschaukel an einem Baum übergegangen, das seine Mutter vollkommen falsch gemacht hat, und noch nicht mal sein Onkel hat es beim ersten Mal richtig hinbekommen.

Der Junge erinnert mich an Hannah, meine beste Freundin, als ich ein Kind war. Sie war auch ein Engel. Zumindest habe ich das damals geglaubt. Glaube es vielleicht noch immer. Wir begegneten uns, als wir beide acht waren, ich schüchtern und unsicher, was die Welt anging, und sie bereits voll in ihren Abenteuern gefangen. Sie redete ohne Punkt und Komma, die Lücken in ihrer Unterhaltung nie lang genug, damit ich meine eigenen Ideen vorbringen konnte. Ich hatte kaum Zeit, eigene Ideen zu haben.

Es machte mir nichts aus. Hannah sah alles aus jedem Winkel. Das Leben durch ihre Augen zu betrachten war in der Tat ein Wunder. Ich würde sogar behaupten, dass sie mich zu sehen lehrte, wenngleich ich der Meisterschaft, die sie selbst darin erlangte, nie auch nur entfernt nahe kam. Ihretwegen begann ich Kristalle zu lieben. Sie hatte gehört, dass Jesus behauptet hatte, die Steine würden aufschreien, wenn die Menschen ihn nicht priesen. Viel spiritueller veranlagt als ich, hatte sie beschlossen, dass Steine, besonders die hübschen Steine, etwas zu sagen haben mussten. Das Mindeste, was wir tun konnten, war zuhören.

Puck erinnert mich auch an Hannah wegen des Versprechens, das ich ihr gegeben habe. Eigentlich war es ein Versprechen an Gott, aber damals waren Hannah und Gott für mich so ziemlich dasselbe.

Sie war, soweit ich das wusste, der einzige Mensch, der mich wirklich liebte. Man sagte, Gott tue das auch. Infolgedessen verschmolzen sie in meinem Verstand und in meinem Herzen.

Zur Zeit meines großen Versprechens waren wir zwölf. Hannah, die zusammen mit mir St. Agnes besuchte, hatte beschlossen, dass wir in der Fastenzeit dieses Jahres etwas ganz Besonderes aufgeben mussten. Sie sagte, wir sollten unser Herz äußerst gründlich erforschen und dann das aufgeben, was uns am allermeisten bedeutete. Und das nicht nur während der Fastenzeit, sondern für immer, für unser ganzes Leben. Sie nahm die Sache sehr ernst, also tat ich es auch.

Ich hätte wissen sollen, dass sie sich etwas viel Besseres ausdenken würde, als ich es jemals vermocht hätte. Dennoch bildete ich mir ein, dass es mir gelingen würde, sie zu übertreffen, wenn ich mich nur genug anstrengte. Sie würde sich etwas Gutes ausdenken, das war klar. Es würde mit Sicherheit eine profunde Aussage über sie selbst und über die Welt sein. Daher musste ich das aufgeben, was mir das Allerliebste war – nicht, weil ich mit ihr konkurrieren wollte, sondern weil ich beweisen wollte, dass ich würdig war. Was immer ich aufgab, es musste auf jeden Fall eine Aussage über die Welt beinhalten, aber es musste noch darüber hinausgehen. Es musste etwas sein, das dazu beitragen würde, die Welt zumindest ein wenig zu verändern. Nur dann würde ich hoffen können, es meiner geliebten Hannah gleichzutun.

Als der entscheidende Tag kam, hatte ich es gefunden. Ich wusste, dass ich etwas aufgeben würde, das größer war als alles, was Hannah sich jemals ausdenken konnte. Ich würde darauf verzichten, Kinder zu bekommen. Ich würde meine Aussage über die Welt treffen, indem ich kundtat, dass sie ein beschissener, jetzt schon überbevölkerter Ort war. Ich würde nicht noch ein Kind in diese Welt setzen. Nicht einmal Hannah konnte wissen, wie hoch dieser Preis für mich war, denn ich war sicher, dass sie nicht dasselbe Ziehen im Herzen verspürte wie ich, sobald wir im Einkaufszentrum ein Baby sahen. Oder dasselbe Staunen empfand, wenn eine schwangere Frau an uns vorbeiwatschelte. Hannah konnte ganz sicher nicht die Urmutter in mir übertreffen, die ihr Ungeborenes aufgab.

Ich hatte Unrecht. In dieser verzerrten Weise, in der sie das Leben auf dem Kopf stehend als richtig herum betrachtete, gab Hannah zur Fastenzeit die Schuld auf. „Nicht die Schuld, die uns dazu bewegt, das Richtige zu tun“, erklärte sie, „sondern die Schuld, die bewirkt, dass wir uns unwürdig fühlen und uns so durch unsere Angst davon abhält, etwas wahrhaft Großes zu wagen.“ Ich hatte Gott ein oder zwei Babys geopfert, die diese Welt ohnehin nicht brauchte. Hannah hatte Gott menschliches Verhalten geopfert. Ich strahlte, stolz darauf, ein Geschöpf wie sie zu kennen.

Als sie am Karfreitag von einem Mann vergewaltigt und ermordet wurde, den man nie fasste, schwor ich, ihr zu Ehren meine lebenslange Fastenzeit einzuhalten. Ein kalter Schauer läuft durch meinen Körper, als ich mich daran erinnere.

Zum ersten Mal wird die Erinnerung jedoch durch diesen schönen Jungen namens Puck erwärmt. In seinem überschäumenden kindlichen Wesen erinnert er mich nicht nur an Hannah, sondern auch daran, was ich für sie aufgegeben habe. Seine großen braunen Augen und sein unschuldiger kleiner Mund, der wie ein Wasserfall redet, machen mir auf schmerzliche Weise bewusst, wie groß das Opfer ist, auf einen fruchtbaren Mutterschoß zu verzichten. Wie hoch der Preis ist, wenn man schwört, auf die unbezahlbare Freude zu verzichten, die Welt durch die Augen eines Kindes zu sehen, das man selbst geboren hat. Man könnte meinen, dass ich mich an die Vergangenheit klammere, indem ich ein solches Versprechen halte, aber es gibt tatsächlich schon zu viele Kinder auf dieser Welt. Überdies ist sie heute mehr denn je kein Ort, an dem man mit Freude ein Kind gebären würde. Ich wünsche mir dennoch, ich wäre darauf gekommen, die Schuld aufzugeben.

Ich kehre von meinem geistigen Streifzug zurück und stelle fest, dass Puck immer noch schwatzend neben mir herläuft. Jetzt geht es darum, dass Engel nicht mit Hilfe von Flügeln fliegen, sondern durch hohe Schwingung, und wusste ich, dass Engel einem bei allen Dingen helfen können, aber vorher müssen wir fragen, und weil die meisten Leute nicht wirklich an Engel glauben, fragt keiner, und deswegen ist das Leben so hart, wo es hier doch fast genauso einfach sein könnte wie im Himmel.

Bei diesem Gerede kommt mir flüchtig der Gedanke, ob Puck vielleicht tatsächlich die wiedergeborene Hannah ist, aber sogleich erinnert mein innerer katholischer Aufseher mich daran, dass ich noch nicht einmal weiß, ob ich überhaupt an Reinkarnation glauben soll. Der Gedanke, dass sie auf diese Weise zu mir zurückgekehrt sein könnte, verursacht mir eine Gänsehaut. Ich frage mich, ob es tatsächlich stimmt, wie man mir einmal gesagt hat, dass Gänsehaut ein Zeichen dafür ist, dass wir über eine große Wahrheit gestolpert sind und unser Körper als Reaktion darauf elektrisiert wird. Die Vorstellung gefällt mir, und am liebsten würde ich Puck in die Arme nehmen und ihm sagen, wie schön er ist, wie unbezahlbar, wie vollkommen. Er würde es nicht verstehen, also lasse ich es.

Mit Puck als meinem Führer und Weggefährten bleiben die Löcher aus nassem Sand schnell zurück, bis er abrupt stehen bleibt und erklärt, er müsse jetzt nach Hause. Er sagt, Chief wird mich jetzt schon finden, und ich bin Chief sehr ähnlich, und die Engel müssen singen, weil wir wieder zusammen sind, und hat er mich während unserer Wanderung zu Tode gelangweilt? Ich sehe, dass seine Stirn sich bei dieser Frage in sorgenvolle Falten legt, und frage mich, wie oft er bei seinem schwatzhaften Wesen wohl schon gehört hat, dass er „die Leute zu Tode langweilt".

Ich lächle so warm und aufrichtig, wie ich nur kann. „Überhaupt nicht, Puck. Ich finde, du bist wunderbar."

Er seufzt tief und glücklich. „Ich finde, du auch", sagt er, als wäre auch ich besorgt gewesen. Vielleicht war ich das auch.

Er wendet sich ab, um zu gehen, und dreht sich noch einmal um. „Nimmst du mich zum Abschied in den Arm?"

Wieder staune ich über die unschuldigen Bedürfnisse und Gaben von Kindern. Ich will mehr als eine Umarmung, will ihn trinken, will seine Unschuld aufsaugen und wie ein Parfum tragen. Aber er ist das Kind anderer Menschen, muss in das Zuhause anderer Menschen zurückkehren. Eine Umarmung wird reichen müssen.

„Das würde ich liebend gerne", sage ich und lasse mich auf ein Knie nieder. Wir umarmen uns, heftig und lange. Schließlich löst er sich von mir, viel zu früh.

Mein Bündel aus überwältigendem Überschwang rast los, schlängelt sich um Bäume und Büsche und ist schließlich nicht mehr zu sehen. Ich bleibe mit Tränen in den Augen zurück und habe genau dasselbe Gefühl, das ich auch bei Hannah immer hatte – dass ich in Gottes Antlitz geschaut habe, und Gott hat gelächelt.

Ich gehe allein weiter, schwelge in meinem Glück und danke den Engeln für ihre unerwartete Hilfe bei meinem schon so lange bestehenden Kummer, denn Puck hat gesagt, wir dürften nicht vergessen, unsere Dankbarkeit zu zeigen. „Die Engel tun so viel", sagte er, und ich bin – zumindest für den Moment – wahrhaft gläubig.

Mir wird bewusst, dass das Maul des Löwen bereits jetzt zu meiner kleinen Welt geworden ist. Der Rest der Menschheit mag so weitermachen wie gewöhnlich. Eric mag billiges Spielzeug finden, und die Wall Street mag den Bullen oder den Bären[5] sehen. Ich kann es hier draußen nicht nachvollziehen. Jenseits der Zähne des Löwen ist die Furcht fort. Nur das Staunen bleibt.

Wieder bin ich allein, auf dem Weg zu Chief, denke über diejenigen nach, die mich bis hierher geführt haben. Jimmy, Wyunetta Morningstar, Dark Crow, Nelson und nun der schöne Puck. Alles nur der Auftakt für die eigentliche Show, die jetzt jederzeit beginnen kann.

Die Mittagssonne scheint herunter und lässt den Canyon glitzern und leuchten. Mir wird bewusst, dass es hier eine Energie gibt, die sogar noch über Pucks Jubelstimmung hinausgeht und etwas vollkommen Neues in mir erweckt. Was ist das für ein Gefühl? Ich stelle fest, dass ich lächle, als ich die Antwort erkenne. Auch wenn ich immer meinte, nie richtig zu verstehen, was das Wort bedeutet, weiß ich, welchen Namen ich diesem Gefühl geben möchte.

Zuhause.

---

5 Anm. d. Übersetzerin: An der Wall Street, dem Zentrum des amerikanischen Börsenhandels, und natürlich auch an den anderen Börsenplätzen der Welt, sind der Bulle und der Bär das „Barometer" für die Stimmung an der Börse. Der Bär steht für fallende, der Bulle für steigende Kurse.

11

Was ich einfach nicht loswerden kann, ist die Vorstellung, dass ich diesem Chief irgendwie ähnlich sein soll. Eine weiße Frau, als Katholikin in Washington geboren und aufgewachsen? Was könnten wir gemeinsam haben? „Seele", hatte Nelson gesagt. Was zum Teufel ist das heute? Wenn ich es wüsste, wäre ich bestimmt nicht dauernd auf der Suche nach einem Guru, so viel ist sicher. Vielleicht ist es aber auch wirklich so, wie die Taoisten sagen, dass man nämlich aufgeben muss, um erfolgreich zu sein.

„Okay, okay, ich gebe auf", schreie ich in den leeren Canyon hinein. „Bring mich einfach nur hin."

Dieser Gedanke lässt mich über mich selbst lachen. Ich bin in einer beschwingten, unbekümmerten, ausgelassenen Stimmung. Puck hat geholfen. Er hat mir wirklich sehr geholfen.

Ich bin schon mindestens eine Meile gelaufen, seit das kleine Paket fortwährender Fröhlichkeit mich verlassen hat, treibe durch diesen gigantischen Sandkasten der Natur, als ob es Zauberstaub wäre. Es gibt keinen Weg, keine Fährte, nur immer tiefer und noch tiefer hinein. Die letzten Heimstätten der Navajo liegen etliche Meilen hinter mir zurück, und ich bahne mir einen Weg über trockenen, rissigen Boden, vorbei an Wüstengestrüpp und der ständigen Bedrohung durch wilde Tiere. Abgesehen von ein paar Truthähnen hat das Maul des Löwen mir bisher jedoch größere Herausforderungen erspart.

Mein einziger Gegner ist die Sonne, die heiß und grell auf mich herabscheint. Jeder Windhauch, der mein Gesicht berührt, kommt mir vor wie eine Liebkosung, wie ein Kuss von Oya, der afrikanischen Göttin, deren Statue mich überhaupt erst hierher gebracht hat.

Sie versetzt mich in einen Zustand schmerzlicher Dankbarkeit. Je weiter ich gehe, umso mehr werde ich zu dem Staunen, das ich empfinde.

Es kommt mir so vor, als sei ich eine Frau, die verliebt ist. Zumindest nehme ich es an. Ich war noch nie verliebt. Es lässt mich zum millionsten Mal darüber nachdenken, wann die Liebe wohl zu mir kommen wird. Oder ob sie überhaupt kommt. Von Hannah einmal abgesehen, gab es in diesem Leben keine Liebe. Das ist keine Klage, sondern ganz einfach eine Tatsache, die ich schon vor langer Zeit akzeptiert habe. Nichts, worüber man sich aufregen muss, vor allem dann nicht, wenn man es nicht ändern kann. Das sage ich mir zumindest jeden verdammten Tag.

In der Ferne, auf einer offenen Fläche Sand, sehe ich einen kupferfarbenen Hund. Er liegt auf dem Boden und hechelt schwer in der Sonne. Wie heiß ist es hier draußen? Ich blinzle, während ich hochschaue, um festzustellen, wo die Sonne steht. Es ist mitten am Nachmittag. Ziemlich heiß.

Ich überlege, dass ein Hund mitten im Nirgendwo sehr wahrscheinlich wild ist. Er sollte mir Angst machen. Die Angst weigert sich jedoch, größer zu werden. Während ich mich dem großen, aber dünnen Tier nähere, wächst meine Großherzigkeit, baut sich auf, bis ein Gefühl allumfassender Liebe in mir erblüht. Liebe, und noch mehr Liebe, für alles Lebendige. Ein Gefühl des Einsseins mit allen Dingen. Ich will den Hund streicheln, ihm Wasser anbieten, meine ausgelassene Glückseligkeit mit ihm teilen.

Als ich näher komme, wird meine Vision deutlicher. Ich bin sprachlos. Das ist kein Hund, sondern ein Mann, der zusammengekrümmt auf der Seite liegt, ein Tierfell um seine Schultern. Auf seinem Kopf sitzt ein Schädel wie eine Krone.

„Große Güte, ein Skinwalker", flüstere ich. Ein waschechter Skinwalker. Wenn ich eine Navajo wäre, dann würde ich jetzt vor Angst verrückt. Stattdessen bin ich fasziniert. Denn der Mann, ich schwöre es, leuchtet.

Wie ich jetzt sehe, hechelt er nicht, sondern erbricht in trockenen Stößen.

Ich bin auf alles vorbereitet. Zumindest glaube ich das, bis ein plötzlicher Lichtblitz mich trifft, eine Welle weißer Reinheit, die von ihm ausstrahlt wie eine riesige Woge auf diesem Meer aus Sand, strahlend und machtvoll.

Die Zeit verlangsamt sich. Bleibt stehen. Ich sehe mit den Augen eines Träumers. Verstehe mit vollkommener Weisheit. Ich bin in mich selbst hineingegangen, wie ich es schon einmal getan habe. Ich weiß, dass ich mich nicht erinnern werde. Dennoch wird es mich tragen, wie es schon einmal der Fall war.

Die Welle aus glänzend weißem Licht kommt langsam näher, ein Band aus reiner Energie, das von ihm ausstrahlt, heller als hell. Überirdisch. Göttlich. Es ist das, worauf man eine Unendlichkeit wartet. Manche spüren es nie. Einheit. Einssein. Ganzheit. Ein Hauch von Ewigkeit.

Oh, Norbu. Wo bist du gewesen? Es hat so lange gedauert, bis du wiedergekommen bist. Diesmal musste ich zu lange warten. Du hast dich zu lange von mir ferngehalten. Zu lange. Hast du nichts von meiner Not gewusst? Meinen Durst nicht gespürt? Schau, wie lange diese spröden Knochen ohne dein Mark gewesen sind. Oh, Norbu! Meine Liebe! Dich von neuem zu kennen – das allein nährt mich, das allein ist der Grund, warum ich lebe.

Wir sind ein und dasselbe, nicht wahr? Doch wo ist der Dritte, der zu uns gehört? Norbu, Norbu, noch immer nicht vollständig. Mein Herz weint vor Sehnsucht, während du es erfüllst. Es gibt noch mehr von uns, Norbu. Wohin sind wir gegangen?

Ein Schauder des Glücks trifft mich, ein Ansturm der Liebe. Pures Entzücken explodiert in jeder Zelle meines Wesens, bricht hervor. Die Welle rast durch die Basis meiner Wirbelsäule, meine Hüften und meinen Bauch. Und durch mein Herz, meine Kehle und meine Stirn, alles auf einmal. Das Gefühl durchbohrt mich im Bruchteil einer Sekunde und ist fort.

Ein Schauder jagt durch meinen gesamten Körper. Irgendetwas ist geschehen. Was, das weiß ich nicht. Aber irgendetwas. Etwas Profundes, mehr als profund. Etwas, das ich berühren will, aber nicht kann. Etwas Ewiges.

Nur einmal kann ich mich erinnern, dieses Gefühl gespürt zu haben. In Tibet, als ich mich wiederholt vor einer zwanzig Meter hohen Buddha-Statue niederwarf. Neben mir erschien ein älterer Mönch, der in vollkommener Übereinstimmung mit meinen eigenen Bewegungen niederkniete, sich verbeugte, sich niederwarf und in eine stehende Position zurückkehrte. Es dauerte vom frühen Morgen bis fast zum Sonnenuntergang. Wir trennten uns, ohne zu sprechen.

Auch an diesem Tag war es heiß.

Mit schnellen Schritten bin ich fast bei dem Mann angekommen. Er ist spindeldürr, hat vorstehende Rippen, und seine faltige Haut weist auf mindestens achtzig Lebensjahre hin. Er trägt eine locker sitzende Hose aus natürlicher Baumwolle, die angesichts dieses Ortes bemerkenswert sauber ist.

Vergiss den Chief. Das ist der Mann, den ich suche. Da bin ich absolut sicher. Trotz seines krampfartigen Erbrechens strahlt eine reine, unverfälschte Liebe von ihm aus, wie eine leuchtende Energie. Kein Wunder, dass meine Gefühle der Glückseligkeit unterwegs immer größer wurden. Ich kam ihm immer näher. Wen interessiert es, ob ich auserwählt bin? Ich bin auserwählt genug, um hier zu sein, jetzt.

„Wer bist du?“, frage ich, obwohl ich ihm eigentlich Hilfe anbieten sollte.

„Chief“, antwortet er zwischen zwei keuchenden Atemstößen. Dann sieht er mich an. „Wer bist du?“

Auch ich atme schwer, aber das lässt meinen Atem stocken. Chief? Aber er ist ein weißer Mann. Zwar tief gebräunt von der Sonne, aber ganz bestimmt kein Navajo. Und er will wissen, wer ich bin? Wenn er Chief ist, hat er dann nicht nach mir geschickt? Hat er Jimmy und all den anderen nicht gesagt, dass ich zu ihm kommen soll? Würde er mich nicht erkennen?

Aber natürlich. Jetzt, nachdem ich hier bin, kann er sehen, dass ich nicht Die Eine bin. Das flaue Gefühl kehrt zurück, setzt sich in meinem Magen fest.

Chief grinst wie ein Kind, als wollte er sagen: „Erwischt!“ Dann erbricht er von neuem.

Als er mir seinen Blick wieder zuwendet, liegt eine Entschuldigung darin. „Rührt daher, dass Skinwalker so schnell sind“, sagt er erklärend. „Ich bin nicht mehr so gut, wie ich früher mal war.“

Ich starre ihn mit offenem Mund an. Er gibt zu, dass er ein Skinwalker ist? Einfach so? „Du solltest vorsichtig sein“, warne ich ihn, als ob ich eine Ahnung hätte, wovon ich rede, „wenn du in dieser Gegend zugibst, dass du ein Skinwalker bist.“ Eigentlich sollte ich mich vor ihm in Acht nehmen. Aber wer kann sich vor einem Mann in Acht nehmen, der ein so sanftes Licht ausstrahlt?

„Skinwalker alter Schule“, sagt er. „Als ich es gelernt habe, wurde es noch nicht so missbraucht wie heute.“

„Oh“, sage ich und erinnere mich, so etwas schon einmal gehört zu haben. Früher gehörten die Skinwalker zu den guten Jungs. Sie zogen die Felle der Tiere an, deren Kraft sie sich aneignen wollten, um dadurch schneller zu anderen Orten zu gelangen, als dies für einen Menschen möglich war. Ich gehe davon aus, dass dieser Mann alt genug ist, um zur alten Schule zu gehören.

„Kann ich dir helfen?“, frage ich schließlich.

„Gib mir eine Minute“, sagt er und winkt mit der Hand, als wolle er mein Angebot ablehnen.

Ich habe trotzdem das Gefühl, etwas tun zu müssen. Irgendetwas. Also hocke ich mich neben ihn, die Knie nur wenige Zentimeter von seinem heiligen, keuchenden Körper entfernt, und breite meine Hände über ihm aus. Ich habe keine Ahnung, weshalb ich das tue, außer dass eine Maya-Heilerin in Guatemala mir einmal gesagt hat, auch ich würde über heilende Fähigkeiten verfügen. Meine Hände könnten Wunder wirken, wenn ich sie nur benutzen würde, sagte sie, leicht verärgert darüber, dass ich nicht schon selbst darauf gekommen war. Ich bin nicht so sicher wie sie, aber dieser Mann hat alles verdient, was ich geben kann. Zumindest kann ich seine eigene

Schönheit auf ihn reflektieren und ihm so dabei helfen, sich selbst zu heilen.

Ich beobachte, wie sein Körper ruhig und sein Atem gleichmäßiger wird. Er sieht mir mit einer Liebe in die Augen, die so groß ist, dass sie das steinerne Herz der ganzen Welt zum Schmelzen bringen könnte. Warum nur verbergen sich die wahren Meister?

„Danke", sagt er mit einer Stimme, die sanft gealtert ist. Er legt eine zitternde Hand an meine Wange und fügt hinzu: „Schön."

Ich ziehe scharf die Luft ein, und prompt steigen mir die Tränen in die Augen. Ich, die höchstens einmal pro Jahr heult, bin heute so schnell zu Tränen bewegt. Mit dieser Bemerkung schließt sich das Maul des Löwen, verschluckt mich ganz. Ich sonne mich in einem Gefühl der Zugehörigkeit, das ich nicht erklären kann.

„Wer bist du?", frage ich wieder, beinahe flüsternd, will mehr hören als nur einen Namen und einen Beruf, oder was immer „Chief" bedeuten soll.

Ich versuche, in sein Gesicht zu schauen, um etwas zu finden, mit dessen Hilfe ich eher erkennen kann, wer er ist, aber es gelingt mir nicht. Seine Augen sind wie Magnete. Kristallblau, tief wie ein See und irgendwie vertraut. Als ob ich sie schon einmal gesehen hätte. Sobald mein Blick seinem Gesicht auch nur nahe kommt, springt er zu den Augen und kann sich nicht wieder lösen.

„Wer bist *du*?", erwidert er erneut und noch ernsthafter.

Diesmal verstehe ich. Er fragt nicht nach meinem Namen, sondern will wissen, wer ich wirklich bin. Darauf habe ich keine Antwort, keine Ahnung. Tausend Jahre mit ihm, und ich weiß es vielleicht.

„Ich bin Mary. Bist du in Ordnung?"

Er setzt sich langsam auf und probiert aus, ob seine knochigen Arme ihn aufrecht halten. Es gelingt.

„Süße Mary. Ich habe so lange gewartet."

Sofort wird mein Herz schwer. Ich werde ihm schließlich doch sagen müssen, dass ich nicht Die Eine bin, für die er mich hält. Wie sehr wünsche ich mir, dass ich es wäre, jetzt mehr denn je.

Er lacht, herzlicher, als man es von einem Mann erwarten könnte, der die Achtzig bereits überschritten hat.

„Du bist Die Eine, und ich bin weit über achtzig. Ich bin hundertacht Jahre alt“, sagt er.

„Wow“, sage ich, da ich nicht weiß, was ich sonst sagen soll. Die Vorstellung, dass er meine Gedanken liest, ist unheimlich, obwohl sie mich nicht überrascht. Große Männer brauchen keine Worte, um das Herz und den Geist geringerer Wesen zu verstehen. Selbst weiße Männer, auch wenn ich darüber ein wenig enttäuscht bin. Seine Gesichtszüge und seine dunklere Hautfarbe sind im Laufe der Jahre vielleicht verblasst. Aber warum sollte mich das kümmern?

„Ich bin kein Eingeborener, und bin es doch. Ich bin Chief keines Stammes“, sagt er und fügt ein wenig streng hinzu, „und du bist kein geringeres Wesen.“

Ich frage mich, ob diese Unterhaltung zu einer einseitigen Angelegenheit werden wird. Ich denke, er antwortet.

„Es wird so sein, wie du es träumst. Deine Wahl, immer.“

„Das ist einfach grotesk“, sage ich, weniger zu ihm als zu der Luft, die uns umgibt. Im Grunde gefällt mir dieses Gedankenlesen angesichts der Tatsache, dass Worte eine so begrenzte Form der Kommunikation sind.

Er lächelt mich an, und seine blauen Augen strahlen eine Welle von Liebe, Energie und Gelassenheit aus. Magie. Reine, leuchtende Magie.

Moment! Magische blaue Augen. Ist es nicht das, was Eric erst gestern von meinen eigenen Augen behauptet hat? Ich brauche ungefähr zwei Sekunden, um zu erkennen, an wessen Augen Chiefs Augen mich erinnern. An meine eigenen. Ich schwöre zu Gott, ich blicke in meine eigenen Augen. Seine Augen bergen mehr, viel mehr. Mehr Seele. Mehr Frieden. Mehr Intelligenz. Mehr Bewusstsein. Aber die Augäpfel selbst sind, von ein paar Jahren Unterschied im Verschleiß einmal abgesehen, dieselben. Es ist ein merkwürdiges Gefühl. Als würden wir tatsächlich irgendwie zusammenpassen.

Er sitzt jetzt aufrecht, ohne sich abstützen zu müssen, so dünn wie Gandhi während einer Fastenwoche. Wieder scheint er alt und kommt mir doch zeitlos vor. Ich stelle fest, dass ich es, wie immer, verstehen will, auch wenn ich genau weiß, dass ich besser daran täte, aufzugeben. Das hier ist einige Nummern zu groß für mich. Einige Nummern.

„Noch mehr Bilokation verkrafte ich nicht, Süße Mary. Du triffst mich bei meiner Heimstätte, ein paar Meilen weiter in den Canyon hinein. Ich warte auf dich."

Er sieht kaum kräftig genug aus, um zu stehen, von gehen ganz zu schweigen. Und was ist „Bilokation"? Ich erinnere mich, dass ich in der Schule gelernt habe, der Heilige Franziskus habe so etwas getan. Ist dieser Mann ein Heiliger?

„Ich komme schon klar", sagt er zu meiner unausgesprochenen Sorge und zieht das Tierfell fester um seine Schultern. „Ich habe vier Beine, die mich tragen. Außerdem bin ich ja auch noch dort, deshalb muss ich eigentlich nur dieses ‚Ich' loslassen."

Ich lache. Das ist unmöglich. Trotzdem bin ich, aus welchem Grund auch immer, bereit, die Absurdität für einen Moment beiseite zu lassen.

„Warum bist du gekommen, wenn es dich so krank macht?"

„Die Liebe ebnet den Weg", antwortet er sanft, „wie allein wir auch immer zu sein glauben."

Damit rollt er sich auf alle Viere, verschmilzt mit dem Hundefell, bis er tatsächlich ein Hund ist, und trottet davon. Einige Sekunden später ist er verschwunden.

„Ausgeschlossen", sage ich laut und schüttle meinen Kopf, obwohl niemand da ist. „Vollkommen ausgeschlossen."

12

„Wisse, was du weißt“, flüstert der Wind mit Chiefs wundervoller Stimme.

„Als ob ich wüsste, was das bedeutet!“ antworte ich lachend, schüttle den Kopf und versuche, das Unmögliche zu verstehen.

Ich schaue mich in alle Richtungen um, sehe jedoch nur leeren Canyon. Der Wind weht sanft, Vögel machen sich krächzend thermische Strömungen zunutze, und die Sonne wandert weiter durch den Tag, als sei das Leben vollkommen normal. Als hätte ich nicht gerade erst einen bilozierenden Skinwalker gesehen, der an zwei Orten gleichzeitig sein kann und meine eigenen magischen blauen Augen besitzt. Als wäre ich nicht gerade erst Zeugin eines Wunders geworden, das direkt vor meinen Augen stattgefunden hat.

Er war hier. Oder nicht?

Ich starre zur brennenden Sonne hinauf, vergesse, meine Augen abzuschirmen, und wende den Blick schnell wieder ab. Meine Netzhaut brennt.

Unmöglich. Aber es ist passiert. Oder nicht?

Ich hebe die Wasserflasche an meine Lippen. Sie ist leer. Als ich nach der zweiten Flasche greife, stelle ich fest, dass auch sie leer ist. Wann ist das passiert?

Ein Gefühl der Angst setzt sich in meinem Magen fest und steigt nach oben, greift nach meiner vertrockneten Kehle. Leide ich an einem Hitzschlag, ohne es zu bemerken? Man sagt, eine solche Hitze könne alle möglichen merkwürdigen Phantasievorstellungen hervorrufen, wenn man allein ist, besonders an Orten wie diesen, wo Geister die heilige Erde heimsuchen.

Habe ich einen Geist gesehen?

Ich schlucke, rechne damit, dass ich Durst habe, doch das ist nicht der Fall. Wieso nicht? Wieso fühle ich mich wohl? Sogar gut? Ich lenke meine Aufmerksamkeit auf den Rest meines Körpers und suche nach Zeichen von Erschöpfung oder eines Hitzschlags. Ich fühle nichts. Nur eine kribbelnde Empfindung, die mich umgibt, eine Lichtenergie, die nach allen Seiten von mir ausstrahlt.

Als sei ich diejenige, die leuchtet.

„Unmöglich", höre ich mich zu der unendlichen Leere sagen, die mich umgibt.

Wisse, was du weißt, hat der zum Wind gewordene Chief oder zu Chief gewordene Wind gesagt. Aus welchen Gründen auch immer, aus Gründen jenseits aller Vernunft ist mein Herz sich seines Kurses sicher. Freude steigt auf, so greifbar, als würde ein starker elektrischer Strom meinen Puls einen glücklichen, gewundenen Fluss entlang steuern. Ich lächle breit, dumm und unschuldig. Ohne Vorwarnung bewegen meine Füße sich unter mir, tragen mich tiefer in den Canyon hinein.

So fühlt es sich also an, wenn man die letzte dunkle Karte zieht und auf den Mond schießen kann. Vielleicht ist es die Karte des Wahnsinns, doch ich hätte mir nie träumen lassen, dass der Jackpot so verrückt sein könnte. Ich habe nur Angst, dass ich feststellen könnte, dass nichts davon real ist, wenn die Hochstimmung nachlässt. Wie soll man sich der „Realität" stellen können, nachdem man einmal mit jemandem wie ihm gesprochen hat?

Ich schwelge in dem Gedanken, bis ein schrilles Geräusch den Canyon zu zerreißen scheint. Ich habe keine Ahnung, wo es herkommen könnte, bis mir klar wird, dass es das Handy ist, das Eric mir gegeben hat. Ich durchwühle meine Tasche, um es zu finden, und weiß, dass ich schon wieder vor einem Wunder stehe. Die Batterien des Handys, falls es überhaupt eingeschaltet ist, müssten mittlerweile längst leer sein. Außerdem kann ich so tief im Canyon unmöglich eine Verbindung bekommen.

Wenn es Chief ist, dann weiß ich, dass ich mitten in „Oh, Gott, Teil V" stecke, auf dem Absatz kehrtmache und mich in ein Irrenhaus einweisen lasse.

Es ist nicht Chief. Es ist Eric.

„Wie geht's dir?“, fragt er und klingt freundlich und normal, ein Mann, der in einer Welt lebt, in der bilozierende Gestaltwandler sich noch immer im Reich des Unmöglichen befinden. „Hast du gefunden, was du gesucht hast?“

„Ich schätze schon“, sage ich und höre selbst, dass ich ziemlich verstört klinge. Ich dachte, ich würde mich besser anhören, optimistischer, wenn man bedenkt, dass ich mich so fühle. Die Diskrepanz alarmiert mich.

„Bist du in Ordnung, Mary? Du hörst dich nicht gut an.“

„Nicht?“, antworte ich schwach. Eric und Chief lassen sich ganz einfach nicht unter einen Hut bringen. Plötzlich bin ich verwirrt, vollkommen verunsichert. Mir ist bewusst, wie bizarr die Wahrheit, die ich gerade erfahren habe, in Erics Ohren klingen würde. Sie würden mich abtransportieren. Vielleicht sollten sie das auch.

„Es ist heiß“, sage ich.

„Wo bist du, Mary? Ich komme und hole dich ab.“ Seine Stimme klingt hartnäckig, aber sie erreicht mich nicht.

„Canyon de Chelly. Dark Crow hat mich hergebracht. Aber mir geht's gut.“

„Du hörst dich aber nicht gut an, Mary. Du hörst dich gar nicht gut an.“ Jetzt ist es Eric, der sich für mich nicht gut anhört. Dafür habe ich keine Energie.

„Ja, in Ordnung“, sage ich, „ich rufe dich an.“ Ich suche nach dem Knopf, um das Gespräch zu beenden, schalte das Handy aus und prüfe noch einmal, ob es auch wirklich aus ist. Es ist aus. Vielleicht war es das die ganze Zeit. Vielleicht habe ich das alles nur geträumt. Vielleicht.

Die Wahrheit ist, dass ich vielleicht wirklich träume, dass ich vielleicht immer noch auf der kalten Ladefläche von Dark Crows Pritschenwagen liege, irgendwo dort draußen auf einer einsamen Nebenstraße. Es würde mehr Sinn machen als das hier.

Nun, zumindest erkenne ich die Situation als das, was sie ist. Ich stecke in einer Art von Treibsand fest, den ich nicht ergründen kann. Dennoch ist sie alles, was ich je gewollt habe, wonach ich zehn Jahre – nein, ein Leben lang –gesucht habe. Wenn ich untergehen muss, dann soll es mit Leuten wie diesem Chief keines Stammes sein. Er ist mein Volk. Das erkenne ich jetzt. Wenn die Götter freundlich sind, bin ich zwar vielleicht nicht Die Eine, aber sein. Der Gedanke lässt mich in den Vogel hineingleiten. Ich fliege weit oben, während Mary Margaret unten einen Fuß vor den anderen setzt. Man lässt die Meilen im Nu hinter sich zurück, wenn man fliegt.

Der Augenblick ist vorbei, und ich nähere mich Chiefs behelfsmäßiger Heimstätte. Zumindest hoffe ich, dass es seine ist. Ich werfe einen Blick auf den Unterstand, der aus Holzstämmen und Unterholz besteht. Nicht sehr viel, aber wenigstens bietet er Schatten am Rand eines offenen Geländes. Darunter sind zwei Schlafmatten ausgebreitet, einfach, aber einladend. Ich bin auch müde. Wirklich.

Ein kleiner Baumstumpf, der zu einem Tisch umfunktioniert wurde, stellt stolz eine ziemlich versengte Kaffeekanne, einen Eimer Wasser und zwei Tassen zur Schau. Einige Meter vor diesem „Wohnzimmer“ befindet sich ein von Hand gegrabenes Loch, eine von Steinen umgebene Feuerstelle. Die leichte Brise wirbelt Asche durch die Luft.

Das Wasser zieht meine Augen verführerisch, fast magisch an, aber mein Verstand arbeitet auf Hochtouren. Die Antwort auf die Frage, ob ich wahnsinnig bin, scheint ganz einfach. Entweder ist der Chief, den ich hier treffe, der Mann, den ich vorhin da draußen gesehen habe, oder er ist es nicht.

Wenn er es ist, habe ich endlich meinen Lehrer, meinen Meister gefunden. Wenn er es nicht ist, brauche ich ziemlich schnell Wasser und muss um Hilfe bitten, damit ich aus dem Canyon herausfinde. Dann muss ich zusehen, dass ich in ein Krankenhaus komme. Wenn man mir dort die weiße Jacke hinhält und meine Arme zu meinem eigenen Schutz am Körper festbindet, dann sei es so.

Ich habe schon davon gehört – von diesem spirituellen Wahnsinn, der dem Zustand der Erleuchtung vorangeht. Man sagt, dass alle großen Meister durch ihn hindurchgehen müssen. Ich gehöre nicht zu den großen Meistern, könnte es jedoch genauso gut als Ehre betrachten, auf einem ähnlich schmalen Grat zu wandern. Wahnsinn um der

Erleuchtung willen. Die Worte des Sufi-Dichters Rumi kreisen in meinem Kopf wie ein guter Wein unter der Nase. „Dieses Feuer, in dem ich knistere, bist Du. Ich brenne als Du, verzehre mich selbst... Wahnsinnige Klarheiten! Siege ohne einen Laut! Suche nicht nach mir; ich bin nicht hier."

„Willkommen", klingt eine Stimme hinter den Bäumen hervor, bricht meinen Bann und lässt mein Herz im selben Moment aufbrechen.

Tränen würden fließen, wenn noch Wasser in meinem Körper wäre. Chief kommt zwischen den Bäumen hervor und steht vor mir, ein Mann aus Fleisch und Blut. Lächelnd streckt er die Arme aus, sieht aus wie ein Großvater, der seine Lieblingsenkelin erwartet. Er ist noch immer erschreckend dünn, aber die goldene Farbe seiner Haut, die sich von der sauberen Baumwollhose und einem locker hängenden Hemd abhebt, vermittelt den Eindruck vollkommener Gesundheit. Das, und sein Leuchten.

Ich kann mich nicht bewegen, kann nur dastehen und starren. Ich weiß, ich brauche Wasser, und ehe das hier alles vorbei ist, brauche ich vielleicht auch noch die Irrenanstalt. Heute aber bin ich an meinem Anfang angekommen. Ich zittere, als Gänsehaut meinen Körper bedeckt.

Gleichzeitig macht sich jedoch noch ein anderes Gefühl breit. Etwas, das mir nicht gefällt. Etwas tief in meinem Inneren, das dunkel wird. Wie ein Samenkorn in meinem Herzen, ein hässliches Ding, das wächst. Urplötzlich flammt es auf wie ein Buschfeuer, sinkt nach unten in meinen Magen, steigt nach oben in mein Gehirn, ergreift Besitz von mir. Ich trete einen Schritt zurück und verleihe einem heftigen Zorn Ausdruck, der mich rapide verzehrt.

„Wer zum Teufel bist du?"

13

Das drängende Buschfeuer der Bitterkeit frisst mich bei lebendigem Leibe, droht genau den Meister anzugreifen, nach dem ich so lange gesucht habe. Ich frage mich, ob er ihn ertragen kann, diesen Hass, den er in mir erweckt, und gleichzeitig ist es mir völlig egal. Er hat sich zu lange versteckt, und der verhungernde Wolf, der ich geworden bin, ist zum verbalen Amoklauf bereit.

„Du brauchst Wasser", antwortet Chief auf meine giftige Bissigkeit, füllt lächelnd eine der kleinen Blechtassen mit Wasser und hält sie mir hin. Am liebsten würde ich sie ihm aus der Hand schlagen.

„Bist du ein Bodhisattva?" will ich wissen. Ich hasse die Tasse in seiner Hand und will sie gleichzeitig haben.

Seine Stirn legt sich in Falten, als sei er unsicher. „Ein Bodhisattva? Was soll ich sein?"

„Na, wunderbar!", sage ich höhnisch, werfe die Hände hoch und wende mich an die Canyonwand hinter mir, als sei sie ein eigenständiges Wesen, das mich versteht. „Er borgt sich die Worte Christi und weiß nicht mal, was ein verdammter Bodhisattva ist!"

Ich wende mich wieder zu ihm um. Rachgier trieft aus mir heraus. Die Hände in meine Hüften gestemmt, fordere ich Antworten auf Fragen, die ich noch gar nicht gestellt habe.

Chief sieht mich leicht amüsiert an. Er kommt mir vor wie ein liebender Vater, der einem Wutanfall seines Kindes zusieht. Das macht mich noch wütender, ebenso wie der humorvolle Tonfall seiner Stimme, als er spricht.

„Bodhisattva", sagt er, als ob er an einem Buchstabierwettbewerb teilnähme. „Ein erleuchtetes Wesen, dessen Bestimmung darin liegt, ein Buddha zu werden, welcher der Glückseligkeit des Nirwana entsagt, um alle Kinder Gottes auf Erden zu retten."

Seine akademische Antwort macht mich rasend. „Und, bist du?“, schreie ich ihn an. Ich habe vollkommen die Kontrolle verloren.

„So würde ich es nicht nennen“, sagt er und zeigt wieder auf die Tasse. „Bitte, trink ein wenig Wasser, Süße Mary.“

Das „Süße Mary“ zupft an meinem Herzen wie eine Violine, die den Schmerz einer trauernden Witwe zum Vorschein bringt. Gleichzeitig macht dieser emotionale Trick mich fuchsteufelswild. Ich will mich auf ihn stürzen, ihn in Stücke reißen, um die Diamanten zu finden, die ich in ihm vermute.

„Ja, das trifft es schon eher“, sagt er.

„Hör auf, meine Gedanken zu lesen“, schreie ich wieder mit dem erbitterten Zorn, den man nur gegenüber einem Menschen empfinden kann, den man mit leidenschaftlicher Hingabe liebt. Jemand, von dem man glaubt, dass er einen verraten hat.

Er nickt zustimmend.

„Na, wunderbar, ein gottverdammter gedankenlesender ‚Würde-es-nicht-so-nennen‘-Bodhisattva, der mich auch noch von oben herab behandelt!“ Meine Arme schlagen wild um sich, um meinen Worten Gewicht zu verleihen, was mir noch mehr das Gefühl gibt, die Kontrolle verloren zu haben.

Bei dem Wort „gottverdammt“ verfliegt sein Lächeln und weicht einem traurigen Ausdruck. Er hebt seine Hände über seinen und meinen Kopf, und mit einer langsamen Bewegung beginnen seine Arme vor mir in der Luft zu tanzen, fließend und kraftvoll. Er scheint etwas zwischen uns wegzuwischen, von unseren Köpfen bis hinunter zu unseren Füßen. Während seine Hände sich bewegen, strömt Ruhe von oben in mich hinein, fließt nach unten, und ich spüre, wie der Zorn durch meine Füße entweicht, während er zuerst auf beiden Seiten und dann davor und dahinter auf den Boden klopft.

Er nickt. „Ja, ja, gib ihn der Mutter. Die Mutter weiß, was damit zu tun ist.“

Ich wimmere bei dem Gedanken, dass Mutter Erde weiß, was sie mit meinem Zorn und meinem Schmerz tun soll, wenn ich selbst nicht die leiseste Ahnung habe. Innerhalb von Sekunden bin ich schlaff, erschöpft, gebrochen und geheilt zugleich. Obwohl ich halb vertrocknet bin, kommen mir die Tränen. Alte Tränen. Alte Traurigkeit.

„Warum hast du mich so lange warten lassen?“, frage ich ihn und höre selbst, wie pathetisch ich klinge.

Chief hält mir erneut die Tasse hin. Diesmal nehme ich sie. Das Blech, kühl durch die Flüssigkeit, die sich darin befindet, ist reines Entzücken für meine Lippen und meine Zunge. Plötzlich bin ich unendlich durstig und schlucke atemlos, so unbefangen wie ein Bettler.

„Nicht so schnell“, sagt er sanft und weist auf einen Baumstamm, damit ich mich setzen kann.

Ich setze mich hin, unendlich beschämt darüber, dass ich so mit ihm gesprochen habe.

Er schüttelt den Kopf. „Ist schon in Ordnung. Zwischen uns gibt es ein Band, an das du nicht gewöhnt bist. Es weckt alte Gefühle. Rührt sie auf wie eine unappetitliche Suppe. Sie müssen irgendwohin.“

Ich lächle, denn diese Vorstellung gefällt mir.

Er lächelt zurück. „Es ist schön, dich wiederzusehen.“

Ich bin erstaunt, wie erfrischt ich mich fühle, und vermute, dass dies nicht nur auf das Wasser zurückzuführen ist. Es ist Chief, der in dieser schrecklichen Wüstenhitze die Kühlung bringt und der zweifelsohne wärmt, wenn es im Winter kalt wird. Der Gedanke weckt in mir den Wunsch, mich zusammenzurollen und zu schlafen, geschützt vor allem, was mir Schaden zufügen könnte, sogar vor mir selbst.

„Es gibt viel zu lernen“, sagt er, als ob er beginnen wolle, ein großes Geheimnis zu erklären, „und viele Reisen, die unternommen werden müssen.“

„Mmm“, sage ich und weiß noch nicht einmal mehr, wovon wir sprechen, fühle nur eine leichte, aber schläfrige Akzeptanz. Die Vögel lullen mich mit ihrem Gesang ein. Hat er etwas in mein Wasser getan? Nein, nein, er ist es. Nur er. Geliebter Chief. Ein Meister aller Meister.

„Süße Mary, du bist genauso sehr Meister, wie ich es bin.“

Eigentlich müsste ich zornig werden, diese Vorstellung sofort zurückweisen. Wenn er mein Leben kennen würde und wüsste, was ich alles getan und nicht getan habe, dann würde er das nicht sagen. Stattdessen reagiere ich überhaupt nicht. Meine Augen fallen zu. Ich reiße sie weit auf und versuche, nicht zu blinzeln. In Wirklichkeit will ich nichts mehr als mich hier und jetzt ausruhen, im Schutz dieser großen Seele.

Mein Blick fällt erneut auf die im Schatten liegenden Schlafmatten. Ich stehe auf, um mich auf einer von ihnen niederzulegen. Die Erde unter der dünnen Matte fühlt sich wie Samt unter meinem Körper an, die Luft wie Seide, die in meine Lungen hinein- und wieder herausströmt. Jede Hölle, durch die ich gegangen bin, war diesen Moment wert. Irgendwie habe ich immer gewusst, dass er kommen würde. Hatte nur Angst, ich würde nicht warten können.

„Ja, ruh dich nur aus", sagt mein neuer, wunderbarer Freund und folgt mir in den Schatten.

„Es tut mir Leid, dass ich so müde bin. Es ist erst Nachmittag, nicht wahr?"

„Sch…", sagt Chief. Es klingt wie eine Liebkosung.

Also bin ich still. Bald schlafe ich.

Wer weiß schon, wie lange ich schlafe? Zwischendurch werde ich wach, bekomme die Augen aber nicht auf und will trotzdem alle möglichen Fragen stellen. Warum jetzt? Warum hier, im Reservat? Was will Gott von uns? Gibt es einen Plan? Können wir Gott kennen? Welche Aufgabe habe ich in diesem Leben?

Während des restlichen Tages und bis in die Nacht hinein umsorgt er mich mit einem sanften Murmeln. Meine Wassertasse ist stets gefüllt. Irgendwann spät wache ich auf und sehe, wie er sich um das Feuer kümmert. Der gelbrote Schein des Feuers verschmilzt mit seinem Leuchten. Ich versuche wach zu werden, will mit ihm über alle möglichen Dinge sprechen. Wie ich aufgewachsen bin. Wie lange ich auf irgendeine Art von Trost gewartet habe. Wie viel es für mich bedeutet, jetzt, wo er hier ist.

„Ich weiß", sagt er und streichelt mich sanft. „Sch…, später."

Endlich spüre ich, dass ich in einen tieferen Schlaf versinke, zufrieden und sicher, dass, auch wenn ich nicht Die Eine bin, die er sucht, er derjenige ist, nach dem ich immer gesucht habe.

14

Ich erwache unter einer Sternendecke. Das Feuer brennt stetig, und Chief bewegt sich um mich herum. Der Nachtwind lässt das Feuer knistern. Mit kalten Schultern ziehe ich die Decke unter mir hervor, wickle mich darin ein und beobachte ihn. Wenn ihm noch immer übel ist, dann ist davon nichts zu sehen. Er bewegt sich leichtfüßig, sogar anmutig, und dennoch achtsam, als sei jeder Schritt heilig. Ich habe einmal einen Tai Chi Meister, den ich kannte, in einem Lebensmittelladen gesehen und beobachtet, wie er sein Gemüse mit größerer Achtsamkeit auswählte, als ich mir vorstellen konnte, für einen Menschen aufzubringen, von Gemüse ganz zu schweigen. Ich war beeindruckt, konnte es aber nicht mit meiner eigenen Erfahrung in Einklang bringen. Nahrungsmittel, auch wenn sie sehr gut schmecken, sind für mich ein Gebrauchsgut.

„Dein Fehler", sagt Chief und unterbricht sanft meine Gedanken, „besteht nicht in der Tiefe deiner Achtsamkeit. Er besteht darin, dass du Gemüse für weniger wertvoll hältst als einen Menschen. Es ist der Fehler der gesamten Menschheit, der uns die Welt kosten kann."

Er bewegt sich, während er spricht, sammelt Zweige und verbeugt sich ganz leicht, während er sie einzeln dem Feuer darbietet. „Alles ist heilig", fährt er fort, seine Stimme so sanft und klar wie die Nacht, die uns umgibt. „Und das ist keine Ideologie. Du könntest nicht hier sein ohne die Erde, auf der du gehst. Du könntest nicht hier sein ohne die Luft, die du atmest. Tatsächlich bestehst du zu neunundneunzigkommaneun Prozent aus Luft. Der Gott des rationalen, logischen Denkens hat unseren Wissenschaftlern geholfen, es zu beweisen."

Bei dem Gedanken kichert er leise, als ob das rationale Denken ein Kinderspiel sei. „Danach bestehst du größtenteils aus Wasser, also könntest du ohne Wasser auch nicht hier sein. Dieses Feuer brauchst du ebenso, zum Beispiel, damit es dir in kalten Nächten Wärme spendet und Raubtiere fernhält. Das ist aber noch nicht alles. Ohne das Feuer in dir könntest du nicht bei etwa siebenunddreißig Grad Körpertemperatur leben. Wenn wir kalt werden, muss unser Geist den Körper verlassen. Das Feuer ist also kein Geschenk an uns. Wir sind das Feuer."

Ich bin von seiner Erklärung hingerissen, von seiner dauernden Telepathie ganz zu schweigen. Ich mag auch den Klang seiner Worte, die Art und Weise, wie sie aus seinem Mund herausströmen wie Wasser, das in einem Flussbett fließt, und wie achtsam er jedes einzelne Wort zu formulieren scheint. Jemand anderer würde die Worte vielleicht einfach aussprechen. Er ruft jedes einzelne Wort zärtlich hervor. Ich kann mir nicht vorstellen, dass irgendjemand denken kann, ich sei wie dieser Mann. Ich mit meinem „zum Teufel" und „verdammt" und den noch schlimmeren Flüchen, mit denen ich aufs Geratewohl um mich werfe.

Ich seufze und sinne lieber über ihn nach, als je wieder an mich selbst zu denken. Ich kann keinen Akzent erkennen. Ist er von einem Land zum anderen gezogen, vielleicht schon als kleiner Junge? Die Vorstellung passt zu meinem Bild von ihm, denn es scheint eine Spur von allem in ihm zu geben, keine Vorherrschaft eines bestimmten Landstrichs oder Dialekts. Andererseits spricht er mit einer so ruhigen Autorität, dass es schwer fällt, die Gefühle, die seine Worte hervorrufen, außer Acht zu lassen, um sie zu analysieren. So als würde man versuchen, in sein Gesicht zu blicken und nur Augen sehen. Alles, was ich ganz sicher weiß, ist, dass ich ihm mein Leben lang zuhören könnte, dankbar, für dieses Privileg Wasser tragen und Holz hacken zu dürfen.

„Verstehst du, was ich sage?" Chief unterbricht das, was er tut, um seine Frage zu unterstreichen.

Ich überlege meine Antwort sehr genau, allerdings mit Absicht und nicht, weil ich Angst habe, einen Fehler zu machen. Dieser Mann ruft keine Angst hervor. „Ich verstehe die Elemente und die Notwendigkeit, sie zu achten. Ich muss allerdings sagen, dass ich sie nicht so liebe, wie du es zu tun scheinst."

„Das ist so, weil du dich nicht liebst. Wenn du dich liebst – alles an dir, Dunkelheit und Licht –, dann liebst du auch sie. Sie sind du. Sie sind ich. Wir sind eins."

„Das ist eine bedeutsame Botschaft", sage ich. Ich will nicht darüber nachdenken, dass ich mich nicht liebe.

„Es ist keine Botschaft", sagt er und hockt sich neben das Feuer. „Es ist."

„Es gibt viele Blickwinkel auf der Welt", antworte ich, obwohl es mir ein schales Gefühl vermittelt.

„Natürlich", sagt er mit der Großzügigkeit eines Gentlemans und entfernt sich, um noch mehr Zweige zu sammeln.

Ich kann nicht anders. Ich empfinde es als eine persönliche Zurückweisung. Ich bin nicht so weit, wie er mich gerne hätte. Aber schließlich bin ich ja auch nicht Die Eine, die er sucht. Sie wäre sicher weiter, als ich es bin. Sie würde sich selbst und somit auch die Elemente lieben. Sie würde es auf eine Weise verstehen, die mir offensichtlich verwehrt ist.

Chief kehrt zurück, im Arm einen großen Ast, den er so achtsam festhält wie eine Mutter ihr neugeborenes Kind. Er bietet ihn dem Feuer dar, und die Flammen haben ihn schnell erfasst, lassen ihn knacken und prasseln. Chief setzt sich mir gegenüber, kreuzt die Beine und lässt seine Hände leicht auf den Knien ruhen. Er sieht aus wie der typische weise Meister.

„Was hast du gelernt, Süße Mary?"

Die Frage verblüfft mich. Ich kann ihm sagen, was ich für Abschlüsse habe, ihm meinen beruflichen Werdegang schildern, ihm sagen, wo ich herkomme und wer meine Familie war. Alles kein Problem. Aber was habe ich gelernt? Wie beantwortet man eine solche Frage?

„Es würde Tage dauern, das alles aufzuzählen", sage ich ausweichend.

Er lächelt gelassen, als hätte er alle Zeit der Welt.

„Nun ja, mal sehen. Ich bin Sozialwissenschaftlerin und ziemlich weit in der Welt herumgekommen." Es gefällt mir nicht, wie ich klinge. Als würde ich versuchen, ihn zu beeindrucken. „Ich weiß nicht. Ich bin eine ganz normale Frau, weißt du, die ihren Weg geht. Ich versuche zu lernen. Es gibt nicht viel, was ich vorzuweisen habe."

Chief nickt, sieht meinen Kampf.

„Was ist mit dir?", frage ich.

„Was möchtest du wissen?"

Eine Million Dinge. Den Sinn des Lebens. Ob es einen Gott gibt. Aber damit warte ich noch eine Weile, arbeite mich langsam nach oben.

„Bist du ein Navajo?" frage ich.

„Nein."

„Das habe ich mir schon gedacht. Was dann?"

Er zuckt mit den Schultern. „Eine Promenadenmischung. Ein bisschen hier und ein bisschen da. Ich wollte in Bezug auf mich selbst keine Voreingenommenheit erschaffen. Niemand kann mich beanspruchen. Niemand kann mich zurückweisen. Ich bin."

„Du hast *entschieden*, welche Nationalität du haben willst?", frage ich. Ich versuche nicht, meine Skepsis zu verbergen.

„Wie wir alle das tun."

„Das hört sich aber sehr nach New Age an", sage ich.

„New Age?"

„Genau. Dass wir jedes Mal, ehe wir wiedergeboren werden, unsere Eltern, unsere Lebensumstände, unsere Intelligenz und andere Fähigkeiten wählen. Angesichts meiner Vergangenheit habe ich damit ein Problem."

„Wisse, was du weißt", sagt er ausdruckslos.

Schon wieder dieses „Wisse-was-du-weißt"-Zeug. Ich weiß, was ich weiß, aber es gibt viel, was ich nicht weiß. Wenn er wüsste, was er weiß, dann wüsste er, dass ich nicht Die Eine bin. Was er auch weiß, da bin ich sicher. Aber aus irgendwelchen unerfindlichen Gründen bin ich bisher nicht vor die Tür gesetzt worden, und ich werde erst gehen, wenn ich dazu aufgefordert werde. Wer lässt sich schon Lektionen bei einem Meister entgehen, der leuchtet?

„Also", sage ich, „wenn es wahr ist, ich meine, dass wir uns alles aussuchen, dann weiß ich, dass ich weiß, dass ich eine anerkannte, eingetragene Masochistin bin. Wenn du meine Lebensgeschichte kennen würdest…"

Chiefs Augen fangen an zu flackern, als hätte er ein beabsichtigtes Ziel getroffen. „Es ist bloß eine Geschichte", sagt er, „obwohl ich sie gerne durch deine Augen sehen würde."

Nun gut. Wie ich sie sehe.

„Äh, mal sehen", fange ich an und spüre bereits, wie das Drama in meinem Kopf kreist. Ich rede nicht sehr oft über meine Vergangenheit, vor allem deshalb, weil ich der Meinung bin, dass es sich nicht lohnt.

Ich seufze und versuche es noch einmal. „Die Frau – oder vielmehr das Kind, denn sie war damals erst vierzehn –, die mich geboren hat, wollte mich nicht als ihre Tochter anerkennen, noch nicht einmal, als wir beide bereits erwachsen waren. Niemand sprach über die Umstände, aber bei Familientreffen konnte man so einiges erfahren, wenn man zuhörte, und das tat ich eigentlich immer. Ich musste meine Familie nur einmal im Jahr sehen, aber das war eine Pflichtveranstaltung, denn ich wurde vom Onkel meiner Mutter erzogen, und jeder wollte sicher sein, dass er seine Sache halbwegs gut machte. Er war sein Leben lang Junggeselle, ein heimlicher Homosexueller. Ein sehr verklemmter Mann. Ist vor einigen Jahren gestorben."

Chiefs einzige Antwort ist ein Nicken, also fahre ich fort.

„Er war als einziger bereit, mich aufzunehmen, und lebte weit genug vom Rest der Familie fort, damit ich sie nicht immer an ihre Schande erinnerte. Er erklärte sich bereit, dafür zu sorgen, dass ich als gute Katholikin erzogen wurde." Ich höre, wie meine Stimme weicher wird und ermattet, als ob schon der Gedanke daran mich schwächen würde. „Als würde das die Situation irgendwie retten."

Ich seufze wieder und tue das, was ich immer tue. Ich sehe die lichte Seite, wie trüb sie auch sein mag. „Er hatte ein gutes Herz, aber auch große Angst, ein kleines Mädchen zu sehr zu lieben. Hatte Angst, welchen Eindruck das machen könnte. Noch mehr Angst, die Leute würden herausfinden, dass ich die Tür zu seinem heimlichen Leben war. Wie auch immer, er sorgte für alle meine Bedürfnisse und führte ein strenges Regiment. Ich ging ihm aus dem Weg, so gut ich konnte."

Ich schaue Chief an, der keine erkennbare Reaktion zeigt. Wie der Seelenklempner, zu dem man mich schleppte, nachdem Hannah ermordet worden war. Etwas in mir fängt an zu grollen. Der dunkle Keim des Zorns, den ich vor der magischen Bewegung seiner Hand schon einmal erfahren habe, treibt erneut aus.

Hör auf damit.

Ich schlucke und lächle nervös.

„Ein Mangel an Liebe in der Kindheit", sagt Chief, „ist oft ein guter Weg, um sich auf die Suche nach der wahren Liebe zu begeben." Er sagt es so, als sei es lediglich eine Möglichkeit. Trotzdem weiß ich, dass er glaubt, er habe Recht. Als ob er überhaupt eine Ahnung hätte. Ich war diejenige, die es ertragen hat, vielen Dank. Wo war er?

„Die Entscheidung für einen ängstlichen und noch dazu homosexuellen Vater kann einer Seele dabei helfen, etwas über die Verwechslung geschlechtsbezogener Dinge und über das Verbergen des wahren Selbst zu lernen."

Ich denke eine Sekunde über diese neuen Vorstellungen nach und habe das Gefühl, dass ich sie im Moment nicht verarbeiten kann. Deshalb fahre ich fort. „George, so habe ich meinen Vater genannt, schickte mich auf eine katholische Schule, aber die Nonnen und ich waren in vielen Dingen nicht einer Meinung. Eigentlich in allen Dingen."

Chief nickt. „Sich für Eltern zu entscheiden, die der Seele ein religiöses Paradigma aufzwingen, hilft einer Seele oft, das Dogma zurückzuweisen und dann loszulassen, um schließlich ihr wahres spirituelles Selbst und ihr angeborenes Mitgefühl zu finden."

Groll brodelt in meinem Bauch und meiner Kehle. Sieht er nicht, wie schwer mein Leben war? Kümmert es ihn nicht? Wo ist *sein* Mitgefühl?

„Ja, kann schon sein", sage ich in leicht abfälligem Tonfall, bereit, die Tragödie zu schildern, die alles andere übertrifft. Das wird ganz sicher sein Mitgefühl hervorrufen. „Dann, nachdem meine beste Freundin ermordet wurde, bin ich ein bisschen wahnsinnig geworden."

„Gut", sagt Chief. Er scheint wirklich erfreut zu sein.

„Gut?“, wiederhole ich. „Es war die Hölle. Meine Freundin hat wer weiß was für schlimme Sachen durchgemacht, und ich habe danach ständig Dinge gesehen, fliegende Geister, die durch die Wände meines Schlafzimmers geschossen sind und dafür gesorgt haben, dass ich selbst und alle anderen geglaubt haben, ich wäre verrückt.“

„Ja, ja, gut.“

„Wieso gut?“, will ich wissen, werfe wütend kleine Zweige ins Feuer und wünsche mir, sie wären Sprengstoff. Wie das Pulverfass, das ich bin. Ich erinnere mich an diesen Zorn, den ich gestern schon einmal empfunden habe, und an mein Bedauern über seine Wucht, nachdem er vorüber war. Doch das ist mir egal. Das wilde Tier ist von der Leine. Soll er es doch mit seiner Hand fortwinken, wenn er will.

Chief spricht emotionslos. „Seinen Stamm zu verlieren, und das war für dich deine Freundin, ist für den spirituellen Weg sehr wichtig. Der Kummer öffnet dich, wie diesen Canyon. Jahr für Jahr geht vorbei, und dann passiert etwas, das dein Herz brechen lässt. Die Geister fliegen zu sehen gehört oft dazu. Die meisten Menschen glauben, sie würden ihrer Phantasie entspringen und wären deswegen nicht real. Die, die sie als real erkennen, machen große Fortschritte. Für sie ist diese Öffnung ein Erfolg, denn sie beweist, dass die Realität viel größer ist, als andere einen glauben machen wollen. Man versteht auf eine grundlegende Weise, aus der eigenen Erfahrung heraus, dass die kleine Linse, durch die man bisher geschaut hat, tatsächlich klein ist. So gut, Süße Mary. Wie mutig von dir, dich dafür zu entscheiden.“

Ein Gefühl der Empörung steigt in mir auf. Ich erhebe mich, laufe hin und her, um ihm Ausdruck zu verleihen. Wie gedankenlos er ist! Weiß er nicht, welchen Schaden mein entfesselter Zorn anrichten kann? Meine Stimme zittert und versagt fast, als ich antworte, aber dennoch steht jedes einzelne Wort wie eine Welt für sich.

„Vielleicht habe ich mir meinen Vater und meine Mutter ausgesucht“, sage ich und kämpfe darum, meine Logik nicht zu verlieren. „So masochistisch es auch war, vielleicht habe ich es getan. Ich gestehe diese Möglichkeit zu. Aber ich habe mich nicht, niemals, dafür entschieden, meine beste Freundin zu verlieren. Sie war alles, was ich hatte. Alles, in einem kleinen Körper. Ich hätte mich niemals dafür entschieden, dass sie sterben muss. Niemals. Ich habe sie geliebt."

„Ja", antwortet Chief und treibt mich weiter in die Enge. Ich muss daran denken, wie ich Dark Crow in sein Nichts getrieben habe. „Natürlich hast du sie geliebt. Du hast auch eine Freundin gewählt, von der du wusstest, dass sie früh sterben würde."

„Das habe ich ganz sicher nicht getan!" Meine Augen füllen sich mit Tränen, und meine Kehle zieht sich zusammen. Ich will nicht mehr darüber sprechen.

„Die Seele, von der du sprichst, die du in diesem Leben Hannah genannt hast…"

Woher weiß er das? Woher kennt er ihren Namen? Ist er ein Hexer, ein schwarzer Magier? Ist er mir gefolgt, hat meine Vergangenheit ausspioniert? Schließlich ist er ein Skinwalker. Was hat es schon zu bedeuten, dass er leuchtet?

„Sie ist jemand, den du in vielen, vielen Leben gekannt hast. Ihr war bewusst, dass es ein kurzes Leben sein würde. Es war klar, dass du in deinem zwölften Lebensjahr eine große Öffnung brauchen würdest, und so wurde sie zu diesem Katalysator. All das wurde in größter Liebe vereinbart."

„Du bist verrückt", sage ich und stampfe mit Wyunettas Mokassins auf den Boden. „Ich meine, es ist eine Sache, über Reinkarnation und die Möglichkeit, dass man jemand anderen in mehr als einem Leben gekannt hat, als eine entfernte, theoretisch vorstellbare Eventualität nachzudenken. Es ist aber eine ganz andere Sache, daran zu glauben, dass all dieses Leid wirklich geplant ist, dass die Liebe dich darauf vorbereitet, dass du in Stücke brichst." Ich werfe einen großen Zweig ins Feuer, heftig genug, dass die Glut spritzt. „Es ist sogar mehr als verrückt. Es ist krank."

Meine Argumente scheinen ihn nicht zu beeindrucken. „Du hast deinen Vertrag gut erfüllt", sagt er sachlich. „Jetzt kann er fortgeführt werden."

Ungeachtet seines Alters verspüre ich den starken Drang, ihm einen Faustschlag zu versetzen. Ich schlucke ihn herunter.

Er zieht seine Augenbrauen hoch, wartet. Ich bleibe stehen, starre ihn an, die Beine fest auf der Erde verankert, die Arme vor der Brust verschränkt, und versuche, mich zu beherrschen.

„Wie das?“, will ich schließlich wissen.

„War es nicht gut, diese leuchtende Seele wiederzusehen?“

Meine Knie geben nach und knicken unwillkürlich ein. Mein Magen krampft sich zusammen, als hätte mir jemand einen Schlag mit einem Baseballschläger verpasst. Ich weiß genau, wovon er redet. Puck. Seine wunderbare braune Haut, die Umarmung, in der ich geschwelgt habe. Ich spüre, wie Kummer mich erfüllt, mich verbrennt, und dennoch spüre ich auch Freude. Unfähig, noch länger zu stehen, hocke ich mich hin, greife nach dem Boden, um Halt zu finden. Ich schwanke mit dem Schlag meines Herzens, hin- und hergerissen von der Intensität. Ich weiß nicht, was ich tun soll, was ich denken soll. Aber, Gott helfe mir, ich weiß, was ich hoffe.

„War es wirklich sie?“, frage ich schließlich, meine Stimme wieder zwölf Jahre alt. Meine Hände zittern, und Tränen stehen in meinen Augen.

Chiefs Stimme ist ruhig, weich, fast völlig frei von den Spuren seines Alters. „Gab es wirklich einen Zweifel?“

„Ja!“, schreie ich in die Nacht hinein wie ein Wolf, der seinen Kummer dem Mond zuheult. „Verdammt, ja. Es gibt immer einen Zweifel. Zweifel macht alles überschaubar. Zweifel lässt die Welt vernünftig bleiben. Er sorgt dafür, dass du…“ Ich gehe wieder auf und ab, unfähig, bei dieser Vorstellung sitzen zu bleiben. „Ich weiß nicht, wofür er sorgt, aber ich weiß, dass ich ihn brauche. Er rettet einen immer wieder.“

„Er sorgt dafür, dass du sicher bist?“ fragt Chief mit unverbindlicher Stimme.

„Ja, verdammt, er sorgt dafür, dass du sicher bist. Er sorgt dafür, dass die Phantasie nicht mit dir durchgeht. Er sorgt dafür, dass du keine Dummheiten machst und allzu sehr von dir selbst überzeugt bist und Hoffnung hast, wo Verzweiflung die einzig vernünftige Antwort ist, und…“

„Mary?“, unterbricht Chief mich.

„Was?“, schnappe ich und sehe ihm in die Augen, suche nach etwas, irgendetwas, woran ich mich festhalten kann.

„Ist es wahr?“

„Woher zum Teufel soll ich das wissen? Warum schwenkst du nicht endlich deine verdammte Hand und befreist mich von diesem Schmerz?“

„Weil die Antwort *in* deinem Schmerz ist. Wisse, was du weißt.“

Ich kann nicht denken. Kann nicht mehr erkennen, was real ist.

„Ist es wahr?“, bohrt er sanft. „Ist Pucks Seele auch die Seele, die Hannah gehört hat?“

„Ich weiß es nicht!“, schreie ich.

Chief steht auf. Er sieht aus, als sei er drei Meter groß, unverrückbar wie ein Fels. „Doch, du weißt es.“

Ich wimmere, sehe mich verzweifelt um, außer mir, kaue an meinen Fingernägeln, will hier weg, will mich nie wieder so fühlen, wie ich mich an diesem Tag gefühlt habe, als sie es mir gesagt haben. Die Worte fliegen durch meinen Verstand wie die Geister, die danach kamen.

Ermordet. Kampf. Treibend. Nackt. Tot.

„Mach, dass es aufhört!“, bettle ich. Er kann es, ich weiß, dass er es kann. Mit einem Wink seiner Hand.

„Nur in der Dunkelheit dessen, was begraben ist, kannst du die Wahrheit finden.“

„Ich weiß nicht, was ich denken soll“, sage ich und fühle mich wie ein Junkie, der unbedingt einen Schuss braucht.

„Natürlich nicht“, sagt er mit vollkommener Ruhe. „Es hat nichts mit Denken zu tun. Was sagt dein Bauch? Ist es wahr?“

Mein Kopf sagt, dass es nicht wahr ist. Mein Herz hofft, dass es wahr ist. Aber mein Bauch? Ich lege die Hände auf meine Mitte. Sie fühlt sich an wie ein Mixer auf höchster Stufe.

„Geh weiter, über den Tumult hinaus. In deine Mitte.“

Verzweifelt suche ich nach meiner Mitte, lasse das hinter mir, was im Aufruhr ist. Ich finde sie, klar und sicher.

Tief in meinem Inneren weiß ich, was ich weiß, so sicher, wie ich je etwas gewusst habe.

„Heilige Mutter Gottes", sage ich, nicht, um zu lästern, sondern vor Dankbarkeit, während ich automatisch ruhig werde, auch ohne dass Chief seine Hand schwenkt. „Es ist wahr."

15

Ich erwache im frühen Morgenlicht. Abgesehen von Oya, die drei Mal so klar wie der Tag vor meinem dritten Auge baumelte, war mein Schlaf diesmal tief und traumlos. Als ich mich aufsetze, fühle ich mich klarer als seit vielen Jahren. Ich freue mich darüber, wie alles sich entfaltet hat, fast so, als hätte man einen roten Teppich, der zugleich auch ein Zauberteppich ist, vor mir ausgerollt.

Ich muss lächeln, als mir, während ich mich dehne und strecke, die wundervollste Vorstellung von allen wieder einfällt. Die zu Puck gewordene Hannah. Es ist tatsächlich unglaublich, sich vorzustellen, dass sie… er… was auch immer… irgendwo da draußen ist, dieselbe Luft atmet und unter demselben Himmel schläft. Mein Verstand kann die Sache mit der Reinkarnation noch immer nicht so richtig glauben, also versuche ich, nicht allzu viel darüber nachzudenken, sondern vielmehr darauf zu achten, wie es sich in meinem Bauch anfühlt.

Es fühlt sich gut an. Wirklich gut. Zu glauben, dass es mir durch eine wunderbare Gnade vergönnt war, den lebhaften Überschwang meiner geliebten Freundin noch einmal erleben zu dürfen. Der Gedanke, dass sie schon vor langer Zeit dem Grauen entkommen ist, in dem ich gefangen bin, seit ich die Nachricht von ihrem Tod gehört habe, verursacht mir eine Gänsehaut. Noch eine Wahrheit. Und was bedeutet es schon, wenn ich Unrecht habe? Wenn es nur Wunschdenken ist? Es liegt eine zu große Freude darin, es überhaupt für möglich zu halten.

„Du hast von Oya geträumt“, sagt Chief, der neben dem noch brennenden Feuer mit ein paar Zweigen herumspielt. Ich werfe einen Blick auf seine Schlafmatte. Sie scheint unberührt zu sein. Kennt er denn keine Ruhe?

„Ja“, antworte ich, meine Stimme noch tief vom Schlaf. Erst jetzt fällt mir wieder ein, wie schlecht ich diesen wunderbaren Mann erneut behandelt habe. Ich schiebe mein Bedauern zur Seite, denn er scheint es mir nicht übel zu nehmen. „Ich habe einmal eine Statue von ihr bestellt, die erst viele Jahre später ankam. Eigentlich hatte ich die Hoffnung schon aufgegeben. Als sie schließlich doch kam und in eine Zeitung eingewickelt war, in der eine Anzeige für eine Stelle im Reservat stand, hatte ich einfach das Gefühl, dass es zu etwas führen würde." Ich grinse ihn an. „Was es ja auch tat."

Chief nickt. „Es war ein gutes Zeichen, dass sie letzte Nacht zu dir gekommen ist."

„Ein Zeichen?", frage ich, stehe auf, recke mich zum Himmel und beuge mich dann nach vorne, um meine Zehen zu berühren. Immer noch beweglich, auch nach all diesen Jahren.

„Sie ist die Göttin der Veränderung, die du brauchst. Du hast sie angerufen, als du deine Bestellung aufgegeben hast. Für manche, für die meisten Leute, wäre eine solche Bestellung ein Kompliment an Oya gewesen. Nicht mehr. Für dich? Bei der Kraft deiner Seele? Es war eine Einladung!"

„Ich weiß nichts von der Kraft meiner Seele oder von einer Einladung. Ich dachte ganz einfach, dass sie cool aussieht."

Er schüttelt den Kopf. „Süße Mary. Du hast keine Ahnung, was du damit ausgelöst hast. Auch das hast du bereits vor diesem Leben geplant. Du hast es mit Oya besprochen. Eine Vereinbarung, wie mit Hannah. Das war nicht bloß eine vorübergehende Laune für eine Schnitzerei. Nur aus diesem Grund warst du in Afrika. Du hattest eine Verabredung mit dem Schicksal."

„Was genau habe ich denn deiner Meinung nach heraufbeschworen?"

Er blickt zum Himmel auf und hebt ehrfürchtig eine Hand. „Oya ist die Göttin des Wetters, vor allem des stürmischen Wetters. Tornados! Blitze! Hagel! Feuer!"

„Den Teil kenne ich schon."

Seine Augen blicken ebenso groß und aufgeregt, wie seine Stimme ehrfürchtig und bewundernd klingt. „Außer dem Wetter symbolisiert sie auch weibliche Führerschaft und Transformation. Sehr mächtig."

Ich lache, ein wenig nervös darüber, wie sehr diese Sache Chief bewegt. „Ich kann mich nicht erinnern, dass der Blitz eingeschlagen hätte, als sie ankam."

„Das will ich doch gerade sagen! Der Blitz hat eingeschlagen, aber nicht bei dir. An dieser Vereinbarung war noch eine dritte Seele beteiligt."

Ich schüttle den Kopf, verstehe nicht.

„Als du deine Bestellung aufgegeben hast, war ein junger Schamane im Raum. Er fühlte etwas, also reiste er zu Oya, um zu erfahren, was es war. Sie sagte ihm, er solle die Schnitzerei in Empfang nehmen und für dich vorbereiten. Er wusste, was das hieß."

Er macht eine Kunstpause. Die Geschichte scheint ihn wirklich mitzureißen.

„Und?", bohre ich.

„Der junge Schamane nahm die Statue, die schon nach einer Woche fertig war, an sich. Er lebte mit ihr, bis Oya sagte, er könne sie dir schicken. In dieser Zeit brannte sein Haus ab, alle Tiere seiner Herde ertranken, und ein Sandsturm nahm ihm beinahe sein Augenlicht. Er verlor die linke Ferse, als ein vom Blitz getroffener Baum auf ihn stürzte. Jetzt hinkt er. Alles für dich, Süße Mary. Alles dafür, dass du Oyas Macht haben kannst, ohne die Prüfungen bestehen zu müssen, die sie denen abverlangt, die sie anrufen."

„Dir ist bewusst, dass das schlimme Folgen für meinen ohnehin schon überlasteten katholischen Schuldkomplex hat, oder? Ich meine, irgendeinem Typen in Afrika fehlt die Ferse, von Herden und einem Haus ganz zu schweigen! Und nur, damit ich die hölzerne Ikone einer Göttin anrufen kann, die ich in einem Lager habe verschwinden lassen, bevor ich ins Reservat kam?"

Chief sieht beinahe verärgert aus, zumindest so verärgert, wie ich ihn mir vorstellen kann. „Schuld ist etwas, wovon dieser Schamane nichts weiß. Deine Schuld hat bereits lange vor diesem Leben existiert, als du dich entschieden hast, katholisch zu werden, um sie ans Tageslicht zu bringen. Wenn du diesem Schamanen sagen würdest, dass du dich seinetwegen schuldig fühlst, würde er das Wort nicht verstehen. Und das solltest du auch nicht. Denn aufgrund dessen, was er für dich getan hat, ist er nun ein mächtiger Schamane, auch wenn er noch jung ist. Er ist dir für diese Chance dankbar. Für ihn war es ein faires Geschäft."

„Ich verstehe schon wieder kein Wort. Ich tue nichts, der andere Typ wird ruiniert, und wir beide bekommen Macht? Und das nennst du ein faires Geschäft?"

Chief lächelt und schüttelt den Kopf. „So viel Logik in diesem kleinen Kopf. Aber die Gleichung geht auf. In einem anderen Leben hast du einige Entbehrungen für ihn auf dich genommen. In diesem Leben ist er für dich da gewesen. Das große Rad des Karma dreht sich – alles ist ein faires Geschäft, wenn du es weit genug zurückverfolgst."

„Erzähl mir von diesem früheren Leben, in dem ich etwas für ihn getan habe. War ich womöglich eine Königin oder so?" Etwas blitzt in meinem Verstand auf, etwas über Dark Crow. Ich schiebe es beiseite. Mit königlichen Leben werde ich fertig, aber ich bin ganz bestimmt klug genug, um jedem Leben mit Leuten wie Dark Crow aus dem Weg zu gehen.

Chief lacht, ein Klang so süß wie Kirchenglocken an einem Weihnachtsmorgen auf dem Land. „Die Erinnerung an königliche Leben ist nicht wichtig. Andere Leben, deren Schmerz noch immer lebendig begraben ist, die dich an Dark Crow erinnern? Dies sind die Leben, zu denen du noch einmal zurückkehren musst, wenn du mit deiner Aufgabc vorankommen willst."

Er sieht den Ausdruck auf meinem Gesicht und lächelt. „Lassen wir das für später am Tag. Und jetzt, möchtest du Tee?"

Später klingt gut, auch wenn es nur am Tag ist. „Irgendeine Chance auf Frühstück? Ich habe den Überblick verloren, aber ich bin sicher, dass ich schon ziemlich lange nichts mehr gegessen habe."

„Nein. Tut mir Leid. Essen ist nicht gut für die Reisen. Tee ist in Ordnung."

Ich will es nicht wissen. Nicht, wo wir hingehen, und auch nicht, weshalb es nicht gut ist, etwas zu essen. Ich will gar nichts wissen. Die Unterhaltung mit Chief öffnet eine Tür in eine vollkommen neue Welt. Sogar mehrere Türen. Ich versuche immer noch, die Verbindung zwischen Hannah und Puck zu verstehen.

„Tee wäre großartig“, sage ich, froh darüber, dass es noch immer ein paar einfache Annehmlichkeiten gibt, denen man sich widmen kann. Nach Gesprächsthemen wie Oya und Schuld ist die Aussicht auf einfache Annehmlichkeiten sogar sehr angenehm. „Und wie hast du geschlafen?“

Er fängt an, den Tee zuzubereiten, wickelt liebevoll einen kleinen Lederbeutel auf, der mit Blättern gefüllt ist. „Gar nicht. Ich habe seit zehn Jahren nicht mehr geschlafen“, sagt er und spricht diese unglaubliche Leistung ebenso gelassen aus, als hätte er gesagt: „Gut, danke.“

Es ist ein verlockender Köder, aber mein Verstand, der immer alles wissen will, ist schon bis zum Rand voll. Im Moment bleibe ich lieber bei den Kleinigkeiten.

„Es gibt keine Kleinigkeiten“, sagt er, liest wieder meine Gedanken. „Nicht mehr. Wir sind schon zehn Jahre zu spät dran.“

16

Chief gießt uns Tee ein. Er will anscheinend auch nichts essen. Angesichts seines Alters und seines starken Untergewichts bin ich besorgt, aber ich werde wohl kaum den Versuch unternehmen, ihn zu bemuttern. Da es keine Kleinigkeiten gibt, kann ich ebenso gut einige der Fragen stellen, die mir auf der Zunge brennen.

„Wieso war Dark Crow damit einverstanden, mich herzubringen?"

Chief nickt, als wolle er dieses Thema bestätigen. „Er hat als kleiner Junge ein paar ziemlich schlimme Dinge gesehen. Das Schrecklichste war, dass er zusehen musste, wie sein Vater bei lebendigem Leibe von einem Bären gefressen wurde."

„Ich wusste es!" ,sage ich mit großer Befriedigung.

Chief nickt wieder, als ob er nichts anderes erwartet hätte. „Er war schon als Junge eine dunkle Seele. Furchtbare Dinge, die anderen Menschen zustießen, berührten ihn gar nicht. Aber der Bär rief schreckliche Albträume hervor. Viele Jahre lang wachte er Nacht für Nacht mchrmals schweißgebadet auf. Die Dämonen in ihm waren erwacht. Sie ließen ihn nicht schlafen."

Gefesselt höre ich dieser Geschichte zu, die sich so sehr wie meine eigene anfühlt, obwohl ich nicht sagen kann, wieso. Ich träume nicht, und ich habe noch nie gesehen, wie jemand bei lebendigem Leibe von einem Bären gefressen wurde.

Chief schüttelt den Kopf. Mit seinem inneren Auge sieht er offensichtlich mehr, als ich mir vorstellen will. „Sein Kopf war ein Ort des Grauens."

So wie er es sagt, empfinde ich beinahe Mitleid mit Dark Crow.

„Als ich damals zu Wyunetta Morningstar kam", fährt er fort, „um Vorbereitungen für diese Zeit zu treffen, da wusste ich, dass er Schwierigkeiten machen würde. Das ist seine große Rolle in diesem

Leben, wie auch in vielen anderen. Um seine Unterstützung zu erkaufen, rang ich seinetwegen mit der dunklen Seite. So wie der Schamane in Afrika dein Unglück auf sich nahm, so nahm ich Dark Crows Albträume auf mich. Solange ich lebe, kann er dich nicht verletzen, denn sonst kehren die Albträume mit zehnfacher Kraft zurück. Das weiß er."

„Er hat mir gesagt, dass er gesehen hat, wie es geschah", sage ich, „aber als ich ihn fragte, ob er dieser Junge gewesen sei, hat er es abgestritten. Ich habe an meinem Wissen gezweifelt", ich sehe Chief an und lächle kleinlaut, „wie immer, nicht wahr?"

„Du hast aber nicht daran gezweifelt, dass ihr beide euch im Krieg befindet, als du ihm das erste Mal begegnet bist."

Ich denke an diese erste Begegnung in Wyunettas Hogan zurück und erinnere mich, dass ich genau das gedacht habe. „Nein, ich wusste, dass es stimmt."

„Du weißt oft, was du weißt. Halte dieses sichere Wissen fest wie eine Schablone, um es mit anderen Fragen zu vergleichen. Wahres Wissen ruft in deinem Bauch ein ganz bestimmtes Gefühl hervor. Falsches Wissen fühlt sich anders an. Stimmen diese Gefühle überein, kannst du mit Zuversicht nach dem handeln, was du weißt. Lerne es gut. Es ist unsere einzige Chance, unsere große Mission zu erfüllen."

Ich habe Angst, nach dieser Mission zu fragen, Angst davor, welche Rolle ich darin zu spielen habe. Mir fällt ein, dass ich immer noch ein Ass im Ärmel habe, weil ich nicht Die Eine bin, aber ich lasse den Gedanken schnell los in der Hoffnung, dass Chief mich nicht dabei ertappt und meine letzte Ausrede zerstört.

Chief lacht erneut sein glockenhelles Lachen und betrachtet den leicht bewölkten Himmel. „Jetzt wollen wir loslegen. Wir haben Arbeit."

Erleichterung durchströmt mich. Etwas tun, nicht nur tiefgreifende Theorie.

„Was für eine Art von Arbeit ist das?"

„Eine Reise", antwortet er.

Dann geht er zur Canyonwand und steigt über eine Reihe von Hand- und Fußgriffen verblüffend behände nach oben. In einer Höhe von etwa acht Metern klettert er in einen dunklen Raum in der Wand, eine natürliche Vertiefung, die vor der Sonne geschützt ist. Er verschwindet, taucht mit einer großen Trommel und einem Fellbündel auf seinem Rücken auf und klettert wieder nach unten. Ich beobachte ihn mit offenem Mund. Hundertacht Jahre alt? Hoffentlich bin ich mit achtundfünfzig noch so beweglich.

Vorsichtig und mit großer Achtung legt er das Bündel auf den Boden des Canyons. Ein Medizinbündel. Ich würde es immer erkennen, denn ihre unverwechselbare Energie ist überall auf der Welt gleich. Sie bergen Macht und Heilung, wenn nicht gar den Mond und die Sterne. Ich beobachte, wie er eine große Zahl heiliger Objekte daraus hervorholt – Federn, Steine, einen wunderschönen Kristall, eine kupferne Schale, ein Bündel Salbei, einen Schildkrötenpanzer, eine Art dreieckige Scheibe aus Metall, einen Satz tibetischer Glocken und eine Rassel. Er zieht im Sand einen Kreis, den ich als Medizinrad erkenne. Jetzt bewegen wir uns auf vertrautem Terrain. Ich bin schon oft Zeugin solcher Reisen geworden, jede davon magisch. Wozu muss erst dieser Gestaltwandler fähig sein?

Als er mir seine Trommel zuwendet, erkenne ich, dass sie exakt dieselben Symbole hat wie die Trommel, die Wyunetta Morningstar an Mary Margaret Begaye in Scottsdale geschickt hat. Ich wusste, dass es eine Verbindung gibt! Ich weiß zwar immer noch nicht, worin sie besteht, aber ich habe das Gefühl, dass ich dieses „Wisse-was-du-weißt"-Zeug besser beherrsche, als mir klar war. Kann es sein, dass ich den mystischen Kinderschuhen allmählich entwachse?

„Es geht nicht darum, erwachsen zu werden", kommentiert Chief, „sondern darum, dich an das zu erinnern, was du schon immer gewusst hast. Erinnere dich daran, wer du bist, und gewinne dadurch jede dir angeborene Kraft zurück."

Ich nicke, bereit, über jede Vorstellung nachzudenken, die von diesem großartigen Mann kommt.

Damit wendet er seine Aufmerksamkeit wieder dem zu, was er tut. Er bewegt sich rasch, ernsthaft und konzentriert, als hätte er sein ganzes Leben auf diesen einen Moment gewartet. In der Kupferschale entzündet er ein wenig Salbei und schwenkt sie durch die Luft, hüllt mich in den Rauch ein. Ich kenne die Tradition und lasse sie bereitwillig über mich ergehen. Alle Anwesenden müssen gereinigt werden, auch wenn er derjenige ist, der die Reise unternimmt. Die „schlechte Luft" loswerden, wie Maria, meine schamanische Freundin vom Amazonas, es ausdrückte. Die ganze Zeremonie dient dazu, die Absichten der Anwesenden zu zentrieren, bereitet die Bühne für eine machtvolle Reise vor.

Ich beobachte, wie Chief sich mit energischen, eleganten Schwüngen in den Rauch einhüllt, fast wie eine selbstbewusste Frau, die sich für ihren lange ersehnten Liebhaber parfümiert. In all meinen Studien, all meinen Erfahrungen habe ich noch nie eine solche Verehrung gesehen. Ich frage mich, welche Vereinbarungen er wohl getroffen hat, und mit welchen Göttern und Göttinnen? Meine eigene Aufregung steigt. Gott, ich wünschte, ich hätte Stift und Papier, um diese Reise zu dokumentieren.

Wohin wird er gehen? Die Unterwelt? Die oberen Welten? Und in welcher Absicht? Informationen? Eine Art von Segnung? Wie lange wird er fort sein? Worum wird er mich bitten, wenn er geht?

Angst überkommt mich. Werde ich trommeln müssen? Ich weiß nicht, wie es geht, obwohl ich mich wahrscheinlich durchmogeln könnte. Wird er mich bitten, ein heiliges Lied zu singen? Ich kenne mehrere auswendig. Aber ich habe es noch nie getan. Meine Aufgabe bestand immer darin, die unaufdringliche Zeugin zu sein, durch Beobachtung zu lernen und so wenig wie möglich zu urteilen, ganz gleich, wer der Schamane war oder in welchem Teil der Welt ich mich befand. Ich habe es noch nicht einmal gewagt, an einer Heilung teilzunehmen, weil ich fürchtete, ich könnte meine Objektivität verlieren. Nun, nach so viel Beobachtung und so wenig Beteiligung, habe ich das Gefühl, nur noch zur Zeugin geeignet zu sein.

Chief unterbricht abrupt seine Arbeit. „Du verstehst nicht. Ich kann solche Reisen nicht mehr unternehmen. Meine Zeit auf der Erde ist längst abgelaufen. Wenn ich meinen Körper jetzt verließe, würde die Anderswelt mich festhalten. Du bist es, die heute reisen wird, Süße Mary."

„Oh, nein“, sage ich, „nein, nein, nein.“ Ich schüttle immer wieder den Kopf, greife auf meine Standardablehnung zurück, wie ich es so oft getan habe. „Es tut mir Leid, aber als Sozialwissenschaftlerin habe ich es zu meinem Prinzip gemacht, mich niemals direkt auf eine solche Reise einzulassen. Bei meiner Arbeit ist es wichtig, so neutral zu bleiben wie…“

„Ich weiß“, antwortet er knapp und setzt seine zeremoniellen Vorbereitungen fort, „dass deine Rolle als wissenschaftliche Zeugin ein Deckmantel ist, und zwar einer, den die ganze westliche Welt immer dann benutzt, wenn sie Angst hat. Unter deinem Mantel verbergen sich Gefühle der Unwürdigkeit, die ich nicht akzeptiere. Kommen wir jetzt zu deinen Anweisungen.“

17

Chief hat mir ausführliche Anweisungen gegeben, aber ich habe nur halb zugehört, denn er hat den Nagel auf den Kopf getroffen. Ich soll würdig sein, eine solche Reise zu unternehmen? Wer bin ich, der Anderswelt zu begegnen? Ich fluche, verdammt noch mal, und die Narben von Schwester Agatha, Schwester Sue und den anderen Schwestern von St. Agnes, die sich noch immer quer über meine Fingerknöchel ziehen, sind der Beweis. Wollen die Götter tatsächlich, dass ich mit meinen Flüchen und meiner ständigen Skepsis die himmlischen Regionen bereise? Nein, aus Achtung vor den anderen Welten habe ich beschlossen, hier auf der irdischen Ebene zu bleiben.

Wie es scheint, werde ich mich dieses Mal nicht herausreden können.

„Mary!", fleht Chief und seufzt dann. „Nun gut, es ist nichts, was du nicht bereits weißt. Du wirst dich erinnern, was du tun musst."

Er fährt mit seiner Zeremonie fort, während ich versuche, mich an die Bruchstücke seiner Anweisungen zu erinnern, die mir im Gedächtnis haften geblieben sind. Ich soll mich flach auf den Rücken legen, das linke Handgelenk auf der Stirn, den rechten Arm seitlich neben dem Körper ausgestreckt. Nachdem er seine Gesänge beendet, sich den vier Himmelsrichtungen zugewandt und durch Rasseln und Beten um Unterstützung gebeten hat, wird er anfangen zu trommeln. Und an diesem Punkt soll ich mit der Trommel „eins werden", bis ich „zwischen den Trommelschlägen wandere". Als hätte ich eine Ahnung, was das bedeutet. Ich kann noch nicht mal beim Tanzen den Takt halten.

Sollte ich überhaupt so weit kommen, wird der Takt mich forttragen. Dann soll ich nach Führern Ausschau halten, die mir helfen, wahrscheinlich Tiere, vielleicht aber auch nicht. Ich soll darum bitten, die Hüterin der Schriften zu sehen, soll sie fragen, wie ich etwas finden kann, das „die Essenz von Ray“ genannt wird, und zurückkehren, wenn die Trommel ihre Geschwindigkeit verdoppelt. Ein Kinderspiel. Nicht mehr als ein schneller Sprung in den Supermarkt, um Lebensmittel für den Rest der Woche zu kaufen.

Richtig.

„Du musst zurückkehren“, betont Chief noch einmal. Als ob ich irgendwo bleiben würde, wo ich gar nicht erst hinwill.

Es hört sich ganz einfach an, aber Furcht kreist um meinen Magen wie die schräge Klinge eines Dosenöffners. Alles, um die Innereien meiner selbst und meiner bestürzend unzulänglichen Psyche zu offenbaren. Ich will mich übergeben. Nun verstehe ich den Wert eines leeren Magens. Vielleicht weiß Chief schließlich doch, was er tut. Nicht, dass ich an ihm gezweifelt hätte. Ich zweifle an mir. Immer nur an mir.

Während Chief die Rassel ehrfürchtig im Wind klappern lässt, kann ich nicht anders, als meine Aufmerksamkeit auf das zu lenken, was ich in meinem Inneren finden werde. Wird es das Durcheinander sein, das ich befürchte? Antworten auf Fragen, die ich nicht will? Ich habe mein ganzes Leben lang vermieden hinzusehen, habe mir stattdessen die Innereien anderer Menschen angeschaut und ihnen geholfen, wenn ich konnte. Den weit verbreiteten Ruf „Und was ist mit mir?“ habe ich nicht zu denken gewagt, davon, ihn ins Universum hinauszurufen, ganz zu schweigen. Ich wollte es nicht wissen. Die Antwort erschien mir immer zu groß und zu dunkel, überschattet von etwas, das ich schon lange gefühlt, aber nie verstanden habe. Vielleicht werde ich es jetzt verstehen, vorausgesetzt, ich bin fähig, das Hinschauen, das Klären und das Verstehen zu ertragen.

Chief wirft Maispollen in die Luft und erklärt seine Absicht, unsere Gastgeber, die Götter und Göttinnen der Navajo, zu ehren. Dann singt er in der Sprache der Navajo und klingt dabei vollkommen authentisch, sogar in seinen Knacklauten. Ich würde schwören, dass er hier geboren und aufgewachsen ist, auch wenn er etwas anderes sagt. Wo kommt dieser Mann her?

Nachdem er seinen Gesang beendet hat, deutet Chief mit einem Nicken an, dass er bereit ist. Resigniert erwidere ich das Nicken und versuche, auf dem Boden des Canyons meine Position zu finden. Der tiefe, volle Klang straff gespannten Hirschleders erklingt, meinem eigenen Herzschlag nahe.

Meine Ängste tanzen durch meinen ganzen Körper, als der Trommelschlag seinen Weg in meine Arme, meine Beine und sogar das Handgelenk auf meiner Stirn findet, so als würden meine Moleküle schneller, wären bereit, irgendwo hinzugehen. Ich weiß nicht, ob ich meine Vorstellungskraft einsetzen soll. Einige Schamanen haben mir gesagt, dass die Vorstellungskraft die Pforte ist, durch die der Geist seine Gedanken kommunizieren muss. Angesichts meiner Vorliebe für die praktischen Dinge bin ich allerdings nicht sehr erfahren darin, sie überhaupt für irgendetwas einzusetzen.

Auch das Bereitsein ist eine Frage, die sich stellt. Warten Schamanen nicht viele Jahre, lernen und üben unter Anleitung, ehe sie eine solche Reise unternehmen? Werden die Geister über einen derart unvorbereiteten Besuch nicht erzürnt sein? Oder, was noch schlimmer wäre, mich mit ihrem Lachen in meine Schranken verweisen? Mein einziger Trost ist, dass Chief glaubt, es wäre die Anstrengung wert. Ich vertraue ihm, weit mehr, als ich mir selbst vertraue.

Jetzt mach schon, du Feigling.

Ich konzentriere mich auf meine Umgebung. Diesen Trick hat mir ein australischer Schamane verraten. Die Erde unter mir, hart. Der Ärmel des Samthemdes von Wyunetta Morningstar auf meiner Stirn, weich. Das Rauschen des Windes, zärtlich. Die Trommel, laut. Sie lockt mich aus meinem Verstand heraus und in meine Sinne hinein.

Ich erinnere mich, dass Chief gesagt hat, ich solle nach einer Pforte zur Unterwelt suchen, einem Loch im Boden oder an der Wurzel eines Baumes. Urplötzlich fällt mir ein Baum ein, dessen Wurzeln in der Nähe eines Bachbetts zu sehen gewesen waren, das sich zurückgebildet hatte. Hannah und ich waren als Kinder oft dorthin gegangen. Ich sehe ihn vor mir. Kann ich von dort hinabsteigen?

Ganz plötzlich bin ich in seinem Inneren.

Ich bin nirgendwo, zwischen den Welten, bewege mich aber dennoch fort. Es fühlt sich so an, als ginge es zuerst nach unten und dann seitwärts. Da ich außer der Dunkelheit nichts sehe, kann dieses Gefühl nicht von äußeren Zeichen herrühren. Ich sehe nichts und sehe doch etwas, vielleicht die unermesslichen, leeren Gräber meines Verstandes. Sie fühlen sich an, als seien sie vor langer Zeit verlassen worden.

Der durchdringende Geruch von Erde trifft auf meine Nasenlöcher, zumindest auf die Nasenlöcher in meiner Vorstellung. Die tiefen Töne der Trommel werden allmählich schwächer. Mir wird bewusst, dass nicht der Schlag sich verändert hat, sondern dass es sich so anfühlt, als würde ich mich immer weiter von ihm entfernen.

Unglaublich. Bei dem Gedanken wird mir schwindlig, wie bei meiner ersten Fahrt mit der Achterbahn, als ich nach der ersten steilen Talfahrt feststellte, dass es mir immer noch gut ging.

Würde ich Führer haben? Sofort erscheint auf meiner linken Seite eine Berglöwin, wild und muskulös, aber scheinbar dennoch eine Helferin. Sie ist riesengroß, das Alpha-Weibchen, und bewegt sich mit profunder Intention.

Wie eigenartig, im Maul des Löwen zu sein und einen Löwen neben sich zu haben. Ich spüre ein Lächeln auf meinem Gesicht, dem Gesicht, das ich dort oben in der mittleren Welt bei Chief zurückgelassen habe.

Ich fühle mich weit weg, von meinem eigenen Lächeln getrennt. Ist das vielleicht die Art und Weise, wie es funktioniert? Einen Fuß in beiden Welten? Ich kann die Frage jedoch nicht festhalten. Wie die Trommel scheint auch sie zu verblassen, unwichtig. Ich lasse los. Womöglich zum ersten Mal in meinem Leben fühlt es sich gut, ja, sogar sicher an, in meinem eigenen Selbst zu sein.

„Du machst es gut“, sagt die Löwin ohne Worte. Noch mehr Telepathie. Hier in meiner Traumwelt erscheint sie mir irgendwie richtiger als dort oben in der realen Zeit.

„Kenne ich dich?“, frage ich. Es kommt mir so vor.

Ihr Kopf senkt sich bestätigend. „Wir sind alte Freunde.“

Ich frage mich, was der Berglöwe in der indianischen Tradition wohl repräsentiert, aber dann merke ich, wie lächerlich es ist, danach zu fragen, wie eine bestimmte Tradition den Geist des Löwen interpretiert, wenn ein der Sprache mächtiger Löwe hier neben mir ist.

„Gut“, sagt sie und klingt wirklich erfreut. „Deine Aufgabe besteht darin, sämtliche Vorstellungen anderer Menschen, ja, sogar ganzer Kulturen, außer Acht zu lassen, um zu wissen, was du weißt.“

Ich denke an Chief und daran, dass ich weiß, was ich weiß. Etwas hieran fühlt sich sehr richtig an. Ich stelle fest, dass nicht nur mein Magen, sondern auch alles andere sich beruhigt hat. Als der Beobachter, der mich selbst beobachtet, bin ich sicher. Dennoch habe ich nicht das Gefühl, nach oben gezogen zu werden und zu schweben, wie es der Fall ist, wenn ich zum Vogel werde und von oben herabblicke. Es ist eher so, als würde ich nach innen gehen, noch tiefer nach innen schauen.

„Wofür stehst du denn?“, frage ich.

„Ich bin der Teil von dir, der furchtlos ist. Als du in den Canyon und in mein Maul hineingegangen bist, bist du in deine eigene Furchtlosigkeit hineingegangen. Wir haben lange auf dich gewartet.“

Ich will fragen, wer „wir“ ist, merke jedoch, dass ich mich noch weiter von meinem Körper entferne, fast so, als ob ich ihn verlassen würde. Es ist ein seltsames Gefühl, das mich ablenkt.

Die Löwin deutet auf einen Weg, der durch weitere Baumwurzeln noch tiefer nach unten führt. „Kenya kann es kaum erwarten, dich zu treffen.“

Ich weiß, dass Kenya die Hüterin der Schriften ist, die ich finden soll, wenngleich ich keinen rationalen Grund habe, es zu wissen. „Sie weiß, dass ich komme?“

„Kenya hat Zugang zu allem Wissen“, sagt die Löwin. „Vergangenheit, Gegenwart und jede mögliche Zukunft.“ Ich habe nicht das Bedürfnis, diese Aussage in Frage zu stellen, obwohl ich sie dort oben, in meinem rationalen Verstand und Körper, angezweifelt und als Blödsinn bezeichnet hätte. Ich lächle wieder, aber diesmal kann ich nicht spüren, wie meine Lippen sich in meinem wirklichen Gesicht bewegen. Vielleicht ist es ja auch mein Herz, das lächelt. Ich fühle mich wieder schwindlig, schwebe auf einem Strom leuchtend bunter Bänder. Gleite in mein wahres Selbst hinein.

Dieser Gedanke lässt mich abrupt innehalten. Ich fühle, wie mein leiblicher Körper zusammenzuckt. Ich bin nicht bereit, mein wahres

Selbst zu sehen. Noch nicht. Es ist zu viel. Das Trommeln wird wieder laut. Ich habe meinen Weg verloren. Natürlich. Wer bin ich, dass ich glauben konnte, ich wäre so einfach dazu fähig? Ich, die ich immer viel zu verkrampft bin.

„Sch…“, höre ich Chief sagen, während die Trommelschläge ohne Unterbrechung weitergehen.

Mir fällt ein, dass er mich davor gewarnt hat, dass das passieren könne, vor allem bei meinen ersten Reisen. Ich erinnere mich an seine Anweisungen, demütig wieder von vorne zu beginnen, auf die Trommel zu hören. Ich tue es.

Bum, bum, bum…

Im Nu finde ich die Löwin wieder. Sie hat gewartet.

„Was du tust, ist sehr mutig“, sagt sie zu mir. Ihre Worte trösten mich, holen mich aus den Selbstvorwürfen heraus, die ich mir mache, weil ich zugelassen habe, dass ich vom Weg abkomme. Mir kommt der Gedanke, dass dies die wohl größte Aufgabe eines Führers ist. Meine Brust schwillt vor Bewunderung für die Löwin. Sie kann mich ganz sicher etwas über Furchtlosigkeit lehren.

„Darf ich bestimmte Grenzen setzen?“, frage ich sie. „Es gibt ein paar Dinge, von denen ich weiß, dass ich noch nicht bereit für sie bin.“

„Es ist dein Leben. Wir sind nur deine Führer, obwohl du vielleicht zu mehr bereit bist, als du glaubst.“

„Wir?“, frage ich.

Wie als Antwort auf meine Frage finde ich mich in einem riesengroßen Wald voller gigantischer Bäume mit lebhaften Formen und Farben wieder. Die Löwin deutet mit dem Kopf an, dass ich mich umdrehen soll.

Ich tue es und sehe ein Heer von Tieren. Ein Schwan, ein Elch und ein Salamander stehen in der vordersten Reihe. Dahinter befinden sich viele hohe Säulen aus Licht, von innen heraus hell erleuchtet. Ihr Leuchten strahlt zehnmal heller als das von Chief, aber dennoch erhellen sie die Unterwelt kaum. Wir sind umgeben von Bäumen, die belebt und lebendig sind. Erstmals sehe ich sie als das, was sie sind. Sie beschenken uns, versorgen uns mit Sauerstoff, sind Geistwesen und eigenständige Gestaltwandler.

Ich weiß, jetzt hat es mich erwischt. Doch es kommt mir so real vor.

Diese Masse himmlischer Geschöpfe verneigt sich einmütig vor mir und jagt nicht nur einen Schauer, sondern wahre elektrische Blitze mein Rückgrat hinauf und hinunter. Ich bin entzückt, geehrt und verlegen zugleich. Ich frage mich, was es wohl zu bedeuten hat, dass ich in meiner Phantasie Lichtsäulen, Tiergeister und wuchtige Bäume erschaffe, die sich vor mir verneigen, wenn es in Wirklichkeit doch nur meine Phantasie und nicht mehr als das ist.

Das Trommeln wird wieder lauter. Allmählich kann ich die Verbindung zwischen Ursache und Wirkung erkennen: Wenn ich das, was ich sehe, in Frage stelle, verliere ich die Fähigkeit, überhaupt etwas zu sehen. Ich entspanne mich und kehre zu der Löwin zurück. Sie rät mir, derartige Gedanken in einen Ballon zu stecken und sanft davon schweben zu lassen. Ich tue es.

Jetzt kann ich die Gruppe vor mir wieder klar erkennen. Widerstrebend nehme ich ihre Bewunderung entgegen, erwidere ihre Verneigung dankbar und ehrfürchtig.

„Wir sind angekommen", sagt die Löwin. Ich drehe mich um und sehe ein Gebilde, das einer Höhle ähnelt, sowie eine Pforte. „Geh nur weiter, Mary. Du wanderst jetzt zwischen den Trommelschlägen."

18

Ich bin nicht sicher, wie ich es geschafft habe, zwischen den Trommelschlägen zu wandern, aber ich vertraue darauf, dass ich da bin, wo ich sein sollte. Vor mir öffnet sich die Pforte der Höhle. Nachdem ich eingetreten bin, schließt sie sich hinter mir und sperrt mich in einen kleinen Raum ein. Zumindest fühlt er sich klein an. Um mich herum ist es stockdunkel. Ob es die Dunkelheit meiner eigenen Psyche oder ein realerer Ort ist, kann ich nicht sagen. Dann öffnet sich auf der anderen Seite eine Tür in einen warmen, von Kerzen erhellten Raum, in dem es schwer nach Zitrone und Safran duftet.

„Willkommen, ich bin Kenya“, sagt eine Frau. Ihre Stimme hat einen sehr starken afrikanischen Einschlag. „Es ist so lange her.“

Sie streckt ihre langen, schlanken Arme aus, um mich zu umarmen, als ob wir alte Freunde wären. Ich zögere, denn ich bin nicht der Typ, der andere Menschen so schnell umarmt, noch nicht einmal hier in der Unterwelt. Schnell ändert sie ihre Körperhaltung, um mir die Hand zu geben. Ohne zu zögern, strecke ich meine Hand aus. „Natürlich, du erinnerst dich nicht“, sagt sie mitfühlend.

„Sind wir uns denn schon einmal begegnet?“, frage ich, während meine Augen sich an das Licht gewöhnen.

„Am Anfang“, antwortet sie, als müsste mir das etwas sagen. Ich lächle höflich.

„Ich bin gleich wieder da“, sagt sie, dreht sich anmutig um und geht zu ihrer Küche. Dort beginnt sie, Tee zuzubereiten. Ich nutze die Gelegenheit, um sie ein wenig genauer zu betrachten.

Sie erscheint menschlich, allerdings nicht ganz, so, als ob sie halb Frau aus Fleisch und Blut und halb Geist wäre. Ihre Haut ist tiefschwarz und hat eine äußerst eigenartige Beschaffenheit, beinahe wie Zeichenpapier. Sie wirkt überlebensgroß, obwohl sie nicht größer ist als ich selbst. Vielleicht ist ganz einfach mehr von ihr selbst an ihr, mehr von dem Wesen, das sie ist, in ihr. Ja, das scheint es zu sein.

Ihr Kleid, gemusterte Wirbel aus leuchtendem Rot, Gelb, Orange und einem satten Braun, schwingt mit ihrem schlanken Oberkörper und ihren gut gepolsterten Hüften. Die Fülle des Stoffs gibt ihm ein fließendes Aussehen. Ein Arm bleibt unbedeckt und verleiht ihr ein aufreizendes Erscheinungsbild, das ich liebend gerne nachahmen können würde – zumindest für den richtigen Liebhaber.

Eine Halskette aus mehr als einem Dutzend Reihen kleiner schwarzer, weißer und brauner Holzperlen bedeckt den mindestens zwanzig Zentimeter langen, schlanken Hals und verstärkt ihre dunkle Sinnlichkeit. Sie streckt die Arme aus, um eine Zuckerdose zu füllen, und die vielen feinen goldenen Armbänder, die ihren nackten Oberarm schmücken, zwischen ihrer Achsel und ihrem kleinen, aber festen Oberarmmuskel gefangen, klimpern wie ein Glockenspiel.

Ihr pechschwarzes Haar ist so kurz geschnitten, dass es die Illusion vermittelt, ihr Kopf sei rasiert. Man kann die Konturen ihres riesigen Schädels sehen, der zu weit über ihren Nacken hinauszureichen scheint. Seltsam. Bezaubernd. Bestimmt eine Prinzessin, denke ich, wenn sie voll und ganz real wäre. Vielleicht eine Göttin, womöglich sogar aus derselben Gegend wie Oya.

Wer sagt, du hättest keine Phantasie, Mary Margaret Hathaway?

Als sie mit ihrer Arbeit fertig ist und ein Tablett mit Tee in den Händen hält, nickt sie mir leicht zu und bittet mich, Platz zu nehmen. Ich finde meinen Platz auf einem der vielen riesigen, gepolsterten Stühle, die perfekt zu ihrem Erscheinungsbild passen, und versinke in Bequemlichkeit. Verwundert stelle ich fest, wie real es sich auf meiner Haut anfühlt, die doch, das weiß ich genau, ganz woanders ist, irgendwo dort oben im Canyon auf einer Unterlage aus Sand. Ich nehme das Trommeln wahr, bin aber gar nicht an einer Rückkehr interessiert und lasse es deshalb bereitwillig schwächer werden.

„Tee?“, fragt sie. Als sie mich kichern hört, will sie wissen: „Was ist so spaßig?“

„Es kommt mir einfach merkwürdig vor, dass du hier Tee hast. Teetrinken ist eine so physische Angelegenheit, und du bist so... metaphysisch."

Sie lacht eine Melodie. „Wenn du dir vorstellen kannst, dass du hier bist, ist es so schwierig, dir dann auch vorzustellen, dass du eine gute Tasse Tee genießt?"

„Wahrscheinlich nicht."

Sie bietet mir eine große Tasse mit einer dunklen, dampfenden Flüssigkeit an. Sie schmeckt nach Hickoryrauch, riecht aber irgendwie sonderbar, nach einer merkwürdigen Mischung, die ich, soweit ich mich erinnern kann, in meinem Leben dort oben, wo Chief ist, bisher noch nicht wahrgenommen habe. Weit entfernt höre ich wieder das Trommeln, doch diesmal lenkt es mich nicht mehr ab als mein eigener Herzschlag. Was auch immer geschieht, ich bin wirklich sowohl hier als auch dort. Blitzartig erhasche ich einen Blick darauf, wie Chief möglicherweise seine Gestalt wandelt. Die Erkenntnis ist flüchtig.

„Wie geht es Chief?", fragt sie mich.

„Gut. Er sendet dir seine Liebe", sage ich, denn jetzt fällt mir wieder ein, dass er mich darum gebeten hatte.

Bei meinen Worten überzieht ihr Gesicht sich mit einer feinen Röte. Erst jetzt fällt mir auf, dass ein ähnliches Leuchten auch auf seinem Gesicht zu sehen gewesen war, als er sie erwähnte. Wenn sie ganz und gar menschlich wäre, würde ich meine Sammlung an Kristallen verwetten, dass die beiden einmal ein Paar gewesen sind. Aber was ist mit dem Altersunterschied?

„Er ist immer als junger Mann zu mir gekommen", sagt Kenya. Noch jemand, der meine Gedanken kennt. „Als Krieger. Er wusste, wie sehr ich diesen Archetyp liebte. Kraftvoll, männlich, begierig darauf, mich zu erobern. Sogar beim letzten Mal, als seine menschliche Form schon fast hundert Jahre alt war, erschien er als Zwanzigjähriger." Sie seufzt einen Seufzer liebevoller Erinnerung. „Sag ihm, dass ich ihn vermisse."

„Weshalb kommt er nicht mehr?", frage ich. Ich kann ihn mir problemlos genau so vorstellen, wie sie ihn beschrieben hat.

„Er hat dir nicht viel erzählt“, sagt sie, eher eine Feststellung als eine Frage, und setzt ihre Teetasse ab. Ihre Stimme klingt traurig, fast so, als würde sie Mitleid mit mir empfinden.

„Um die Wahrheit zu sagen“, antworte ich und habe ein wenig das Gefühl, meinen Chief verteidigen zu müssen, „ich war nicht die bereitwilligste Schülerin.“

Sie lächelt. „Es ist ganz schön viel, was du aufnehmen musst.“

„Ist Chief dein Seelengefährte?“ Die Frage hatte sich gerade erst in meinem Kopf gebildet, da hatte ich sie auch schon ausgesprochen.

Kenya lacht, und die Musik erfüllt den Raum wie eine Orgel, die urplötzlich süße, hohe Töne erklingen lässt. „Liebe Güte, nein. Mein Seelengefährte ist hundert Galaxien weit fort. Chief hätte dir wirklich mehr erzählen sollen. Doch bist du sicher, dass du es nicht erraten hast?“

Auf einer intuitiven Ebene habe ich das Gefühl, dass ich schon wieder auf einen Bereich gestoßen bin, den ich noch nicht verstehen will. Ich mache einen, wie ich meine, pikanten Umweg.

„Willst du sagen, dass ihr, du und Chief, eine verbotene Affäre hattet?“

Sie lacht wieder, herzlich und zart zugleich.

„Sag mir, magst du Schokoladen-Eis?“

„Ja.“

„Magst du Erdbeer-Eis?“

„Ja“, sage ich noch einmal und frage mich, wohin das führen soll.

„Ich sage dir, Mary, dass einmal ein Tag kommen wird, an dem du kein größeres moralisches Problem damit haben wirst, Partner für die körperliche Liebe zu wählen, als damit, zu entscheiden, welche Eissorte du essen willst. Es wird genug Liebe da sein, um sie mit allen und jedem zu teilen.“

„Was?“

„Es ist wahr. Es wird ein Tag kommen, an dem du erkennen wirst, dass Sicherheit eine Illusion ist. Es gibt sie nicht, und auch keine Notwendigkeit dafür. Du wirst es nicht nötig haben, dir die Beziehung zu irgendeiner Seele zu versagen, um die Sicherheit einer anderen Beziehung zu schützen. Schokoladen-Eis wird darin schwelgen,

Schokoladen-Eis zu sein, und es wird von allen genossen, die Schokoladen-Eis lieben. Es wird keine Angst haben, dass niemand es liebt, nur weil jemand, der normalerweise Schokoladen-Eis mag, beschließt, einen Abend mit Erdbeer-Eis zu verbringen."

„Eis und Sexpartner sind ja wohl kaum dasselbe", argumentiere ich. „Ich will dich nicht kränken, aber bist du sicher, dass du viel über uns Menschen weißt?"

Ihr Gesicht wird traurig. „Zu viel, vor allen Dingen über die Menschen in deiner sogenannten entwickelten Welt. Sie leben in großer und ständiger Furcht. Sie haben alles und noch viel mehr, und trotzdem fürchten sie, nicht genug zu haben, um sich selbst als würdig zu betrachten, und wenn sie genug haben, fürchten sie, sie könnten es verlieren. Sie fürchten sich vor Veränderung und bilden sich ein, sie zurückhalten zu können, indem sie an ihrer eingefahrenen Routine festhalten. Wie ein Damm, der den ständigen Zustrom von Wasser zurückhält, leben sie in einer Sicherheit, die sie nicht brauchen, und schreien laut auf, wenn die Flut kommt und alle Veränderung auf einmal mit sich bringt. Was, ich gebe es zu, ein ziemlicher Schock ist. Sie verstehen nicht, wie alles zusammenhängt, aber eines Tages werden sie es tun. Du bist gekommen, um ihnen dabei zu helfen."

„Große Güte, ich hoffe, die Botschaft *Der Einen* ist nicht freie Sexualität", sage ich und weiß mit Bestimmtheit, dass sie die falsche Frau haben, wenn es so ist. Ich bilde mir ein, im Hinblick auf Sexualität ziemlich offen zu sein, besonders angesichts meiner Kinderstube. In Wirklichkeit bin ich wahrscheinlich noch immer zu verklemmt.

„Ganz und gar nicht", sagt Kenya beruhigend. „Du hast nach meiner Beziehung zu Chief gefragt, das ist alles. Ja, ich bin seine Liebhaberin gewesen. So wie auch Oya und viele andere Göttinnen. Weshalb sollten wir auch nicht, schließlich ist er die Essenz der Liebe. Es geht allerdings weit über sexuelle Anziehungskraft oder sexuelle Handlungen hinaus."

Chief, du Schuft! Kein Wunder, dass du so aufgeregt warst, als du von Oya erzählt hast. Es ist ziemlich schwer, es sich vorzustellen, aber andererseits rede ich hier mit einer nachtschwarzen, großköpfigen Höhlenfrau. Wo soll ich die Grenze ziehen?

Kenya blickt mich durchdringend an. „Mit deiner Hilfe wird die Furcht die Erde verlassen, und zwar eher, als du denkst. Wenn das geschieht, werden alle Regeln und Bestimmungen im Hinblick auf Sexualität und viele andere Tabus ebenso sinnlos sein, wie dir heute das Verbot von Erdbeer-Eis sinnlos vorkäme. Natürlich werden die Menschen sich um dieser Form des Lernens willen noch immer sehr häufig für eine tiefe Bindung entscheiden, aber es wird keine moralische Entscheidung mehr sein."

Ich beuge mich vor, setze meine Teetasse ab und erwidere den Blick von Kenyas großen, braunen Augen. „Diese Veränderung, nicht, was Sexualität angeht, sondern die Furcht. Bist du sicher, dass sie kommt?"

„Ich bin sicher. Es ist der Plan der Erde. Ist es immer gewesen."

Ich lehne mich mit demonstrativer Überzeugung zurück. „Weshalb ist es dann von Bedeutung, ob *Die Eine* diese Rolle spielt? Wer braucht sie?"

„Du, Mary", sagt sie und sieht mich dabei ernst an, „bist die Variable, deretwegen wir alle den Atem anhalten. Ein Pendel schwingt. Die Zeit für eine Veränderung ist reif. Dein Mut wird bestimmen, ob dieser furchtlose Zustand die Chance hat, schon bald, sehr bald zu kommen. Oder ob er auf eine andere Chance warten muss, die weit, sehr weit in der Zukunft liegt."

Ich atme tief aus. „Nun, ich weiß nicht. Ich meine, was sagt man zu so etwas?"

„Ja, natürlich, was denn sonst", antwortet sie mit schlichter Begeisterung. Bei ihren nächsten Worten nehmen ihre Augen einen ernsthaften und erhabenen Ausdruck an. „Was sonst sollte Gott denn zu Gottes Plan sagen?"

19

Der tiefe Klang der Türglocke rettet mich. Kenya entschuldigt sich und steht auf, um zu öffnen.

Das gibt mir einen Moment Zeit, um mir eine Ausrede zu überlegen.

Ich meine, ich? Gott? Ja, sicher, in der Theorie. Ich kann akzeptieren, dass wir alle einen Funken Göttlichkeit in uns tragen. Trotzdem ist es ziemlich egozentrisch, wirklich zu sagen: „Ich bin Gott, und ich sage ja zu *Meinem Plan*, für den *Ich Mich* selbst als *Die Eine* auserwählt habe."

Und wo bleiben überhaupt die anderen? Da draußen steht keine lange Schlange von Leuten, die alle behaupten, sie wären Der oder *Die Eine*. Weshalb wird ausgerechnet mir dieses Privileg zuteil? Irgendetwas passt hier nicht. Aber egal. Ich bin ohnehin nicht *Die Eine*. Um das herauszufinden, muss Kenya nur da nachsehen, wo sie ihre Informationen normalerweise herbekommt.

An der Tür bemerke ich zwei sehr große Männer – eher buckelige Schlägertypen, um ehrlich zu sein –, die sich herunterbeugen, um mit Kenya zu sprechen. Sie haben tiefe Baritonstimmen. Ich kann nur ein paar Worte verstehen: „…unbedingt eine Veränderung" und „spielt an der Kante" und „fällt". Kenya erteilt ihnen Anweisungen mit Worten, von denen ich glaube, dass ich sie hören soll.

„Ich werde vor zehn Minuten eine Vogelfeder auf seinen Weg legen. Das wird ihn ablenken, während ich einen kleinen Zeitsprung mache."

Sie hält einen Moment inne und fährt dann fort: „Vergesst nicht, ihm als Engel zu erscheinen. Er mag Engel. Sagt ihm, dass Veränderungen kommen werden, dass es aber noch nicht an der Zeit ist. Oh, ja, und erinnert ihn daran, dass er mutig ist."

Die Männer nicken und gehen.

Kenya schließt die Tür, setzt sich wieder zu mir und nippt an ihrem Tee. Wir sitzen schweigend, bis ich es nicht mehr aushalte.

„Musst du nicht etwas tun, etwas mit einer Feder?“, frage ich zögernd.

„Ich tue es“, antwortet sie nüchtern und wendet ihren Kopf, um mich von der Seite anzusehen. Ihre Venen pulsieren und bewegen sich wie Ameisen, die in einem riesigen, weichen Kürbis umhereilen.

„Das ist… interessant.“

„An diesem Punkt ist alles Telepathie. Natürlich musste ich lernen, mit handfesteren Werkzeugen zu arbeiten. Ich wollte alles sehen, genau wie du. Brauchte den Beweis für meine logische Seite. Jetzt denke ich es einfach hier drin“, sie zeigt auf ihren pulsierenden Schädel, „und da oben in deiner Welt geschieht es.“

„Ich hätte nichts dagegen, den Trick zu lernen“, sage ich mit einem Lachen.

„Nun, warum nicht? Es würde eine ganze Weile dauern, dir beizubringen, wie mein Gehirn arbeitet, aber ich kann dir zeigen, wie es arbeitet, wenn ich die manuelle Methode benutze. So habe ich es ursprünglich gelernt. Das heißt, wenn du willst.“

Wenn ich will? Sie verändert die Vergangenheit und will wissen, ob ich gerne sehen würde, wie sie es macht? „Liebend gerne.“

Sie stellt ihre Teetasse ab und führt mich zu einem verdunkelten Fenster.

„Es ist so archaisch, dass es fast schon peinlich ist“, sagt sie.

Sie öffnet das Fenster hinaus auf eine Galaxie im Raum – vor uns statt über uns, so als würden wir auf einer Seite der Erde sitzen. Eine Million Sterne und Planeten scheinen zum Greifen nahe.

„Wir wollen den Ton ein wenig lauter drehen.“

Ich kann sehen, dass es ihr großen Spaß macht, ihr Spielzeug mit mir zu teilen, für wie archaisch sie es auch immer halten mag.

Musik strömt aus dem Fenster heraus, ein Chor, der fast wie Grillen klingt, außer dass sie nicht zirpen, sondern zu lachen scheinen. Eine Symphonie harmonischer Klänge beginnt, klarer und verschlungener als alles, was ich bislang gehört habe. Merkwürdige Instrumente erzeugen Klänge, wie ich sie mir nie vorgestellt habe. Es scheint fast so, als sei das, was wir dort oben als ein vollständiges Orchester bezeichnen, im Vergleich nicht mehr als ein bloßes Quartett. Und all das in einem einzigen Schädel?

Vorsichtig holen ihre Hände einen Stern aus den Millionen von Sternen hervor. Als er sich nähert, wächst sein Umfang um fast dreißig Zentimeter. Ich mache mir klar, dass ich mich auf einer Reise in meiner eigenen Psyche befinde, dass mein eigenes Inneres, meine Vorstellungskraft, all dies hervorbringt. Es scheint unmöglich zu sein. Zum ersten Mal erkenne ich, dass das, was die Meister seit langem sagen, vielleicht doch wahr ist – dass in jedem von uns alle Antworten vorhanden sind.

„Dies", ihr Arm macht eine weit ausholende Bewegung, um die riesige Galaxie zu umspannen, deren Beobachter wir sind, „ist in Wirklichkeit nicht mehr als ein Gleichnis. Das musst du verstehen."

Ein Gleichnis? Ich verstehe es nicht, bin aber bereit, mir vorzustellen, dass ich es verstehe.

Der Stern, den sie so vorsichtig wie ein Chirurg herangezogen hat, wird von einem leuchtenden Ball zu einer lebendigen, atmenden geometrischen Lichtform. Er scheint aus winzigen, zu Mustern verschlungenen Metallstäben zu bestehen, die nicht dicker sind als ein Haar. Auf jedem davon sind erstaunliche Kristallformen gewachsen. Die Muster sind schön – mehr als schön. Sie sind reine Kunst.

Während Kenya ihn noch näher heranzieht, wächst er weiter, als ob er von einem Mikroskop in den Brennpunkt gerückt würde. Atemberaubende Schönheit. Und erst der Klang! Er rührt mich zu Tränen. So unschuldig, rein und doch glücklich, als wäre er von sich selber entzückt.

„Was ich in meinem Kopf gemacht habe, war so eine Art von Mikrochirurgie. Auf diesem Stab habe ich einen Kristallchip implantiert, der sich in eine schöne schwarzgelbe Feder verwandelt hat. Sie wird unserem Jungen ein wenig Freude bereiten und ihn daran hindern, der Canyonwand wieder einmal zu nahe zu kommen."

Ich nicke verblüfft. Mein Gesichtsausdruck scheint mich zu verraten, denn sie lacht und nimmt meine Hand. „Hier", sagt sie und führt meine Hand in den Raum, der diesen Stern umgibt. „Achte darauf, dass du die Struktur selbst nicht berührst“, warnt sie. „Wie fühlt es sich für dich an?“

Die Elektrizität ist überwältigend, und meine Tränen beginnen in stillen Strömen zu fließen, als wären meine Tränenkanäle eine natürliche Quelle. „Als ob ich Gott berühren würde“, sage ich.

„Ja. Fühlt es sich an wie jemand, den du kennst?“

„Jemand? Eine Person?“ Sie nickt. Ich versuche das Gefühl zuzuordnen. Lebendige, pulsierende Musik erfüllt mein Gehirn, scheint beinahe in meine Hände einzudringen. Als ob ich Leben berühren würde. Aber welche Art von Leben? Überschäumend und kostbar, seelenvoll, aufgeregt.

„Ja! Ich kenne dieses Gefühl! Es ist das Gefühl, das ich hatte, als ich mit Hannah zusammen war. Und noch einmal, als ich Puck begegnet bin!“

„Ja“, sagt Kenya und sieht aus, als ob sie stolz auf mich wäre.

Ich schwelge einen Moment lang in diesem Wunder, bis mir ganz plötzlich einfällt, warum wir das hier tun. Es muss Puck sein, der in Schwierigkeiten ist. „Du meinst, Puck spielt am Abgrund des Canyons? Er ist in Gefahr abzustürzen?“ Ich spüre, wie die Gefahr an meinem Herzen zerrt. „Bist du sicher, dass du ihm helfen kannst?“ Ich gerate sofort in Panik, bin nicht bereit und nicht fähig, mir vorzustellen, diese wunderbare Seele wieder so früh zu verlieren.

„Es ist bereits geschehen. Meine Leute haben ihn erreicht, ehe er in Schwierigkeiten geraten konnte. Da so etwas bei ihm ziemlich oft vorkommt, beobachten sie ihn genau und wissen, wie sie schnell zu ihm gelangen können.“

„Warum kommt es so oft vor?“

„Er ist anfällig, zum Teil deshalb, weil sein Leben jetzt so schwer ist, und zum Teil deshalb, weil er daran gewöhnt ist, früh zu sterben. Im Moment wünscht er sich dringend eine Veränderung.“

Ich reiße die Augen auf. „Du willst doch sicher nicht sagen, dass er versucht, sich umzubringen!“

Kenya legt ihre Hand sanft auf meine Schulter. „Natürlich nicht bewusst, aber sein Mangel an Hoffnung hat seinen Überlebensinstinkt beeinträchtigt, und deshalb sind seine Reflexe langsam. Leider kann ich den Transferantrag nicht sofort einreichen, da er von… anderen Umständen abhängt. Im Moment kann ich ihm nur helfen, noch ein wenig länger durchzuhalten.“

Ich schüttle wiederholt den Kopf, bin nicht überzeugt. „Das gefällt mir nicht.“

„Ihm geht es gut. Ich bin sicher, dass ein Besuch der Engel ihn über Wasser halten wird, bis ein besseres Zuhause bereit ist.“

„Was ist denn mit seinem jetzigen Zuhause nicht in Ordnung?“, frage ich und muss wieder an Eltern denken, die ihm sagen, dass er sie mit seinen Fragen langweilt.

Das Zucken in ihren Augen verrät mir zu viel. Ich erinnere mich an die Narben auf seinem Rücken. Mir wird übel. Dasselbe Gefühl hatte ich, als man mir sagte, Hannah sei tot.

„Kenya, nein. Kannst du ihn nicht dort herausholen? Jetzt sofort?“ Meine Hand ist noch immer in seinem Energiefeld, und jetzt scheint mein Herz seine Verwirrung und sein Entsetzen zu spüren.

„Wir arbeiten daran“, sagt Kenya leise.

„Nun, dann arbeitest du nicht schnell genug daran!“ Ich reiße meine Augen von ihr los, fühle mich verraten.

In mir schwillt ein Zorn, den ich nur allzu gut kenne. Er sitzt tief und richtet sich direkt gegen Gott – oder gegen eine andere Macht, welcher Art sie auch sein mag –, weil er derartige Gräueltaten immer noch zulässt, weil er Menschen erschafft, die zu diesem Wahnsinn fähig sind.

„Dann lass ihn zu mir kommen, in mein Leben. Ich nehme ihn. Ich sorge für ihn. Leg einfach einen Schalter für uns beide um. Jetzt!“

Vorsichtig zieht Kenya meine zitternde Hand von der süßen Energie fort, die Puck und Hannah zugleich ist, zieht irgendwo tief in meinem Inneren einen Stecker. Mein Zorn sackt schlagartig in sich zusammen, während meine Knie nachgeben. Ich breche auf dem Boden zusammen und fühle, wie der Tod wieder über mich kommt. Ich erinnere mich an den Verlust, an dieses Schwinden des Geistes, der einmal in meinem Leben war. Wieder bin ich machtlos, etwas dagegen zu unternehmen.

Kenyas Stimme ist fest. „Das darf deiner Bestimmung nicht im Weg stehen. Pucks Seele hat einen Transferantrag gestellt. Das ist alles, was er tun muss. Es wird ein wenig Zeit brauchen, aber immer dann, wenn jemand beschließt, dass die momentane Realität, die er erfährt, nicht länger seine wahre Entscheidung ist, und – was noch wichtiger ist – beginnt, von einer neuen Lebensweise zu träumen, bin ich verpflichtet, eine Veränderung vorzunehmen."

„Aber wie kann ich daneben stehen und nichts tun?"

„Du hast bereits das getan, was am wichtigsten ist. Du hast ihm gezeigt, wie es ist, als der akzeptiert zu werden, der er ist. Jetzt, wo er weiß, welche Art von Liebe möglich ist, hat er wirklich begonnen, für sich selbst davon zu träumen. Es gibt keine Macht, die solche Träume stoppen kann. Nicht, wenn sie in der eigenen Vorstellungskraft wieder und wieder geträumt werden. Für Puck warst du der Katalysator."

„Aber das reicht nicht. Kenya, bitte, ich könnte ihm ein Zuhause geben", sage ich. Ich kann mir genau vorstellen, wie wunderbar das wäre. Zur Hölle mit meinem Gelübde, keine Kinder zu haben. Es wurde für genau denjenigen abgelegt, der mich jetzt braucht. „Schließlich fange ich ja sonst nichts mit meinem Leben an."

„Ist das so?", fragt Kenya herausfordernd, hebt mich vom Boden auf und hilft mir zurück auf einen Stuhl. Auf dem Weg nimmt sie einen Stoß Blätter mit. „Schau her. Sieh dir alle diese Transferanträge an. Neue Träume, und alle wegen dir."

Ich sehe eine große Menge an geometrischen Symbolen, eines auf jedem Blatt. Sie sagen mir nichts.

„Seit letzter Woche träumen sechs Kinder davon, das College zu besuchen, weil du ihnen davon erzählt hast, als du ihnen im Bücherbus vorgelesen hast. Dein Freund Eric hat begonnen, davon zu träumen, eine Frau wie dich in seinem Leben zu haben, die ihm hilft, zu dem zurückzufinden, was wirklich wichtig ist. Jimmy Two Feathers hat weitere Kristalle für seinen Laden bestellt. Statt jedoch wie gewohnt die Touristen über den Tisch zu ziehen, liest er etwas über die Steine, damit er seine Kunden entsprechend informieren kann. Alle diese Träume haben zu diesen Transferanträgen geführt."

Ich zucke mit den Schultern, bin nicht überzeugt, dass es besondere Leistungen sind im Vergleich zu einem Kind, das mich braucht.

„Hier“, sagt sie und zieht ein anderes Blatt Papier hervor. „Der hier ist für die junge Frau auf Nelsons Tour, diejenige, die eines Tages an Kehlkopfkrebs erkranken wird, wie du richtig gesehen hast. Du hast für sie gebetet – und wie einfach ist es, eine Veränderung zu bewirken, wenn eine solche Kraft hinter einem Antrag steht. Wegen deines Gebets und des Vorbilds, das du ihr gegeben hast, träumt sie nun davon, ebenso mutig zu sein wie die Frau, die sie ganz allein in den Canyon hineinwandern sah. Ohne dich hätte sie so etwas nie getan. Um diese Art von Mut zu erwerben, muss sie sich der Schwelle des Todes stellen, wie du erkannt hast. Ihr ist nicht bewusst, dass sie den Antrag gestellt hat, eher früher als später in ihrem Leben krank zu werden, aber genau das wird passieren.“

Kenya wühlt weiter in ihrem Papierstapel. „Hier, sogar Wyunetta Morningstar. Sie ist nun bereit zu sterben, weil ihr Traum, dich noch einmal zu sehen, endlich in Erfüllung gegangen ist.“

Ich bringe kein Wort heraus, nicht einmal die Frage, ob ich dadurch für Wyunettas Tod verantwortlich bin, wenngleich dieser Gedanke mein Herz schwer wie Stein werden lässt.

„Du hinterlässt Spuren im Leben anderer Menschen, Mary, und weißt nie, was du auslöst. Du kannst nicht existieren, ohne dieser Katalysator zu sein, denn das ist die Natur deines wahren Wesens. Es ist deine Essenz. Und das schon, bevor du deine Rolle als *Die Eine* akzeptiert hast. Alle diese Anträge, alle diese Träume, die wahr werden müssen, und nur dadurch, dass du einfach du selbst bist.“

Ich weiß nicht, was ich sagen soll, was ich fühlen soll. Ich klammere mich an das letzte Argument, das letzte Schlupfloch, die eine Tatsache, die ich habe, um mich dieser großen Verantwortung zu entziehen.

„Ich bin nicht diejenige, für die du mich hältst“, sage ich ausdruckslos.

„Natürlich bist du das. Glaubst du, ich wüsste es nicht?“

Ich will ihr glauben. Wer würde das nicht? Aber ich bin entschlossen, die Wahrheit ans Tageslicht zu bringen, endlich und endgültig.

„Nein. Ich habe geglaubt, ich könnte es sein, aber Wyunetta hatte Unrecht. Sie hat mich nie an ihrer Brust genährt. Sieh dir doch an, wie alt sie ist und welche Hautfarbe ich habe."

Ich seufze, denn ich weiß, dass es vorbei ist. Ich bin erleichtert, es auszusprechen, ein für alle Mal, obwohl ich weiß, dass ich mir am Ende, wenn ich wieder dort oben bin und alles vorbei ist, wünschen werde, ich sei diejenige, die ich hätte sein sollen. Vielleicht hätte ich Puck retten und anderen Pucks dieser Welt helfen können.

„Ja", antwortet sie sanft, aber hartnäckig. „Wyunetta ist alt. Alt genug, um dich vor einem ganzen Leben geboren zu haben."

„Was sagst du?", frage ich, obwohl ich das Gefühl habe, dass ich es weiß, dass ich es nur noch einmal hören muss, um den Zusammenhang herzustellen, vor dem ich mich lange gefürchtet habe. Ich lege eine Hand auf mein Herz, um zu verhindern, dass es aus meiner Brust hervorbricht wie ein Rennpferd am Startgatter.

„Es war vor fast fünfzig Jahren", erklärt sie. „Du hast nur sechs Monate gelebt, ehe ein Fieber dich dahinraffte. Das hätte nicht geschehen sollen, aber du hattest nur wenig Interesse daran, inkarniert zu werden. Heutzutage würde man es wohl als Gedeihstörung bezeichnen. Nachdem ihre einzige Tochter gestorben war, bat die Frau, die du als deine Große Mutter erkannt hast, Gott jeden Tag darum, ihre einzige Tochter noch einmal sehen zu dürfen. In diesem Leben. Eine ungewöhnliche Bitte, aber deine Große Mutter war eine ungewöhnliche Frau."

Ich höre ihr gebannt zu, meine Hand jetzt auf meinem Bauch. Mein Zentrum, tief in meinem Inneren, sagt mir, dass das alles wirklich wahr ist.

„Deine Große Mutter hat sich vorgestellt, dass es geschieht, irgendwie, jeden Tag, Tag für Tag. Sie hat immer wieder an die göttliche Tür gehämmert, beharrlich, träumend und glaubend. Mit dieser Art von Gebet, die das Göttliche nicht nur liebt, sondern auch erhört, konntest nicht einmal du dich dagegen wehren, noch einmal von deiner Großen Mutter genährt zu werden."

Ich sinke in den Stuhl und fühle mich, als sei meine Welt in Stücke zerbrochen. Die Liebe hat sie zerbrochen, ist hereingebrochen. Alles, was ich bisher von mir wusste, hat sich verändert. Ich bin nicht nur die Tochter eines vierzehnjährigen Mädchens, das mich nicht einmal als erwachsene Frau haben wollte, sondern auch die Tochter einer großen Frau, einer Großen Mutter, die mich so sehr geliebt hat, dass sie immer wieder an die Tür des Göttlichen gehämmert hat, bis sie endlich das bekam, was sie ersehnte. Eine einfache Mahlzeit mit mir.

Alles, was ich über mich selbst und meine Unwürdigkeit weiß, weicht zurück, als ein Lichtstrahl in mein Herz hineinleuchtet und es öffnet. Plötzlich und endlich glaube ich, dass es wahr sein könnte. Vielleicht bin ich wirklich *Die Eine*, auf die sie gewartet haben. Vielleicht, und nur vielleicht, bin ich tatsächlich hier, um dazu beizutragen, die Welt zu verändern, wie ich es mir so lange erträumt habe.

Es scheint, als hätte das Göttliche auch mein Hämmern gehört.

20

Ein Teil von mir will mein neugefundenes Wissen genießen, die Vorstellung, dass ich doch *Die Eine* sein könnte, dass mein Leben doch den Sinn haben könnte, den ich mir erhofft habe. Ein anderer Teil von mir will die Logistik des Ganzen verstehen. Das *Was, Wo, Wann* und *Warum*.

„Welche Aufgabe hat *Die Eine* hier?" frage ich.

Kenya schüttelt den Kopf. „Noch nicht, Mary. Es müssen noch viele andere Reisen unternommen werden, andere Offenbarungen kommen. Du kannst nicht wissen, was du zu tun beabsichtigst, solange du nicht weißt, wer du wirklich bist."

„Wie lerne ich das?"

„Zunächst musst du verstehen, weshalb du in deinem letzten Leben nicht gedeihen wolltest."

„Kannst du es mir nicht einfach sagen?"

„Und auch die Schwierigkeiten, denen du im Leben davor begegnet bist. Du wirst deinen Weg zurück zu dem Ort finden müssen, an dem alles angefangen hat, an dem du zum ersten Mal deine Seele verkauft hast."

Das überrascht mich noch mehr als die Nachricht über meine Große Mutter. „Ich? Meine Seele verkauft? Ich verkaufe mich niemals. Nicht für materielle Dinge, für nichts. Genau das bringt mich ja so oft in Schwierigkeiten."

Kenya nickt, als ob sie sagen wolle, dass sie meinen Standpunkt versteht. Ich habe dennoch nicht das Gefühl, dass sie ihren Standpunkt aufgibt. „Alle Menschen verkaufen ihre Seele auf die eine oder andere Art und Weise. In kleinen Stücken, immer wieder. Es besteht natürlich auch immer die Chance, sie zurückzukaufen. Nichts ist unveränderlich. Die Vergangenheit ganz bestimmt nicht."

Ich weiß nicht, was ich sagen, was ich denken soll.

Erneut rettet mich die Türglocke. Kenya erhebt sich, um zu öffnen. Wieder stehen die beiden großen Kerle davor. Diesmal verstehe ich sie so klar und deutlich, als wollten sie gehört werden.

„Dem Jungen geht es gut“, sagt der erste.

„Er hat uns ‚Engel‘ gebeten, doch bitte herauszufinden, ob Mary schon weiß, dass sie *Die Eine* ist“, fügt der zweite hinzu.

Kenya dreht sich zu mir um und sieht mich mit hochgezogenen Augenbrauen an. „Nun?“

Alle drei starren mich an, als würde von meiner Antwort das Schicksal der Welt abhängen. Vorstellungen davon, wie ich meine Seele verkaufe und wieder zurückkaufe, geistern durch mein Gehirn. Wenn ich meine Seele zurückgewinnen könnte, dann könnte ich für Puck und auch all die anderen Pucks, denen ich begegnet bin, vielleicht das sein, was ich sein müsste. Für die jungen Prostituierten auf Haiti, für die Mörtel schleppenden Kinder in Indien. Alle ertrinken im Nichts, genau wie ich.

„Ja“, sage ich, bevor ich überhaupt beschlossen habe, zu antworten. Schauer jagen durch meinen Körper, als hätte jemand einen Felsbrocken in den stehenden See geworfen, der ich bin, und alles wäre erwacht.

Die Männer gehen ohne ein weiteres Wort. Kenya setzt sich dicht neben mich und legt ihren Arm um meine Schultern. „Was du gerade getan hast, war großartig“, sagt sie. „Du bist viel mutiger, als dir bewusst ist. Es gibt so vieles, woran du dich jetzt erinnern musst, so viele Leben, die noch immer eine Auswirkung auf das Heute haben. Du wirst zu ihnen reisen müssen, wie du zu mir gekommen bist.“

Ich schlucke und sage nichts.

„Es wird so sein, als ob Knochen wieder neu gebrochen würden, die nicht richtig zusammengewachsen sind. Du wirst dich einigen sehr schmerzlichen Wahrheiten stellen müssen. Dieser Prozess birgt Gefahren, aber die Vision, dieser Welt zu helfen, die du dein ganzes Leben lang hattest, birgt auch Macht. Diese Vision ist deine Bestimmung, und sie wird dich zu sich hinziehen.“

Ich kann mir dieses schreckliche Brechen der Knochen nur allzu gut vorstellen. Bei dem Gedanken daran wird mir übel. Trotzdem gibt diese Vision mir auch Kraft und die Hoffnung auf Heilung und Ganzheit jenseits des Schmerzes, und das nicht nur für mich, sondern auch für die zerbrochene Welt, der ich helfen möchte. Ich nicke langsam.

Ich höre Chief oben erneut trommeln, diesmal mit doppelter Geschwindigkeit.

„Es war schön, dich zu sehen“, sagt Kenya.

„Warte“, antworte ich in plötzlicher Panik. Unvermittelt tauchen aus dem Nichts jede Menge Fragen auf. Es gibt noch so vieles, was ich wissen muss, bevor ich beginne. Wer ist Chief wirklich? Was wird sie tun, um Puck zu helfen? Und Große Mutter… wird sie wirklich sterben, nachdem sie mich wiedergesehen hat, und bedeutet das, dass ich die Ursache ihres Todes bin? Kann ich etwas tun, um es zu verhindern?

„So warte doch“, schreie ich, greife nach jedem Strohhalm, der mir helfen könnte. „Ich sollte etwas über die Essenz von Ray in Erfahrung bringen. Chief hat es mir gesagt. Ich kann ihn doch nicht im Stich lassen!“

„Auf deinen nächsten Reisen wirst du alles lernen, was du wissen musst“, antwortet Kenya.

Das Trommeln von oben wird drängend. Ich spüre, wie ich zur Eingangstür gehe, sehe, wie sie sich öffnet. Davor steht Lion, die Löwin, und blickt mich ungeduldig an, als müsste ich mich mit meiner Rückkehr beeilen. Wieso jetzt, wenn wir uns bisher so viel Zeit gelassen haben?

„Es war so gut, dich zu sehen, Mary“, sagt Kenya.

„Warte“, sage ich wieder. Zu viele Gedanken drängen sich in meinem Verstand. Ich will mehr von ihrer Weisheit. Mehr von ihrem Wissen. Ich will mehr darüber wissen, wie es funktioniert, wie alles funktioniert. Das Leben. Die Liebe. Beziehungen. Wie dreht sie die Zeit zurück? Wie verändert sie Dinge? Wer ist überhaupt das Göttliche? Gott? Was hält Gott von diesem ganzen Chaos, das wir aus der Erde gemacht haben?

Das Trommeln wird immer drängender, zerrt an meinen Ohren, bis mein Kopf im Gleichklang mit seinem Rhythmus pocht. Es fühlt sich so an, als würde Chief dort oben direkt neben meinen Ohren trommeln.

Ich brauche noch etwas, womit ich zurückkehren kann. „Sag mir noch eins. Wenn Gott mir einen einzigen Ratschlag geben wollte, eine Sache, um mir bei dieser Suche zu helfen, was würde er sagen?"

„Dass du weißt, dass du Gott bist", antwortet Kenya.

Damit werde ich rasch, wenn nicht gar verzweifelt, auf Lions kraftvollem Rücken davongetragen. Ich habe die Empfindung, nach oben zu rauschen, zurück zur Oberfläche des Lebens, wo ich die Augen öffne und sehe, dass Chiefs Trommel nur Zentimeter von meinem Ohr entfernt ist. Ich zucke zusammen, als hätte ich mich erschreckt. Ich bin ganz wach, ganz in meinen Körper zurückgekehrt. Meine Augen blinzeln im hellen Licht der Sonne und blicken in Chiefs leuchtendes Gesicht.

„Du wolltest nicht zurückkommen", sagt er.

„Ich hatte so viele Fragen, die ich gar nicht mehr stellen konnte." Ich bin wirklich enttäuscht. „Aber es war in der Tat erstaunlich."

„Gut", sagt er und strahlt voller Liebe und, wenn ich recht verstehe, vielleicht sogar Bewunderung. „Jetzt geh deine Reise im Geist wieder und wieder durch. Versuch dich an möglichst viel zu erinnern, ehe es in dein Unterbewusstsein zurücksinkt. Da es das erste Mal war, wirst du natürlich einen Teil davon vergessen."

Weil ich nicht einen einzigen Moment vergessen will, rufe ich mir jede Erinnerung ins Gedächtnis zurück. Ich erinnere mich an Lion. Ich erinnere mich an erdige Farben und an einen bequemen Stuhl. Ich erinnere mich daran, dass Puck in Schwierigkeiten war und dass Kenya Veränderungen in einer Galaxie vorgenommen hat, die sich in ihrem Schädel befand. Vor allem aber erinnere ich mich daran, dass ich vor einem ganzen Leben einmal die Tochter von Wyunetta Morningstar war und dass ich vielleicht doch, wie alle gesagt haben, *Die Eine* bin.

Chief nickt, als hätte er meine Erinnerungsversuche belauscht. „Jetzt, nachdem du verstanden hast, dass du tatsächlich die bist, die du bist, können wir mit unserer Arbeit fortfahren."

„Es tut mir Leid, dass ich dir misstraut habe", sage ich ernst.

„Du hast mir nicht misstraut", versichert er mir. „Du hast dir selbst misstraut."

Ich lache. „Aber du hast gesagt, wir sind eins, und Kenya hat gesagt, ich bin Gott, also habe ich in Wahrheit dem ganzen seligen Universum misstraut und allen, die darin etwas zu sagen haben."

„Das", sagt er und deutet auf eine Tasse Wasser, „ist die tiefgründigste Wahrheit, die du bisher ausgesprochen hast."

„Jetzt aber habe ich das Licht gesehen!", sage ich lachend, fühle mich schwindlig, auf dem Gipfel meiner inneren Suche. Ich bin *Die Eine*, eine Frau, die eine Mutter hat – was bedeuten muss, dass ich auch die Schwester von Jimmy Two Feathers bin, meinem ersten Führer auf dieser Suche! –, und die Schülerin eines Skinwalkers alter Schule. Es ist alles zu viel, zu vollkommen.

Chief lacht. „Du wirst es schon bald genug wieder anzweifeln."

Dieser Gedanke lässt mich wieder nüchtern werden. Er hat natürlich Recht. Mein Verstand wird sich einschalten. Ich kann es schon fühlen. Schließlich hat die ganze Reise lediglich in meiner Vorstellung stattgefunden. So wie ich mich kenne, wird mein rational denkendes Gehirn diesen Traum so lange in seine Einzelteile zerlegen, bis er sich in Luft aufgelöst hat. Weg. Verpufft.

„Was soll ich dann tun?"

„Was jeder von uns tun muss, wenn er auf den Mond schießen will. Alles, was du hast, auf eine Karte setzen und ins Leere springen."

„In die Dunkelheit des Nichts", sage ich leise und fange bereits an, mich damit abzufinden.

Chief reagiert mit seinem ganzen Körper, seine Stimme voller Leidenschaft. „Nein! Nein! In den Schoß aller Möglichkeiten, in dem die Hoffnung immer wieder neu geboren werden kann!"

21

Ich teile Chiefs Begeisterung für die „Leere“ nicht. In dem Gedanken zu schwelgen, dass ich wirklich eine Große Mutter habe, ist hingegen eine süße Verführung, der nur die sagenhafte Vorstellung gleichkommt, dass Puck Hannah ist und Chief ein Gestaltwandler, der hier ist, um mir bei meiner Suche als *Die Eine* zu helfen. Diese Möglichkeiten sind Balsam für mein analytisches Gehirn.

„Kenya sagte, ich würde noch andere Reisen unternehmen. Ich bin bereit, wenn du es bist.“

Chiefs Augen spiegeln meine eigene Erregung wider. „Schon bald. Es gibt vieles, was du erfahren musst.“

Er blickt zum unbedeckten Himmel hoch, als könne er dort die Antworten finden, und sieht mich dann wieder an. „Unsere Zeit wird knapp, und der Weg ist noch so weit. Vielleicht würde ein Bad im Bach unter dem heiligen Wasserfall dich erfrischen, während ich mich darum kümmere, die Dinge ein wenig zu beschleunigen.“

Die Vorstellung, dass unsere Zeit knapp wird, und ein geruhsames Bad passen nicht zueinander, aber ich vertraue mehr und mehr darauf, dass Chief weiß, was wir beide tun. Ich betrachte erst seine saubere Baumwollkleidung und dann meinen eigenen Körper, der von einem Film aus rotem Canyonstaub bedeckt ist, und muss zugeben, dass es eine gute Idee ist. Als ich ihn frage, wie ich dort hinkomme, deutet er einfach tiefer in den Canyon hinein.

„Wie weit?“ frage ich.

„Einen Weg“, antwortet er.

Ich schätze, dass ich einfach auf das Geräusch des Wasserfalls achten muss.

„Du wirst ihn nicht hören“, antwortet er auf meine Gedanken. „Das Wasser fällt nur dann, wenn es regnet.“

„Ich soll ein Bad in einem *trockenen* Wasserfall nehmen?“

„Das Wasser fließt durch eine natürliche Quelle im Bach darunter. Du kannst ein paar Wasserflaschen mitnehmen, um sie dort aufzufüllen.“

„In Ordnung“, sage ich und frage mich, ob ein heiliger Wasserfall auch dann noch heilig ist, wenn sein Wasser nicht fällt. Ich würde ja fragen, aber ich versuche zu wissen, was ich weiß. Ich stehe auf, um mir einen Weg durch das Dickicht zu bahnen. Die hoch emporragenden Canyonwände rücken immer enger zusammen, je tiefer ich hineinschaue. Ich seufze und denke bereits an Löwen, Bären, Schwindelanfälle und Trickster.

„Wenn du eine Klapperschlange siehst?“, sagt Chief halb fragend.

Ich werfe ihm einen nicht gerade freundlichen Blick zu.

„Wird es ein gutes Zeichen sein“, fährt er lächelnd fort. „Schlangen bedeuten, dass Veränderungen bevorstehen.“

„Schön und gut, solange die Veränderung, die sie bringt, nicht ‚tot‘ ist.“

„Du wirst“, antwortet er ernst auf meinen Sarkasmus, „schon bald sehen, wie gut ‚tot‘ ist.“

Ich seufze wieder und schüttle den Kopf. Mit diesem Mann kann man einfach nicht reden, ohne in ein Hornissennest nach dem anderen zu stechen. Ich mache mich auf den Weg zum Wasserfall und fürchte, jeder seltsam aussehende Zweig könnte eine lauernde Schlange sein. Nichts schärft die Sinne mehr und lässt einen jedes noch so leise Knistern unter den Mokassins wahrnehmen.

Trotz meiner Angst tut das Laufen mir gut. Es macht den Kopf frei und lässt mich das Land wieder wahrnehmen. Nach der Begegnung mit Kenya muss ich mich fragen, ob denn überhaupt irgendetwas real ist. Ist alles eine Illusion, wie so viele Mystiker sagen? Ist dies hier einfach mein Traum, der sich mit sich selbst vermischt? Ist alles nur für den Moment da, in dem ich es sehe, um gleich wieder zu verschwinden, sobald ich ihm den Rücken zukehre?

Der Wasserfall führt mich mühelos zu sich selbst. Viele Meter über mir sehe ich in der oberen Kante der Canyonwand eine breite Rinne, die beinahe so aussieht, als ob zwei Wände einander unerwartet begegnet wären und im Laufe der Jahre beschlossen hätten, eins zu werden. Obwohl der Wasserfall jetzt trocken ist, lässt er mich an die Monsunzeit in Asien denken. Sollten die Regengötter es wünschen, könnte er in nicht einmal einer halben Stunde mit voller Kraft fließen. Fast bin ich versucht, Oya anzurufen, meine ganz persönliche Wettergöttin, um zu sehen, ob ich bei ihr wirklich einen Stein im Brett habe, aber bei diesem Gedanken habe ich ein schlechtes Gefühl, fast so, als würde ich an einer Tankstelle mit Feuer spielen.

Ich finde mich damit ab, im kühlen, noch nicht einmal knietiefen Wasser des Bachs darunter herumzulaufen. Es ist rein und frisch und bringt mir eine so starke persönliche Klarheit, dass ich fast glauben könnte, dieser Ort sei tatsächlich heilig. Ich habe zu große Hemmungen, um mich auszuziehen, bin aber gelassen genug, um mich auf den Rücken zu legen und mich bis auf die Knochen durchweichen zu lassen. Das Wasser spült meine Erschöpfung fort. Während ich zum Kamm des Wasserfalls hochblicke, verliere ich mich selbst. Das kühl fließende Nass unter mir, die hohen Wände des Canyons, der unendliche Himmel.

Ich spüre, wie ich zum Vogel werde, nach Belieben durch den Canyon fliege, jedes Zeitgefühl verliere, bis ich schließlich zur Rückkehr bereit bin. Still und mit Schritten, die ebenso achtsam sind wie Chiefs Schritte, wenn er Holz trägt, wringe ich überschüssiges Wasser aus meinen Kleidern und mache mich auf den Rückweg.

Ich erreiche die Heimstätte mit schwungvollen Schritten. Ich bin zutiefst erfrischt, bereit zur Arbeit und bereit, Knochen neu zu brechen und die Welt gerade zu rücken. Ich kann es nicht abwarten, Chief zu berichten, wie wunderbar ich mich fühle.

Er nimmt meine Rückkehr noch nicht einmal wahr.

Erschreckt sehe ich, dass er aufgeregt herumläuft und wild mit den Armen um sich schlägt. Der Ernst auf seinem Gesicht ist ein Schock. Ich kann mir kaum vorstellen, was geschehen sein könnte. Sein Schritt ist schwer, und die Achtsamkeit, die meine Schritte gewonnen haben, ist aus den seinen verschwunden. Achtlos wirft er Zweige ins Feuer und stöhnt bei jeder Bewegung, als würde er seine hundertacht Jahre zum ersten Mal spüren. Und zum ersten Mal sieht man ihm sein Alter an.

„Chief?“, frage ich behutsam.

Er blickt auf, wilden Aufruhr in den Augen, etwas, das ich nie erwartet hätte oder mir hätte vorstellen können. Das Leuchten ist verschwunden.

„So! So lebst du also, Mary Margaret Hathaway?“ faucht er mich wütend an. „Das ist ja schrecklich!“

„Es tut mir Leid“, sage ich, da ich nicht weiß, was ich sonst sagen soll. „Was habe ich getan?“

Der Gedanke, dass ich etwas getan haben soll, verwirrt mich, aber zum ersten Mal werde ich nicht von Schuldgefühlen überwältigt. Das verwirrt mich noch mehr.

„Natürlich überwältigt es dich nicht, Mary. Es überwältigt *mich*. Dein Innenleben ist eine Müllkippe.“

„Ich weiß nicht, was du meinst“, sage ich. Ich will ihm helfen und strecke die Hand aus, um ihn zu trösten. Mit einem Knurren weicht er zurück.

„Du denkst doch so gerne“, antwortet er mit bebender Stimme, „also finde es selber raus, verdammt noch mal!“

Bei diesen Worten weiß ich, dass mein Chief fort ist. Er flucht nicht. Ich fluche. Ich weiß nicht, was ihn so verändert haben könnte. Hat womöglich ein böser Geist von ihm Besitz ergriffen? Die Anasazi oder ein bösartiger Skinwalker, der sich rächen will?

„Hör auf, die Schuld bei anderen zu suchen. Es ist dein Mist, den ich auf meinem Rücken trage. Und es ist ziemlich schreckliches Zeug, sogar noch schlimmer als meine Jahre in der Irrenanstalt.“

Irrenanstalt? Hat er einen…? Ich lasse den Gedanken los, bevor er ihn hört.

Aber was meint er damit, dass er meinen Mist trägt? Ich versuche mich zu schämen, schaffe es aber nicht. Er läuft herum, knurrend und schäumend vor Wut, und beginnt sein Bündel mit den heiligen Objekten zu öffnen. Es ist sicher für meine nächste Reise. Aber wie kann ich vertrauensvoll mit ihm reisen, solange er in diesem Zustand ist?

„Wieso trägst du meinen Mist?“, frage ich zögernd. Ich will nicht, dass er vollends die Kontrolle verliert und ich ihm vielleicht nicht helfen kann, sie zurückzugewinnen.

Er hält inne und starrt mich an. Schmale Augen bohren sich in meine. Dann fährt er in seiner Arbeit fort. „Ich habe dir doch gesagt, dass die Zeit knapp wird. Solange du dein Geschwür selbst trägst, kann ich immer nur ein begrenztes Stück aufschneiden. Nur wenn ich es auf mich nehme – eine teuflische Aufgabe, wenn es je eine gegeben hat –, können wir unsere Arbeit vollenden. Du musst es für mich aufstechen. Dann haben wir vielleicht – vielleicht! – den Hauch einer Chance, die zehn Jahre aufzuholen, die uns fehlen.“

Etwas veranlasst mich, das geringe Maß an medialer Veranlagung einzusetzen, das ich habe. Die Realität dessen, was er sagt, rückt klar in den Brennpunkt. Ich empfinde ein überwältigendes Gefühl der Dankbarkeit für das, was er tut. Wie ein Geschwür auf dem Rücken nimmt er tatsächlich meinen Schmerz, meine inneren Ängste, meine Weltsichten und meine zerstörerischen Tendenzen auf sich. Ich erkenne ganz klar, dass ich in diesem Augenblick frei bin, weil er es nicht ist.

„Wie kann ich helfen?“, frage ich und fühle mich stark, der Aufgabe gewachsen.

Er dreht sich um und streift sein Baumwollhemd ab. Ich schnappe nach Luft, als ich das Geschwür auf seinem Rücken sehe, so groß wie eine Pampelmuse. Es ist nicht bloß symbolisch. Es ist sehr real. Leuchtende Röte umgibt die dicke Haut, die in der Mitte mit grünlich-gelbem Eiter gefüllt ist. Ich schaudere.

„Schneid es auf“, sagt er und reicht mir ein Jagdmesser.

„Ich weiß nicht, wie“, wende ich ein. Kann er dieses Aufschneiden denn wirklich so wörtlich meinen?

„Der Körper ist ein Spiegelbild der inneren Welt des Geistes“, sagt er knapp, aber mit seiner Lehrerstimme. „Deine innere Welt ist eine Kloake, ein Höllenkessel, den du in deinem Inneren eingeschlossen hast. Es ist deine Aufgabe, damit fertig zu werden, denn das ist die Arbeit, die jeder für sich tun muss.“

„Tun wir das denn nicht gerade?“, frage ich.
„Ja“, antwortet er giftig. „Aber in deinem Tempo werden wir das nie schaffen. Zu viel, zu lange, zu viele Leben. Ich habe so viel davon auf mich genommen, wie ich kann, aber du… du… musst das Geschwür aufstechen. Es ist deins.“
Ich blicke auf das Messer in meiner Hand, kann mir nicht vorstellen, damit in Chief oder einen anderen Menschen hineinzuschneiden. „Ich will dich nicht verletzen.“
„Was glaubst du wohl, wie ich mich fühle, wenn ich dir eine Wahrheit sage, die du nicht hören willst? Dir eine Realität zeige, der du aus dem Weg gegangen bist? Wir sind eins, Mary. Was dich verletzt, verletzt mich. Und jetzt stich dieses gottverdammte Ding auf, ehe es mich umbringt!“
Ich schaue hin und sehe, dass es sogar in diesen wenigen Momenten, in denen wir geredet haben, noch gewachsen ist. Es ist jetzt tellergroß und mehrere Zentimeter hoch, nimmt den größten Teil seines mittleren Rückens in Anspruch.
Mein Mist, lebendig. Er nimmt Chief in Besitz, innen und außen. Das Geschwür ist manifest im Fleisch und in den Körperflüssigkeiten. Was immer nötig ist, was immer ich tun muss, ich werde es tun. Ich kann Chief unmöglich verlieren, kann nicht in irgendeiner Weise für seinen Tod verantwortlich sein.
Ich nehme das Messer und steche zögernd in die Beule hinein. Die zähe Flüssigkeit darin weicht aus und wölbt sich lediglich zu einer Seite. Chief schreit vor Schmerz. Mein Herz hämmert, und meine Hände zittern fast unkontrolliert.
„Schneid es auf!“, fleht er.
Mit zusammengebissenen Zähnen und Mitgefühl im Herzen steche ich mit einem einzigen, nach unten gerichteten Stoß in das Geschwür hinein. Er schreit, kurz und hoch, und fällt zu Boden. Dann wendet er seinen knochigen Rücken dem Feuer zu und schiebt sich näher heran, bis er an der Kante der Feuergrube liegt. Das Messer zittert in meiner Hand, bis ich es fallen lasse. Mit der anderen Hand halte ich mir den Mund zu, damit ich mein Entsetzen nicht herausschreie. Ein gleichmäßiger Eiterstrom rinnt heraus. Als ob er das

Feuer suchen würde, findet er seinen Weg in die Feuergrube, zischt und spritzt wie Öl in der Glut.

Bei dem Gedanken, dass ich all diesen Dreck mit mir herumgeschleppt habe, dreht sich mir der Magen um. Ich spüre den Drang, ihn mir in all seinen ekligen Einzelheiten anzusehen, wie ein Passant, der von einem tödlichen Verkehrsunfall angezogen wird, bei dem gerade die Leichensäcke gefüllt werden. Der faulige Geruch, der von ihm ausgeht, lässt mich würgen.

Ich bemerke, wie in meinem Inneren eine alte, womöglich sogar uralte Traurigkeit verbrennt, während der Eiter sich in seinem Tanz mit Holz und Flamme verzehrt. Als das Geschwür entleert ist, spüre ich, wie in mir eine neue Leere geschaffen wird, ein neuer, sauberer Raum. Ein Nichts, das ist sicher, aber ein gutes Nichts. Ein Nichts, das fruchtbar ist, damit etwas Neues darauf wachsen kann. Ist dies die Leere, die wir suchen?

„Danke", sage ich zu Chief.

„Ich bin es, der dir danken muss", antwortet er schwach, seine Stimme nun wieder zärtlich. „Dafür, dass du so viel so lange getragen hast. Du hast es für uns alle getan." Er sieht mir in die Augen, seine eigenen traurig, flehend und müde, als ob diese Sache ihn zu viel Kraft gekostet hätte. „Ich danke dir auch für das, was du in den kommenden Tagen tun musst. Es gibt Geschwüre, die nur du selbst tragen und aufschneiden kannst. Ich habe alles getan, was ich konnte."

Er muss mir nicht sagen, wie weh es tun oder worin die Belohnung bestehen wird, die am Ende dessen, was getan werden muss, wartet. Ich kann es spüren. Er hat mir den Weg gewiesen, sich selbst zum lebenden Beispiel gemacht, den eigenen Körper als Opfer gegeben. Es ist so, wie er es gesagt hat: Die Liebe ebnet den Weg.

„So lasst die Spiele beginnen", flüstere ich den Göttern und Göttinnen des Himmels zu. Dabei habe ich das Gefühl, dass sie in Wirklichkeit bereits vor langer Zeit begonnen haben.

22

Irland!

Diesmal hatte die Trommel mich rasch in sich hineingezogen, fast so, als wollte sie mir unbedingt helfen. Abwärts ging es, durch die Baumwurzeln, dann wieder hinaus und über einen Ozean, der rückwärts unter mir dahin floss. Seine Wellen kräuselten sich vom Strand fort. Lion, die Löwin, erschien und erklärte mir das merkwürdige Bild. Wir reisten rückwärts durch die Zeit.

Jetzt erheben sich vor mir sanft gewellte, smaragdgrüne Hügel. Ich fliege mit dem Wind über steile Klippen, bestellte Felder und meilenlange Steinmauern. Tief in meinen Ohren erklingt keltische Musik.

Ja, Irland. Das Land meiner Vorfahren, obwohl diese Tatsache nie Anziehungskraft genug besaß, um mich dorthin reisen zu lassen, zumindest nicht in diesem Leben. Aber vielleicht war ich in einem anderen Leben schon einmal hier. Die Frage drängt sich mir auf, denn ich habe das Gefühl, dass ich diesen Ort kenne, dass ich aufgewachsen bin mit Geschichten von Kobolden und dem Spiel mit Gänsen, die im Hinterhof grasten.

Lion sieht mich an. Auf dieser Reise kommt sie mir noch realer vor, wahrhaft wie ein wildes Raubtier. Ich fühle mich sicher, wage es aber nicht, hinüberzugreifen und ihr Fell zu berühren, das die Farbe goldenen Sonnenlichts hat, jedes Haar scheinbar so real wie meine eigenen. Ihre Kraft ist zu ehrfurchtgebietend.

Nebeneinander fliegen wir dahin, als hätten wir Flügel. Ich bin wirklich verblüfft, wie lebendig alles ist. Das Grün springt mich an, als ob es ein eigenes Wesen hätte. Die Felsen scheinen im Gleichklang mit den geschwungenen Linien der Hügel zu schwingen, sich der aus dem Nichts kommenden Melodie anzuschließen, die ich höre. Dies ist also das lebendige Irland, von dem jeder schwärmt. Oder sehe ich vielleicht sogar noch mehr als der Durchschnittstourist?

In der Ferne taucht eine alte, steinerne Taverne auf. Ihre einfache Bauweise, ihr mit Stroh gedecktes Dach, ihr geliebter Platz im Herzen der kleinen Gemeinschaft muten so schön an, dass ich weinen möchte. Als ich näher komme, spüre ich, dass ich mich in der Zeit immer noch rückwärts bewege. Es ist jetzt Winter, und Kälte rahmt die Taverne ein. Aus dem Kamin steigt Rauch in kräuselnden Bewegungen nach oben. Eine junge Frau kommt näher, zitternd und vom Wind zerzaust.

„Folge ihr", weist Lion mich an.

Ich folge ihr und beobachte, wie sich eine Szene entfaltet. Im Inneren der Taverne gibt es keine Elektrizität, und das Kleid der Frau scheint sehr altmodisch. „Es muss vor etwa zweihundert Jahren sein", sage ich und denke dabei an Scrooge[6].

„Ja", stimmt Lion zu. Ich weiß allerdings nicht, ob sie damit den zeitlichen Rahmen oder meinen theatralischen Vergleich meint.

Die Frau mit den geröteten Wangen bestellt ein Bier und geht dann zum Torffeuer hinüber, um ihre Hände daran zu wärmen. Ein Priester ist ebenfalls da. Er spielt ein recht behelfsmäßiges Instrument und singt dazu. Ich höre, dass sie Gälisch sprechen, verstehe aber dennoch jedes Wort.

Sie neckt ihn, dass er wieder einen Tag gefunden habe, um mit Saite und Trommel anzugeben. Er lacht leise und neckt sie ihrerseits, dass sie wieder einen Tag gefunden habe, um herzukommen und es zu genießen.

„Was soll ich jetzt tun?", frage ich Lion.

„Geh dicht hinter sie", weist sie mich an, „und schau durch ihre Augen."

In ihrem Inneren finde ich einen Ort für mich, beinahe so, als würde meine Seele auf ihrer Seele ruhen. Ich war allerdings nicht darauf gefasst, dass die Wirkung so stark sein würde. Ich sehe nicht nur durch ihre Augen, sondern rieche auch das abgestandene Bier und

---

6 Aus Dicken's „Weihnachtsgeschichte".

den scharfen Geruch des brennenden Torfs. Und ich spüre einen Ansturm von Gefühlen, der von dieser Frau ausgeht. Ist es Liebe?

Ich schließe die Augen, um zu fühlen, lasse zu, dass das Gefühl mich einhüllt. Ja, Liebe, aber da ist noch mehr. Wahre Liebe. So fühlt es sich also an, wenn man sieht und gesehen wird. Mein Herz rast mit ihrem, mein Lächeln ist ungebrochen und rein.

Aber wer ist es, den sie liebt? Ich beantworte meine eigene Frage, als ihre Augen den Priester anschauen. Er sieht sehr gut aus, fast zu gut für seine Stellung, wie mancher meint. Oh, verbotene Liebe! Hinter ihren Augen erforsche ich ihre Erinnerungen. Ihre gemeinsame Wohltätigkeitsarbeit. Lange Spaziergänge auf grasbewachsenen Feldern und Gespräche über Gott. Die Trauer in seinen Augen, als er die Heirat vollzog, die ihr Vater arrangiert hatte.

Der Priester beginnt eine Ballade zu singen, die sie gut kennt. Die Zuhörer werden still. Die bittersüßen Tränen in meiner Kehle brennen so sehr, dass ich mich von ihr löse, meine Seele aus ihr zurückziehe, unfähig, es zu ertragen. Wenn das die Liebe oder das ist, was aus ihr entsteht, wer will sie dann haben?

„Du kannst durch die Augen aller Anwesenden sehen", sagt Lion.

Ich gleite hinter die Augen der Wirtsfrau. Alle anderen vermuten lediglich, dass die beiden sich lieben, dass er die Ballade für sie singt, aber die Wirtsfrau weiß es. Sie sieht alles. Eine Seherin, die ihre Gabe jedoch für sich behält. Die junge Frau tut ihr sehr Leid. Sie weiß, dass die beiden nie zusammen waren und dass es sie zerreißt.

„Eine Liebesgeschichte, die zur klassischen Tragödie geworden ist", berichte ich Lion und frage mich immer noch, worum es eigentlich geht.

„Eine archetypische Geschichte", stimmt sie zu, „von universeller Natur, wie es die meisten Geschichten sind. Die beiden sehen es natürlich nicht so. Für sie ist es ganz allein ihre Geschichte, immer unmittelbar, immer persönlich. Aus diesem Grunde gibt es archetypische Geschichten. Jeder kann einen Bezug dazu finden, und keine Geschichte ist einzigartig. Jede Rolle wird einmal von jedem Menschen gespielt, in dem einen oder dem anderen Leben."

„Jeder Mensch spielt alle Rollen?"

„Es gibt einige göttliche Inkarnationen, die eine bestimmte Rolle wiederholen, um der Menschheit zu dienen“, gibt sie zu, „aber sie sind selten. Jetzt gehen wir weiter in die Zukunft.“

Ich fühle mich noch immer wie Scrooge, der über die Zeit hinweg fliegt. Aber was soll ich aus all dem lernen?

Aus der Kälte gelangen wir zurück in die Wärme. Ein Sommertag. In einem Haus, am Abend. Ich sehe dieselbe Frau. Sie ist schwanger, und die Geburt steht unmittelbar bevor. Ich frage mich, ob ich, so wie ich den Geruch des Torffeuers wahrgenommen habe, wohl auch das Leben ihres Kindes in mir spüren könnte, wenn ich meine Seele mit ihrer Seele verbinde. Erregung rührt sich bei dem Gedanken, flammt auf. Es ist meine einzige Chance.

„Ich möchte mich noch einmal mit ihr verbinden“, sage ich. „Ich möchte das Baby spüren, als ob es in meinem Bauch wäre. Es ist möglicherweise das einzige Mal, dass ich erlebe, wie es sich anfühlt, wenn neues Leben in meinem Körper entsteht.“

Lion neigt den Kopf, um ihre Zustimmung zu meinem Plan zu bekunden.

Ich verbinde mich mit der Frau. Die Spannung in ihrem Bauch scheint an meinem eigenen Rücken zu zerren. Oh, Gott, ja! Ja, das ist es, wonach ich mich so gesehnt habe. Was, wie ich schon in sehr jungen Jahren gewusst zu haben scheine, die Herrlichkeit auf Erden ist.

Das heißt, wenn sie nicht so besorgt wäre. Beinahe verzweifelt. Das Baby kommt, und ihr Mann ist zu Hause. Eigentlich sollte er fort sein. Eine Wehe kommt, ergreift uns beide so heftig, dass ich spüre, wie mein Kiefergelenk schmerzt. Zusammen mit ihr beiße ich die Zähne zusammen. Sie kann nicht nach Luft ringen, obwohl es sie danach drängt. Er würde es sehen.

Ohne Vorwarnung spüre ich, wie Wasser ihre Beine hinunter rinnt. Nun gibt es kein Verstecken mehr. Der Schmerz wird unerträglich, und es gelingt ihr nicht, ein Wimmern zu unterdrücken.

Sie gerät in Panik, weil er es gesehen hat. Sie bittet ihn, die Hebamme zu holen.

Er sagt nein, steht auf und kommt hinter ihr her. Ihr Entsetzen pulsiert nun auch in meinen Adern.

„Er glaubt nicht, dass das Baby von ihm ist!", sage ich zu Lion.

Durch die Augen der Frau sehe ich die dunklen Augen ihres Ehemannes, klein und hässlich. Mein Puls rast. Wir können es beide kommen sehen.

„Oh, Gott", höre ich mich selbst laut sagen, dort oben, höre die Trommel.

„Mach weiter, Süße Mary", sagt Chief aus der Ferne.

Mein Magen befördert mich unsanft in die Szene zurück, die sich allzu realistisch entfaltet. Ihr Mann versetzt ihr mit dem Stiefel einen Tritt in den Bauch, der das Baby bis in ihr Herz hinaufzustoßen scheint. Mir bleibt die Luft weg, und ich krümme mich vor Schmerzen.

Nein! Er bringt das Baby um. Unser Baby. Gemeinsam stürzen wir zu Boden. Blut und Wasser schießen hervor. Ich ringe nach Luft, während sein Stiefel wieder und wieder zutritt. Heilige Mutter Gottes, hilf ihr. Hilf dem Baby. Kein Säugling kann das überleben. Ich bin nicht einmal sicher, ob eine Mutter es kann. Aber wen kümmert das schon? Wenn das Baby nicht überlebt, warum sollte sie leben wollen?

Gefangen beobachte ich entsetzt, wie die Szene sich um mich herum entfaltet. Ich kann nichts tun, kann nur hilflos zusehen, wie das Unvermeidliche geschieht. Das Baby ist tot. Sie weiß es.

„Sieh genau hin", sagt Lion.

Ich tue es und sehe, dass eine Schicht ihrer Seele sich von der Frau löst. Es ist ein schwaches Abbild ihrer selbst, wie ein Geist, der aufsteigt und in einer Ecke des Raums schwebt. Ich beobachte, wie ihr Mann ihr eine Flüssigkeit in den Mund träufelt. Sie weiß, dass es Gift ist.

Sie weiß auch, dass er es so haben wollte. Er hat es so geplant, hat gewartet, bis ihr Verlangen am größten war, damit er sie berauben konnte, als sie am meisten zu verlieren hatte. Und er wird damit durchkommen. Sein Bruder ist der Leichenbestatter. Schließlich sterben immer wieder Mütter im Kindbett. Niemand wird es je erfahren.

Es kümmert sie nicht länger.

Ich will zu ihr zurückgehen, um sie zu trösten, aber ich habe Angst. Aus der Ferne beobachte ich, wie ein leichtes Lächeln auf ihren Lippen erscheint und ihre Augenlider flattern.

„Was denkt sie, Lion? Kannst du es mir sagen?"

Lion verbindet sich mit ihr, um zu beobachten, was ich aus der Nähe nicht ertragen kann. „Sie stellt sich ihre Beerdigung vor. Sie weiß, dass ihr Ehemann nicht verhindern kann, dass sie das Gesicht ihres Seelengefährten noch ein letztes Mal sieht."

„Der Priester nimmt die Beerdigung vor?", rufe ich laut, entsetzt, dass er sich dieser schweren Prüfung stellen muss.

„Ja. Jetzt stellt sich ein Gefühl des Friedens ein. Sie sieht das strahlende Licht, das kommt, um sie zu holen." Ich höre, wie der Friede auch in Lions Stimme einkehrt, und wünsche mir, ich hätte gewartet, um es selbst zu erfahren.

Ich beobachte, wie sie stirbt, während der Geist weiterhin in der Ecke des Raums schwebt.

Dann hört alles auf.

Irland ist fort. Lion ist fort. Ich liege auf dem sandigen Boden des Canyons. Chief hat mich mit seinem Trommeln zurückgerufen, ohne dass ich es überhaupt gehört habe. Mein Magen schmerzt. Ich setze mich auf und breche zusammen, weine bitterlich, bis keine Tränen mehr kommen. Chief wartet reglos und stumm.

„Was sollte das bedeuten?", frage ich schließlich. Mein Kopf hämmert, nachdem all der Kummer sich wie ein Sturzbach aus mir ergossen hat.

„Wir haben ein Geschwür aufgestochen. Du hast deine Sache sehr gut gemacht. So wird es funktionieren."

„Was für ein Geschwür?"

Chief rückt näher zu mir heran. „Kanntest du diese Leute?"

„Kannte?"

„Konzentriere dich auf die Essenz. So wie du gespürt hast, dass Pucks Essenz sich wie Hannah anfühlte."

Ich versuche, die Essenz der einzelnen Charaktere zuzuordnen, aber es gelingt mir nicht. Der Gedanke an eine Essenz erinnert mich daran, dass ich mit meinem Auftrag immer noch nicht weiter gekommen bin. „Es tut mir Leid, ich kann keine Ähnlichkeiten erkennen. Und über die Essenz von Ray habe ich auch nichts herausgefunden.“

„Mach dir darum jetzt keine Sorgen. Erinnere dich an ihre Augen. Du kannst es am besten in ihren Augen erkennen.“

Ich versuche es, sehe aber in den Augen des gut aussehenden Priesters nichts, was ich erkenne, so schön sie auch sind. Die Augen der Frau scheine ich gar nicht sehen zu können, weil ich die meiste Zeit dahinter verbracht habe.

„Nein“, sage ich. Ich bedauere, Chief enttäuschen zu müssen, dem das Ergebnis so wichtig zu sein scheint.

„Was ist mit dem Ehemann?“ fragt er.

Ich schaudere, erinnere mich an die kleinen, kalten Augen, so dunkel und zynisch. Plötzlich kann ich den Zusammenhang glasklar erkennen. „Ja! Ja, ich weiß, an wen diese Augen mich erinnern. Dark Crow!“

Chief nickt traurig. „Ja, Dark Crow. Er war in so vielen Leben deine Nemesis. Deine Göttin der Rache und Vergeltung.“

„*Meine* Nemesis?“, frage ich. Wieder wird mir speiübel.

23

Chief gab keine weitere Erklärung ab, bevor er mich zum wasserlosen Wasserfall schickte. Weshalb sollte er auch? Seine Andeutung war klar genug. Dass ich diese irische Frau vor wer weiß wie langer Zeit war oder bin. Eine einfache Frau vom Land, die zuerst die archetypische Liebestragödie erlebte und dann ihr Kind und ihr eigenes Leben an die Stiefelspitze eines bösen Mannes verlor. Dark Crow. Mal ehrlich, was gibt es dazu sonst noch zu sagen?

Unterhalb des Wasserfalls war das Wasser des Bachs in der kurzen Zeit, die ich fort war, sehr stark zurückgegangen. Ich konnte mich lediglich auf den Grund des Flüsschens legen, mein Gesicht war gerade eben von dem langsam fließenden Wasser bedeckt. Trotzdem rief ich Oya nicht an, um sie um Regen zu bitten. Das Unsichtbare war jetzt oft genug angerufen worden.

Erschöpft und gereinigt zugleich kehrte ich zu Chief zurück. Ich fragte mich, wie es kam, dass meine irischen Knochen falsch gebrochen waren, wie sie mit Hilfe solcher Reisen wieder gerichtet werden konnten, und wohin ich wohl als nächstes gehen würde. Chief hatte mir versichert, dass es bei meiner Rückkehr keine weiteren Geschwüre geben würde, die aufgeschnitten werden mussten, zumindest nicht bei ihm.

Dennoch nähere ich mich sehr zaghaft. Er sitzt geduldig wartend neben dem Feuer. Als ich sehe, dass alles in Ordnung ist, platze ich mit der Frage heraus, die mich einfach nicht loslässt.

„Woher weiß man, dass das eigene Leben kein übler Scherz ist?“

„Ah“, sagt er. „Ein übler Scherz in der Form, dass man sein Leben in dem Glauben verbringt, man habe beschlossen, keine Kinder zu haben, weil es ein Geschenk an Gott und an eine verlorene Freundin war, während das Opfer in Wirklichkeit ein Selbstschutz sein könnte, geboren aus Angst und Schmerz?“

„Ja, das trifft es ziemlich genau“, antworte ich ruhig, während ich Blätter und kleine Stücke Gras ins Feuer werfe, beobachte, wie sie verbrennen, und den Verlust spüre. Man kann es getrost Chief überlassen, dass er den Nagel auf den Kopf trifft.

„Du kannst nicht wissen, dass dein Leben kein Scherz ist, Süße Mary, weil es genau das ist. Du träumst es alles. Ein großartiges Stück. Du bist Produzent, Regisseur und Star in einer Person. Das ganze Leben ist eine Bühne.“

Ich denke darüber nach, denke an Shakespeare, an die Theorie, dass das Leben eine Illusion ist. An Lions Überzeugung, dass wir alle irgendwann einmal alle archetypischen Rollen ausleben. Es lässt mich an all die Scherze denken, die wir heraufbeschwören. Den Scherz der Hausfrau in ihrem Haus mit den drei Schlafzimmern und der hohen Hypothek in einer Sackgasse in irgendeinem Vorort. Den Scherz der dynamischen Karrierefrau, die keine Zeit für eine echte Beziehung hat. Den Scherz der Frau, die auf einer spirituellen Suche ist und den Wunsch hat, die Welt zu retten.

Chief lacht leise. Sein Gesicht ist gütig. „Du willst dabei helfen, die Welt zu retten? Dann musst du zuerst dich selbst retten, denn du bist es ja, die diese Welt erschafft.“

„Wie rette ich mich selbst?“

„Irgendwann einmal wirst du anfangen müssen, einen neuen Traum zu träumen. Im Moment denke erst einmal über all das nach, was du gelernt hast. Nicht nur das verlorene Kind. Hinter dem Leben in Irland steckt noch mehr.“

„Der Priester“, sage ich und weiß bereits, worauf er hinaus will. Auch über ihn habe ich nachgedacht, während ich am Bach war. „Wenn er die wahre Liebe der irischen Frau war und wenn ich sie war, dann war er meine wahre Liebe.“

„Ja. Er hat zwar schon viele Namen getragen, aber für den Moment kannst du ihn Ray nennen.“

„Ray?“, schreie ich, während ein Kaleidoskop an Gefühlen in mich einströmt. „Die Essenz von Ray ist die Essenz eines Typs namens Ray? Ich tue das alles, um den Priester aus der Taverne zu finden?“

„Da ist auch noch deine eigene Heilung“, sagt Chief und lächelt wie ein Mann, der einer verarmten Familie, die glaubte, hungrig bleiben zu müssen, ein Weihnachtsfestessen spendiert. „Aber du unternimmst diese Reisen auch, um die Essenz von Ray zu finden, damit du weißt, wonach du suchst, wenn die Zeit gekommen ist.“

„Wonach ich suche?“, frage ich, während mein Herz vor Freude hüpft. Ich erinnere mich, dass Jimmy etwas davon gesagt hat, ich solle jemanden finden. Ist es Ray, den er gemeint hat?

„Ray muss nicht Teil deiner Vergangenheit bleiben. Wenn alles so eintrifft, wie ich es träume, dann wird er auch ein Teil deiner Zukunft sein.“ Er blickt erwartungsvoll in meine Augen, als ob er eine bestimmte Reaktion erwarten würde.

So hoch mein Herz gehüpft ist, so tief fällt es jetzt. Meine Stimme ist ausdruckslos, ohne Leben. „Du wirst ihn nicht finden. Er ist nicht mehr hier.“

Ich weiß nicht, woher ich das weiß. Ich weiß es einfach. Zum ersten Mal in meinem Leben verstehe ich das riesige Loch in meinem Herzen. Das Loch, das schon immer da war, größer noch als das Loch, eine mutterlose Tochter zu sein. Bislang hatte dieses Loch nie einen Namen. Jetzt schon. Ray. Aber welchen Sinn hat es, dass ich ihm endlich einen Namen geben kann, wenn er für immer außerhalb meiner Reichweite ist?

„Du hast deinen Glauben verloren“, sagt Chief. „Finde Ray, und du wirst deinen Glauben wiederfinden.“

Ich nicke zu der Wahrheit, dass ich meinen Glauben verloren habe, und erinnere mich daran, dass Jimmy gesagt hat, ohne Glauben könnten wir nicht leben. Ich stimme zu. Trotzdem weiß ich, was ich weiß. Sowohl Ray als auch mein Glaube sind außerhalb meiner Reichweite.

„Du musst wieder träumen“, fährt Chief fort. „Dazu musst du aber noch mehr über deine anderen Leben vor diesem Leben lernen. Fühlst du dich stark genug für die nächste Reise?“

Mein Magen schmerzt zwar noch von der letzten Runde, aber ich antworte, indem ich mich wieder hinlege. Chief wiederholt seine lange Vorbereitungszeremonie und fängt schließlich an zu trommeln.

Schon bald treibe ich durch die Baumwurzeln nach unten, unter die Erde und über den rückwärts fließenden Ozean. Diesmal dauert die Reise in die Vergangenheit länger. Heißt das, dass ich in der Zeit weiter zurückgehe? Keiner der Schamanen, die ich kenne, hat mir etwas von dieser Empfindung gesagt. Aber schließlich ist die Symbolik auch bei jedem Schamanen anders.

Ich spüre, wie eine tropische Brise mein Gesicht liebkost. Warme, feuchte Luft, die nach einer reichen Fülle von Erde und Laubwerk duftet. Polynesien? Nein, Hawaii. Noch ein Ort, an dem ich nie gewesen bin.

Unter mir erscheint Lion, die Löwin, und winkt mich zu sich herunter. Ich sinke neben ihr zu Boden. Eine problemlose Landung.

„Hawaii?“, frage ich, um sicherzugehen.

„Vor sehr langer Zeit“, bestätigt sie.

Ja. Irgendwie hat der Ort eine primitive Ausstrahlung. Ganz anders als der heutige, moderne Tummelplatz für Touristen mit seinen Autos und Flugzeugen und Fünf-Sterne-Hotels. Nur Menschen und Erde. Ich spüre die Spannung des Bodens, von vulkanischen Aktivitäten durchdrungen. Ein Geruch nach Schwefel liegt in der Luft. Ich schaue mich um, um herauszufinden, woher der Geruch kommt, und sehe in der Ferne meinen ersten aktiven Vulkan. Ein kochender, Blasen werfender, rot glühender Lavastrom fließt herab und lässt die Insel immer größer werden, indem er zischend im Ozean versinkt. Wirklich erstaunlich.

Ich habe das Gefühl, dass ich eigentlich Angst haben sollte, aber die Energie ist so rein und natürlich, dass es mir nicht gelingt. Alles scheint sich in Harmonie zu befinden. Die Palmen recken sich nach oben, als wollten sie mit den Göttern des Himmels tanzen, während sie gleichzeitig fest in der Erde verwurzelt sind.

Ich wäre damit zufrieden, meinen Blick schweifen zu lassen, doch Lion bringt uns zu einer Lagune, in der wir eine eingeborene Frau mit bronzefarbener Haut sehen, die in Gras und Blätter gekleidet ist. Mit ihrer schlanken Taille und den kleinen, festen Brüsten wäre sie heute in jeder Bar der Welt der absolute Renner. Ihre großzügig geschwungenen Lippen und ihre dunklen, von dichten Wimpern eingerahmten Augen würden sie auf die Titelseite jedes Schönheitsmagazins befördern.

Ich weiß nicht, wer dieses Mädchen ist oder welche Rolle sie in meinem früheren Leben gespielt hat. Ich bin jedoch absolut sicher, dass ich nicht sie bin. Ich habe nie auch nur halb so gut ausgesehen. Ganz zu schweigen davon, dass meine Haltung nie auch nur entfernt so gelassen war. Diese Frau ist all das, was ich nicht bin.

Ich beobachte sie, als sie zum Wasser geht. Sie schwingt die Hüften so anmutig wie Kenya, aber unschuldiger. Sie ist ein Mädchen im Körper einer Frau, und sie ist eins mit allen Dingen. Ohne Aufforderung schwebe ich hinter ihre Augen, verbinde meine Seele mit ihrer.

Hinter ihren Augen erfahre ich ihre Geschichte in einem kurzen Moment. Sie ist als unberührbare Kauwa geboren und sollte wie ihre zweieiige Zwillingsschwester versklavt werden. Niemals sollte ihr Schatten auf einen bürgerlichen Maka'ainana fallen, von einem Ali'i der herrschenden Klasse ganz zu schweigen. Allein ihr schönes Gesicht hat sie vor dem Schicksal ihrer Zwillingsschwester bewahrt, die auf der Stirn und rund um die Augen tätowiert wurde zum Zeichen, das allen anderen sagt: „Ich bin weniger als nichts. Macht mit mir, was ihr wollt.“

Um ihrer geliebten Zwillingsschwester willen wird sie all das ändern.

Nicht nur ihre Schönheit hat sie gerettet, sondern auch ihre bemerkenswerte Gabe als Medium. Sie weiß, wann der Regen kommen und wann der Vulkan ausbrechen wird. Sie ist eins mit dem Land und dem Meer, Freundin des Gottes Lono. Er ist es, der ihr das mächtige Manna gibt, mit dessen Hilfe sie die Prophezeiungen aller Götter des Wassers überbringen kann. Bald schon wird die Botschaft der Götter, dass nämlich das Manna des Himmels das Geburtsrecht aller Menschen ist, allen verkündet werden. Dann werden die herrschenden Klassen die Götter ehren müssen, indem sie die Kauwa nicht mehr länger missbrauchen. All das wird während des jährlichen Makahiki-Festes stattfinden, bei dem Lono den Vorsitz führt. Es beginnt, sobald in der Abenddämmerung das erste Zeichen der Plejaden über dem Horizont zu sehen ist. Ihr zukünftiger Ehemann, ein großer Kahuna, hat zugestimmt, dass dies der richtige Zeitpunkt ist.

Ich spüre ihre geschmeidige Haut, als sie beginnt, sich auszuziehen, unschuldig und ohne Scham, aber gequält von Gedanken an ihr Volk. Sie sind gezwungen, als Gefangene in winzigen Enklaven zu leben, und viele Männer mussten als Opfer ihr Leben lassen. Sie gleitet ins Wasser, lässt zu, dass es ihre Sorgen fortwäscht und ermahnt sich, dankbar für die Rolle zu sein, zu der sie ausersehen ist. Schließlich ist sie der Beweis, dass jeder Mensch mächtiges Manna haben kann.

„Wer ist sie?“, frage ich Lion.

„Du.“

„Unmöglich. Ich war niemals so rein und so unschuldig. Oder?“

„Geh tiefer in sie hinein, dann wirst du es erkennen.“

Ich tue es, verschmelze mein Herz mit ihrem. „Alles ist so heilig in ihren – ja, ich muss es sagen – *meinen* Augen.“

Wie Chief, so wusste auch ich einmal, wie es ist, mit leichtem Schritt auf der Erde zu wandeln. Ich wusste dem Sand dafür zu danken, dass er meinen Füßen begegnete, und dem Wasser dafür, dass ich in ihm schwimmen durfte. „Wieso kann ich das nur verloren haben?“, frage ich.

„Wir werden es bald herausfinden“, antwortet Lion. „Weshalb nimmst du dir nicht einen Moment Zeit, um das Wasser zu genießen? Ich rufe dich, sobald es an der Zeit ist weiterzugehen.“

Wie ein Kind, dem man die Erlaubnis zum Spielen gegeben hat, tauche ich immer wieder in das tiefblaue Wasser ein, werde zu der schönen, intuitiven jungen Frau, die ich einmal war. Welche Herrlichkeit! Welche Schönheit! Welche Glückseligkeit! Das salzige Wasser umschmeichelt meine nackte Haut. Bei jeder Bewegung spanne ich Bauch- und Beinmuskeln spielerisch an. Meine bloßen Brüste trinken die süße Feuchtigkeit, fühlen sich in der Fülle von Mutter Natur lebendig und sinnlich an. Ich war noch nie so frei.

Unter Wasser finde ich eine neue Welt. Wuchernde Hügel leuchtend orangefarbener Korallen und sonnenhelle Fische, die beweisen

– beweisen! –, dass der Schöpfer der Welt ein meisterlicher Kunsthandwerker ist. Nur einem Künstler kann es einfallen, etwas so Unbedeutendes wie einen kleinen Fisch mit neongrünen Flossen, purpurn schillernden Rückenflossen und fast schon unheimlich wirkenden gelben Streifen auszustatten. Und nur ein Meister weiß, dass nichts an einem Fisch unbedeutend ist. In diesem Leben hier auf Hawaii verstehe ich das.

Ich greife nach den Fischen, spiele mit ihnen, weiß auf telepathische Weise um ihr Verhalten, ihr Wissen. Sie springen und flitzen herum, freuen sich, mich, eine Freundin, zu sehen. Deshalb habe ich also so viel Manna! Sie geben es mir aus freien Stücken. Ich ermahne mich, diese eine Sache nicht zu vergessen, später, wenn ich als Mary Margaret wieder dort oben in dem trockenen Canyon bin. Dass wir, um zu wissen, was wir wissen, nur eins mit dem Universum werden und jeden seiner Bewohner achten müssen, sogar die Motten und die Moskitos. Denn auch sie besitzen Wissen, und sie sind bereit, es zu teilen, wenn man ihr Freund ist. So einfach. Wie konnte ich das bloß vergessen? Weshalb habe ich es vergessen?

Meine eigene Frage zieht mich aus dem Wasser, zu Lion hin. Sie deutet wortlos an, dass es Zeit ist weiterzugehen. Traurig lasse ich zu, dass sie mich in ein Stück weit in die Zukunft führt. Vor mir steht die junge Frau am Rand des Vulkankraters, nahe genug, um auf ihrem schönen Gesicht die Hitze zu spüren, die von ihm ausgeht. Sie ist kunstvoll in Orchideen und andere Blumen gekleidet. Ihre Hochzeit. Mit Ray, frage ich mich? Voller Hoffnung vereine ich mich wieder mit ihrer Seele.

Ich spüre sofort, dass irgendetwas nicht stimmt. Meine Zwillingsschwester versucht verzweifelt, zu mir zu gelangen. Als Sklavin ist sie von meiner Hochzeit ausgeschlossen. Ich sende ihr eine telepathische Nachricht. „Bald, meine Schwester. Bald schon wird alles anders sein."

Mehrere massige Männer bewachen mich, halten sie von mir fern, doch sie bleibt hartnäckig. Etwas stimmt nicht. Etwas, das ich nicht gesehen habe, sagt sie ohne Worte. Unsere Telepathie ist sehr stark. Ich verstehe, dass sie gehört werden muss.

Gebieterisch spreche ich mit meinen Bewachern in einer Sprache, an die ich mich nicht mehr erinnere. Widerwillig lassen sie meine Schwester zu mir.

An meiner Seite erscheint Lion. Ich hatte sie fast vergessen. Sie spricht mit ernster Stimme. „Sieh in die Augen deiner Schwester."

Ich tue es. Ray! Mein Geliebter ist meine Schwester?

„Jeder von uns spielt viele Rollen, nimmt jedes Geschlecht an und steht in seinen verschiedenen Leben in sehr vielen unterschiedlichen Beziehungen zu denselben Seelen", erklärt Lion. „Lass dich davon nicht ablenken."

Ich nicke und sehe meine Schwester, die zugleich mein Seelengefährte ist, an. Ich vertraue ihr, aber das, was sie jetzt sagt, ergibt keinen Sinn. Sie hat furchtbare Angst, will die Zeremonie stoppen. Sie sagt, sie sei nicht das, was ich glaube. Keine Heirat, sondern das erste Frauenopfer. Sie sagt, dass mein Ehemann mich töten wird, ehe er zulässt, dass meine Botschaft gehört wird. Es ist alles nur ein Trick, um mich zum Rand des Kraters zu bringen. Sie glaubt, er wird mich als Hexe bezeichnen und behaupten, mein Manna sei schwarzes Manna.

Als ich in ihre schönen Augen blicke, erkenne ich alles. Sie hat Recht. Lono hat die Jungfrau einem feurigen Schicksal überlassen. Warum? Warum? Ihre Augen weiten sich vor Entsetzen. Sie ist eine Gefangene der Szene, die sich vor ihr entfaltet.

Plötzlich bewegt sich alles langsamer. Noch langsamer. Meine Schwester wird an den Haaren fortgezogen, schreiend und mit den Füßen tretend. Ich schreie sie an, dass sie aufhören sollen, den schönen Mund vor Entsetzen verzerrt. Sie sagen, dass sie ihr nichts tun werden, aber das stimmt nicht. Ich kann es sehen. Ich kann alles sehen. Habe immer alles gesehen. Alles, außer meinem eigenen Tod.

Ich spüre, dass ich dort oben, wo Chief trommelt, einen Arm ausstrecke und nach ihm greife, weil ich jemanden brauche, an dem ich mich festhalten kann.

„Lass mich zurückkommen", sage ich mit dem Mund von Mary Margaret. „Ich will das hier nicht sehen."

Während das Trommeln unverändert weitergeht, höre ich über die Entfernung von tausend rückwärts fließenden Wellen Chiefs Stimme: „Bleib lange genug dort, um deinem zukünftigen Ehemann in die Augen zu sehen."

Mein Magen ist ein einziger verkrampfter Knoten, und mein Körper brennt von der Hitze des Vulkans. „Sie werden mich hineinwerfen!"

„Die Augen, Mary. Sieh, wer dein Volk täuscht, deine Wahrheit zurückhält."

Ihr zukünftiger Ehemann nähert sich. Wie Chief es wollte, schaue ich in seine von Hass erfüllten, zornigen Augen. Dark Crow. Wieder einmal.

Ich beobachte, wie man die junge Frau, die ich einmal war, zu der brodelnden Lava hinschleppt, die begierig darauf scheint, sie bei lebendigem Leibe zu verschlingen. Aus der Ferne sehe ich, wie ein Teil ihrer Seele nach oben steigt, geisterhaft und zerbrechlich, und in den Körper eines Vogels hinein fliegt. Als sei sie eins mit dem Vogel, fliegt sie fort. Sie wirft keinen Blick zurück, aber die Schreie ihres jungen Selbst erreichen ihre Ohren – und meine.

Verzweifelt öffne ich meine Augen und setze mich auf. Erst jetzt wird mir bewusst, dass Chief ohnehin mit doppelter Geschwindigkeit getrommelt und damit das Zeichen für meine Rückkehr gegeben hat.

„Wozu soll das alles gut sein?", will ich wissen. Meine Füße sind heiß, als hätte ein Feuer sie versengt, das besser in meinem Unterbewusstsein geblieben wäre. Aber schon in dem Moment, in dem ich die Frage stelle, weiß ich die Antwort. Dieser Prozess ist der emotionale Tod, der von allen Schamanen gefordert wird. Er ist eine Ehre – falls man ihn ohne geistigen Schaden übersteht.

24

Ich verliere es. Verliere jedes Gefühl dafür, wer ich bin, wer ich als Mary Margaret gewesen bin. Keine mutige, hingebungsvolle beste Freundin, die ihr Versprechen einhält, niemals ein Kind zu haben, sondern eine erschrockene, verlorene Seele, die schreckliche Angst davor hat, noch ein Kind zu bekommen und vielleicht wieder zu verlieren. Keine spirituell reife Frau, die ihre eigene Version des Dahinschwebens als Vogel in einer Art von zufriedenem Gewahrsein als neutrale Zeugin beherrscht, sondern eine in Stücke zerbrochene Seele, die den Vogel benutzt, um dem zu entkommen, was sie unmöglich ertragen kann. Ich hatte immer den Hang, mich selbst zu bestrafen, aber diese wenigen Illusionen haben mir geholfen, mich mit mir selbst zumindest einigermaßen wohl zu fühlen. Nun wird mir eine schmerzhafte Realität bewusst. Ich bin Opfer gewesen, immer und immer wieder. Was automatisch die Frage aufwirft, warum mein jetziges Leben anders sein sollte als die anderen.

Wenn das alles überhaupt real ist. Ich habe nie an frühere Leben geglaubt. Vielleicht ist das Ganze nur ein Trick meiner Psyche, die auf eine groteske Weise den kleinen Rest an Selbstachtung martert, der mir geblieben ist. Vielleicht bin ich vollkommen, wirklich und wahrhaftig übergeschnappt, aber nichts von alledem ist real, also wen kümmert es? Vielleicht würde jeder, der in der Dunkelheit seines Innenlebens herumwühlt, ein derart aberwitziges Zeug finden.

Verdammt, sogar Chief, dem ich vertraue, als ob es kein Morgen gäbe, gibt zu, dass er in einer Irrenanstalt war. Wer weiß denn, ob er seinen Verstand hinreichend beisammen hat, um mich nicht nur dahin zu führen, wo er selbst schon einmal war?

Mit diesen Gedanken bin ich zum Bach unterhalb des heiligen Wasserfalls gelangt. Der Besuch ist schon zum Ritual geworden. Ich weiß nicht, ob er wirklich über magische Kräfte verfügt, aber ich brauche eine Pause von der Qual dieser Reisen in frühere Leben. Das Wasser scheint genauso schnell zu verdampfen wie meine Zurechnungsfähigkeit. Es reicht gerade noch bis zu meinen Waden. Bei diesem bemerkenswerten Tempo gebe ich ihm nicht mehr als einen Tag, bis nur noch ein paar Pfützen übrig sind, die aus der Erde hervorquellen und darum kämpfen, sich inmitten der verdorrten Realität des Canyons an ihre unendliche Natur zu erinnern. Wie wir alle. Ich wasche mich, indem ich Wasser mit meinen hohlen Händen schöpfe. Es ist eine dilettantische Angelegenheit.

Bereit, mich auf den Rückweg zu machen, vernehme ich aus der Ferne eine kleine Stimme, die allmählich immer klarer wird.

„… und deswegen habe ich Chief gesagt, dass ich dich ja nicht wirklich störe“, sagt Puck, als würde ich ihm schon seit einer Meile zuhören, „auch wenn du sehr beschäftigt bist, weil du mich doch so gerne hattest, als wir uns getroffen haben, und jetzt weißt du ja, dass du *Die Eine* bist, und *Die Eine* will mich ganz bestimmt sehen, weil…“

„Hallo, Puck“, unterbreche ich ihn, als er unmittelbar vor mir steht. Wenn mein Herz grinsen könnte, dann hätten meine Ohren Besuch.

Hannah.

„Bist du schon fertig?“, fragt er mit einem Anflug von Enttäuschung in seiner Stimme.

„Hab nur auf dich gewartet“, sage ich.

Vollkommen unbefangen zieht er sich nackt aus und springt ins Wasser, als wäre es ein tiefer Swimmingpool. Er lacht und spritzt herum, macht den Versuch eines echten Gesprächs unmöglich. Dennoch plappert er immer weiter, mal über dies, mal über jenes. Ich lache, kitzle ihn hinter den Ohren und weine Wasserfalltränen, die sein Geplansche verbirgt. Mir ist schmerzhaft bewusst, dass dies ein Augenblick ist, den ich für alle Zeit festhalten will. Während er im Sonnenlicht tanzt, sonne ich mich in ihm, in seinem Licht, und versuche die Zeichen seiner eigenen Qualen nicht zu sehen. Als wir schließlich ganz und gar durchnässt sind, bedeute ich ihm, sich neben mir in den Sand zu setzen, auf den eigentlich der heilige Wasserfall fallen sollte.

„... dann hat meine Mutter gesagt, dass du das nicht kannst, aber ich habe gesagt, dass du es wohl kannst, und deshalb musste ich den ganzen Tag im Hof Steine sammeln, und jetzt tun meine Schultern weh, aber der Wasserfall hilft, weil es ein ganz besonderer Wasserfall ist, weißt du, nur hier, wenn du ihn wirklich brauchst, glaube ich. Hast du das je gedacht? Ich glaube, viele Dinge sind so, sie sind manchmal nur da, wenn du sie brauchst, und nicht da, wenn du sie nicht brauchst, oder sie sind nur für einige Leute da, und andere, besonders böse Leute, können sie nicht sehen, oder manchmal vielleicht doch, aber es gelingt ihnen nur dann, wenn sie an dem Tag wirklich gut waren..."

„Puck?", frage ich.

Er hält abrupt inne und sieht mich an, den Kopf zur Seite gelegt, die Augenbrauen gerunzelt, als wäre er überrascht, dass ich auch etwas zu sagen haben könnte. „Was denn, Mary?"

Ich bin nicht sicher, wie ich anfangen oder ob ich es überhaupt tun soll. Ist es richtig, ein Kind auf diese Weise zu belasten? Aber wenn er tatsächlich Hannah ist, wie kann ich nicht fragen?

„Ich habe ein kleines Problem. Ich habe gehofft, du könntest mir einen Rat geben. Weißt du, was das ist?"

„Oh, ja", sagt er. Seine Augen leuchten auf. „Ein Rat ist, wenn du jemandem sagst, was er tun soll, aber er tut es nicht. Meine Mom gibt meinem Dad dauernd irgendwelche Ratschläge, aber er kümmert sich einfach nicht drum, und sie sagt ihm, dass wir deshalb so sind, wie wir sind, das heißt, arm und Dad ständig böse auf die ganze Welt. Ich glaube, er ist nur böse auf sich selbst, weil er nie das macht, was er sich selber sagt."

Wenn es so etwas wie Reinkarnation tatsächlich gibt, dann ist das Hannah, wie sie leibt und lebt. Erst fünf und schon in der Lage, jeden an die Wand zu nageln.

„Nun, ich werde sehr ernsthaft darüber nachdenken, das zu tun, was du mir rätst, wenn du mir sagst, was du in deinem Herzen wirklich denkst."

Er blickt einen Moment mit entschlossenem Gesicht in den Canyon und dreht sich dann wieder zu mir um. „Okay. Was ist dein kleines Problem?“

Ich lächle still darüber, wie er „kleines Problem“ sagt, mit einer solchen Unschuld, als wäre es wirklich nur das und nicht der Betonklotz um meinen Hals, den ich seit über zwei Jahrzehnten mit mir herumschleppe. „Nun, vor langer Zeit, als ich noch ein kleines Mädchen war…“

Puck hört mir aufmerksam zu, so vollkommen ernst, dass ich das ganze Thema am liebsten fallen lassen und ihn umarmen würde, bis er es nicht mehr länger aushält. Doch ich will es wissen. Ich muss es wissen.

„…habe ich meiner besten Freundin und Gott einmal ein Versprechen gegeben. Ihr Name war Hannah.“

Ich zögere, gebe Puck eine Chance, darauf zu reagieren. Er tut es nicht.

„Direkt nachdem ich das Versprechen gegeben hatte, ist Hannah gestorben, und so habe ich das Versprechen mein ganzes Leben gehalten. Aber jetzt glaube ich, dass ich es vielleicht nicht mehr halten muss, weil ich vielleicht nicht die richtigen Gründe hatte, es überhaupt zu geben. Außerdem kümmert es sowieso keinen. Deshalb wüsste ich gern, ob du glaubst, dass man so ein Versprechen auf jeden Fall halten muss?“

Puck schüttelt langsam seinen Kopf. „Das ist keine Kinderfrage, Mary. Das ist eine Erwachsenenfrage! Ich bin nur ein Kind.“

Ich habe gar nicht gemerkt, dass ich die Luft angehalten habe. Jetzt atme ich tief aus und lache herzlich.

Ich weiß, mein Schatz. Ich weiß. Und vielleicht ist es falsch, dich zu fragen.

„Ja“, fahre ich trotz meiner Bedenken fort, „aber es war ein Kinderversprechen. Ich glaube, dass Kinder oft viel mehr über solche Dinge wissen als Erwachsene.“

„Ganz bestimmt!“, bestätigt Puck. Dann denkt er ein wenig nach. „Liebst du deine Freundin immer noch, auch wenn sie tot ist?“

Ohne Vorwarnung fließen meine Augen über. Ich sehe fort, blinzle verzweifelt und versuche, meine Stimme gefasst klingen zu lassen, so gut es geht. „Ja, sehr sogar", sage ich. Nur das letzte Wort bleibt mir in der Kehle stecken.

„Dann", sagt er bestimmt, „bin ich sicher, dass sie dir verzeihen würde, auch wenn es falsch wäre. Du weißt, Gott würde es auch tun."

Ich weiche der Frage nach Gott aus, freue mich über Pucks kindliche Antwort und wünsche mir, ich hätte das Versprechen schon vor langer Zeit gebrochen, als seine schöne Seele den Wunsch verspürte, wieder zu den Menschen zurückzukehren.

„Du weißt doch, dass Gott dich liebt, Mary, nicht wahr?", bohrt Puck weiter. Ich bin unverbindlich, suche nach den richtigen Worten.

Er liest in meinem Gesicht wie in einem Bilderbuch aus dem Kindergarten. „Das musst du doch wissen, schließlich bist du *Die Eine*. Oder nicht?"

Er sieht mich so erstaunt an, als ob eine negative Antwort sein Weltbild zerstören würde. Ich fühle mich unwohl. Ich will nicht lügen, will seine Unschuld aber auch nicht belasten.

„Vielleicht sind wir ja selbst Gott, jeder auf seine kleine Weise", antworte ich, eine Rettung in letzter Minute, die sogar mich selbst beeindruckt.

Er setzt sich gerade auf, und sein Gesicht strahlt, als freue er sich, etwas gefunden zu haben, womit er arbeiten kann. „Also dann, liebst du dich selbst?"

Die Frage verschlägt mir fast die Sprache. „Ich fürchte, dass ich das noch schwerer beantworten kann, Puck. Aber du machst mich nachdenklich, wirklich."

Bei diesen Worten lächelt mein kleiner Freund, legt seine Hand in meine und lehnt seinen Kopf gegen meine Schulter.

Himmlisch.

Kurze Zeit später richtet er sich langsam wieder auf, seufzt und lässt meine Hand los. „Ich muss jetzt gehen. Meine Mutter sucht nach mir."

„Woher weißt du das?", frage ich.

Er blickt zur Sonne hoch und zeigt mit dem Finger darauf, als wolle er andeuten, wie spät es ist. „Nach dem Frühstück bis ungefähr jetzt vergisst sie mich. Wenn sie sich erinnert, ehe ich wieder da bin, wird sie wütend."

Ich frage mich, was mit ihm geschehen wird, so viele Meilen von seinem Zuhause entfernt. Wenn sie jetzt schon nach ihm sucht, wird er trotz seiner schnellen kleinen Füße zu spät kommen. Aber ebenso beunruhigend wie das, was geschehen könnte, ist das, was bereits geschehen ist. Wie kann eine Mutter ihr Kind vergessen?

„Was meinst du damit, dass sie dich vergisst?", forsche ich sanft.

„Tja, sie hat Probleme", sagt er. Es klingt zu ernst, und ich habe den Eindruck, dass er Worte wiederholt, die er von Erwachsenen gehört hat.

„Ist es zu Hause sehr schlimm für dich, Puck?", frage ich. Ich will es nicht wirklich wissen, aber ich will, dass er weiß, dass ich, im Gegensatz zu seiner Mutter, aufmerksam bin.

Er sieht mich nicht an, kommt mir weit weg und verträumt vor, fast so, als hätte er den Planeten schon verlassen. „Manchmal, zum Beispiel, wenn mein Dad richtig wütend wird, frage ich mich, ob Gott auch Probleme hat und uns vergisst."

Ich nicke teilnahmsvoll. Ich kenne dieses Gefühl und wünsche mir, ich hätte etwas, irgendetwas anzubieten, um es zu widerlegen. Wünsche mir, ich könnte ihm erklären, dass genau aus diesem Grund das Wissen, dass Gott mich liebt, an den meisten Tagen eine zu hohe Hürde für mich ist.

„Aber jetzt, nachdem ich dich und Chief getroffen habe, glaube ich, dass Gott sich wieder an uns erinnert hat."

Oh, die Magie dieses Kindes! „Ich glaube, das ist das Schönste, das jemand bisher zu mir gesagt hat."

Ich lasse mich auf ein Knie nieder, um ihm in die Augen zu sehen. „Ich wünschte, ich könnte dir viele Dinge sagen, darüber, wer du bist und warum die Dinge so sind, wie sie sind. Aber ich lerne ja selber noch. Ich kann dir noch nicht wirklich helfen, weil ich nicht weiß, wie. Kannst du das verstehen?"

Er nickt, aber in seinen Augen kann ich erkennen, dass er nicht versteht. Wie kann ein Erwachsener so hilflos sein, und was bedeutet es, dass *Die Eine*, die gekommen ist, um zu helfen, auch nichts weiß? Ich kann ihm nur das anbieten, was Kenya mir angeboten hat.

„Ich habe eine Frau getroffen“, erkläre ich ihm. „Ihr Name ist Kenya, und sie weiß alles, was auf der weiten Welt jemals geschehen ist.“

Seine Augen werden groß, spiegeln seinen absoluten Glauben wider.

„Sie hat gesagt, sie weiß alles über dich und darüber, was du dir wünschst. Und alles über die Engel und wie sie uns helfen. Sie sagt, wenn wir immer von dem träumen, was wir wirklich wollen, dann muss es geschehen. Es ist wie ein Gesetz Gottes. Ich weiß ganz sicher, dass sie gehört hat, dass du träumst, und sie weiß, dass du die Engel liebst. Also hör nicht auf zu träumen und den Engeln von deinen Träumen zu erzählen. Versprich es mir, Puck. Versprich mir, dass du nicht aufhörst, deine größten, hellsten und schönsten Träume zu träumen.“

„Ich verspreche es“, sagt er mit von der Reinheit kindlicher Überzeugung erfüllter Stimme.

„Okay“, antworte ich, „und ich werde auch träumen. Ich werde träumen, dass Gott sich an uns alle erinnert, und ganz besonders an dich. Denn du, junger Mann, bist es wert, dass man sich an dich erinnert.“

Er sieht mich an, als hätte er sich gerade frisch verliebt.

„Jetzt geh, damit du nicht in Schwierigkeiten gerätst.“

„Okay“, sagt er, fällt mir um den Hals und rennt los.

Einen Moment später höre ich ihn. Seine Stimme wird schwächer, je weiter er sich entfernt. „Ich träume, Mary. Ich träume!“

25

Während Puck träumt, gehe ich wieder auf eine Reise.

Chiefs Trommel, meine Verführerin, trommelt stetig weiter. Mein Verstand wehrt sich, kommt aber nicht dagegen an. Ich fühle, wie ich unterliege. Lion, die Löwin, erscheint wieder. Meine Angst verschwindet. Wir reisen über den rückwärts fließenden Ozean, immer weiter und weiter. Diesmal fühlt das Reisen sich langsamer an. Warum?

Als Antwort auf meine Frage erscheint auf meiner linken Seite ein junger Mann, sechzehn oder siebzehn Jahre alt. Mit seiner reinen Haut, seinen hohen Wangenknochen und den rubinroten Lippen ist er schöner als jede Frau, die ich bislang gesehen habe. Er schließt sich uns auf unserer Reise über die Wellen an.

„Balinas von Kappadokien", stellt er sich vor.

Ich sehe ihn verständnislos an.

„Eine Inkarnation von Proteus", erklärt er. „Heute kennt man Kappadokien als die Türkei."

„Ja", sage ich, tappe aber immer noch im Dunkeln.

„Proteus?", hilft er meinem Gedächtnis auf die Sprünge. „Der Gott der Griechen, der seine Gestalt verändern konnte? Schüler von Hermes?"

„Oh, richtig", sage ich. Griechische Götter auf meiner Reise?

„Alchemie", sagt der Junge. Mittlerweile klingt er gereizt.

Das Wort kenne ich. „Unedle Metalle in Gold verwandeln, richtig?"

Balinas verbeugt sich ernst. „Wir Alchemisten glauben, dass dieselben Methoden, die eingesetzt werden, um unedle Metalle in edle Metalle zu verwandeln, auch eingesetzt werden können, um das, was im Menschen unedel ist, zu dem zu erhöhen, was edel ist. Dies ist ein äußerst schmerzhafter, schwieriger Prozess, der aus sieben Stufen besteht – Kalzination, Dissolution, Separation, Konjunktion, Fermentation, Destillation und, zum Schluss, Koagulation."

„Okay", sage ich, kaum fähig, das, was ich unter diesen Worten verstehe, auf einen persönlichen Prozess anzuwenden. Was hat der Typ auf meiner Reise zu suchen?

„Im ersten Stadium", fährt Balinas fort, während wir langsam weiterfliegen, „dem der Kalzination, wird die Persönlichkeit weggebrannt, um die Seele zu offenbaren. In der Phase der Koagulation entsteht schließlich ein beweglicher Bewusstseinszustand, den wir als den *Stein der Weisen* bezeichnen. Er erschafft in einem Menschen ein Dasein, das die Realität von allem transformieren kann, was den Menschen umgibt."

„Und was hat das mit mir zu tun?", frage ich und glaube nicht, dass es auch nur das Geringste mit mir zu tun hat. Ich bin rein zufällig über einen verirrten Gott gestolpert, der jemanden sucht, den er belehren kann, während wir zwischen den Welten reisen.

Als er antwortet, liegt in seiner Stimme eine große Autorität, so als würde er direkt das Wort Gottes zitieren. „Trenne die Erde vom Feuer, das Feine vom Groben, sanft und mit großer Sorgfalt. Von der Erde steigt es zum Himmel empor und steigt wieder herab auf die Erde, um die Kraft des Oberen und des Unteren in sich zu vereinen."

Er starrt mich an, als müsste ich seine Worte verstehen. Dann, urplötzlich, fällt es mir wieder ein. Wie die Teile eines Puzzles fügt sich alles zusammen. Ich erinnere mich an die Bedeutung der ganzen Smaragdtafel, des einen Schriftstücks, welches das Wunder der Alchemie offenbart. Ich erkenne, dass ich es schon einmal getan habe. In einem weiteren Leben. Ich war ein junger Mann, fast so ernst wie dieser hier. Vor unendlicher Zeit habe ich Tag und Nacht studiert, sowohl die Wissenschaft als auch die persönliche Transformation. Ich gelangte mit meinen Studien nur bis an einen gewissen Punkt, wusste aber immer, dass ich eines Tages darauf zurückkommen würde. Ist es das, worum es hier geht?

„Was nun?", frage ich, und zum ersten Mal bringt der Klang meiner Stimme diesem großen Meister schließlich doch Verehrung entgegen.

„Trenne die Erde vom Feuer“, wiederholt er, „das Feine vom Groben, sanft und mit großer Sorgfalt.“

Ich lächle. Er lächelt und weiß, dass ich verstehe.

„Zeit für eine Spaltung“, sagt er und klingt eher wie ein Teenager von heute, nicht wie ein Gott. Dann ist er verschwunden.

Als hätte er seine Lektionen mit sich genommen, verblasst meine tiefe Erinnerung an den alchemistischen Prozess wie das Licht einer Lampe, das schwächer wird, sobald man am Dimmer dreht. Schließlich ist alles dunkel. Nur seine letzten Worte hallen in meinem Kopf nach. „Zeit für eine Spaltung.“

Von was auch immer.

Ich fliege wieder über das rückwärts fließende Wasser dahin, höre Chiefs Trommel, während die Wellen immer schneller dem Ozean zuströmen.

„Wohin dieses Mal?“, frage ich Lion.

„China, frühes zwölftes Jahrhundert“, antwortet sie.

Noch ein Ort, an dem ich als Mary Margaret nie gewesen bin. Warum nicht? Habe ich diese Orte unbewusst gemieden, ohne den Grund zu ahnen? Dass nämlich jeder von ihnen gebrochene Knochen für mich bereithält? Bis jetzt habe ich immer geglaubt, dass ich China aus Protest gegen die unmenschliche Behandlung der Tibeter meiden würde. Steckt noch mehr dahinter?

Lion fordert mich auf, die Landschaft unter uns zu betrachten. Ich fühle, wie mein Magen sich verkrampft. Dieser Ort gefällt mir schon jetzt nicht. Was auch immer hier passiert ist, ich will es nicht wissen. Nur eines weiß ich ganz sicher. Ich werde mich ganz bestimmt nicht mit irgendeiner Seele verbinden.

„Zunächst“, sagt Lion, „wird es ausreichen, wenn du durch ihre Augen schaust.“

Unter uns taucht eine Stadt auf. Hangzhou, scheine ich zu wissen. Lion deutet auf einen Jungen. Einen pausbäckigen, rastlosen, aufgeblasenen, reichen Jungen. Er lebt in einem großen Haus, das, wie ich spüre, im Besitz einer Familie kaiserlicher Abstammung ist. Es ist mir zutiefst vertraut. Das Bambusgerüst auf Pfeilern aus Sandelholz, die einen Abstand von etwa drei Metern haben. Das Dach aus glasierten Ziegeln, leuchtend gelb und jadegrün. Die leicht nach oben geschwungenen Kanten des Daches, die das Haus so aussehen lassen, als würde es lächeln, mit vielen Ornamenten aus Terrakotta geschmückt, von Drachen bis hin zu Phönixfiguren. Schon als Kind habe ich geglaubt, dass Drachen keine Monster, sondern Beschützer sind. Kann dies hier etwas damit zu tun haben?

Weshalb nur habe ich dieses schreckliche Gefühl, das meinen Magen in Aufruhr versetzt? Alles sieht völlig friedlich aus. Ein Haus, das in vollkommener Harmonie in die Landschaft eingefügt ist, das mit jedem Baum und jeder Rundung der Hügel verschmilzt. Dekorative, mit Ölfarben bemalte Papierfenster grüßen bereits aus der Ferne. Allerdings hat die Harmonie auf diesen Reisen die Angewohnheit, sich beim ersten Anzeichen von Schwierigkeiten in Luft aufzulösen wie Papierfenster in einem Sturm. In meinem Magen brodelt es weiter.

Lion schlägt vor, dass ich hinabfliege, um durch die Augen des Jungen zu blicken, während er mit einer Unzahl von elegant geschnitzten Spielzeugen beschäftigt ist. Ich tue es zögernd. Er ist nicht völlig verdorben. Tief in ihm scheint es so etwas wie ein Herz zu geben. Aber er ist verwöhnt und macht sich die Stellung seiner Familie zunutze, um auf schwächliche Weise den Herrn zu spielen. Das hat dazu geführt, dass er bei den anderen Kindern äußerst unbeliebt ist. Er tut so, als würde es ihn nicht kümmern, doch ich spüre, dass das nicht stimmt. Dark Crow? Könnte dies der Ort sein, wo für ihn alles angefangen hat? Ich bringe es nicht fertig, in seine Augen zu sehen.

„Das ist alles, was du im Moment sehen musst“, sagt Lion. „Lass uns ein Stück in die Zukunft gehen.“

Ich mache mich auf das gefasst, was da kommen wird, und habe das Gefühl, viele Jahre in die Zukunft gezogen zu werden. Ein Gestank, schlimmer als der Schwefelgeruch des Vulkans, überwältigt mich, noch ehe ich durch irgendjemandes Augen geblickt habe. Der Geruch nach Tod und körperlichem Verfall, infizierten Wunden, Urin und Kot fällt über meine Sinne her und lässt mich rückwärts taumeln, obwohl es keinen Ort gibt, an den ich gehen könnte. Meine

Nasenlöcher schließen sich revoltierend, und ich muss durch den Mund atmen. Mein Magen schlägt schwindelerregende Purzelbäume.

Wir nähern uns einem Gefängnis am Rande eines sumpfigen Feldes. Ich versuche mir selbst zu sagen, dass es nur ein Film ist, den mein Verstand abspult, aber noch nicht einmal dort oben, in der Realität von Mary Margaret, würde ich mir einen solchen Film im Kino anschauen.

Im Inneren des Gefängnisses erscheint ein Aufseher. Es ist der reiche Junge, jetzt erwachsen.

„Können wir die Sache ein wenig beschleunigen?“, frage ich Lion.

„Sieh durch seine Augen“, antwortet sie.

Ich tue es, achte dabei jedoch darauf, meine Seele in sicherer Entfernung zu halten. Er hat seine gesellschaftliche Stellung verloren und wurde aus seinem kaiserlichen Haus geworfen. Sein Vater wurde der Veruntreuung angeklagt, und deshalb hat er als Aufseher jetzt diese niedrige Stellung, obwohl er hier derjenige ist, der das Sagen hat. Er ist nicht mehr dick, sondern schwach und erbärmlich. Erwachsen, und sehr zornig. Dark Crow. Er muss es sein.

Die einzige Freude im Leben des Aufsehers ist ein ausländischer Gefangener. Ein Mann. Der Gefangene singt jeden Abend mit weicher Stimme, und seine Lieder bewegen den Aufseher in einer Weise, die er lieber nicht näher ergründen will.

„Ein verkappter Homosexueller, soviel ist sicher“, sage ich zu Lion. „Auch wenn er es sich selber nicht eingestehen will, von anderen Leuten ganz zu schweigen.“ Ich kenne diese Energie, denn schließlich bin ich von so einem Menschen erzogen worden. Ist er es vielleicht sogar?

„Konzentriere dich auf das Hier und Jetzt“, befiehlt Lion.

Auf Befehl des Aufsehers darf der Gefangene von keinem anderen außer ihm selbst gequält werden. Damit schützt er das Leben des Gefangenen. Alle anderen kommen und gehen innerhalb weniger Wochen. Der Aufseher sorgt jedoch dafür, dass der Gefangene ein wenig mehr zu essen und eine Behandlung bekommt, die zwar brutal ist, sein Leben aber nicht in Gefahr bringt.

„Es ist, als würde er ihn besitzen, wie ein Haustier“, sage ich. „Das ist erbärmlich. Und es ist der Grund, weshalb ich nichts kaufe, was in China hergestellt wurde. Weil sie es immer noch tun, sie quälen und töten.“

Ich will, dass Lion stolz auf mich ist, wegen meiner politischen Einstellung und meiner hohen moralischen Ansprüche, aber es scheint ihr gleichgültig zu sein. So als ob ich etwas Wichtiges völlig übersehen würde.

Ich dränge weiter, würde mich angesichts der widerlichen Gedanken des Aufsehers an sexuelle Befriedigung mit einem fast verhungerten Mann, dessen Haut voller offener Fleischwunden ist, am liebsten übergeben. Ich frage mich, und es schaudert mich bei dem Gedanken, ob ich der Gefangene bin. Wie auch immer, ich will es so schnell wie möglich hinter mich bringen.

„Das ist ja alles sehr interessant“, sage ich sarkastisch, „aber warum muss ich mir das ansehen?“

Lion sieht mich mit traurigen Augen an. „Sieh in ihre Augen.“

Widerstrebend löse ich mich von dem Aufseher, um zuerst in seine Augen und dann in die des Gefangenen zu blicken.

„Nein!“, schreie ich hier drinnen und dort oben, so laut, dass ich höre, wie ich die Trommel übertöne.

26

In den Augen des Fremden sehe ich, was ich nicht ertragen kann. Nicht ich, sondern Ray. Er ist der Gefangene, derjenige, der den Mut hat.

Schlimmer noch, Dark Crow ist nicht der Aufseher. Ich bin es.

„Das glaube ich nicht“, sage ich zu Lion, aber schon in dem Augenblick spüre ich, wie die Knochen brechen.

„Sieh hin“, beharrt sie. Zumindest hat sie mich nicht aufgefordert, meine Seele mit der des Aufsehers zu verschmelzen.

Die Szene entfaltet sich vor meinen Augen, unwirklich und lebensecht zugleich. Ich kann meine Seele unmöglich mit diesem kleinen, hässlichen Aufseher verschmelzen. Ich kann nicht glauben, dass ich er bin. Oder jemals war. Dies hier ist ein Irrtum. Wir haben eine falsche Abzweigung genommen. Eine Funktionsstörung meiner verdrehten Psyche. Während ich beobachte, was geschieht, versuche ich mich davon zu überzeugen, dass es so ist. Ich kann unmöglich er sein. Ich kann ja noch nicht einmal Spinnen etwas zuleide tun. Meinen Geliebten quälen? Nie im Leben.

Ohne meine Erlaubnis bewegen wir uns in der Zeit vorwärts, und alles gewinnt ein Eigenleben. Tief in meinem Bauch herrscht Aufruhr, als die abendliche Serenade beginnt. Die anderen Aufseher sind hinausgeschickt worden. In der Ferne hört man Musik, laut und obszön. Käufliche Frauen sind gekommen, um die anderen Aufseher zu unterhalten. Schon liegt eine schwüle Stimmung in der Luft, die den Aufseher erregt.

Der Gefangene bemerkt davon nichts, während er mit schwacher, aber aufrichtiger Stimme singt. Der Wunsch des Aufsehers, diesen Mann zu besitzen, ist offensichtlich. Er nähert sich ihm, und der Gefangene weicht aus, überrascht. Der Aufseher folgt ihm und hebt drohend seinen mit Metalldornen versehenen Knüppel.

„Das kann unmöglich ich sein", sage ich zu Lion, bin meiner selbst sicher.

„Wir alle sind Licht *und* Dunkel", antwortet sie.

Ich beobachte die drohende Verführung. Der Gefangene wird auf Hände und Knie gezerrt. Seine zerschlissenen Kleider werden ihm vom Leib gerissen, sein ausgemergelter Körper entblößt.

„Das ist abstoßend!"

Lion sagt nichts.

Der Aufseher greift nach seinem eingefallenen Bauch und seinen hervorstehenden Rippen. Der Gefangene wimmert, als der Aufseher seine Hose herunterlässt.

Aber er kann es nicht tun. Schlaff.

„Er kann nicht!", sage ich aufgeregt. „Er liebt ihn zu sehr, um ihn auf so furchtbare Weise zu nehmen."

Der Aufseher streckt die Hand aus und berührt das verfilzte Haar des Gefangenen, der still vor sich hin weint.

So verharren sie eine scheinbare Ewigkeit, bis ein Untergebener die Gefängniszelle betritt. Der Aufseher entfernt sich schnell von dem Gefangenen, fühlt sich angeekelt und beschämt. Der Untergebene fragt, was los ist.

Ich kann einfach nicht glauben, was ich sehe. Der Aufseher reicht seinen Knüppel dem Untergebenen.

„Aber das ist das Todesurteil für den Gefangenen!", schreie ich Lion zu.

„Sieh in die Augen des Untergebenen", weist sie mich an.

Dark Crow. Die beiden Aufseher tauschen einen wissenden Blick. Dark Crow soll die schmutzige Arbeit für ihn erledigen. Mit einem kurzen Kopfnicken wird der Handel abgeschlossen.

Ich beobachte, wie sich von dem Aufseher, der ich sein soll, der geisterhafte Umriss einer Seele löst und nach oben steigt. Sie entfernt sich, unfähig, ihre eigene Abmachung zu ertragen.

„Nein", sage ich, nicht zu Lion, sondern zu Chief.

Ich habe nicht gewartet, bis er mit doppelter Geschwindigkeit trommelt, um meine Augen zu öffnen und mich aufzusetzen. Das hier ist zu viel.

Chief hindert mich nicht. Fast scheint es, als wüsste er, dass es dieses Mal zu weit gegangen ist.

Ich verschwinde von hier. Das hier ist der reinste Wahnsinn. Damit will ich nichts zu tun haben. Mein Leben als Forscherin mag zwar unbedeutend sein und nur wenig Sinn haben, doch wenn ich in dieser Weise weitermache, werde ich irgendwann vollkommen verschwunden sein.

Chief beachtet mich nicht, sondern trommelt unentwegt weiter. Ich verstehe. Er lässt mich entscheiden, lässt mich meine eigene Wahl treffen.

Ich werde ihn vermissen. Eine Untertreibung. Ich schlucke gegen ein Reibeisen in meiner Kehle.

Während das Trommeln unaufhörlich weitergeht, stehe ich auf und sammle meine Sachen zusammen. Ich frage mich, ob ich es, wie das verräterische Herz, auch dann noch hören werde, wenn ich fort bin, so lange, bis es mich in den Wahnsinn treibt.

Ich verstaue mein Wasser und blicke zum Himmel hoch. Früher Nachmittag an wer weiß welchem Tag. Hier im Maul des Löwen kann ich mich nicht erinnern. Ich schätze, dass ich es in ein paar Stunden bis zum Spider Rock schaffen kann und bei Einbruch der Nacht aus dem Canyon heraus bin. Dann Eric anrufen, ein heißes Bad in der Thunderbird Lodge, und nichts wie weg.

Einfach nur weg.

Wenn Chief meine Gedanken hört, lässt er mich mit ihnen allein. Ich schätze, dass auch das ein Beweis dafür ist, wer er ist – dass er mich widerspruchslos gehen lässt. Ein geringerer Mann würde diskutieren, überzeugen wollen. Tränen stehen in meinen Augen, so dass ich kaum sehen kann, was ich tue. Es gelingt mir, sie fortzublinzeln. Was ich aber nicht fortblinzeln kann, ist die Wahrheit, dass ich, so schlimm es auch immer gekommen sein mag, das Privileg hatte, einen wahrhaft großen Mann kennen zu lernen. Die Tatsache, dass ich den Weg, den er mir vorgezeichnet hat, nicht gehen konnte, wird daran nicht das Geringste ändern.

Es gibt nicht viel, was ich mitzunehmen habe. Nur meine Tasche, meinen Rucksack und die beiden Wasserflaschen – das, womit ich gekommen bin. Ich will Chief berühren, um mich zu verabschieden, aber schon die kleinste Geste, die leichteste Berührung meiner Fingerspitzen auf seinem Arm würde mich in tausend Stücke zerbrechen lassen.

„Auf Wiedersehen“, sage ich in Gedanken, sicher, dass er mich hören kann. Auch sicher, dass ich den schönsten Menschen verlasse, den ich je gekannt habe, den vielleicht die Welt je gekannt hat.

Dieses Zaudern bringt doch nichts.

Meine Füße sind schwer wie Blei, aber ich gehe jeden Schritt mit Überzeugung. Ich kann einfach nicht Teil von Chiefs Plan sein, wie immer er auch ausgesehen haben mag. Entweder war ich dieser Aufseher, dann bin ich ganz und gar unwürdig, oder ich war es nicht, dann bin ich völlig verkorkst. So oder so, meine Zeit ist um. Eine andere Frau wird sich für diesen Trip entscheiden müssen. Eine Frau, die mutiger ist als ich, auch wenn das Heilige Volk mir den Weg geebnet hat und eine Löwin an meiner Seite war.

Halb möchte ich beten, dass wilde Tiere oder die Anasazi mich holen sollen, doch das fühlt sich wie Todessehnsucht an. Meine katholische Angst vor Selbstmord, die man mir in meiner Kindheit eingetrichtert hat, lässt nicht zu, dass ich derartige Wünsche habe. Wieder einmal stecke ich im Nichts fest.

Wolken spenden Schatten, als wollten sie mir den Rückweg erleichtern. Ich hätte es vorgezogen, dass die Sonne auf mich herunterbrennt oder Blitze aus allen Richtungen auf mich losschlagen. Ich bringe es nicht fertig, mich in den Vogel zu verwandeln. Vielleicht werde ich es nie wieder tun. Dieser Gedanke macht mich traurig, aber die Tränen wollen noch immer nicht fließen.

Ich habe das Gefühl, nur quälend langsam voranzukommen, aber diese Qual spendet mir einen Hauch von Erlösung. Ich habe noch nie verstanden, dass Selbstverstümmelung auf manche Menschen einen so großen Reiz ausüben kann. Bis jetzt. Wie gerne würde ich jetzt körperliche Schmerzen empfinden, um mich von den Gefühlen abzulenken, die mein Herz in Stücke reißen und verbrennen.

Es ist eine lange Wanderung, ein dumpfer, alles umfassender Schmerz, in dem ich nicht anders kann, als noch einmal in diese Zeit in China zurückzukehren. Auch wenn ich es nicht war, es einfach nicht gewesen sein kann – vielleicht war ich es doch. Falls doch, bin ich ganz bestimmt nicht diejenige, die dazu beitragen könnte, die Welt zu retten. Ich nehme an, ich habe immer schon gewusst, dass mein Inneres Dämonen birgt. Böses, das stark genug ist, um die Menschen zu zerstören, die ich liebe. Wie Hannah. Wenn ich *Die Eine* wäre, hätte ich es früh genug gesehen und sie gerettet. Das habe ich aber nicht. Eine Seherin, die das wichtigste Ereignis in ihrem Leben nicht kommen sah. Verdammt, heute kann ich Pucks Schmerz sehen und bin dennoch unfähig, ihm zu helfen.

Ich erlaube mir die Phantasievorstellung, dass ich ihn finde, ihn mitnehme. Doch wie Balinas prophezeit hat, bin ich jetzt gespalten, fast wahnsinnig. Ich kann spüren, dass ich nur halb hier bin, der Rest meiner Seele in Stücke zerrissen, irgendwo dort draußen in verschiedenen Zeiten und Räumen. Wie sollte eine solche Seele irgendjemanden retten können?

Und außerdem, was ist, wenn ich auch Puck schlage? Wenn das der Grund hinter dem Grund ist, warum ich beschlossen habe, keine Kinder zu haben? Weil ich eine Gefahr für ihn bin und es immer gewusst habe?

Absurd.

Stimmt. Das ist absurd. Ich würde diesen kleinen Jungen nie verletzen. Eher würde ich mir selbst die Hand abhacken. Wie kann es also sein, dass ich Ray Schaden zugefügt habe? Meiner wahren Liebe? Oder irgendjemand anderem?

Nein, es ist nicht wahr. Es ergibt keinen Sinn. Ich weiß, wer ich bin. Wer ich nicht bin. Ich füge den Menschen, die ich liebe, kein Leid zu. Das tue ich nicht.

Quälend langsam lege ich Meile um Meile zurück, bis ich vor mir schließlich die Kurve sehe, die zum Spider Rock hinführt. Dahinter wartet die Zivilisation nach Art der Navajo. Zurück ins Land der Lebenden. Dann, in der Thunderbird Lodge, meine geistige Zurechnungsfähigkeit. Wenn sie nicht in tausend Stücke zersprungen ist. Im Moment ist alles möglich.

Als ich um die Kurve biege, kommt gerade die Sonne hervor. Ich rechne fast damit, in eine Gruppe von Nelsons Passagieren hineinzulaufen. Tatsächlich, da steht der Haufen aus zusammengeschweißtem Blech. Aber keine Passagiere. Nur der freundliche Führer. Er sitzt auf einem zusammenklappbaren Liegestuhl, die Füße auf einen Reifen gestützt, den Cowboyhut mehr im Gesicht als auf dem Kopf. Er lüftet ihn kurz, als ich mich nähere – eine ernste, verständnisvolle Geste –, sagt jedoch nichts. Ich gehe geradewegs an ihm vorbei.

Ein paar Herzschläge später höre ich ihn hinter mir. Er versucht, mich einzuholen. Ich werde nicht langsamer.

„Warte doch“, sagt er und beschleunigt seine fassförmige Gestalt.

Ich bleibe stehen und schaue ihn an. „So“, sage ich, schneidende Bitterkeit in jeder Silbe, „kanntest du den Moment meines Scheiterns, oder musstest du warten?“

„Dachte, dass du es mindestens einen Tag aushältst“, sagt er ernst. „Seitdem warte ich hier.“

Ich starre ihn wütend an, ein Blick, dem ich nicht ausgesetzt sein möchte. „Warum hast du mich hergebracht, wenn du wusstest, dass ich es nicht schaffen würde? Wenn du wusstest, dass ich Chief und alle anderen im Stich lassen würde?“

Er dreht seinen Hut in den Händen, wirkt nervös. Als ob er hier eine Aufgabe hätte, die wichtig ist, und keine Ahnung, wie er es anstellen soll.

„Jeder, der noch ganz richtig im Kopf ist, würde in Frage stellen, was hier vor sich geht“, sagt er.

„Da hast du allerdings Recht“, sage ich, drehe mich um und gehe weiter.

Dieses Mal hält er mit mir Schritt. „Manchmal musst du deinen Verstand aber auch verlieren, um dein Herz zu finden.“

„Klingt sehr nach dem Film der Woche“, entgegne ich. Ich weiß, dass ich nicht fair bin. Aber das Leben ist nicht fair. Habe ich das nicht zur Genüge erfahren?

„Soll ich dich nicht mitnehmen?“, fragt er.

„Nicht um den Preis, dass du mich überreden willst, zurückzugehen.“

„Ich will dir nur eine Geschichte erzählen, nicht mehr. Wenn ich sie erzählt habe, kannst du machen, was du willst.“

Ich seufze, zu schwach und zu erschöpft, um den Kampf fortzusetzen. „Ich kenne die lehrreichen Geschichten der Navajo. Aber ich habe ausgelernt. Ich will nur noch hier raus.“

„Jetzt bist du so weit gekommen. Willst du nicht wissen, warum? Wer du bist?“

„Für wen jeder mich hält, meinst du wohl? Nein, das muss ich nicht wissen. Ist nur Salz auf offene Wunden.“

„Dann tu es für mich“, sagt er. Er klingt verloren und einsam.

Ich darf nicht auf diese Masche hereinfallen, muss auf Zack bleiben.

„Was ist für dich drin?“

„Ich habe auch einen Auftrag. Für eine wie dich, die eine so große Aufgabe hat, ist er vielleicht nichts Besonderes, aber für ihn bin ich *Der Eine*.“

„Und er wäre...?“

„Dich herzubringen und dir eine Geschichte zu erzählen. Deine Geschichte.“

„Wer hat dir diese Geschichte erzählt? Chief? Er hätte sie mir auch selbst erzählen können.“

„Ein Löwe hat sie mir erzählt“, sagt er ausdruckslos.

Damit hat er meine Aufmerksamkeit, aber so leicht bin ich nicht umzustimmen.

„Ich soll mir eine Geschichte anhören, die ein *Löwe* dir erzählt hat?“, frage ich ihn, erbarmungslos in meinem Spott. Gott, ich habe wirklich Grund, mich zu hassen.

Er überrascht mich, indem er anfängt, sein Rodeohemd aufzuknöpfen. Quer über seinen breiten Brustkorb, von der linken Brustwarze bis direkt unterhalb des Nabels, zieht sich eine streifenförmige Narbe, eine Risswunde, die einen eleganten, aber beängstigend tiefen Bogen hinterlassen hat. Sie wird ihn sein Leben lang zeichnen. Die Wunde ist zwar geschlossen, aber die Streifen sind noch immer rot und geschwollen, was darauf schließen lässt, dass die Verletzung nur wenige Wochen alt ist. Ich starre darauf und weiß, dass sie, ebenso wie das Geschwür auf Chiefs Rücken, eine Realität ist, die nicht geleugnet werden kann.

„Ja“, antwortet er. „Ich möchte, dass du dir eine Geschichte anhörst, die ein Löwe mir erzählt hat.“

Die Narbe fordert sowohl Bewunderung als auch Mitgefühl. Noch nicht einmal ich bin derart herzlos. Wenn er wegen einer Geschichte, die auch nur entfernt etwas mit mir zu tun hat, den echten, gottverdammten Prankenhieb eines Löwen eingesteckt hat, dann muss ich ganz einfach zuhören. Natürlich werde ich die Geschichte weder glauben noch mich von ihr umstimmen lassen. Ich werde ihm einfach zuhören, um höflich zu sein, und mich dann davonmachen. Dem afrikanischen Schamanen mit der abgeschnittenen Ferse hätte ich das schließlich auch zugestanden.

Ich nicke und gehe zum Jeep zurück. „Bring mich hier raus, bevor du auch nur ein einziges Wort sagst. Und knöpf dein Hemd zu. Es ist nicht gut, wenn du damit in der Sonne herumläufst.“ In Wahrheit will ich sie nicht sehen. Gerade jetzt habe ich meine eigenen, ziemlich geschwollenen Narben.

Wir steigen in den Jeep ein und fahren los, lassen den Spider Rock in seiner ganzen Herrlichkeit endgültig hinter uns. Von Chief und jeder Hoffnung, die ich einmal hatte, die Welt zu verändern, ganz zu schweigen.

Ich grüble darüber nach, dass es vielleicht immer so war und immer so sein wird. Dass die Menschen scheitern, dass die Anasazi, das US-Militär und die Mary Margaret Hathaways während ihrer kurzen Zeit auf Mutter Erde immer wieder alles verpfuschen, während die Spider Rocks ewig Bestand haben. Die Vorstellung gefällt mir.

Mein Führer fährt, ohne zu reden. Er ist ein Mann, der zu seinem Wort steht, aber ich kann spüren, wie die Gedanken in seinem Kopf kreisen. Er überlegt, wie er mir sagen soll, was ich nicht wissen will. Meine Gedanken kreisen ebenfalls, wenn auch mit halber Kraft. Sie überlegen, wie ich mir die Geschichte anhören kann, ohne dass sie mir den Rest gibt.

Die Fahrt scheint kein Ende zu nehmen. Endlich sind wir aus dem Canyon heraus, gelangen zur Hauptstraße und halten schließlich einige Meilen hinter dem landschaftlich schönen Blick auf den Spider Rock an. Nelson deutet auf einen Felsvorsprung, der etwa eine halbe Meile von der Straße entfernt ist, und sagt etwas von nicht gestört werden. Ich gebe ihm keine Antwort, sondern überquere den harten Fels, springe über Risse und finde mein Gleichgewicht in seinen kleinen Hügeln und Tälern. Am Rand der Felsen lassen wir uns nieder, die Beine gefährlich über der Kante baumelnd, als wäre sie nur drei Meter tief und nicht der unendliche Fall, der sie ist.

Wieder werde ich von einer Welle des Schwindels überwältigt. Diesmal kommt er wie eine Einladung, fast sogar wie eine begründete Entschuldigung. Ich spüre den enorm starken Drang, mich einfach immer weiter nach vorne zu beugen, bis der Impuls zu groß wird. Soll die Mutter ihr Kind wiederhaben, Staub zu Staub. Meine Augen rollen zurück, locken mich ins Vergessen.

„Noch nicht, Mary“, fleht Nelson mich an und berührt ganz leicht meine Schulter. „Nicht, solange du nicht weißt, wer du wirklich bist.“

27

„Die Geschichte handelt vom Beginn der Zeit“, fängt Nelson an. Seine Stimme ist tief und langsam, sein Navajo-Akzent noch stärker ausgeprägt als sonst. Fast scheint es, als würde er spüren, dass die Heiligkeit seiner Aufgabe ihn unmittelbar an seine Wurzeln führt, und als würde das seinen Dialekt noch stärker in Erscheinung treten lassen.

„Ist es eine Navajo-Legende?“, unterbreche ich ihn. Ich brauche eine Schachtel, in der ich sie verstauen und vergessen kann. Immerhin gibt es viele Schöpfungsgeschichten, und ich bin keine Navajo. Wenigstens nicht in diesem Leben. Es müssen nicht unbedingt meine Antworten sein, nur weil ich hier bin und weil mein Geschichtenerzähler tief und sicher klingt, wie Gott Höchstpersönlich.

„Nein“, sagt er und überrascht mich, „Lion zufolge nicht. Sie hat mir gesagt, dass es viele Schöpfungsgeschichten gibt, fast so viele wie Menschen, auch wenn die meisten Menschen nach der Geschichte eines anderen leben. Die Geschichte jedes Menschen ist wahr für denjenigen, der sie lebt. Diese Geschichte hier ist *deine* Geschichte. Sie ist dein Beginn.“

„Klingt einleuchtend“, sage ich und gebe ein wenig nach. Weshalb soll ich es ihm schwerer machen, als es sein muss?

„Am Anfang war Gott“, sagt er.

Ich will ihm sagen, dass ich diese Geschichte kenne, dass wir alle diese Geschichte kennen. Aber er ist in seinem Element, seine Augen fest und tief konzentriert, also halte ich meinen Mund. Wenn es eine Navajo-Geschichte wäre, würde er außerdem nicht den Begriff Gott benutzen. Deshalb, „Gott“ helfe mir, bin ich fasziniert.

„Gott war alles, was da war. Es gab keine Welt, kein Universum, keine Galaxien. Nur Gott, den Großen Geist, die Große Energie.

Dieser Große Gott konnte alles tun, was Gott wollte. Aber Gott hatte nichts zu tun."

„Gelangweilt?", werfe ich ein.

Er zuckt mit den Schultern. „Gott beschloss, etwas herzustellen. Aber das einzige Material, mit dem Gott arbeiten konnte, war Gott."

Er blickt hinaus in die Ferne, in den offenen Canyon, der vor uns liegt. Mit einem Nicken gebe ich ihm zu verstehen, dass er fortfahren soll, gegen meinen Willen gefesselt. Muss an der Leidenschaft liegen, die er seiner Aufgabe entgegenbringt.

„Gott fing an, aus Gottes Selbst einen Sturm heraufzubeschwören, mal richtig ins Schwitzen zu geraten. Gott schwitzte Gott aus."

„Schwitzte?", frage ich herausfordernd. Andererseits, wenn es sich tatsächlich um meine Schöpfungsgeschichte handelt, scheint es mir durchaus passend, dass ich aus dem Schweiß Gottes geboren sein soll.

„Ich muss diese Geschichte hier mal unterbrechen, um dir etwas über Geschichten zu erzählen, zumindest die, die von Gott handeln. Eine Geschichte kann der Wirklichkeit nicht nahe kommen. Wie ein Winter hier im Canyon, so bitterkalt, dass du deinen Namen vergessen kannst, wenn du zu lange draußen bleibst. Du kannst viele Worte benutzen, um es zu beschreiben. Aber solange du es nicht einmal erlebt hast, solange du nicht stunden- oder sogar tagelang deinen eigenen Namen vergessen hast, kannst du es niemals wirklich beschreiben, weißt du?"

„Ich verstehe. Gott hat also nicht wirklich geschwitzt. Es ist nur eine Metapher."

„Ja. Aber lass die Geschichte nicht los, denn sie kommt der Wirklichkeit nicht mal entfernt nahe. Geh in sie hinein, damit du ihr näher kommst."

„Guter Punkt", sage ich und denke, dass dieser Typ nicht nur ein Heiler ist, sondern auch weise. Vielleicht bewirkt der Prankenschlag eines Löwen, dass man so wird. Oder das Leben hier draußen, im Felsen. Ich versuche mir vorzustellen, wie eine allmächtige Wesenheit schwitzt. Es ist nicht so schwer, wie ich gedacht habe, solange man nicht von mir erwartet, dass ich die Geschichte mit Stumpf und Stiel schlucke.

„Und vergiss nicht, was Chief über Geschichten sagt."
„Ich weiß, es sind nur Geschichten. Ich habe ihm zugehört, weißt du?"

Er lächelt, als sei er hinreichend zufriedengestellt, und fährt fort. „Wie ein Mensch aus jeder Pore seines Körpers schwitzt, so schwitzte Gott aus jeder seiner Poren Tropfen und immer mehr Tropfen Gottes. Verschiedene Tropfen, je nachdem, von welchem Teil Gottes sie stammten. Wie bei aufeinander folgenden Generationen wurde dann aus jedem Tropfen Gottes ein anderer, weniger mächtiger Gott geboren. Aus diesen Göttern wurden wieder weitere Götter geboren, und immer so weiter."

Ich stelle es mir vor meinem inneren Auge vor. Ein Universum voller göttlicher Tropfen.

„Jeder Tropfen ist schön. Jeder Tropfen ist anders. Die ersten Tropfen, das sind die mächtigsten. In ihnen ist die Essenz Gottes am stärksten. Sie sind die Ersten Schöpfer, das Erste Licht, das Erste Gefühl. Sehr mächtig."

„Ja", sage ich und achte darauf, mich nicht in der Geschichte zu verlieren.

Komm schon, bleib locker. Es ist nur eine Geschichte.

„Jetzt", sagt Nelson, „stell dir vor, jeder Tropfen erschafft seine eigene Galaxie, seine eigene Seinsweise, und jeder ist anders, aber alle sind mächtig."

Ich mag es, wie Nelson mächtig sagt. Es klingt wie ein Kanonenböller beim ersten Licht des Morgens.

„Tropfen Gottes erschaffen Tropfen Gottes", sagt er, und seine Stimme gewinnt an Erhabenheit, „erschaffen Tropfen Gottes, hundert Mal, tausend Mal, und immer weiter in einer Reihe, bis du dir nicht mehr vorstellen kannst, wie lang die Reihe schon geworden ist. Sogar die Tropfen ganz am Ende der Reihe haben große Macht, sind fähig, Universen und in den Universen Welten wie diese zu erschaffen."

Er sieht mich an, als wolle er sichergehen, dass ich ihm folgen kann. Gegen meinen Willen nicke ich gespannt.

„Einer dieser Tropfen, der bloß noch eine Spur von der Essenz Gottes enthielt, hat also dieses Universum und innerhalb des Universums diese Erde geschaffen. Ein anderer Tropfen hat alle Lebensformen hinzugefügt. Ein anderer Tropfen die Naturgesetze – wie das Gesetz der Gegensätze, das besagt, dass jedes Hoch ein Tief, jedes Licht ein Dunkel, jedes Gut ein Böse hat. Jetzt, nachdem Gott manifest geworden ist, weißt du, dass er eine Vorder- und eine Rückseite hat. Ohne Rückseite kann er keine Vorderseite haben."

Ich nicke einmal, um ihm zu zeigen, dass ich ihm folge. Allmählich habe ich das Gefühl, dass diese Geschichte gar nicht so neu für mich ist. Ich habe diese Philosophien schon früher gehört, in vielen verschiedenen Formen. Ich nehme an, das macht sie weder wahr noch unwahr, sondern einfach nur nicht neu. Neu ist bislang nur das Bild von den Tropfen, das zwar bezaubernd ist, es aber wohl kaum auf die Seiten von *Physics World Today* schaffen wird. In Gedanken gebe ich mir eine Zwei dafür, dass ich in der Realität bleibe.

„Der Essenzielle Tropfen, der Schöpfer dieser Welt – deiner Welt – war, hat also ein großes Pendel in Bewegung gesetzt, Schwarz und Weiß und auch alles dazwischen. Alles hat er mit einem gewaltigen Brausen in Bewegung gesetzt." Mit der Hand macht er eine weit ausholende Bewegung von seinem Herzen in den Canyon hinaus, um seine Worte zu unterstreichen. „Natürlich musste es in beide Richtungen viele Male zu weit schwingen, ehe es zu einem Gleichgewicht fand."

Er sieht mich an. „Du hast die Extreme von Gut und Böse gesehen."

„Ja", antworte ich.

Er holt tief Luft und stürzt sich wieder hinein. „Es war bekannt, dass das Pendel so weit schwingen konnte, dass es die Erde zerstören würde. Das ist schon mehr als einmal geschehen."

Ich nicke, erinnere mich, dass die Wissenschaft bewiesen hat, dass es auf der Erde Zeiten gab, in denen alles Leben ausgestorben war, und dass die Navajo glauben, dies sei die fünfte Welt.

„Dann hat Lion mir erzählt, dass wir uns wieder an einem extremen Ausschlag des Pendels befinden. Sie hat gesagt, die lebendigen Geschöpfe werden es womöglich nicht überleben, aber es ist keine große Sache, wenn es wieder zu weit geht."

„Keine große Sache?“, frage ich.

Bei diesen Worten neigt er sich zu mir herüber und sagt leise: „Ich muss dir sagen, mit dem Teil der Geschichte hatte ich auch ganz schöne Schwierigkeiten.“

Ich nicke. „Erzähl weiter.“

„Lion hat gesagt, dass Gott nicht zerstört werden kann, kein Teil Gottes. Wenn das Pendel also zu weit schwingt und die Erde stirbt, dann nimmt der Teil von Gott, der hier ist, woanders ganz einfach eine andere Form an. Die Seele des Ortes lebt weiter, so wie wir, Leben um Leben.“

„Das sind aber ziemlich düstere Aussichten“, protestiere ich.

„Das dachte auch Norbu, einer der essenzielleren Tropfen Gottes.“

„Norbu?“ frage ich. Ein Schauer jagt durch meinen Körper, von Kopf bis Fuß. In Tibet habe ich diesen Namen häufig gehört, weil er dort sehr verbreitet ist. Die Reaktion war jedes Mal dieselbe. Als würde die Wahrheit mit einem großen W bei mir anklopfen und ich könnte die Tür nicht finden. Als ich damals fragte, was der Name bedeutet, sagte man mir, „Wunsch erfüllender Juwel“. Das erklärte mein Gefühl, die Tür nicht finden zu können. Die einzigen Dinge, die ich mir wünschte, schienen sämtlich außerhalb meiner Reichweite zu sein.

Er lächelt breit, denn er weiß, dass er mich endlich an der Angel hat, und steht auf, um seine Geschichte mit noch mehr Begeisterung fortzusetzen. „Norbu liebte diese Erde. Er liebte das Konzept und die Schönheit, und er liebte sogar die Menschen, trotz all ihrer Pendelausschläge. Ein großartiger Tropfen, dieser Norbu.“

„Wer ist dieser Norbu?“, frage ich. Ich spüre Erregung, als ob wir endlich bei etwas angekommen wären, das von Bedeutung sein könnte.

Er zuckt mit den Schultern. „Einfach ein Tropfen Gottes.“

„Aber ein essenzieller Tropfen“, suche ich zu bestätigen.

„Ein hohes Tier, könnte man sagen. Weil Norbu nicht will, dass diese Erde zerstört wird, beschließt Norbu zu helfen. Das beschließt er außerhalb von Zeit und Raum, die ja sowieso keine realen Dinge sind. Also fasst Norbu einen Plan. Menschlich zu werden und zu helfen.“

„Wie ein Bodhisattva", füge ich begeistert hinzu und hoffe, dass er diesen Begriff kennt.

„Wie der höchste Bodhisattva."

„Das nenne ich Macht", sage ich.

„Die Macht der Liebe", fügt er hinzu. „Aber es gab da ein Problem. Norbu war so mächtig, dass Norbu nicht als Mensch inkarnieren konnte. Es gelang ihm nicht, schwer genug zu werden, um auf der Erde zu bleiben."

Ich stelle mir vor, wie es sein muss, wenn man versucht, einen Blitz in einer Flasche zu fangen. „Also?"

„Norbu tut, was die Tropfen Gottes immer getan haben. Norbu teilt sich in zwei."

Er sieht mich an, als stünde eine Pointe unmittelbar bevor. Mit einem gespannten Gesichtsausdruck treibe ich ihn an.

„Doch Norbu war immer noch zu viel! Zu erhaben für den menschlichen Zustand. Also teilte eine Hälfte sich noch einmal. Jetzt ist Norbu drei. Einer, der zu stark ist, um zu inkarnieren, ohne dass er als der Gott gesehen wird, der er ist. Die beiden anderen, die zwar immer noch große Seelen sind, jedoch hinreichend verdünnt, um die Lektionen des Lebens ebenso auf sich nehmen zu können wie andere Menschen auch. Denn wie konnte Norbu helfen, wenn Norbu nicht bereit war, aus direkter Erfahrung heraus zu verstehen? Wie konnte Norbu Heilung für Schmerzen bringen, die Norbu nie gespürt hatte?"

„Das ist ja wirklich sehr interessant", sage ich ungeduldig. „Aber inwieweit ist das *meine* Geschichte?"

„Warte doch. Du musst alles hören, oder du wirst es nicht verstehen."

„Okay", sage ich und setze mich auf meine Hände, um mich besser beherrschen zu können.

Er setzt sich wieder, diesmal dicht neben mich, und spricht mit großer Verehrung.

„Die beiden, die inkarnieren konnten, waren immer noch sehr mächtige Essenzen Gottes. Geteilt waren sie die Essenz des Glaubens und die Essenz der Hoffnung. Glaube und Hoffnung sind aber immer die Vorläufer der Liebe. Die große Hälfte von Norbu war also die Essenz der Liebe."

„Doch am größten unter ihnen ist die Liebe“, sage ich und erkenne allmählich, wo zumindest diese Geschichte in eine andere Geschichte hineinführt. Ich erinnere mich, dass Jesus von Glaube, Hoffnung und Liebe gesprochen hat.

„Du redest nicht von Jesus, oder?“

„Lion hat gesagt, dass du das fragen würdest. Sie hat gesagt, dass Jesus auch eine göttliche Essenz war, aber eine andere. Er hat seiner Zeit gedient. Wie auch Buddha und Mohammed ihrer Zeit gedient haben. Heute, wo das Pendel seinen maximalen Ausschlag erreicht, mit der technologischen Macht und einer neuen Bewusstseinsstufe, die gerade erwacht, ist die Zeit von Norbu.“

„Wow“, sage ich und spüre plötzlich den Drang herumzulaufen. Ich stehe auf, halb in der Erwartung, dass Nelson versuchen wird, mich daran zu hindern, weil wir uns so nahe an der Kante der Felswand befinden. Er tut es nicht.

„Und Norbu wird die Welt retten?“

„Die Welt hat einen freien Willen, aber Norbu hat so viel Liebe und so viel Macht, einen neuen Traum zu träumen, dass Norbu zugestimmt hat, die Botschaft zu überbringen, wie es geschehen kann. Es ist kein Zufall, dass diese Zeit gerade jetzt gekommen ist, wo der Ausschlag des Pendels so kurz davor ist, Mutter Erde zu vernichten.“

„Und wie tun wir es?“, frage ich und laufe gefährlich nahe an der Kante des steilen Canyonabhangs entlang. Es kümmert mich nicht. Diese Geschichte ist viel gefährlicher für mich als der Felsabhang. Ich kann es spüren. Noch nicht einmal dem Schwindel wird es gelingen, mich von dieser Lektion loszureißen. Es fühlt sich so an, als wäre sie in den Sand der Zeit geschrieben.

„Ich weiß es nicht“, sagt er trocken und sieht mich an, als sollte ich es wissen, als würde er mich fragen.

„Ich weiß es ganz bestimmt nicht“, sage ich und spreche mich ohne einen weiteren Gedanken von dieser Bürde frei. „Zum Teufel, ich verprügele ganz brutal die Menschen, die ich am meisten liebe, und lasse sie von meinem Todfeind ermorden. Von Leuten wie mir solltest du kein allzu großes Verständnis erwarten.“

„Ich weiß, dass du es nicht weißt. In Wahrheit warten wir auf den Botschafter, auf die göttliche Inkarnation der Liebe, wie die Essenz von Norbu sie sieht. Lion sagt, dass der Botschafter spät dran ist."

Meine Nervosität hat von meinem ganzen Körper Besitz ergriffen. Ich zittere. Das große W hat mich fest im Griff. Hat Chief nicht etwas davon gesagt, dass wir zehn Jahre zu spät dran seien?

„Okay, aber was hat das mit *mir* zu tun? Ich meine, ich weiß, dass sie glauben, ich wäre *Die Eine*, aber wir beide wissen, dass ich nicht die göttliche Inkarnation der Liebe bin."

„Nein, das bist du nicht", sagt er. Ich stoße den größten Seufzer der Erleichterung meines ganzen Lebens aus, vielleicht sogar den größten Seufzer in der ganzen Geschichte der Menschheit.

„Du bist", fährt er fort, und seine Worte explodieren in meinem Kopf, „die göttliche Inkarnation der Hoffnung, wie die Essenz, die Norbu genannt wird, sie erfährt. In dieser Epoche der menschlichen Geschichte bist du hier, um die Heilige Mutter der göttlichen Inkarnation der Liebe zu sein."

28

Es gibt Dinge, bei denen du dir nicht sagen musst, dass du weißt, was du weißt. Du tust es ganz einfach. Es ist tief in deinen Knochen, im genetischen Gedächtnis jeder Zelle deines Marks verankert. Es gibt zwei Dinge, die ich auf diese Art weiß. Erstens, dass ich bin, wer Nelson sagt, dass ich bin. Zweitens, dass das Universum ziemlich in der Scheiße steckt, wenn es sich darauf verlässt, dass ich die Mutter von irgendwas sein soll.

„Du musst wahnsinnig sein!", schreie ich, nicht gegen Nelson gerichtet, sondern in den unendlichen Canyon hinein, das Maul des Löwen, dem ich entflohen zu sein glaubte. Ich spüre, dass ich zu Gott spreche, oder zumindest zu dem größten Tropfen Gottes, den ich mir vorzustellen vermag. Meine Worte hallen von den Wänden wider, als wollten sie mich verhöhnen.

Ich wende mich Nelson zu, um seine Reaktion zu sehen. Er zeigt kaum eine Regung, sitzt nur ruhig wartend da und dreht ein Stück Steppengras zwischen den Fingern, das er aus einem Riss in der erdigen Kante gezupft hat. Welche Einfachheit, welchen Luxus das Leben von Steppengras bietet! Aber selbst dem Steppengras war das unwahrscheinliche Schicksal bestimmt, ausgezupft zu werden, um einem Zweck zu dienen, der jenseits von dem liegt, was gewöhnliches Steppengras erwarten kann. Ausgerechnet hier, ausgerechnet heute, geschieht es. Ein Mann beschließt, mit ihm zu spielen, ihm einen Sinn zu geben, so beiläufig dieser Sinn auch sein mag. Das Steppengras hätte sich wohl kaum vorstellen können, ein derartiges Spielzeug zu sein, bis dieser Mann beschloss, es auszuzupfen, zu seinem eigenen Vergnügen, seiner eigenen Narretei.

„Ist das alles, was wir sind?", frage ich, diesmal an Nelson gerichtet. Meine Stimme schneidet durch die beklemmende abendliche

Stille. Ein dunkelblauer Himmel, gestreift vom Pink des Abends, ignoriert das Leid der Menschheit mit seiner leichten, unnahbaren Schönheit. „Sind wir Gottes Spielzeug? Gottes Vorstellung von einem Murmelspiel mit den Universen? Gottes Spiel mit Gottes verdammtem, schönem Selbst?"

Nelson antwortet nicht, und ich kann ihm kaum einen Vorwurf machen. Im Moment würde ich auch nicht unbedingt mit mir selbst aneinander geraten wollen. Ich wende mich wieder dem Canyon zu, der meine wahre Nemesis ist, meine Rachegöttin, weit schlimmer als Dark Crow an seinem schlimmsten Tag.

„Was ist mit dem Leid?", schreie ich. Ich öffne die Arme, um all das zu umfassen, was ich sehe. „Dein Traum ist ein verdammter *Albtraum…*"

Nur das Echo kehrt zu mir zurück.

Mein Geschichtenerzähler bleibt still und lässt mich meinen Wutanfall ausleben, eine drängende Frustration, viele Leben alt. Das Echo verhallt, die Sonne sinkt um einen weiteren Zentimeter, und ich stehe vor einer Realität, nach der ich lange gesucht und um die ich sogar gebeten habe.

Ich wirble zu ihm herum. „Und wo ist der Glaube? Das andere Drittel?"

Ich weiß es und erinnere mich gleichzeitig. Ray. Mein Seelengefährte, weit mehr mein essenzieller Zwilling, als ich mir je hätte vorstellen können. Der, von dem ich weiß, dass er fort ist, jenseits dieser Erde, jenseits meiner Hoffnung.

„Muss ich es allein tun?" Der Gedanke bringt mich zu weiteren Absurditäten. „Verdammt, ich hoffe nicht, dass noch eine jungfräuliche Geburt erwartet wird, denn das habe ich ganz sicher versaut."

Ich drehe mich um und schreie erneut in den Canyon hinein. „Man sollte meinen, dass der Große Tropfen das mittlerweile bemerkt hätte."

„Zu diesen Einzelheiten hat Lion nichts gesagt", sagt Nelson leise. „Aber die letzte jungfräuliche Geburt hatte für fast alle Leute, was Sexualität angeht, in den letzten zweitausend Jahren ziemlich negative Auswirkungen. Deshalb wäre es vielleicht eine gute Idee, wenn eine ganz normale Frau uns den nächsten Großen Botschafter bringt. Selbst wenn es eine weiße Frau ist."

„Ja", sage ich und versuche, die Kontrolle über meinen Verstand zu gewinnen, um mich aus meinen Emotionen zu befreien. Wie kommt man aus so etwas heraus? Etwas, von dem man weiß, dass es, wie verrückt es auch immer klingen mag, wahr ist? Wie ein Geschenk kommt mir eine Idee in den Sinn. Er muss es beweisen.

„Aber weißt du, das alles ist ziemlich schwer zu verdauen. Ich werde einen Beweis brauchen. Hat Lion etwas davon gesagt? Etwas, das mich über all diese Gedankenspiele in meinem Kopf hinausbringt? Denn wenn hinter dieser Sache der Gott steckt, der mich, Mary Margaret, kennt, dann weiß dieser Gott auch, dass ich zu den Frauen gehöre, die erst Geld sehen wollen."

„Was für eine Art von Beweis willst du haben?", fragt er ohne Umschweife, als sei er nur ein Kellner, der meine Bestellung entgegennimmt.

Ich muss überlegen. Was könnte es sein? Was könnte mich dazu bringen, dass ich mich umdrehe und wieder in den Canyon hineingehe, zurück zu Chief und dem Dröhnen der Trommel, das noch immer in meinem Hinterkopf widerhallt?

Ah! Ich habe es!

„Ein Wunder. Aber ein Wunder, das nicht von dir oder von Chief oder meinetwegen von einem echten Löwen vollbracht wird. Oh, nein. Ich will dieses Wunder vollbringen. Mein eigenes Wunder. Wenn ich auch nur entfernt so etwas wie eine Göttlichkeit bin, dann sollte ich in der Lage sein, ein Wunder zu vollbringen."

„Ich glaube, darüber wirst du mit Chief reden müssen", sagt er lächelnd, als wüsste er etwas, das ich nicht weiß.

„Warum lächelst du?", will ich wissen.

„Nur deshalb, weil die Rückkehr zu Chief ein Wunder sein wird."

„Wieso? Was ist ihm zugestoßen?" Der Gedanke, Chief aus irgendeinem Grund zu verlieren, lässt mein Herz in Panik geraten. Ihn zu verlassen und die Chance zu haben, zu ihm zurückzukehren, wenn ich es beschließe, ist eine Sache. Eine völlig andere Sache ist es, wenn er beschließt, mich und diese Mission aufzugeben.

„Er ist in Ordnung. Aber dir steht ein ziemlicher Schock bevor."

„Weshalb?" Ich sehe ihn mit hochgezogenen Augenbrauen an, meine Hände in die Hüften gestemmt.

„Weil du schon dabei bist, ein Wunder zu vollbringen. Du weißt es nur noch nicht."

Ich versuche zu verstehen, worauf er hinauswill, und schaffe es nicht. Mein Gehirn arbeitet allerhöchstens mit halber Kraft. Ich lasse meine Hände fallen. „Weißt du, es war ein höllisch langer Tag. Also sag es mir einfach."

„Die Rückkehr zu Chief wird ein Wunder sein, weil du schon dort bist."

Ich sehe von ihm fort und wieder zu ihm hin. „Was soll das bedeuten? Träume ich das hier?"

Ich stürze mich auf ihn, packe ihn am Arm. „Fühlst du das? Fleisch und Blut. Du bist kein Traum." Ich lege seine andere Hand auf meinen Arm und spanne die Muskeln an. „Ich bin auch kein Traum. Dieser Körper ist genau hier, genau jetzt."

Er kann sich das Lachen kaum verkneifen. „Ich habe nie gesagt, dass du nicht hier bist. Ich habe nur gesagt, dass du auch da unten bist, im Canyon bei Chief."

„Nein. Die eine Hälfte des Weges aus dem Canyon hinaus bin ich gelaufen, und den Rest hast du mich gefahren." Doch bereits während ich das sage, wird mir bewusst, dass ich nicht das Gefühl habe, ganz und gar hier zu sein. Es macht mir Angst.

„Stimmt. Gleichzeitig bist du dort geblieben. Göttliche Inkarnationen können das."

Ich antworte nicht. Ich kann es nicht.

„Du wusstest, dass du gehen musstest", fährt er fort, „weil du es nicht mehr länger ertragen konntest. Du wusstest auch, dass du bleiben musstest, weil du dir nicht vorstellen konntest, Chief wieder zu verlassen, nachdem du ihn endlich gefunden hattest. Also hast du beides getan. In den Augen der meisten Leute ist das ein Wunder."

„Das ist lächerlich", stottere ich.

„Überzeug dich selbst."

„Wie denn?“, frage ich. Ich glaube kein einziges Wort. Nicht ein halbes Wort von dem, was er sagt. Der heilige Franziskus von Assisi, vielleicht. Chief, in Ordnung. Aber ich? Nie und nimmer.

Er wird still, und sein Gesicht wird wieder ernst. „Du tust es, indem du dich dafür entscheidest.“

Ich weiß nicht, was ich sagen soll, und sehe ihn hilfesuchend an. Der seidene Faden, der mich in der Realität festhält, ist verdammt nahe daran zu zerreißen.

„Das ist es, worauf alles hinausläuft“, fährt er fort. „Deine gesamte Existenz läuft genau auf diese eine Minute hinaus.“ Er presst seinen Zeigefinger gegen den Boden und zerdrückt den kümmerlichen Rest des Steppengrases, um seinen Worten Nachdruck zu verleihen.

„Um das zu werden, was du bist, musstest du zuerst zu dem gelangen, was du nicht bist. Die Hoffnung muss alle Hoffnung verlieren und sich wieder neu für die Hoffnung entscheiden, wenn es keine Hoffnung gibt. Der höchste Akt der Schöpfung, in der Leere geboren. Die höchste Entscheidung für das, was du erschaffen wirst. Alle deine Leben, bis hin zu diesem einen Augenblick, haben dich zu der Hoffnungslosigkeit gebracht, die dich gespalten hat.“

„Zeit für eine Spaltung“, flüstere ich und erinnere mich an Balinas.

„Jetzt musst du entscheiden, welches Du von beiden real ist. Mary, die Fahrerin des Bücherbusses, die ich wieder nach Window Rock bringe. Oder aber Mary, die göttliche Inkarnation der Hoffnung, wie die Essenz von Norbu sie zum Ausdruck bringt. Immer noch im Canyon.“

„Und dann?“, frage ich. Ich will mich nicht entscheiden. Noch nicht.

„Ziemlich einfach. Wenn du dich entschieden hast, wird das andere Du mehr oder weniger zu dem verblassen, was möglich war, aber nicht gewählt wurde.“

Wie Chief bei unserer ersten Begegnung. Sagte er nicht, er müsse sein zweites Ich loslassen, bevor er sich wieder in den Hund verwandelte?

„Aber welches Ich ist tatsächlich real?“, frage ich. Meine Verwirrung hat ein wenig nachgelassen, aber ich brauche Zeit, um nachzudenken, um eine Entscheidung zu treffen, die alles herausfordert, woran ich jemals geglaubt habe.

„Das Ich, für das du dich entscheidest“, antwortet er. Fraglos weiß er, dass er mir nicht helfen soll. Dass ich, und ich ganz allein, diese Entscheidung treffen muss.

Welches Ich? Die Mary, die bleibt und es zu Ende bringt, oder die Mary, die allem den Stempel „Unmöglich“ aufdrückt, zu ihrem Bücherbus zurückkehrt und sich einredet, dass alles nur ein verrückter Traum war – und die immer sagen wird, dass irgendjemand die Welt retten sollte und es zu schade ist, dass sie nicht weiß, wie, oder nicht mutig genug war, es zu versuchen.

„Ich weiß es nicht“, sage ich leise zu mir selbst und zum Canyon. Ich weiß ja noch nicht einmal, wen ich um Hilfe bitten könnte.

Nelson verlagert sein Gewicht und hockt sich auf die Knie. „Wyunetta Morningstar gehörte zu meinem Clan. Als ich noch klein war, hat sie mir immer Geschichten erzählt. Kannst du noch eine ertragen?“

Weisheit von meiner Großen Mutter, die mir hier begegnet, jetzt, in meiner Stunde der Not?

„Bitte“, antworte ich demütig.

„Wyunetta war immer eine interessante Frau. Sie hatte viele verrückte Ideen. Aber als ihre kleine Tochter starb, wurde sie richtig wild. Sie war so zornig, dass nicht einmal die Schamanen helfen konnten, also machte sie sich auf, um mit Black Jet Woman über alles zu sprechen.“

„Black Jet Woman?“, frage ich.

„Ja. Sie ist der Winteraspekt der Großen Göttin, die als Changing Woman bekannt ist. Black Jet Woman hockt auf den Fersen und verbirgt sich in der Dunkelheit. Wyunetta machte sich immer nachts auf den Weg, um sie zu suchen und Antworten auf ihre vielen Fragen zu verlangen.“

Wie die Mutter, so die Tochter. Immer auf den Mond schießen, ob nun mit dunklen Karten oder mit dunklen Göttinnen.

„Eines Tages dann, nach vielen Nächten der Suche, erschien ihr schließlich Black Jet Woman. Sie sagte Wyunetta, sie würde ihr eine Antwort und ein Versprechen geben. Wyunetta fragte sie, was sie nun mit ihrem Leben anfangen solle, nachdem *Die Eine*, die ihre Tochter gewesen war, fort sei.“

Ich beuge mich erwartungsvoll nach vorne, genieße diese Geschichte mindestens ebenso sehr wie die Mahlzeit, die Wyunetta erst vor wenigen Tagen für mich zubereitet hat.

„Ehe Black Jet Woman die Frage beantwortete, veränderte sie sich nacheinander in alle vier ihrer jahreszeitlichen Formen, in White Shell Woman des Frühjahrs, Turquoise Woman des Sommers, Abalone Shell Woman des Herbstes und wieder zurück in Black Jet Woman. Sie sagte, dies sei das Versprechen, dass so, wie die Jahreszeiten wechseln, auch Wyunettas Unglück vorübergehen würde. Dann beantwortete Black Jet Woman ihre Frage. Sie sagte ihr: ‚Was du in deinem Herzen träumst, ist das, was die Große Göttin für dich träumt. Um Weisheit zu hören, brauchst du nur dein Herz zu fragen, was es sich am meisten wünscht.‘“

Mein Geschichtenerzähler verstummt und lässt seine Geschichte ihre Wirkung tun. Als sie es tut, wende ich mich langsam fort von dem, was unmöglich scheint, und hin zu dem, was ich träume.

Ich betrachte den immer dunkler werdenden Himmel über dem großen Riss in der Erde unter mir und stelle mir vor, dass Black Jet Woman auf einem nahen Felsvorsprung hockt. Ich habe immer erklärt, dass ich dazu beitragen wollte, die Welt zu retten. Das einzige, was ich noch mehr wollte, war, eine Mutter zu sein. Jetzt scheint es fast so, als sei beides ein und dasselbe.

Ich drehe mich wieder zu Nelson um. „Ziemlich schwer, sich von seinen Träumen abzuwenden, wenn sie einem auf dem Silbertablett präsentiert werden.“

Er tippt an die Krempe seines Hutes, als hätte er zu keinem Zeitpunkt bezweifelt, welche Entscheidung ich treffen würde.

„Ich glaube, ich gehe jetzt“, sage ich, aber nichts geschieht. „Wie mache ich das?“

„Ich bin nicht sicher. Vielleicht machst du die Augen auf?“

„Meine Augen sind offen“, sage ich.

„Deine anderen Augen“, sagt er und klingt, als würde er sich immer weiter von mir entfernen, bis ich schließlich nur noch das Geräusch der Trommel höre, die mit doppelter Geschwindigkeit geschlagen wird.

Ich öffne die Augen und sehe Chief, der noch genauso neben mir sitzt, wie ich ihn verlassen habe. Ich betrachte den Himmel, der jetzt völlig dunkel und mit Sternen übersät ist. Mir fällt ein, dass die Navajo erzählen, die Sterne würden die Welt zusammenhalten. Meine Welt haben sie ganz sicher zusammengehalten.

Ich bin zurück. Kein Traum. Ein Wunder. Ich war dort. Gleichzeitig war ich hier, die ganze Zeit.

„Was jetzt?“, frage ich den Kostbaren, der mir beisteht, bis zum Ende.

Er lächelt, ganz und gar anwesend. „Jetzt wirst du dich wahrscheinlich übergeben.“

29

Ich übergab mich nicht nur *wahrscheinlich*. Mein Körper bebte, angefangen bei einem Frösteln zwischen den Schulterblättern bis hin zu einer heftigen, fast epileptischen Rebellion, die meinen gesamten Unterleib erschütterte. Ich biss die Zähne zusammen in dem vergeblichen Versuch, wenigstens ein Mindestmaß an Kontrolle zu bewahren, aber schließlich blieb mir nichts anderes mehr übrig, als ihr nachzugeben, ihr ihren Willen zu lassen, mein Innerstes nach außen zu kehren. Chief ertrug alles mit Fassung und warf in der Zwischenzeit Zweige ins Feuer, wie er es jetzt auch tut.

„Wieso jetzt?", frage ich ihn, nachdem meine Magenkrämpfe zumindest ein wenig nachgelassen haben und ich mich gut genug fühle, um am Feuer zu sitzen. „Wieso nicht schon vor zehn Jahren? Du hast gesagt, wir seien spät dran. Wieso hast du mich so lange warten lassen?"

„Ich war da, vor zehn Jahren", erklärt Chief. „In Tibet. Wir haben uns gemeinsam vor der riesigen Buddha-Statue niedergeworfen, einen ganzen Tag lang."

Ich sehe ihn verständnislos an. „Nein. Das war ein Mönch. Ein Tibeter."

„Das war ich."

Ich versuche mich zu erinnern. Sein Gesicht konnte ich nur aus dem Augenwinkel sehen, und außerdem konnte ich überhaupt nicht klar denken, war glückselig berauscht von der Energie in diesem Raum.

„Ja. Ja! Als wir uns im Canyon zum ersten Mal begegnet sind, hatte ich ganz genau dasselbe Gefühl wie jetzt. Ich habe mich an diesen Moment in Tibet erinnert. Das warst du? Wieso bist du nicht zu mir gekommen? Hast etwas gesagt?"

„Wir haben geredet“, sagt er, aber sein Blick gibt zu, dass wir nicht geredet haben, zumindest nicht mit Worten. „Außerhalb von Zeit und Raum. Du warst nicht bereit.“

„Woher weißt du das?“

Er geht in die Hocke, um mir in die Augen zu sehen. „Du hast es mir gesagt.“

„Ich habe kein Wort gesagt! Den ganzen Tag nicht.“

„Ja, aber wir haben miteinander gesprochen.“

„Und ich habe gesagt, ich sei nicht bereit? Warum nicht?“

Er erhebt sich wieder, setzt Wasser für Tee auf. „Du warst nicht verzweifelt genug. Du hattest noch nicht genug Nichts gesehen.“

„So funktioniert das also? Du lässt jemanden verzweifeln, damit er das tut, was du willst?“

„Natürlich nicht. Du warst noch nicht verzweifelt genug, um das zu ertragen, was du bisher ertragen hast. Ganz bestimmt nicht genug, um dich den Herausforderungen zu stellen, die noch vor dir liegen. Glaubst du, dass du damals, mit fünfundzwanzig Jahren, all das hättest ertragen können?“

Nein. Nie und nimmer.

Schon damals wollte ich die Welt retten. Doch ich wäre nicht fähig gewesen, mich dem Wahnsinn zu stellen, den diese Reisen heraufbeschwören. Ohne meine beruflichen Erfahrungen und die Begegnungen mit den großen Lehrern, die ich kennen gelernt habe, und ohne meine immer größer werdende Verzweiflung hätte mein Verstand schon bei der ersten Reise zu Kenya vollkommen gestreikt.

„Okay, ich habe verstanden, was du meinst. Aber wer bist du dann wirklich?“ Ich habe das Gefühl, dass ich es weiß, vielleicht schon die ganze Zeit gewusst habe, aber ich kann es nicht greifen. Es scheint fast so, als ob ich das Wissen aus irgendeinem Grunde blockieren würde.

„Mein Name ist Chief“, sagt er.

„Komm schon. Vertraust du mir immer noch nicht?“

„Ich vertraue dir mein Leben an, Süße Mary. Eigentlich hätte ich vor zehn Jahren sterben sollen, kurz nach unserer Begegnung in Tibet. Ich habe ausgeharrt, den Traum für uns beide bewahrt und so lange gewartet, bis du bereit warst. Ich habe mich so lange von dir ferngehalten, bis keine Zeit mehr blieb. Mein Vertrauen in dich, in die Hoffnung, die dir angeboren ist, hat mich weiter träumen lassen. Wie kann ich dir nicht vertrauen? Wir sind eins."

„Das sagst du immer wieder, doch ich weiß nicht, was es bedeutet." Noch so eine Lüge, die ich mir schon zu lange einrede.

Er beugt sich wieder zu mir, um mich erneut eindringlich anzusehen, lässt mich in den Spiegel meiner eigenen Augen blicken. Ich weiß, was ich tun muss. Ich gehe tief in meine Mitte.

Das Verstehen kommt. Auf seinen Fersen, Demut und Ehrfurcht.

„Du! Du bist die göttliche Inkarnation der Liebe!" Es ist keine Frage. Ich weiß es. „Du willst von mir geboren werden?"

„Ich kann mir keine bessere Mutter vorstellen."

Die Zeit bleibt stehen, während ich seine Worte in mich aufnehme, sie einschließe, sie mein Herz ins Vergessen mitreißen lasse, während große Tränen der Freude strömen, ein heiliger Wasserfall, wenn es je einen heiligen Wasserfall gab.

„Ich weiß nicht, ob ich für eine solche Ehre bereit bin."

„Deshalb unternimmst du diese Reisen. Und es liegen noch weitere vor dir. Bist du bereit?"

„Noch mehr Reisen? Heute Nacht?"

„Meine verlängerte Gnadenfrist in diesem Körper neigt sich schnell dem Ende zu. Wenn du mich als deinen Führer haben möchtest, müssen wir uns beeilen."

Ich lache, vermag mir kaum vorzustellen, woher meine Kraft kommen soll. Aber kann ich diesen erstaunlichen Mann auch nur einen einzigen Augenblick daran hindern, unsere Mission fortzusetzen? Kann ich es zulassen, dass auch nur ein Hauch des Zögerns unsere Sache behindert? Werde ich ihn gehen lassen, ehe der Ausgang sichergestellt ist? Auf gar keinen Fall.

Ich hole tief Luft und nicke zustimmend, aber meine Fragen bedrängen mich noch, während wir bereits mit den vorbereitenden Zeremonien beginnen. „Woher weiß ich also, dass diese Reisen real sind? Oder dass ich sie richtig verstehe? Was, wenn das alles nur eine psychologische Projektion ist, die meine perverse Phantasie mir vorgaukelt?"

„Ich sage noch einmal, nichts ist real. Nicht die Leben, die du besuchst, und auch nicht dieses Leben. Du solltest nicht nach Realität suchen, sondern nach Sinn. Kannst du mit Hilfe der Geschichte, die du findest, besser verstehen, warum du fühlst und handelst, wie du es tust? Hilft sie dir zu erkennen, wo du dir selbst Stolpersteine in den Weg gelegt hast? Die Frage, ob sie real ist oder nicht, ist völlig unerheblich."

Jetzt mach schon.

„Okay. Irgendwann wirst du mir aber einmal mehr darüber sagen, nicht wahr? Es gibt noch so vieles, was ich nicht verstehe."

„Denk an deine taoistische Wahrheit", erklärt er, während er den Salbei entzündet. „Gib auf, und du wirst Erfolg haben."

Okay, ich gebe auf. Ich weiß nicht genau, was Erfolg ist, aber wenn der Gewinn in einem zukünftigen Leben mit Chief besteht, dann reicht mir das völlig.

Ich gebe mich der Glückseligkeit hin, von der Mensch gewordenen Liebe mit dem Rauch von Salbei eingehüllt zu werden. Dann lege ich mich hin. Chief trommelt, als ob er alle Kraft der Welt hätte.

Wenn ich träume, dann möchte ich nicht geweckt werden. Nie.

Ich lasse zu, dass der Schlag der Trommel mich verführt, finde den Baum mit den riesigen Wurzeln und gehe nach unten, immer tiefer nach unten. Lion, die Löwin, erscheint. Vielleicht bilde ich es mir nur ein, aber ich glaube, sie lächelt.

In der Ferne höre ich Dixieland-Musik. Diesmal fliege ich nicht über einen Ozean, habe aber dennoch kurz das Gefühl, mich rückwärts zu bewegen.

„Georgia, in den zwanziger Jahren des zwanzigsten Jahrhunderts", sagt Lion ohne Aufforderung.

Ich sehe es. Häuser im Plantagenstil und Baumwollfelder kommen in Sicht, rufen ein romantisches Gefühl von „Vom Winde verweht" hervor. Hickorybäume wiegen sich, verströmen ihren Duft mit dem Wind. Die Frauen unter mir tragen lange Röcke im Stil des Südens.

Alle außer einer, die wie ein Flapper[7] gekleidet ist. Ich brauche weder in ihre Augen zu sehen noch meine Seele mit ihr zu verschmelzen, um zu wissen, dass ich sie bin. Vielleicht deshalb, weil es erst so kurze Zeit her ist? Vor weniger als achtzig Jahren? Ich weiß es nicht. Mühelos gleite ich hinter ihre Augen, und unsere Seelen kleben aneinander wie Magnete, die sich gegenseitig anziehen.

Ich kann problemlos eine Beziehung zu ihr herstellen. Zu ihrer Denkweise, zu ihrer flippigen Einstellung und ihrem gebrochenen Herzen unter dem burschikosen Äußeren. Während meine Seele mit der ihren verschmilzt, erinnere ich mich durch ihre Augen, als sei es gestern gewesen.

Auf einer weitläufigen Veranda sitzen sechs Mitglieder der Familie, die alle wie auf rohen Eiern um mich herumlaufen. Zum ersten Mal seit über einem Jahr bin ich wieder zu Hause. Niemand ist von meinem Stil beeindruckt, obwohl mein Erfolg unbestritten ist. Ich habe die „Stimme einer Göttin", wie ein Kritiker sagte, die schon bald die Brieftasche einer Königin haben wird. Immer vorausgesetzt, ich höre endlich auf, vor und nach den Shows meine Predigten als „Niggerfreundin" zu halten. Was ich, bei Gott, so lange tun werde, wie ich den Atem und die Gelegenheit dazu habe.

„Hast du ihn schon gesehen?", fragt mich flüsternd ein junges Mädchen, das nicht älter als zehn Jahre ist. Lilly, meine kleine Schwester. Obwohl uns mehr als ein Jahrzehnt trennt, ist sie die Sonne meines Lebens. Als ich in ihre Augen sehe, erkenne ich, dass sie die zu Puck gewordene Hannah ist.

Ein Blick auf ihren Rollstuhl und ihre tödliche Blässe sagt mir, dass dieses Leben sich seinem Ende zuneigt. Wie kommt es nur, dass dieser Seele in jedem Leben dasselbe Schicksal bestimmt ist, und was bedeutet es in diesem Leben für Puck?

Als Antwort auf ihre Frage schüttle ich kurz den Kopf. Hier sollte man besser nicht darüber reden. In der Vergangenheit war es schwie-

---

7 Anm. der Übersetzerin: Als „Flapper" wurde eine selbstbewusste junge Frau in den zwanziger Jahren des 20. Jahrhunderts bezeichnet.

rig, sie daran zu hindern, über alles zu plappern, was sie beobachtet hatte, auch wenn sie wusste, dass es eigentlich nicht für ihre Augen bestimmt war. Auch wenn es so gefährlich war wie die Liebe einer weißen Frau zu einem schwarzen Mann. Die Krankheit hat sie ihres Überschwangs beraubt.

„Ich habe ihm gesagt, dass du kommst“, flüstert Lilly.

Durch meine damaligen Augen stelle ich mir vor, von wem sie spricht. Ray. Sohn eines befreiten Sklaven, aber immer noch ein Sklave der wirtschaftlichen Situation eines schwarzen Mannes in den Südstaaten. Er arbeitet hier, seit er alt genug ist, um Wasser zu tragen. Schon mindestens genauso lange liebe ich ihn. Wir sind am selben Tag desselben Jahres geboren und gemeinsam aufgewachsen. Ich, eine reiche weiße Frau mit jedem nur denkbaren Privileg. Er, der Sohn eines früheren Sklaven, in Chancenlosigkeit und Armut hineingeboren.

„Du solltest still sein, junge Dame“, sage ich, jedoch nicht allzu streng. „Wer sich in die Angelegenheiten anderer einmischt, bekommt Ärger.“

Lilly sieht sehr zerknirscht aus. Ich drücke beruhigend ihre Hand, um sie wissen zu lassen, dass ich ihr nicht wirklich böse bin. Sie fühlt sich kalt an. Viel zu kalt. Ich bin zu lange fortgeblieben. Sie haben gesagt, dass sie beinahe schon von uns gegangen war und erst ins Leben zurückkehrte, als sie hörte, dass ich einen Besuch zu Hause plante. Auch wenn meine Arbeit alles von mir fordert, werde ich bis zum Ende hier bleiben. Die Ärzte haben vorausgesagt, dass es nur allzu bald kommen wird.

„Ein gewisser Jemand“, fährt sie leise fort, sodass nur ich es hören kann, „hat mich abends mit auf die Baumwollfelder genommen, um den Mond anzuschauen. Mama lässt mich gehen, weil ich sonst weine. Er hat mir von Gott erzählt und mir gesagt, was ich tun kann, wenn es wehtut.“

Ich würde sehr gerne erfahren, was er ihr erzählt hat. Hören, was mein Geliebter zu sagen hat, ganz gleich, worüber. Es ist sehr lange her, seit wir zum letzten Mal wirklich miteinander gesprochen haben. Ich kann nur hoffen, dass er weiß, weshalb ich von zu Hause fortgegangen bin, und von ihm. Weil ich eine Stimme habe, die andere Menschen hören wollen, und eine Botschaft, die – darum bete ich – ihn befreien wird. Ich gebe mich nicht der Illusion hin, dass wir jemals zusammen sein können. Aber wenn er wirklich frei sein könnte, das wäre schon genug.

Ich ziehe mich zurück und sehe Lion an. „Ich will immer noch Wiedergutmachung für das leisten, was in China geschehen ist, nicht wahr?"

Lion antwortet nicht. Ich verschmelze wieder mit meinem Georgia-Selbst.

„Vielleicht können wir beide heute Abend selbst den Mond anschauen", sage ich zu Lilly.

Ich könnte schwören, dass ich in ihren Augen ein Funkeln gesehen habe, bevor sie sie schließt und anfängt, tief und gleichmäßig zu atmen. Es ist der Atem des Schlafs, dem wir anderen hilflos zusehen, unfähig, mehr zu tun, als still zu sein, um ihr den Frieden zu geben.

Ich ziehe mich wieder zurück. In diesem Leben ist es so einfach, hier und dort zu sein, hin und her im Bruchteil einer Sekunde. Liegt es daran, dass es erst so kurze Zeit her ist, oder werde ich langsam besser darin, solche Reisen zu unternehmen? So oder so, ich kann spüren, dass etwas kommt, kann die Knochen fast schon brechen hören. Ich bin überrascht, wie mutig ich mich fühle.

„Auf zum Mondenschein", sagt Lion und nimmt mich mit in den Abend ohne den geringsten Hinweis auf das, was mich erwartet.

30

Georgia liegt offen unter dem Nachthimmel. Lilly hat es geschafft, nicht nur mich, sondern auch Ray hierher ins Feld zu bringen, auch wenn Mama bei der Vorstellung, dass ein sterbendes Kind meine einzige Begleitung ist, fast einen Anfall bekommen hat. Meine Eltern haben in gewisser Weise immer gewusst, welche Gefühle ich für Ray hege. Allein Rays feste Entschlossenheit, unsere Gefühle niemals auf körperliche Weise auszudrücken (abgesehen von einem kurzen Kuss hinter den Ställen in jener heißen Nacht, als wir noch Teenager waren), hat uns davor bewahrt, dass sie einen Grund gefunden haben, ihn auf eine andere Plantage zu schicken.

Meine Schwester sitzt auf meinem Schoß, wie sie es als kleines Kind so häufig getan hat. Traurigerweise wiegt sie auch jetzt kaum mehr als in diesen frühen, unbeschwerten Tagen. Sie und Ray lassen mein Herz immer wieder brechen. Nur meine Leidenschaft für die Freiheit lässt mich all das ertragen.

Durch die Augen meines Georgia-Selbst starre ich Ray verstohlen an, bin bezaubert als das Ich, das ich damals war, und auch als das Ich, das ich heute bin. Er ist groß, sein Schädel ist kahl, und seine Haut hat die Farbe dunkler Schokolade. Er hat ein attraktives Gesicht, das eine sanfte Kraft ausstrahlt. Wie kann man einen Mann wie ihn nur „Junge“ rufen? Und dennoch tun sie es. Den ganzen Tag. Jeden Tag.

Ich will mit ihm reden. Wirklich reden. Aber er redet nicht, ohne dazu aufgefordert worden zu sein, kennt seine Stellung, obwohl wir allein sind. Ich weiß nicht mehr, wann es begonnen hat, weiß nur noch, dass es nicht mehr rückgängig zu machen war, nachdem ich es einmal bemerkt hatte. Er ist ein Mann, für den Ehre und Würde sehr wichtig sind. Ich liebe ihn dafür, dass er selbst in dem Gefängnis, in das er hineingeboren wurde, nach seinen eigenen Bedingungen lebt, obwohl ich nie gesagt habe, es sei richtig.

Ich beobachte Lilly, die in den unermesslich weiten Sternenhimmel hochblickt. In früheren Zeiten hätte sie endlos geplappert, über den einen Stern oder den anderen. Jetzt schaut sie nur. Weiß sie, dass sie schon bald zu den Sternen gehen wird? Ich will es nicht fragen.

„Sing für uns“, bittet Lilly mich.

Ich schüttle verlegen den Kopf. Ich kann für die ganze Welt singen, aber vor Ray? Meine Stimme würde zittern, meine Knie versagen.

Lilly scheint mein Zögern zu verstehen. „Er hat dir immer zugehört, wenn du im Salon geübt hast.“

„Wirklich?“, frage ich und wage es endlich, ihm in die Augen zu sehen.

Sein Gesicht zeigt keine Regung. „Sie haben eine schöne Stimme, Ma’am“, sagt er. „Macht vielen Leuten Freude.“

Wundervolle Schauer jagen über meinen Rücken, als ich den tiefen, vollen Klang seiner Stimme vernehme. Es fühlt sich so an, als ob er mich geküsst hätte, während wir beide nackt auf einer offenen Wiese liegen.

„Du weißt, warum ich von zu Hause fortgegangen bin – um zu singen, nicht wahr?“, frage ich ihn. „Für die Freiheit. Wirkliche Freiheit für jeden schwarzen Mann und jede schwarze Frau. Das weißt du doch, odcr?“

„Es ist gefährlich, so etwas hier draußen zu sagen, Ma’am“, warnt er mich.

Ich weiß. Ich weiß vom Ku-Klux-Klan. Und ich weiß, was geschieht, wenn ich auf irgendeiner Bühne dieses Landes zu weit gehe, ob im Norden oder im Süden. Von einigen Gruppen werde ich bereits boykottiert.

„Das Leben ist gefährlich“, antworte ich ihm unmissverständlich. „Ich will, dass du frei bist, wirklich frei.“

Er sitzt still wie ein Fels, nahe genug, um ihn zu berühren. „Frei bin ich nur, wenn ich nicht an Sie denke, Ma’am.“

Seine Worte tun weh, aber schon oft genug habe ich genau dasselbe gedacht. Wenn ich ihn einfach vergessen könnte, dann würde die Sehnsucht nicht Tag und Nacht an mir zerren, in jeder Stadt, in jedem Nachtclub, jedes Mal, wenn ein schwarzer Mann mir ein Glas Wein reicht, aber nicht mit mir redet, ohne zuvor von mir angesprochen worden zu sein.

Lilly stöhnt, bringt mich wieder auf die Baumwollfelder zurück.

„Ist es sehr schlimm?", frage ich und nehme sie noch fester in den Arm.

„Sag es ihr", fordert sie Ray auf, ein wenig außer Atem, „sag ihr, was du mir über den Schmerz gesagt hast."

„Ja, sag es mir", sage ich und wage es, seinen Arm zu berühren.

Ein elektrischer Funke, sichtbar in der Nacht, fliegt zwischen uns hin und her. Sein Arm spannt sich an, entspannt sich dann wieder in meine Berührung hinein.

„Jeder hat irgendeinen Schmerz. Hier draußen ist es Baumwolle. Man kann nicht aufhören, sie zu pflücken, kann sich nicht hinsetzen. Also geht man in ihn hinein, das ist alles. Der Schmerz hört auf, einen zu jagen, wenn man aufhört, vor ihm wegzulaufen. Ist immer noch da, aber er hat aufgehört, einen zu jagen."

„Ich laufe nicht weg", sagt Lilly, ihr Kopf schwer unter meinem Kinn.

Meine Lippen zittern, aber es gelingt mir, meine Stimme ruhig zu halten. „Was du da sagst, gefällt mir nicht, Lilly. Du darfst jetzt nicht aufgeben."

Ray zieht seinen Arm unter meinen Fingern hervor, um die Hand auszustrecken und Lillys Gesicht zu liebkosen. Ich erkenne, was für enge Freunde sie in meiner Abwesenheit geworden sind. „In den Armen unseres Herrn Jesus wird's ihr gut gehen", sagt er weich und beruhigend.

Ich streichle ihren Kopf, unfähig, meine Tränen zurückzuhalten, ebenso unfähig, an diesen Herrn zu glauben. Ging es Jesus nicht um Freiheit? Warum ist zweitausend Jahre später jemand mit einem Glauben wie er dann nicht ein freier Mann?

„Woher weißt du das?", frage ich ihn.

„Ich glaube daran“, sagt er. Einfach so.

Du bist der Glaube.

„Ich bin müde“, sagt Lilly. Sie klingt mehr als nur müde. Ihr Atem geht schwer, ihr Gesicht ist aschfahl. Ich erkenne, was zu wissen ich nicht ertrage. Dass dies ihre letzten Momente sind.

„Zwing mich nicht, das zu tun“, sage ich zur Löwin Lion, nachdem ich mich gelöst habe. „Lass mich nicht zusehen müssen, wie sie stirbt.“

„Ray hatte Recht. Es hilft, wenn man in den Schmerz hineingeht“, sagt Lion.

„Es war damals schon schlimm genug, als sie nur Lilly war. Jetzt ist sie auch noch Hannah und Puck. Ich kann das nicht ertragen. Ich kann es einfach nicht. Du hast gesagt, ich bestimme.“

„Das stimmt. Geh also ein Stück in die Zukunft.“

Ich gehe, allerdings nicht weit. Es ist nur wenige Tage später. Lilly ist beerdigt, ihr Grab ausgehoben von dem großen, still weinenden schwarzen Mann, der später an jenem Abend ihren toten Körper ins Haus zurückgetragen und auf ihrem Bett aufgebahrt hat wie eine gepflückte Rose. Mein schöner Ray.

Jetzt steht mein Georgia-Selbst an der Grenze des Grundstücks, gibt ihm Geld und schickt ihn fort. Er trägt ein kleines Bündel, das an der Zinke einer Hacke befestigt ist. Es enthält alles, was er besitzt. Da ich auch diesen Abschied nicht ertragen könnte, halte ich meine Seele auf Abstand, beobachte nur.

„Das sollte reichen, bis du im Norden angekommen bist, und noch ein klein wenig länger“, sagt mein Georgia-Selbst.

Er lässt den Kopf hängen, aber es ist schwer zu sagen, ob aus Scham, weil er das Geld annimmt, oder aus Kummer, weil er die Frau verlässt, die er liebt. Beide Gedanken kann ich nicht ertragen.

„Ich will, dass du frei bist“, fügt sie hinzu. „Wirklich frei. Hör also auf, an mich zu denken. Vergiss mich. Benutze deinen Glauben und bitte Gott darum, jede Spur von mir aus deinem Gedächtnis zu tilgen.“

Er berührt ihre Finger, als er das Geld nimmt. „Ich bin Ihnen verbunden, Ma'am", sagt er. Sie weiß, dass er damit so viel mehr meint als nur das Geld.

„Nein, das bist du nicht. Du bist frei. Das ist alles, worum es geht. Wenn es alles ist, was ich dir geben kann, dann gebe ich dir zumindest das."

Er blickt auf und sieht ihr ins Gesicht, kein „Junge", sondern ein Mann. Ein Mann mit einem Herzen. „Was kann ich Ihnen geben?", fragt er.

Sie schüttelt den Kopf, wendet sich von ihm ab und geht die Auffahrt hinauf. Auf der Veranda angekommen, gießt sie sich einen starken Drink ein. Sie blickt kein einziges Mal zurück und stürzt den Schnaps in einem einzigen großen Zug hinunter. Während sie sich den nächsten eingießt, sehe ich, wie ein geisterhaftes Abbild ihrer Seele hochsteigt und davonfliegt, um in den Baumwollfeldern ihres Verlustes einen Sturm zu entfesseln. Wie eine zersprungene Schallplatte wiederholt sie immer wieder die süßesten Worte, die sie je hören wird:

„Sie haben eine schöne Stimme, Ma'am. Macht vielen Leuten Freude."

Ich höre, dass Chief mit doppelter Geschwindigkeit trommelt, und finde meinen Weg zurück in die gewöhnliche Realität. Als ich die Augen öffne, sehe ich einen riesigen Vollmond. Das Feuer ist heruntergebrannt.

„Hat er es getan? Hat er mich vergessen?", frage ich Chief.

Chief nickt, Nägel in mein Herz. „Nur allzu gut. Er hat Tag und Nacht gebetet, wie du es von ihm verlangt hast, um dir das zu geben, was du wolltest. Weil er die göttliche Inkarnation des Glaubens ist, konnten seine Gebete nicht unbeantwortet bleiben. Er hat dich vergessen, nicht nur als seine wahre Liebe in diesem Leben, sondern für immer. Dich als Norbu, und damit auch sich selbst und mich."

Ich habe gewusst, dass er fort ist. Habe es immer gewusst. Dieses Loch in meinem Herzen.

„Wo ist er jetzt? Ich weiß, dass er nicht hier ist. Wenn seine Seele irgendwo hier auf dieser Erde wäre, wüsste ich es."

„Du hast Recht“, nickt Chief bestätigend. „Da es keinen Schmerz mehr gab, der ihn in dieser Welt festhielt, ist er zu seiner vollen Essenz geworden und aufgestiegen.“

„Aufgestiegen? Du meinst, wie ein aufgestiegener Meister?“

Er legt die Trommel nieder und fängt an, das Feuer zu schüren. „So ungefähr“, sagt er. „Nicht, dass uns das etwas nützen würde.“

31

Chief lieferte keine weitere Erklärung zu Rays aufgestiegenem Status, bevor er sich selbst Tee kochte und mich schlafen schickte. Er sagte, am Morgen würde eine heilende Reise unternommen. Ich bräuchte Ruhe. Es bedurfte keiner weiteren Überredung. Beim Einschlafen bereitete mir der Gedanke, dass Ray wirklich frei war, ein nie da gewesenes Gefühl der Freude.

Jetzt erstrahlt die Sonne an einem neuen Tag, und mein Mut ist zurückgekehrt. Wie auch die immer länger werdende Liste meiner Fragen. Weshalb reden wir überhaupt über Ray, wenn er doch schon dort angekommen ist, wo alle Menschen hinwollen? Fliege ich zu einem Ort im Himmel und bin bei meiner Rückkehr schwanger durch die Essenz von Ray? Ich hoffe wirklich, dass es ein wenig bodenständiger sein wird.

„So viele Fragen", sagt Chief, der offenkundig meine Gedanken hört.

„Dir ist doch klar", frage ich ihn, „dass du mit jeder Antwort auf eine Frage tausend andere Fragen heraufbeschwörst?"

Chief lächelt. „Es gibt Welten zwischen Welten, Welten in Welten, Welten jenseits von Welten. Je mehr du lernst, umso weniger weißt du. Kluge Menschen kämpfen nicht dagegen an, sondern stehen staunend davor."

Ich frage ihn nicht nach dem Widerspruch, dass ich doch wissen soll, was ich weiß. Ich habe das Gefühl, die Antwort darauf würde nur ein weiteres Netz aus Fragen spinnen, auf die ich dann auch Antworten haben will.

„Aber es gibt doch Dinge, die wir tun müssen", argumentiere ich stattdessen. „Ich weiß ja noch nicht einmal, was das für Dinge sind. Was ist denn mit diesen Fragen? Mit den praktischen Dingen?"

„Ich sage es noch einmal, jede Antwort ist in dir. Stelle deine Fragen, aber suche in dir selbst nach den Antworten."

„Aber ich habe kein Vertrauen in meine Antworten!"

„Nun, ja", sagt er und zuckt mit den Schultern, als würde das alles sagen.

„Ich vertraue dir", füge ich hinzu.

„Noch einmal, wir sind eins."

„Ja, aber du besitzt die doppelte Kraft."

„Wenn ich sage, dass der Himmel doppelt blau ist, macht ihn das blauer?"

„Du spielst Wortspiele mit mir. Ich will doch nur wissen, was ich tun muss, damit ich das tun kann, wozu ich hier bin. Willst du nicht genau das wissen?"

„Ich will, dass du dir vertraust. Dass du tatsächlich glaubst, dass du alle Antworten hast. Und nicht nur das, sondern auch die Macht, die Antworten zu ändern, die dir nicht gefallen."

„Wie schaffe ich es, daran zu glauben?"

„Eine heilende Reise", antwortet er und deutet auf den kleinen Beutel an meinem Hals, den ich damals von Maria am Amazonas bekommen habe. Ich berühre ihn, denke an das Versprechen, das mit ihm einherging. Eines Tages, so hatte sie gesagt, würde ich zu ihr zurückkehren, um eine Lehre zu empfangen, die in diesem Beutel enthalten war. Es hatte nicht sein sollen.

„Steine. Sie sind von einer Schamanin, der ich einmal begegnet bin. Kurz danach ist sie gestorben."

„Der Tod besitzt keine Endgültigkeit. Du wirst ihr begegnen, wie sie es versprochen hat. Schau hinein."

Ich löse den Beutel von meinem Hals. Maria hatte mich gewarnt, ich solle erst dann hineinschauen, wenn ich für seinen Inhalt bereit sei. Sie sagte, ich würde wissen, wann es soweit sei, und vorher würde es nur unnötige Fragen aufwerfen. Ich lächle in mich hinein. Sie hatte Recht, sowohl was die Fragen betrifft, als auch den Zeitpunkt. Ich bin absolut sicher, dass er jetzt gekommen ist.

Ohne die Steine fühlt mein Hals sich schwach und entblößt an. Bin ich so sehr von ihnen abhängig geworden? In meiner Aufregung zerre ich an dem Lederband, das sich im Laufe der Jahre fester zusammengezogen hat, so dass meine Finger in dem vergeblichen Versuch, es zu lösen, rot werden.

„Lass los“, sagt Chief.

Wie befohlen, lege ich den Beutel hin und seufze frustriert.

„Jetzt öffne den Beutel und lass gleichzeitig los“, sagt er.

„Wie?“

„Lass es zu. Lass zu, dass er sich öffnet, und glaube, dass er geöffnet werden will, denn das will er. Alles, was du willst, will dich auch. Es ist ein universelles Gesetz. Aber nichts will gezwungen werden. Sobald du etwas zwingst, egal was, auch wenn es nur in deinem Geist ist, rufst du seinen Widerstand hervor. Das ist die Polarität der Erde, heiß und kalt, das Auf und Ab der Dinge. Wünsche es, und es gibt keinen Widerstand.“

Ich nehme den Beutel, atme einmal tief aus, noch einmal. Warum sollte es nicht so funktionieren? Dass die Dinge, die ich will, mich auch wollen? Schließlich habe ich die ganze Welt bereist, habe allenthalben nach meiner Bestimmung mit diesem großen Chief gesucht, und während dieser ganzen Zeit hat er von mir geträumt, für mich. Ich fange an, mit dem Band zu spielen, zwanglos, forschend, spielerisch. Nichts geschieht.

„Bei dem Tempo sitzen wir den ganzen Tag hier“, beklage ich mich.

„Lass dein Bedürfnis nach einem bestimmten Zeitpunkt los. Zeit spielt keine Rolle. Die Zeit ist nur eine Erfindung, die der Einordnung von Erfahrungen dient.“

Ich lausche dem Singsang seiner Stimme, die mich umgarnt, während ich arbeite. Ich atme tief aus und fange an, das Band zu massieren. Eine kleine Öffnung erscheint, an der ich mir vorsichtig zu schaffen mache.

„Wie können wir denn dann zehn Jahre zu spät dran sein?“, frage ich, diesmal nicht fordernd, sondern weil ich es wissen will. Ich stelle mir vor, dass die Antwort, da ich sie will, mich auch wollen muss.

„In dieser Welt hier gehört die Zeit dazu. Es wäre am besten gewesen, wenn unsere gemeinsame Arbeit vor zehn Jahren stattgefunden hätte. Weil das nicht der Fall war, sind wir zehn Jahre über das bestmögliche Datum hinaus, an dem du Ray hättest finden und zurückbringen sollen, um eure Beziehung zu beginnen."

„Bedeutet das denn nicht, dass die Sache eigentlich aussichtslos ist?"

„Durchaus nicht. Außerhalb der Erfahrung dieses Lebens, dieser Erde, gibt es keine Zeit. Wir verlassen ganz einfach die Zeit, um an einem anderen Punkt wieder in die Zeit hineinzuspringen. Nicht wirklich ein Problem, außer dass der Zustand dieses Körpers, in dem ich mich befinde, sich rapide verschlechtert. Wenn du meine Führung willst, müssen wir deshalb mit unserer Arbeit vorankommen."

Ich atme ruhig und lasse zu, dass meine Hände den Beutel öffnen, das kleine Loch größer machen. Dabei frage ich, was ich wissen will.

„Willst du damit sagen, dass Kenya für uns die Vergangenheit ändern wird?"

„Sie hat mir bereits zehn Jahre in diesem alten Körper geschenkt, und sie wird uns weiterhin helfen. Ihre Bemühungen werden durch die Kraft verstärkt, die ich erschaffen habe, indem ich in diesen letzten zehn Jahren einen neuen Traum geträumt habe. Das ist ein weiterer Grund, weshalb ich nicht schlafe. Ich verbringe meine schlafenden Stunden damit, ganz bewusst das Leben zu träumen, das stattgefunden hätte, wenn wir pünktlich gewesen wären. In der nichtgewöhnlichen Realität, jenseits von Zeit und Raum, ist jener Traum ebenso wahr wie dieser. In jenem Traum bin ich bereits geboren, dir und meinem Vater, Ray. Ich bin sieben Jahre alt."

„Ist das so etwas wie eine parallele Realität?", frage ich und konzentriere mich auf Chiefs Aura statt auf das, was er sagt. Seine Worte versetzen mich in eine absonderliche Science-Fiction-Welt, während seine Aura friedvoll ist und bewirkt, dass auch ich ruhig bleibe.

„Auf einer gewissen Ebene ist jeder Traum eine Realität. Ich habe in diesen Traum viel Energie einfließen lassen, habe jedes Detail erdacht, das ihn mit Leben füllt. Immer vorausgesetzt, dass alles so läuft, wie ich es plane – denn hier auf der Erde kann ich dich als getrenntes Wesen nicht steuern, es hängt von dir selbst ab –, werden wir zur richtigen Zeit in dieses neue Leben hineinspringen."

„Schon wieder Zeit?", frage ich, verstehe immer noch nicht.

„Hier ist die Zeit eine Realität. Wir können ihre Gesetze nicht leugnen, denn wir befinden uns in ihrem Zuständigkeitsbereich. Nur die Regeln außerhalb der gewöhnlichen Realität können wir ändern."

„Wie heiraten in Las Vegas und dann heim fliegen nach Washington?"

„Genau", sagt Chief. „Siehst du, wie viel du weißt, wenn du es zulässt?"

Bei diesen Worten öffnet sich der Beutel und gibt die Edelsteine preis, die ich lange gesucht habe. Fassungslos beim Anblick dessen, was vor mir liegt, werde ich kurzerhand aus meinem Zustand des Zulassens hinauskatapultiert.

„Ach du heilige Scheiße", sage ich. Es sieht tatsächlich eher danach als nach einem Edelstein aus.

32

„Das glaube ich nicht“, stottere ich, als ich die dunkelgrünen, kantigen Nuggets in meinem Beutel sehe. „Das sind keine Steine. Das sind Drogen.“

Ich kenne sie von Marias Reisen zu den Geistern psychotroper Pflanzen. Erhitzt und dann mit viel Spucke vermischt, ließ dieses grässliche Gebräu sie an den Ort fliegen, an dem sie Wunder bewirkte. Sie hatte mich immer dazu ermutigt, es auch zu probieren, fliegen zu lernen wie die Schamanin, die ich – wie sie beharrlich behauptete – war. Als professionelle Beobachterin und Wissenschaftlerin hatte ich immer abgelehnt – ganz zu schweigen davon, dass ich schlau genug war, der Spucke anderer Leute aus dem Weg zu gehen. Jetzt frage ich mich, ob wir statt zehn möglicherweise nur fünf Jahre zu spät dran wären, wenn ich damals mehr Mut gehabt hätte.

Ich betrachte die kleinen Klümpchen.

„Ich kann nicht glauben, dass ich die ganzen Jahre eine verbotene Substanz mit mir herumgetragen habe. Ich bin auf so vielen Flughäfen gewesen.“

Die Vorstellung lässt Panik in mir aufsteigen. „Man hätte mich festnageln können. Ich hätte den Rest meines Lebens in einem ausländischen Gefängnis zubringen können. Ich kann kaum glauben, dass Maria mich einem solchen Risiko ausgesetzt hat!“

„Kein Risiko“, sagt Chief, „wenn du glaubst, dass du nur einen Beutel voller Steine mit dir herumträgst. Da du es nicht wusstest, hast du keinen Widerstand geleistet. Ohne Widerstand gab es nichts, was du fürchten musstest. Keine Furcht, kein Problem.“

Ich lache. Unglaublich. Unmöglich. Wie diese ganze, gesegnete Reise.

„Jetzt wollen wir die Mixtur zubereiten, die du trinken musst. Damit wirst du die gewöhnliche Realität noch weiter hinter dir lassen, als du es schon getan hast."

„Uh", sage ich und weiß schon, wie lahm ich mich anhören werde, noch ehe ich den Mund aufgemacht habe. „Hör mal, Chief, diese Art von Droge kann dich echt umhauen. Dich ins La-La-Land schicken, wo du tagelang auf deine eigenen Finger starrst. Zufällig weiß ich genau, dass sie dich sogar umbringen kann. Können wir nicht einfach mit dem Trommeln weitermachen? Mittlerweile bin ich echt gut darin."

Der liebevolle Blick, den Chief mir zuwirft, erwärmt sogar mein hartes Herz. „Dein Widerstand ist immer noch viel zu groß. Noch nicht einmal dieser Verbündete gibt uns die Sicherheit, dass du ihn überwinden und das tun kannst, was du tun musst."

„Bist du dann zumindest sicher, dass sie ungefährlich ist?"

„Das Leben ist gefährlich", sagt er und wiederholt den Leitgedanken meiner Reise nach Georgia. „Aber du bist bereit."

Seine Worte rütteln mich wach. Vor zehn Jahren war ich nicht bereit. Werde ich das noch einmal zu ihm sagen? Werde ich mich dem widersetzen, was Maria mir gesagt hat? Dass auch ich eine Schamanin bin? Werde ich mich dem widersetzen, wonach ich mich tief in meinem Inneren gesehnt habe – außerhalb der Zeit zu fliegen, wie die Schamanen es tun müssen?

„Okay", stimme ich zu, ehe ich mich bremsen kann.

Kurze Zeit später wird mir eine Schale mit warmer Spucke von Chief und Pflanzen von Maria gereicht. Ich schaue hinein und nehme einen stechenden Geruch wahr. Meine Hände zittern, als sie nach der Schale greifen. Meine erste „Nahrung" seit Tagen. Chief muss gewusst haben, dass das hier kommen würde. Vor einer solchen Reise aß Maria oft tagelang nichts. Das Erbrechen war schon bei einem leeren Magen schlimm genug. Wenn ich bedenke, was mein Magen nach der Bilokation durchgemacht hat, bin ich froh, dass ich gestern Abend noch nicht einmal Tee mit Chief getrunken habe.

Während ich das Gebräu betrachte, denke ich über die Menschen nach, die vor mir da waren, die sich mit der Pflanzenwelt verbunden haben, um andere Welten zu finden. Ich hebe die Schale an meine Lippen. Die eigenartige Bitterkeit des ersten Tropfens lässt mich würgen, und ich muss meinen Magen zwingen, nicht zu rebellieren, während ich den Rest hinunterschlucke. Mein Mund wird heiß, brennt wie Feuer, und meine Augen tränen in einem stetigen Strom.

Chief nimmt die Schale und legt die Hände auf meine Schultern. Ich lege mich hin und warte auf meinen Trip. Chief hält meine Hand, als ob er an meinem Bett säße. Kein Trommeln diesmal. Er wird an meinem Bett gebraucht.

Ich will fragen, wonach ich suchen soll, aber als ich den Mund öffne, kann ich nur lachen. Mir ist nicht nach Lachen zumute, sondern nach Erbrechen. Trotzdem lache ich. Ich hatte nicht erwartet, dass die Droge so schnell wirken würde. Muss ich nicht erbrechen? Wie soll das gehen, wenn ich mich nicht bewegen kann? Tue ich es jedoch nicht, wird es mich umbringen. Ich lache wieder, bis es kommt. Chief dreht mich zur Seite, während ich mich übergebe. Meine Kehle brennt, während das Böse mich verlässt. Mein Magen pumpt wie eine Maschine, Schlag auf Schlag. Außer dem Gebräu habe ich nichts, was ich geben könnte, aber es geht endlos weiter, Woge auf Woge. Chief bleibt bei mir.

Als ich mich schließlich wieder auf den Rücken lege, beugt Chief sich über mich und spricht mit mir, obwohl ich nichts hören kann. Sein Mund bewegt sich sehr langsam. Ich verstehe nichts außer dem, was er mir schon die ganze Zeit klar machen wollte. Dass wir eins sind.

Ich verschmelze mit dem Boden, eins mit dem Boden. Ich schaue zu den Sternen hoch, eins mit den Sternen. Ich spüre meine Zunge im Mund, schwer und unbeweglich. Sie will nicht für mich, sondern mit mir sprechen. Als sei sie ein eigenständiges Wesen, sagt sie mir, dass es ihr nicht gefällt, wie ich fluche. Wortlos antworte ich, dass es mir Leid tut, dass ich nie daran gedacht habe, dass meine Zunge in dieser Angelegenheit eine eigene Meinung haben könnte. Ich verspreche ihr, dass ich daran arbeiten werde. Meine Zunge dankt mir für die Rücksichtnahme und verlässt mein direktes Bewusstsein.

Ich beginne zu schweben. Nach oben, fort, nach unten, nach innen, alles zugleich. Jenseits von Hier oder Dort. Vor mir sehe ich die grünblaue Kugel der Erde, in der Mitte gespalten und geöffnet wie ein gesprungenes Ei. Ich gehe in den Sprung hinein und finde in der Ferne eine weitere, kleinere Welt. Ich fliege auf sie zu, jetzt riesengroß. Auch sie springt auf. Hinein, noch einmal hinein und wieder hinein, bis ich ein Dutzend Welten weit in die Welt eingedrungen bin und schließlich in pechschwarzer Dunkelheit anhalte. Mit einem Fuß stehe ich auf einer hohen, hohen Stange, nicht breiter als ein Fahnenmast, aber viel höher. Welten hoch. Ich weiß nicht, wie ich von dieser Stange herunterkommen soll. Entsetzen packt mich, während seltsame Vögel in bizarren Mustern umherfliegen und mich ankreischen wie Dämonen.

Ich werde nie von dieser Stange herunterkommen. Nie zurückgelangen.

Vor mir, mitten in der Dunkelheit, erscheint Maria.

Welche Erleichterung!

Meine Freundin, wie lange ist es her! Wie sehr habe ich mir gewünscht, zu dir zu reisen. Ich verschmelze mit ihr und löse mich wieder, bin eins mit dem Universum, das sie ist.

„Guter Stoff, he?" fragt sie lachend.

„Ich habe dich immer gemocht, Maria. Alle haben dich geliebt wegen der Wunder, die du vollbracht hast, aber ich mochte dich, weil du so lustig warst. Nicht einmal deine Wunder hast du wirklich ernst genommen."

„Einfache Magie. Sollte auf dich abgefärbt haben, Schamanenmädchen!", sagt sie. „Ist jetzt egal. Maria ist hier!"

„Wie du es mir versprochen hast. Ich wusste nicht, dass es immer noch möglich sein würde, nachdem du gestorben warst. Ich wäre früher gekommen."

Sie winkt meine Entschuldigungen beiseite. „Du willst eine Heilung?"

„Ja", sage ich ernst.

„Gut!"

Ich erinnere mich wieder daran, wie schnell wir Freundinnen geworden waren, wie viel sie mir gab in dieser kurzen Zeit, die wir gemeinsam durch die Regenwälder liefen, in denen alles lebendig war. Wirklich lebendig. Ich weine, als ich erkenne, wie wenig ich zu schätzen wusste, was ich in dieser Zeit erfuhr. Die Tränen fallen in das dunkle Nichts, das uns umgibt, glitzernd wie Diamanten.

„Lass uns gehen", sagt sie, schnappt mich und packt mich unter ihren Arm wie ein Superheld. Farben explodieren, während wir durch das Dunkel rauschen, Schattierungen und Muster, die ich noch nie zuvor gesehen habe. Mir wird schlecht, und ich weiß, dass ich mich wieder übergebe, dort oben, wo die Illusion des Lebens ist. Die Farben wechseln zu grau und dunkelgrün, wie das hässliche Gebräu, das ich getrunken habe.

Reue, dass ich es getan habe, zieht mich in das düstere Einerlei hinein. Ich verliere mein Gleichgewicht, jedes Gefühl für die Richtung. Ich werde aus Marias Griff gerissen, schwimme in fauligen Farben, und der Gestank eines Flusses voller aufgedunsener toter Ratten umhüllt meine Sinne.

„Hier lang", sagt sie von irgendwo her.

Ich kann ihr nicht folgen, werde hin- und hergeschleudert wie ein Käfer in einem Tornado. Dieses Graugrün überwältigt mich, nimmt die Gesichter der Kanalratten an, die scheinbar auch durch meine Kehle gepresst werden, während ich würge.

Maria findet mich, verirrt in meinen eigenen Eingeweiden.

„Hier, kleines Schamanenmädchen!", sagt sie und setzt mich auf eine andere Stange, dieses Mal eine, auf der man reiten kann wie auf dem Besen einer Hexe. Sie setzt sich rittlings auf ihre eigene Stange, und ich mache es ihr nach. Seite an Seite fliegen wir in eine mondlose Nacht hinaus, sauber und klar, bis das Strahlen von tausend Sternen die Dunkelheit erhellt.

Hier, zwischen den Sternen, bin ich plötzlich von reinster Intelligenz umgeben. Ah! Das ist es! Das ist der Grund, weshalb ich so gerne denke. Weil Denken auch göttlich ist. Verstehen ist eine freudvolle Suche, solange man das Einssein nicht vergisst.

Ich lache und lache, fliege wahrhaftig. Ho, ho! Diese Reise gefällt mir.

„Mehr Drogen, bitte“, sage ich, Oliver nachahmend, der um mehr Haferbrei bittet, und blinzle Maria zu. Dann biege ich mich vor Lachen.

Als ich mich schließlich wieder aufrichte, sehe ich eine Reihe schillernder, lebendig pulsierender Lichtsäulen. Sie haben kein Gesicht, doch ich weiß, dass sie mich ansehen. Sie haben keine Gefühle, und doch scheinen sie mir Gedanken der Schönheit anzubieten, eine majestätische Bekräftigung, die Vorstellungen widerspiegelt, die jenseits von allem liegen, was mein sterblicher Körper verstehen kann. Ich fühle die Botschaft ganz deutlich. Ich mache meine Sache gut. Ich lache. Dann sause ich auf meiner magischen Stange an ihnen vorbei und grüße sie salutierend. Als Antwort senden sie erstaunliche, pulsierende, geometrische Lichtformen aus, die mir wie Lehrpläne vorkommen. Ich fliege in diese Formen hinein und lerne, angetrieben von Göttlicher Intelligenz.

Das ist es also.

Das ist Einheit.

Das ist Jetzt.

Das ist zulassen.

Das ist alles zu seiner perfekten Zeit.

Unmöglich, vom Weg abzukommen.

Unmöglich, die Dinge zu verpfuschen.

Kein Grund, sich jemals Sorgen zu machen.

Ich spüre das Pulsieren, eine atemberaubende Lichtschau, ein manifest gewordener himmlischer Regen. Meine diamantenen Tränen werden in einem neuen Beutel bewahrt, den ich um meinen Hals tragen kann. Meine Tränen, teilen sie mir durch ihre Gedanken mit, werden dazu beitragen, die Freiheit der Welt zu erkaufen.

Ja! Ja! Eine Freiheitskämpferin! Das bin ich immer gewesen. Worauf die Hoffnung hofft. Alles in meinem Leben dort oben ergibt einen Sinn. Eine Wahrheit trifft auf eine andere wie Dominosteine, die angestoßen werden und in einer Kettenreaktion ineinander fallen.

„Ich möchte die Erde durch die Brille dieses Verstehens betrachten“, sage ich zu Maria.

Gemeinsam reiten wir auf unseren Stangen in den Regenwald hinein. Ich sehe mich selbst vor all diesen Jahren. Wie klein ich aussehe, wie furchtsam. Doch die Bäume sind lebendig. Sie produzieren Sauerstoff, die Lebenskraft der Menschheit, wie ich es bereits auf meiner ersten Reise gesehen habe. Während wir sie schänden, ignorant unser eigenes Leben plündern, dienen sie uns als die ewig gebenden Hüter der Weisheit. Ich weine ob der Schönheit und ob der Zerstörung dieser Schönheit, und auch ob des Wissens, dass ich ein Teil davon war. Noch mehr Diamanten für meinen Beutel.

In ihnen sehe ich mein eigenes Spiegelbild. Ich bin der Baum und die Zerstörerin, bin das Tier, das seinen eigenen Schwanz jagt. Es ist diese Erkenntnis, der wir um jeden Preis aus dem Weg gehen und die wir zugleich verzweifelt suchen. Dass alle Dinge eins sind.

Alle Eins.

Endlich verstehe ich. Ich bin *Die Eine*, weil jeder von uns *Der Eine* oder Die Eine ist. So einfach ist das.

Vor mir erscheint Maria. „Hast du Spaß?“

„Ja! Und ich bin bereit weiterzugehen. Was jetzt, meine Freundin?“, frage ich und spüre zum ersten Mal, dass Maria, wie auch Chief, nicht weiser ist als ich selbst. Lediglich besser informiert.

Sie deutet auf einen Punkt am Horizont. Ich folge ihm.

Und bin wieder in Irland.

Blitzschnell kommen wir in der Zeit und an dem Ort an, an dem Dark Crow mich und mein Baby tötet. Mit diesem Abstand erkenne ich, warum es so ist. Es ist noch nicht an der Zeit, dass ich ein Kind bekomme. Wenn die Hoffnung ein Kind gebiert, kommt die Liebe. Die Welt ist noch nicht bereit, aber wir haben alle Zeit der Welt. Das erkenne ich jetzt. Die irische Frau, die ich einmal war, weiß das aber nicht. Sie fühlt nur das Trauma. In der Ecke sehe ich den Geist, der sich von ihrer Seele gelöst hat, voller Verzweiflung und Trauer.

„Heile dich selbst“, sagt Maria.

Ich muss nicht fragen, was sie damit meint.

Ich nähere mich der Form, dem geisterhaften Schatten, weiß jetzt endlich, was sich zugetragen hat. Hier, in diesem Aufeinandertreffen von Raum und Zeit, habe ich meiner Angst erlaubt, einen Teil meiner Seele zu behalten. Den Ort in mir, der einmal in meine Fähigkeit vertraut hat, mein Kind zu beschützen. Jetzt muss ich mich wieder mit diesem Teil vereinen, muss ihn zu Mary Margaret zurückbringen, damit das Kind endlich geboren werden kann.

„Hallo!“, sage ich zu diesem Geist, der Teil meiner Seele ist. „Komm mit mir, ich werde dir ganz erstaunliche Dinge zeigen.“

Sie sieht mich an, nimmt mich nur halb wahr und schüttelt nervös den Kopf.

Was? Sie will mich nicht? Jetzt, wo ich alles sehen kann? Unmöglich.

Ich fliege wieder zu ihr hinab, lächle sie an. „Komm doch mit, ich werde dir zeigen, dass alles gut wird!“

Ich sause an ihr vorbei und blicke zurück. Sie ist immer noch unsicher. Ich erkenne, dass diese Verführungstaktik nicht funktionieren wird. Ich nehme mich zurück, höre auf das, was ich weiß. Ah, das ist es also. Sie kann nur an ihr Baby denken, das kalt im Schoß der toten Frau auf dem Boden liegt. Ich nähere mich ihr noch einmal, diesmal vorsichtig und mitfühlend.

„Das Baby ist nicht tot“, sage ich leise.

Sie sieht mich an.

„Die Zeit für das Baby war noch nicht gekommen, aber sie kommt, und zwar bald. Dieses Baby wird ein großer Lehrer werden. Komm mit mir. Gemeinsam werden wir das Baby finden.“

Sie sieht mich an, die Augen groß und misstrauisch. „Du bist zu oberflächlich. Zu derb. Du wirst nie eine gute Mutter sein.“

Was? Ist es das, was ich denke? Wovor ich mich fürchte? Zu oberflächlich, zu derb, um eine gute Mutter zu sein?

Ja, erkenne ich. Es stimmt. Aber nur deshalb, weil die gute Mutter in mir in Gestalt dieses Geistes hier zurückgeblieben ist. Das, so begreife ich, ist meine Triebkraft, ist die Macht, die ich brauche, um sie davon zu überzeugen, dass sie zu mir zurückkehrt.

„Das Kind wird auf jeden Fall kommen. Aber ohne dich kann ich nicht die Mutter sein, die du gewesen wärest. Wenn du zu mir zurückkehrst, können wir beide Mutter für dieses Kind sein.“

Sie denkt darüber nach, fragt sich, ob ich tatsächlich meine, was ich sage.

„Das Kind verdient eine ganze Mutter“, sage ich und preise ganz unverschämt das an, was ich zu verkaufen habe, glaube aber auch an das, was ich sage. Ohne ein weiteres Wort setzt sie sich behutsam auf meine Stange, gleitet nach vorne und in mich hinein. Sie verschmilzt mit meiner Seele wie ein Schatten, der sich mit seinem Ursprung vereint. Ich spüre eine neue Sanftheit, größer als alles, was ich in diesem Leben bisher erfahren habe. Endlich fühlt mein Mitgefühl sich an, als ob es einen Ort in mir hätte, einen Ort, an dem es wohnen kann, einen Ort, der mehr ist als eine bloße Vorstellung in meinem Kopf. Dies ist die Ganzheit, nach der ich gesucht habe.

Als ich Irland verlasse, bin ich mehr ich selbst, als ich es je zuvor gewesen bin. Ich vollbringe meine eigene Heilung. Maria schließt sich mir lachend an. Ich muss sie nicht fragen, was als nächstes kommt. Ich weiß, wohin ich gehe.

33

Blitze zucken. Unter mir sehe ich den Vulkan, rieche die Schwefeldämpfe, die sich mit dem satten Geruch nach feuchter Erde vermischen. Vor mir fliegt mein eigener Geist wie ein Vogel. Maria entfernt sich und überlässt mich meiner Aufgabe. Ich beschleunige meinen Flug, um das verlorene Fragment meiner Seele einzuholen.

„Hallo! Erinnerst du dich an mich?“, frage ich und bin gespannt, wie ich sie wohl überzeugen werde.

Sie sieht mir kurz in die Augen und blickt wieder fort, versunken im Frieden ihres Fluges.

„Ich bin gekommen, um dich nach Hause zu bringen“, sage ich.

„Ich bin zu Hause“, sagt sie und ist bemüht, heiter zu klingen. Ich erkenne die Kraft wieder, die hinter den Worten steckt. Bemüht, Frieden zu empfinden, bemüht, erleuchtet zu sein, bemüht, immer nur bemüht. Und darunter schiere Angst. Das bin ich, da besteht kein Zweifel.

„Du musst mit mir kommen. Ich brauche dich, denn ich habe eine Mission.“

„Wende dich an den weisen Kahuna dort unten“, sagt sie sarkastisch und deutet in Richtung des Vulkans. „Er wird dir helfen.“

„Er?“ Ich lache. „Er ist nicht weise. Ich kenne ihn heute, in meinem jetzigen Leben. Er ist voller Nichts. Aber er hat es noch immer auf mich abgesehen. Ich brauche dich und deine Intuition, um zu verhindern, dass er mich noch einmal überwältigt, wie er es schon so oft getan hat.“

Sie sieht aus, als würde sie über meinen Vorschlag nachdenken.

„Du hilfst mir nicht, indem du hier draußen herumschwebst und dem Schmerz aus dem Weg gehst. Du musst bei mir sein. Ich muss wieder an deine Gaben glauben können, um zu wissen, was ich weiß, und um diejenige zu sein, die ich sein wollte. Um helfen zu können, mein Volk zu befreien, so wie du dein Volk befreien wolltest."

„Was ist mit Lono? Mein Gott hat mich verlassen. Wie kann ich dir helfen, ohne sein Manna?"

„Vergiss die Götter. Du bist doch selbst eine Göttin. Wenn du erkannt hättest, dass du dein eigenes Manna benutzen kannst, dann hättest du vielleicht schon vorher gesehen, was passieren würde, und etwas getan, um es zu verhindern."

„Ich wusste es. Du machst mir Vorwürfe. Ich bin schuldig. Zu schuldig, um dir zu helfen."

Soso, noch mehr von diesen Selbstvorwürfen, für die ich berühmt bin. Hier stecken sie also, in einem Geist meiner eigenen Seele. Wie gehe ich damit um? Wie durch Magie erscheint vor meinen Augen Hannahs Gesicht, und ich weiß, was ich sagen muss.

„Wir müssen die Schuld aufgeben." Ich wiederhole die weisen Worte, die meine innig geliebte Freundin vor langer Zeit zu mir gesprochen hat. Ein fesselnder Strom der Ekstase fließt durch mich hindurch, als ich ihre Worte zum ersten Mal wirklich verstehe. „Nicht die Schuld, die uns bewegt, das Richtige zu tun, sondern die Schuld, die bewirkt, dass wir uns unwürdig fühlen und uns durch unsere Angst davon abhält, etwas wahrhaft Großes zu wagen."

„Glaubst du wirklich, dass es immer noch eine Chance gibt?", fragt sie und klingt, als wage sie nicht zu hoffen und könne doch nicht anders. Wie ich. Schließlich ist sie die Hoffnung.

„Ja. Viele Menschen sind gekommen, um uns zu helfen. Wir sind nicht allein. Wirst du deine Göttlichkeit zu uns zurückbringen oder als Vogel hier draußen bleiben, wo du zwar frei und leicht sein kannst, aber auch nichts bewirkst?"

„Das ist nicht meine Absicht!"

„Dann komm mit mir. Bitte."

„Versprich mir zuerst, dass du diesen bösen Menschen nicht in unsere Nähe lassen wirst."

Mir gefällt die Vorstellung nicht, irgendjemandem ein Versprechen zu geben, auch nicht mir selbst. Nicht nach dem teuer bezahlten, verfehlten Versprechen, das ich Hannah gegeben habe. „Ich verspreche, dass ich es versuchen werde. Wenn du wieder zu einem Teil von mir wirst, wird es einfacher sein."

Sie zeigt ihr Einverständnis, indem sie sich auf meine Stange schiebt und in mich hineingleitet. Erneut vereine ich mich mit mir selbst. Ich fühle mich schwer, aber auf eine positive Weise, fast so, als ob meine Seele Wanderstiefel angezogen hätte.

„Du machst es gut!", bestätigt Maria, die neben mir erscheint. „Jetzt China."

Bei diesen Worten schrecke ich zurück.

„Nein", sage ich, denn ich weiß, dass ich bestimme, was geschieht. „Dazu bin ich noch nicht bereit. Ich brauche noch mehr Kraft. Erst Georgia."

„Okay." Maria zuckt mit den Schultern. „Aber die große Macht ist in China."

Ich will nicht darüber nachdenken. Selbst hier, auf diesem Flug mit allem, was Eins ist, auf dem Flug, der die Weisheit mit zehn Erkenntnissen zugleich in mich einströmen lässt, kann ich mir nicht vorstellen, dorthin zurückzugehen. Kann mir nicht vorstellen, dass ich dieses schreckliche kleine Selbst, das ich war, wieder in meine Seele zurücklasse. Warum? Wer braucht Feinde, wenn er eine solche Seele hat?

„Georgia", sage ich, und schon sind wir dort. Hickorybäume und Baumwollfelder, lange, elegante Veranden und mein Geist, schon vor Mittag sturzbetrunken. Ich fliege auf meiner Stange hinunter und rausche an ihr vorbei. Es gelingt mir, ihre Aufmerksamkeit zu erregen. Ich lächle sie an und frage sie, ob sie Lust auf einen Spazierritt hat. Sie scheint nicht interessiert, will in ihrem Selbstmitleid schwelgen.

Kein Wunder, dass ich als Wyunettas Kind nicht gediehen bin. Ein Teil von mir war immer noch sternhagelvoll. Ich fliege wieder an ihr vorbei, erkläre ihr, dass ich vielleicht etwas habe, das sie will. Wenn es kein Drink ist, ist sie nicht interessiert. Ihre wahre Liebe ist fort. Wofür sonst lohnt es sich zu leben? Obendrein weiß sie, dass der einzige Weg hinaus durch den Schmerz hindurchführt, und sie hat bereits vor langer Zeit beschlossen, dass sie diesen Weg nicht gehen wird.

Was tun? Die Erkenntnis kommt von allein, mein intuitives hawaiisches Selbst hilft mir bereits, die Dinge klarer zu sehen. Wir werden einen ganz besonderen Verbündeten brauchen.

Ich fliege an meiner Umgebung vorbei, nicht nur dort in Georgia, sondern auch hier draußen, in den Welten zwischen den Welten. In der Ferne sehe ich einen Coyoten. Einen Trickster. Aha, ein Trickster wird benötigt. Ich folge dem Coyoten, aber er ignoriert mich dummen Menschen völlig. Ich werde zu einem Coyoten und laufe neben ihm her. Unsere Beine trotten im Gleichklang.

„Ich brauche Hilfe", flehe ich ihn an. Er gibt keine Antwort.

Sei der Coyote, sage ich zu mir selbst, und wolle, dass es so ist. Ich fühle ihn, fühle seine Bewegung und seine Motivation. „Willst du ein Trickster sein?"

Er dreht sich zu mir um, grinst mit entblößten Reißzähnen und antwortet singend: „What do you do with a drunken sailor? What do you do with a drunken sailor? What do you do with a drunken sailor, early in the morning?"

„Genau", antworte ich. „Was macht man mit einem betrunkenen Matrosen?"

Er bleibt stehen, als ob er über meine Frage nachdenken würde, und hebt dann das Bein an einem Busch.

Erst warte ich auf ihn, dann habe ich es kapiert. Mach sie nass! Meine betrunkene Sängerin braucht eine richtige Dusche, damit sie wieder nüchtern wird. Dazu brauche ich aber heiliges Wasser. Woher?

Der Wasserfall! Ich fliege durch die Zeit zu einem Tag, an dem der Wasserfall fließt. Er ist voller Schönheit. Ich stelle mir einen Eimer in meiner Hand vor, und schon ist er da. Ich fülle ihn, kehre zurück und leere ihn über meinem betrunkenen Geist aus.

Das ernüchtert sie augenblicklich.

„Wenn du mir nicht hilfst, gibt's noch mehr davon", drohe ich.

„Lass mich in Ruhe, du dumme Kuh", kreischt sie und wirft eine leere Ginflasche nach mir. Deshalb gelingt es mir also nicht, nicht zu fluchen. Die Angewohnheit steckt in der Seele einer stinksauren, sturzbetrunkenen Frau fest.

„Das kann ich nicht. Du hast etwas, das ich brauche."

„Ich habe nichts, das irgendjemand braucht", antwortet sie.

In ihren Worten höre ich mich selbst, aber von dieser Lüge habe ich jetzt wirklich genug.

„Ich weiß, was ich weiß", erkläre ich ihr. „Du willst für die Freiheit kämpfen, aber hier wirst du es nie schaffen. Deine Stimme wurde zum Schweigen gebracht. Komm mit mir, ich werde dir helfen."

Sie sieht mich an, als ob sie mit einem weißen Handschuh über einen Kaminsims gefahren wäre und festgestellt hätte, dass dieser dringend vom Staub befreit werden muss. „Wozu? Jetzt, wo er fort ist, ist diese Welt ein gottverlassener Ort."

„Wir werden ihn finden und davon überzeugen, dass er zurückkehrt", erwidere ich. Meine Absicht wird mir selbst erst bewusst, nachdem ich sie ausgesprochen habe, und der Gedanke versetzt mir einen Ruck der Hoffnung, der so stark ist, dass ich fast von meiner Stange herunterfalle.

„Lass ihn in Ruhe!", schreit sie, will ihn um jeden Preis schützen. „Er ist frei."

Ich weiß, dass ich es glaube, tief in meinem Inneren. Hier, in der Einheit all dessen, was ist, habe ich jedoch einen anderen Blickwinkel. „Ist er frei? Wirklich? Wenn wir alle wahrhaftig eins sind, wie kann eine Seele dann frei sein und den Rest der leidenden Welt vergessen?"

Sie sieht aus, als würde sie überlegen, aber dann winkt sie ab. „Wird sowieso nicht einen verdammten Deut ändern. Die Lillys dieser Welt werden weiter sterben."

Ich sehe ihre Worte als das, was sie sind. Mein Einsatz. Mein Zeichen.

„Ich kenne Lilly heute. Sie lebt. Ich kann dich zu ihr bringen."

Das lässt sie aufhorchen. „Was meinst du damit?"

„Ich meine, dass wir mehr als nur ein Leben haben. Ich bin du, in der Zukunft. Lilly lebt wieder. Ihr Name ist Puck. Diesmal ist sie ein Junge. Der schönste Fünfjährige, den du dir vorstellen kannst. Wieder erfüllt von dieser übersprudelnden Essenz, die alles eine Freude sein lässt."

„Ich erinnere mich“, sagt sie wehmütig.

„Ich schwöre, dass sie lebt. Aber sie ist in Schwierigkeiten. Sie braucht uns. Komm zu mir zurück, und ich werde alles haben, was ich brauche, um ihr zu helfen. Wir werden dafür sorgen, dass es für uns alle gut ausgeht.“

Ich weiß zwar nicht, woher meine Zuversicht kommt, aber ich bin selbst überzeugt von dem, was ich sage.

Unsicher steht sie auf und kommt zu mir herüber. „Für Lilly“, sagt sie und springt nicht auf die Stange, sondern direkt in mich hinein. Meine unverwüstliche Zuversicht ist in voller Stärke zu mir zurückgekehrt.

„Für die Lillys dieser Welt!“, rufe ich. Es ist ein Schlachtruf.

Maria erscheint, deutet in Richtung China.

„Nein, Maria“, sage ich. „Dorthin brauche ich jetzt nicht mehr zu gehen. Ich habe meine Mutterschaft, meine Intuition und meine temperamentvolle Südstaaten-Schönheit wieder. Alles, was ich in China zurückgelassen habe, kann dort bleiben.“

„Gut“, sagt die Stimme eines Mannes hinter mir, „dann habe ich immer noch einen Job.“

Dunkel, hässlich, klein. Ich kenne die Stimme. Es ist Dark Crow. Hier draußen, im Wind.

„Verschwinde!“, schreie ich, will mich nicht umdrehen. Ich höre nichts mehr und habe das Gefühl, dass er verschwunden ist. Endlich.

„Siehst du, Maria? Es gibt mehr als nur einen Weg.“

Sie schüttelt den Kopf. „Hochmut der Götter. Jetzt musst du in die Zukunft gehen.“

„Warum?“

„Um ein Samenkorn zu pflanzen, das du brauchen wirst.“

Alles, nur nicht China.

Ich fliege nach vorn und treffe auf eine Stelle, die mich wie mit einem Flugboot in die Zeit gleiten lässt. Unter mir liegt der Canyon. Dark Crows schmieriger Wagen, darin ich. Seine Hose ist halb heruntergelassen. Er nähert sich meinem hochgezogenen Rock, und seine Faust befindet sich in der Luft. Es ist das Zerschmettern des Wangenknochens, das ich intuitiv geahnt habe. Alles läuft in Zeitlupe ab.

„Das“, keuche ich, „das liegt in meiner Zukunft?“
„Tut es jetzt. Pflanze ein Samenkorn“, befiehlt Maria.
„Ich weiß nicht, wovon du redest.“
„Ein Samenkorn. Wenn es passiert, in diesem Moment, was wirst du tun?“
Dark Crows harte Männlichkeit starrt mich an wie eine riesengroße Giftschlange. Ich kann nicht klar denken.
„Ich weiß es nicht!“, schreie ich und sinke aus der Schönheit des Einsseins wieder in die Schrecken des Lebens in der Realität.
„Heile dich jetzt, ehe du dort hingelangst“, schlägt Maria vor.
„Ich weiß nicht, wie“, belle ich.
Ich höre mich selbst und weiß, dass ich es nie wissen werde, solange ich in diesem Zustand bin.
Entspanne dich. Atme. Lass los.
Die Klarheit landet wie ein Schmetterling auf meiner Schulter. Als sei das Verstehen immer schon dort gewesen und habe bloß darauf gewartet, wahrgenommen zu werden, erkenne ich, was ich tun muss. Ich pflanze ein Samenkorn, indem ich mir selbst etwas ins Ohr flüstere.
Maria lächelt mich kurz an. Sie sieht aus, als wäre sie nur teilweise zufrieden. „Es war schön, dich zu sehen, kleines Schamanenmädchen.“
Ich lächle zurück und fühle mich plötzlich sehr müde. Ich spüre, wie ich nach oben schwebe, zurück in die Realität von Zeit und Raum. Meine Augenlider flattern.
Chief sitzt nicht mehr neben mir, sondern liegt auf dem Boden. Er sieht viel müder aus als ich selbst. Ich blinzle, setze mich auf und vergewissere mich, dass ich auch wirklich zurück bin, dass ich nicht irgendwo anders gelandet oder wieder gespalten bin. Mein Kopf fühlt sich benebelt an. Meinem Magen geht es noch schlimmer.
Aber das spielt keine Rolle. Ich habe Chief noch niemals so gesehen, so klein und alt. Er sieht noch viel schlimmer aus als während der Zeit, in der er mein Geschwür auf sich genommen hat. Ich schließe meine Augen einen Moment lang ganz fest und öffne sie wieder.

Seine Augenlider sind halb geschlossen, sein Leuchten ist nahezu vollkommen verschwunden.

„Nein!“, schreie ich laut und hole mich entschlossen in die Gegenwart zurück. Ich rüttle sanft an seinen knochigen Schultern. Sein Körper ist schlaff. „Du kannst noch nicht gehen!“

Er hustet, wirkt vollkommen gelassen. „Ich habe versprochen, das Heilige Volk am Spider Rock zu treffen. Du musst mich dorthin bringen.“

34

Unser Lager ist schnell abgebrochen. Wir werden nur wenige Spuren hinterlassen. Zwei Schlafmatten, ein paar Tassen und Schalen sowie einige zusätzliche Kleidungsstücke verstaue ich etappenweise im hinteren Teil der Höhle oben in der Canyonwand. Niemand außer mir weiß, dass sie dort sind. Meine Intuition sagt mir klar, dass ich irgendwann zu diesem Lager zurückkehren werde.

„Werden wir dein heiliges Bündel und deine Trommel brauchen?", frage ich.

Chief schüttelt den Kopf. In diesem Fall weiß ich genau, was wir tun. Wir machen uns auf den langen Weg zu dem Ort, an dem Chief sterben möchte.

Ich versuche mich mit dem Gedanken zu trösten, dass er sterben muss, um von mir geboren werden zu können. Eine logische Schlussfolgerung, aber wenn wir ohnedies ein Wunder mit der Zeit vollbringen sollen, ist es dann zu viel verlangt, dass ich nicht Zeugin seines Dahinscheidens werden will?

Die Arbeit lenkt mich ab. Ich empfinde Verehrung und eine tiefe Dankbarkeit für diese Tage im Maul des Löwen. Es war in der Tat eine denkwürdige Reise.

Chief blickt noch einmal zum Himmel hoch. Er scheint über das reine Blau und die schneeweißen Wolken des späten Nachmittags hinauszublicken bis zu den Sternen und ihren Konstellationen, die das Licht verbirgt. Wusste er die ganze Zeit, dass uns für unsere Arbeit nur wenige Tage bleiben würden? Habe ich genug gelernt?

„Du wirst mich tragen müssen", sagt er. Seine Beine sind schwach und zittern, als er langsam zu einem großen Felsen geht und sich dagegen lehnt.

Ich überlege einen Moment, klettere dann noch einmal nach oben in die Höhle und hole ein einzelnes Laken. Ich nehme Maß an Chiefs Körper, verknote es, streife es über meine Schulter und binde es dann um die Taille fest. Ich ziehe daran, um sicherzugehen, dass es hält, bevor ich mir meine kostbare Fracht auflade. Es hält.

Als ich Chief in das provisorische Tragetuch hebe, spüre ich auf meinem Rücken nur Knochen. Er hilft mir, schiebt sich hinein. Der Knoten drückt gegen meine Taille. Er schlingt einen Arm um meine Schulter, den anderen um meine Mitte. Dann lehnt er sein Körpergewicht gegen mich. Sein Herz ist an meinen Rücken gepresst, und seine Beine baumeln nach unten aus dem Tragetuch heraus, knochig und unbeholfen. Wir sind bereit. Ich konzentriere mich auf mein Gleichgewicht, auf die vor uns liegenden Kilometer und darauf, dass seine Knie beim Gehen nicht gegen meine Seite schlagen oder ich ihn allzu sehr durchschüttle.

Ich gehe der untergehenden Sonne entgegen. Fast scheint es, als wolle die gesamte Natur diesen Marsch unterstützen, denn es weht ein leichter, gleichmäßiger Wind, und die Bäume neigen sich anscheinend zu unseren Gunsten. Truthähne, Dachse und Krötenechsen tauchen auf, beobachten uns, während wir vorbeigehen. Erst jetzt sehe ich, wie wenig ich während meines Aufenthalts hier von dem Land wahrgenommen habe. So erstaunlich es auch klingen mag, Chief war meine große Anziehungskraft. Alles, was ich sehen wollte, war sein Gesicht.

Obwohl ich tief atme, um nicht in Panik zu geraten, werde ich von zahllosen Fragen bombardiert. Was wird nun? Wie werden wir es zustande bringen? Wird er zu Ray gehen, irgendwo dort oben, und unseren Fall vorbringen? Kann ich irgendetwas tun, um ihm bei seinem Ableben zu helfen? Was soll ich mit seinem Körper tun, nachdem er ihn verlassen hat? Werde ich für den „Zeitsprung" eine Reise unternehmen müssen, oder besteht diese Möglichkeit nun nicht mehr, da sein Tod so nahe ist und ich immer noch so wenig weiß? Wenn ich reisen muss, wer wird für mich trommeln? Und muss ich das alles überhaupt wissen? Oder wird es sich einfach entfalten, weil Chief es so geträumt hat und ich damit einverstanden bin?

Ich zögere, diese Fragen zu stellen. Er will, dass ich meine Antworten in mir selbst finde. Ich bin aber einfach nicht sicher, ob ich bereit bin. „Bist du in Ordnung?“, frage ich sanft und versuche, meine Stimme wie eine Liebkosung klingen zu lassen.

„Ein wenig müde“, antwortet er. Ich gehe langsamer, um ihn zurechtzurücken, und eile dann weiter. Ich verspüre ein Bedürfnis, ihn reden zu lassen. Solange er redet, haben wir Zeit, es bis zum Spider Rock zu schaffen.

„Wieso warst du in einer Irrenanstalt?“, frage ich. Keine wichtige Frage. Ich kann mit und ohne die Antwort darauf leben. Etwas, das ich locker nehmen, das ich zulassen kann.

„Ohne dich als meine Mutter konnte ich nicht mit voller Schwingung inkarnieren. Der elektrische Schock, den ich in der Irrenanstalt bekommen habe, machte es möglich, dass ein größerer Teil meiner Essenz sich mit mir vereinen konnte.“ Er sagt es, als sei es keine große Sache, als habe er einfach nur getan, was getan werden musste.

„Eine ziemlich raue Methode“, sage ich.

„Nicht sehr angenehm“, stimmt er zu. Es klingt nicht nach einer Klage.

„Wird es sich für mich so anfühlen, wenn ich dich zur Welt bringe?“

„Es ist bereits geschehen. Vergiss nicht, ich bin bereits geboren. Vor sieben Jahren. Es war einc Herausforderung, wie ich mich erinnere.“

„Mit dir ist alles eine Herausforderung“, antworte ich lächelnd.

„Ja.“

Ich bleibe stehen, um ihn noch einmal zurechtzurücken.

„Wenn ich diesen Zeitsprung mache, werde ich also nicht wirklich schwanger mit dir sein, oder?“

„Du wirst dich daran erinnern, dass du mich geboren hast, als ob es wirklich deine eigene Erinnerung wäre.“

„Aber es ist nicht wirklich geschehen, außer in deinem Traum.“

„Keine unserer Erinnerungen ist wirklich geschehen. Sie alle handeln von Gestern. Gestern ist eine Erfindung, genauso wie Morgen. Allein das Jetzt ist real. Mein oder dein Traum, meine oder deine Erinnerungen, nichts davon spielt wirklich eine Rolle. Du wirst den Unterschied nicht erkennen."

„Werde ich also vergessen? All dies hier? Mein Leben in den letzten zehn Jahren? Unsere gemeinsame Zeit?"

Er lacht glucksend. „Bei deiner Hartnäckigkeit wirst du wahrscheinlich einige Zeit an der Erinnerung festhalten, zumindest an einem Teil davon. Sobald du wieder schläfst, wird es dir aber nicht mehr gelingen. Das neue Leben wird die Macht übernehmen, neue Erinnerungen werden die alten Erinnerungen verdrängen. So ist es am besten, denn sonst würden die beiden unterschiedlichen Erinnerungen dich verrückt werden lassen. Für Ray wäre es mit Sicherheit sehr hart, sich an den Frieden zu erinnern, aus dem er kommt. Ich nehme an, er wird es vorziehen, sich gar nicht zu erinnern."

„Ich nehme an, dass das der Grund ist, weshalb wir vergessen, woher wir wirklich kommen und dass alles von Anfang an eine Illusion ist."

„Ja. Sobald dir wirklich und wahrhaftig klar wird, dass es nur ein Spiel ist, ist das Spiel aufgeflogen."

„Selbsterkenntnis", sage ich und denke an all die Meister, die sie propagiert haben. „Aber gilt das für jeden, für alle Menschen? Oder gilt es nur für mich, in meiner eigenen Geschichte?"

„Für dich gibt es nur deine Geschichte", antwortet er. „Wenn die Menschen nur ihre eigene Geschichte leben und das tun würden, was ihre eigenen Träume ihnen sagen, dann wäre das Leben viel einfacher. Dann gäbe es keinen Krieg. Die Menschen müssten ihre Überzeugungen anderen Menschen nicht aufzwingen in dem Versuch, sich selbst dessen zu versichern, was sie glauben wollen, aber nicht sicher wissen."

„Was ist mit den Dark Crows dieser Welt? Können wir es ihnen überlassen, selbst zu wissen, was sie wissen? Sie ihrer Dunkelheit überlassen?"

„Was hat Dark Crow zu dir gesagt, als er dir auf deiner heilenden Reise erschienen ist?"

Ich denke zurück. Die Erinnerung an ihn lässt mich schaudern. „Er hat gesagt, er sei froh, immer noch einen Job zu haben. Ich nehme an, er hat es gesagt, weil ich nicht nach China gehen wollte, um diesen Teil meiner Seele zurückzubringen."

„Ja."

„Aber das ergibt für mich absolut keinen Sinn. Wieso sollte ich diesen erbärmlichen Teil meiner Seele zurückhaben wollen? Bin ich nicht hier, um über solche Gräuel hinaus zu gelangen?"

„Du bist hier, um die zu sein, die du bist. Nicht mehr, nicht weniger. Wir alle haben Dunkelheit in uns. Das ist der menschliche Zustand. Wir alle haben Licht. Verleugnen wir einen Teil unseres Selbst, dann verlieren wir die Macht der Entscheidung, welcher Aspekt unseres Selbst unser Handeln bestimmt. Wir leugnen unsere Dunkelheit und gehen davon aus, dass wir sie losgeworden sind, als ob die Sache erledigt wäre, sobald wir das Tier zur Hintertür hinausgelassen haben. Das Tier ist aber nicht fort. Es ist noch da und hetzt uns von draußen, bis wir es hereinlassen, es lieben und es nach unserer eigenen Vorstellung zähmen. Ein Tier, das du vor die Tür gesetzt hast, kannst du nicht kontrollieren. Im Haus kann es gezähmt werden."

„Willst du damit sagen, dass Dark Crow meine Dunkelheit ist, die ich vor die Tür gesetzt habe?"

„Ja. Er hat eine Aufgabe, weil du sie ihm gegeben hast. Er trägt deine Dunkelheit zu dir, immer und immer wieder, bis du dein ganzes Selbst lieben kannst."

„Was mache ich also jetzt mit ihm?"

„Ich habe es schon einmal gesagt. Wenn du dazu beitragen willst, die Welt zu retten, dann rette dich selbst. Nimm deine eigene Dunkelheit zurück, entziehe Dark Crow seine Aufgabe und seine Macht. Wenn alles im Gleichgewicht ist, dann ist auch alles sicher vor dem extremen Ausschlag des Pendels."

Ich denke eine Weile darüber nach.

„So habe ich also meine Seele verkauft? Nicht das Licht meiner Seele, sondern die Dunkelheit?"

„Ja, Süße Mary."

Mein Herz schwillt an, als er mich wieder so nennt.

„Siehst du? Du bist bewegt, weil ich dich *‚süß'* nenne. Und doch weißt du, dass du nicht nur süß bist. Wie kannst du also wahrhaftig von mir geliebt werden? Kannst du voll und ganz von jemandem geliebt werden, der dich nur als süß sehen will?“

„Du liebst mich nicht wirklich?“, frage ich ihn. Ich will anhalten, ihn absetzen, ihm in die Augen sehen. Aber ich habe meinen Schritt gefunden und bin fest entschlossen, ihn zu seinem Heiligen Volk zu bringen, ob er mich liebt oder nicht.

„Ich spiele eine Rolle. Eine Rolle, die du mir zugewiesen hast. Dich als süßen und geliebten Menschen zu sehen. So wie du auch Dark Crow eine Rolle zugedacht hast. Die Dunkelheit für dich zu tragen, sie nach außen zu bringen, damit du sagen kannst, dass du nicht Dunkelheit und Licht zugleich bist. Deswegen liebst du mich und hasst ihn. Aber all das sind nur Spiegelungen deiner selbst, die Schönheit und Dunkelheit, die du verleugnet hast, nach außen getragen. Alles Stücke von dir.“

Ich gehe weiter, bin unfähig, alles zu verstehen, und weiß, dass ich, wenn sein Plan funktioniert, ohnehin alles wieder vergessen werde, was er mich gelehrt hat.

„Mach dir keine Sorgen. Du hast zumindest noch den Rest dieses Lebens, um diese Wahrheiten wieder neu zu entdecken. Ich werde bei dir sein.“

Wenn der Zeitsprung mir überhaupt gelingt. Ich gerate in Panik, als ich in der Ferne den Spider Rock sehe. Es gibt immer noch so vieles, was ich nicht verstehe.

„Wie soll ich den Sprung schaffen? Gibt es ein Ritual, eine Reise? Und was ist mit Ray? Wie erinnert er sich wieder an uns? Was ist, wenn er nicht einverstanden ist? Wirst du zu ihm gehen, wenn du... deine Reise unternimmst?“

„Der Todesprozess zieht viele Formalitäten nach sich. Ich werde beschäftigt sein. Es gibt Ratsversammlungen. Höhere Wesenheiten müssen meine Pläne für den Zeitsprung überprüfen. Alles, was für eine neue Inkarnation notwendig ist. Du musst Ray finden. Ein Blick in dein Gesicht, und er wird sich erinnern.“

„Ich ihn finden? Wie? Hast du noch etwas von Marias Pflanzenmedizin?“

„Du wirst einen noch machtvolleren Verbündeten brauchen als sie.“

„Wo finde ich diesen Verbündeten?“

„Im Tod“, antwortet er. Es klingt wie eine Pointe.

Was er da sagt, gefällt mir ganz und gar nicht. „Was meinst du damit?“

„Ich meine damit, dass du zusammen mit mir sterben wirst.“

35

Spider Rock kam viel zu schnell. Je näher wir ihm kamen, umso schwächer wurde Chief. Er hustete, redete langsam, musste zwischen den einzelnen Worten immer wieder nach Luft schnappen. Er sprach kurz von der Macht des Todes als unserem Verbündeten und davon, dass ich, sollte unser Plan scheitern, nicht sterben, sondern bloß eine Nahtod-Erfahrung haben würde. Sollte ich meine letzte Prüfung bestehen, würde bis zum Morgen alles vollbracht sein. Wir würden einen vollkommen anderen Traum träumen. Ich würde eine Mutter sein, mit meinem wahren Seelengefährten verheiratet. Sollte ich scheitern, so würde ich einfach wieder aufwachen, und er würde tot neben mir liegen. Er warnte mich, dass der Trip mir sehr viel abverlangen würde. Möglicherweise würde ich für eine Weile desorientiert sein.

Ich sagte nichts. Ich erzählte ihm nichts von der Zukunft, die ich auf meiner letzten Reise für mich gesehen hatte, zusammen mit Dark Crow in seinem schmierigen Wagen, und von dem Samenkorn, das ich gepflanzt hatte. Und auch nichts von meinem intuitiven Gefühl, dass ich zu unserem Lagerplatz zurückkehren würde. Wenn meine Intuition mich nicht täuschte, dann hatte ich in meiner Prüfung und auch in diesem Zeitsprung, von dem Chief so viele Jahre lang geträumt hatte, bereits versagt. Ich konnte nur hoffen, dass seine telepathischen Fähigkeiten geschwächt waren, denn ich wollte nicht, dass er von diesem Scheitern erfuhr, während er sich auf seinen Tod vorbereitete.

Stattdessen rief ich die Hoffnung an, die ich bin, und die Leere, in der jegliche neue Hoffnung erschaffen wird. In ihr schickte ich eine Botschaft an Kenya: „Transferantrag. Die Realität, die ich lebe, ist für mich nicht mehr länger akzeptabel."

Bei weitem nicht mehr.

Jetzt, auf der anderen Seite des großen Felsens angekommen, legt Chief sich nieder und bedeutet mir, mich neben ihn zu legen. Ich blicke mich nach dem Heiligen Volk um, das, wie er sagt, auf uns gewartet haben soll. Niemand ist zu sehen. Zumindest sehe ich niemanden. Aber die Energie des Ortes ist offensichtlich. Auch die etwa fünfzig Bussarde, die ich in der Ferne erkenne, reagieren darauf, steigen spiralförmig mit der Thermik nach oben, als wüssten sie, dass etwas geschehen wird.

Der Sonnenuntergang lässt den Himmel in immer wieder neuen Schattierungen aus Pink und Blau, Purpur und Weiß erstrahlen. Es ist schon ein sehr seltsames Gefühl, wenn man weiß, dass der eigene Tod unmittelbar bevorsteht. Plötzlich wird alles kostbar. Aber nichts ist so kostbar wie der geliebte Mann neben mir.

„Wenn dies hier ein Traum ist, mein Chief keines Stammes", sage ich ruhig, „dann bist du der beste Traum, den ich je geträumt habe."

Er sagt nichts, sondern hebt seine zitternde, knochige Hand und legt sie auf meine. Ohne Vorwarnung werden wir in die Luft katapultiert. Er rast schneller und weiter davon als ich.

In die Dunkelheit hinein, in die Leere, schwärzer als der schwärzeste Meeresboden, dunkler als der tiefste Mittelpunkt der Erde. Nicht in meine Psyche hinein und auch nicht in das Universum hinaus, sondern jenseits von Raum und Zeit. Keine Zeit. Kein Ort. Die große Leere.

Friedvoll. So friedvoll. Ich bin bei Bewusstsein, aber außerhalb meines Körpers.

Kann es so schnell geschehen sein?

Einen Moment dort, auf der Erde, und im nächsten Moment nicht mehr?

Tot, schätze ich. Aber wo bin ich?

Sofort bin ich von einem blendend hellen Licht umgeben, das mich in einen Tunnel aus lebendigem Bewusstsein hineinsaugt. An seinem anderen Ende werde ich sanft wieder ausgespuckt. Zwei Gestalten erscheinen zu meiner Linken. Ich erkenne sie sofort, sowohl von meinen Reisen durch Tibet während meines menschlichen Daseins als auch von hier, von all den anderen Malen, die ich diesen Weg schon bereist habe. Es sind zwei Taras, die buddhistischen Göttinnen des universellen Mitgefühls, eine grün, die andere weiß. Meine auserwählten Gottheiten. Vor meiner Inkarnation hatten wir vereinbart, dass sie mich hier erwarten würden. Ich erinnere mich nicht an alles, aber ein Teil meiner Erinnerung kehrt allmählich zurück.

Die weiße Tara tritt einen Schritt zurück, friedvoll und mütterlich wie immer. Die grüne Tara, die leicht Erregbare, umarmt mich mit jugendlicher Leidenschaft.

„Du hast es geschafft!“, ruft sie aus, als ob ich gerade auf einer Party angekommen wäre. „Sieh dich an! Ach, Schwester, wie viel du durchgemacht hast. Und wie viel immer noch zu tun bleibt!“

Wir betrachten einander aufmerksam. Ihr langer, schlanker Körper hat eine dunkle, olivgrüne Farbe und ist mit goldenen, roten und grünen Juwelen geschmückt. Außerdem trägt sie weiße Armbänder und mehrreihige Halsketten. Ich schaue mich selbst an, einen schlaksigen, hoch aufgeschossenen Geist von Mary Margaret. Durch eine silberne Schnur, die von meinem Nabel ausgeht, bin ich noch immer mit meinem Körper verbunden. Wie jämmerlich ich ihr vorkommen muss!

„Du hast so viel zu tun.“ Sie singt die Worte fast. „Du musst ihn unbedingt sehen. Du kannst dir gar nicht vorstellen, wie langweilig er geworden ist, seit er sich nicht mehr erinnert. Er kommt einem fast vor wie ein Stück Gemüse. Er ist schön, aber es gibt hier viele schöne Götter.“

„Bringt ihr mich zu Ray?“, frage ich nervös. Immer noch zu viel Mary Margaret in mir. Ich will sie loswerden, will frei sein von meinen menschlichen Ketten. Warum kann ich nicht einfach bleiben?

„Wenn du so denkst, wirst du deine Prüfung niemals bestehen!“, sagt die grüne Tara. Ihre Worte sind nicht barsch, sondern sprechen lediglich die Wahrheit, taumeln aus ihrem Mund wie die Edelsteine, die sie trägt.

„Jemand anderer wird kommen, um dich zu ihm zu bringen. Wir sind lediglich dein Empfangskomitee. Sei versichert, dass du deine Sache gut machst. Die Bedingungen dort sind so hart! Und vergiss nicht! Wenn du mich brauchst, kannst du mich um sofortige Hilfe bitten gegen Löwen und Stolz, wilde Elefanten und Verblendung, Waldbrände und Hass, Schlangen und Neid, Räuber und fanatische Ansichten, Gefängnisse und Habgier, Flut und Begierde, Dämonen und Zweifel!"

Damit sind die beiden Taras verschwunden. Es erscheinen weitere Führer, vielleicht ein Dutzend. Ihre Gesichter erinnern an Silikongel, das durch Zellophan hervorquillt. Sie haben keine Körper. Wieder gelange ich zu Lichtsäulen und sehe noch mehr Tunnel aus lebendigem Bewusstsein, die, wie ich irgendwie weiß, zur göttlichen Intelligenz führen. Zur tiefsten Essenz des Gottes/der Göttin der Unendlichkeit. Ich kann sie nicht erreichen, obwohl ich unwiderstehlich angezogen werde von dem, was unwiderstehlich ist.

Wieso kann ich nicht weitergehen? Es ist die silberblaue Schnur, die mich mit der Frau dort unten verbindet, mit der Frau, die ich einmal war. Ich will an ihr zerren wie ein gefangenes Tier, das an seinen eigenen Gliedmaßen nagt. Ich kann es nicht. Ich kann nur zuschauen, ihren Zug spüren, nirgendwo hingehen.

Dies ist also die *wahre Reise*. Die einzige Reise, die wirklich zählt. Verglichen damit waren die anderen Reisen mit ihren Trommeln und hilfreichen Drogenverbündeten nichts. Es waren Navigationen durch meine Psyche, einen verschlungenen Prozessor, der sich zu wichtig nimmt und glaubt, er sei real.

„Willkommen", sagt eine Stimme.

Ich erkenne sie wieder. Wyunetta Morningstar. Meine Große Mutter. Nur größer und strahlender, als ich sie in Erinnerung hatte.

„Black Jet Woman hat mir die große Ehre gestattet, dich zur Begegnung mit deiner Zwillingsseele zu bringen", sagt Große Mutter. Schauer der Erregung jagen durch mich.

Sie zieht mich zur Seite, als ob wir uns auf einem schillernden Karussell befänden, das sich mit hoher Geschwindigkeit dreht. Während wir herumwirbeln, sehe ich aus dem Augenwinkel eine andere Frau. Sie hat neun Köpfe. Hinter ihr befindet sich eine goldene Kugel, und sie beobachtet mich. Das sollte mir Angst machen, aber ich weiß, wer sie ist. Oya. Dank eines jungen Schamanen in Afrika habe ich ihre Macht auf meiner Seite, gleichsam neun Asse im Ärmel. Wir würdigen einander, als ob wir zwei große Kriegerinnen wären, die miteinander und gegeneinander gekämpft haben. Achtung schwingt zwischen uns wie ein greifbares Energiefeld, bis das Karussell mich zu einem anderen Ort außerhalb von Raum und Zeit trägt.

Schließlich hält es vor einer kristallenen Tür. Durch den Spalt einer Öffnung blicke ich hinein. Kristall innen und außen, vom Boden bis zur Decke, überall. Wie eine Stadt. Kein Wunder, dass ich so viel Zeit damit verbracht habe herauszufinden, was Quarz mir zu sagen hat. Ich wollte die Stimme meines Geliebten hören.

Am anderen Ende des Raums, auf einem Thron aus Rubinen, sehe ich seine Hand. Sie ruht auf der Armlehne des hohen Stuhls. Ah, Göttlichkeit! Seine, meine, unsere. Und Freiheit! Meine wahre Liebe ist endlich frei. Als ob in meinem Kopf Lichter angegangen wären, erinnere ich mich an alles, jede Einzelheit, jedes Leben. Mein Ray, die göttliche Inkarnation des Glaubens, wie Norbu sie kennt. Aufgestiegener Meister. Ich werfe noch einen heimlichen Blick auf ihn und sehe, wie achtsam und weise er mit seinen Untertanen spricht. Seine Augen sind wie Honig, der im Sonnenlicht leuchtet. Mir kommt er ganz und gar nicht langweilig vor.

„Geh weiter“, sagt Große Mutter.

Ich zögere, während das Bild sich zusammenfügt. Wenn ich ihn meine Gegenwart spüren lasse, wird er sich an mich erinnern. Wird seine Aufmerksamkeit auf das richten, was unerledigt geblieben ist, dort unten. Wird sich an all das erinnern, was ich getan und auch nicht getan habe, weil ich selbst vergessen habe, wer wir wirklich sind. Und nun soll ich ihn darum bitten, dorthin zurückzukehren, wo das Leben düster ist, nur ein Bruchteil des Pulsschlags dieser Welt. Ihn wieder in Ketten legen.

„Geh weiter“, wiederholt sie.

Wie kann ich? Wie kann ich ihn darum bitten, an diesen Ort zurückzukehren, wenn er hier doch bereits frei ist? Wenn er es geschafft hat, die Fesseln menschlicher Existenz hinter sich zu lassen? Und seht mich an, so hässlich neben seiner schönen Seele.

„Du musst“, sagt sie, als sei dies meine Prüfung.

Und jetzt erkenne ich, dass es so ist.

„Es ist sein Weg. Lass ihn dich sehen, und er wird es wissen", beharrt meine Große Mutter.

Ich höre ihre Worte und erkenne, was diese Prüfung wirklich bedeutet. Ihn in die menschliche Existenz zurückzurufen bedeutet zu wissen, dass alle gerettet werden müssen, damit einer gerettet werden kann. Es bedeutet, mich selbst und die Welt zu retten, indem ich mein ganzes Selbst zurückbringe. Aber ich kann es nicht. Die Schuld für das, was ich ihm dort angetan habe, hängt um meinen Hals wie ein Gewicht, das ich nicht noch einmal um seinen Hals hängen kann. Ich würde es nicht ertragen. Mir ist bewusst, dass ich dem Licht einen höheren Wert beimesse als der Dunkelheit und dadurch das Ungleichgewicht, das unser Tod ist, weiter bestehen lasse. Aber mein Verstehen nützt mir nichts.

Meine Selbstverurteilung hindert mich daran, zu ihm zu gehen. Wenn ich nicht zu ihm gehe, werde ich die Prüfung nicht bestehen. Dass ich schon jetzt versagt habe, weiß ich, denn ich habe meine Zukunft gesehen. Wo ist Kenya mit ihrer Magie?

„Es ist deine Bestimmung", ermutigt Große Mutter mich wieder.

„Ich kann nicht", sage ich, als Ray den Kopf hebt und zur Tür blickt. Ich verberge mich dahinter.

„Wer ist dort?" Ich höre die Stimme eines Gottes.

Ohne Vorwarnung zerrt die lange Schnur an meinen Eingeweiden, zieht mich mit rasender Geschwindigkeit zurück, vorbei am Licht und hinein in die Dunkelheit, bis ich wieder ein Licht spüre. Dieses Licht brennt. Die harsche Sonne.

Ich schließe meine Augen wieder. Jemand gießt Wasser über mein Gesicht, und ich spucke und würge. Ich drehe mich zur Seite, und als ich die Augen wieder öffne, sehe ich Dark Crows schmierige Stiefel. Er steht über mir, in jeder Hand eine leere Wasserflasche, die er zweifellos benutzt hat, um mich wieder zu Bewusstsein zu bringen. Ich bin verwirrt, desorientiert. Ist das Eric, der da neben mir steht?

„Sie wird es überleben", sagt Dark Crow. Er klingt nicht sonderlich begeistert.

Hölle. Ich bin wieder in der Hölle.

Eine Hand auf meiner eigenen erinnert mich daran, dass Chief nach wie vor neben mir liegt. „Chief", sage ich, immer noch würgend. Ich bemerke, dass er es nicht tut.

„Tot", sagt Dark Crow. In seiner Stimme ist nicht ein Hauch von Mitgefühl oder Bedauern zu hören.

„Es tut mir Leid, aber dein Freund ist gestorben", sagt Eric, als hätte Dark Crow es mir nicht schon gesagt. Er streichelt meine Hand. Es ist eine behutsame, liebevolle Geste, aber der stechende Schmerz, den sie verursacht, lässt mich zurückzucken. Sonnenbrand. Wie lange war ich fort?

Eric ist mir beim Aufstehen behilflich. „Wir müssen dich in den Schatten bringen. Du bist ziemlich schlimm verbrannt."

„Ich dachte, es wäre Nacht", sage ich.

„Es ist gerade Mittag", erklärt Eric.

War ich einen ganzen Tag fort? Oder sogar noch länger?

„Was machst du hier?", frage ich.

„Ich habe mir Sorgen um dich gemacht, als ich dich auf dem Handy nicht erreichen konnte. Der Typ da hat gesagt, ich könnte hinter seinem Truck herfahren, wenn ich einen Wagen mit Allradantrieb miete." Er wirft mir einen Blick zu, der ausdrückt, dass er von Dark Crow nicht sonderlich beeindruckt ist, und zeigt auf einen schicken, pechschwarzen Jeep.

„Ich habe versagt", sage ich leise zu mir selbst, obwohl ich nicht sicher bin, worin ich versagt habe. Mein Kopf schmerzt, hindert mich daran, die Teile zusammenzufügen. Was ist passiert?

„Du hast in gar nichts versagt", sagt Eric. Als ob er auch nur die blasseste Ahnung hätte. „Du bist einfach ohnmächtig geworden. Ich bringe dich von hier fort. Ich habe den Jeep, und dieser Typ da kann sich um den Leichnam kümmern. Ich bringe dich zu einem Arzt und nehme dich dann mit mir nach Hause. Dann kannst du diesen ganzen Blödsinn vergessen."

„Sicher und wohlbehalten", sagt Dark Crow voller Hohn, während er Chief in das Laken einwickelt, in dem ich ihn getragen habe.

Ich betaste mein Gesicht, das von der Sonne verbrannt ist, trocken wie die gerissene Erde, und versuche mir darüber klar zu werden, was ich tun soll. Ich sehe Dark Crow an, dann Eric, dann wieder Dark Crow.

„Ich lasse Chief nicht allein“, sage ich schließlich.

„Dann“, sagt Dark Crow, lädt sich den leblosen Körper auf den Rücken und wirft ihn mit einem dumpfen Geräusch auf die Ladefläche des Trucks, „wirst du wohl mit mir kommen müssen.“

Mein Magen krampft sich zusammen. Angst lässt ihn revoltieren. Ich ignoriere diese Gefühle und nicke zustimmend.

36

„Mit dem Typ lasse ich dich nicht fahren“, flüstert Eric, während er mir eine Kappe reicht, die in meine Stirn zu schneiden scheint, als ich sie aufsetze. „Er macht nur Ärger. Komm mit mir nach Hause. Ich kümmere mich um dich. Ein Haus und ein eigenes Auto statt dieses dämlichen Wohnwagens. Alles, was du dir wünschst. Das hier ist doch kein Leben.“

Ich betaste wieder mein Gesicht, heiß und geschwollen. Ich bin hungrig, schwach, müde und verwirrt. Sehr verwirrt. Umsorgt zu werden klingt nett. Ich muss Eric wirklich falsch eingeschätzt haben, wenn er einen so weiten Weg auf sich nimmt, um mir zu helfen. Vielleicht ist das Kenyas neuer Plan, nachdem der alte, wie immer er ausgesehen hat, nun nicht mehr funktionieren wird.

Nein, das fühlt sich nicht richtig an. Mit Dark Crow zu gehen tut es aber genauso wenig. Hat Chief nicht gesagt, ich sei nur sicher, solange er lebt? Was bedeutet das jetzt für mich? Es spielt keine Rolle. Es fühlt sich so an, als bestünde meine einzige Hoffnung darin, bei Chiefs Körper zu bleiben.

Ich sehe Eric an und schüttle verneinend den Kopf.

„Du kannst die Welt nicht retten“, antwortet er. Seine Stimme klingt verärgert. „Ist dir das immer noch nicht klar? Komm und rette mich und meine Welt.“ Er bricht ab, ehe er sagt, dass er mich liebt, dass er mich schon immer geliebt hat, aber in seinem Gesicht kann ich es sehen. Oder es intuitiv hören.

Dark Crow kichert bei Erics Worten.

„Ich muss mit Chief gehen“, sage ich.

Eric stößt einen übertriebenen Seufzer aus. „Er ist tot!“

„Ich weiß.“ Es bringt mich um, aber ich weiß es. Ich drehe mich zu Dark Crow um. „Bringst du ihn zu Wyunettas Hogan?“

„Sie ist auch tot. Gestern“, sagt er.

Irgendwie habe ich auch das gewusst. Vage, bruchstückhafte Erinnerungen kehren zurück. Ich habe sie gesehen. War ich tot? Hatte ich nicht etwas zu erledigen? Gott, mein Kopf fühlt sich an, als sei er von einer Dampfwalze überrollt worden.

„Mary“, fleht Eric zu meiner Verärgerung, „er weiß, was mit dem Leichnam zu tun ist. Ich bin sicher, es gibt ein Begräbnis, zu dem du gehen kannst. Komm mit mir.“

„Nein!“ Ich schreie ihn an, obwohl er direkt neben mir steht.

Eric sieht erst verletzt aus, wie ein verwundeter kleiner Junge, dann stocksauer. „In Ordnung.“

„Es tut mir Leid. Ich muss mit Chief gehen. Ich weiß nicht, wieso, aber ich muss.“ Ich kann es nicht einfach hier enden lassen. Nicht, solange ich mich nicht erinnern kann, was ich tun muss. Wieso habe ich nur das Gefühl, dass ich zu spät komme?

„In Ordnung“, sagt Eric noch einmal. Sein kurz angebundener Ton macht deutlich, dass es keineswegs in Ordnung ist. „Steig in seinen schäbigen Wagen mit ihm und einem toten Mann. Ich gehe nach Hause zu einem Gin Tonic und hundert Kabelkanälen. Von mir aus kannst du bis in alle Ewigkeit versuchen, eine Welt zu retten, in der wir anderen uns pudelwohl fühlen.“

Für einen kurzen Moment ist die Versuchung groß. Einen Gin Tonic, eine schöne, bequeme Ledercouch und ein Fernsehprogramm, das den Verstand betäubt.

„Auch bloß ein Gefängnis“, sage ich leise und werfe die Kappe fort. Der Gedanke an ein Gefängnis erinnert mich an etwas anderes. Ich denke an einen Kristallraum, darin ein Gott. Diese Vorstellung lässt mich abgleiten, während die Welt um mich herum sich dreht.

„Deine Entscheidung, Mary“, sagt Eric kurz darauf von seinem Fahrersitz aus und wiederholt sein Angebot ein allerletztes Mal.

Ich schüttle den Kopf. Eric überlässt mich meinem Schicksal mit einem Blick, der sagt, dass ich eine Närrin bin. Vielleicht bin ich das tatsächlich. Ich steige in Dark Crows Pritschenwagen, schwach und zitternd. Wieder fahren wir schweigend. Mein Fahrer sieht mich an, als ob ich ein Stück Dreck wäre. Daran erinnere ich mich noch von der Herfahrt. Hat Wyunetta nicht gesagt, dass ich nicht noch einmal mit ihm fahren soll? Aber welche Wahl habe ich?

In Gedanken gehe ich die letzten Tage noch einmal durch und versuche, das Puzzle zusammenzufügen. Langsam ergibt es ein Bild. Die Reisen. Ein Plan. Eine Prüfung. Ich bin gestorben. Weshalb fühlt die Tatsache, dass ich lebe, sich so an, als hätte ich versagt? Kann ich jetzt noch etwas tun? Wisse, was du weißt, hat Chief mich gelehrt. Du trägst die Antworten in dir selbst. Leichter gesagt als getan, wenn sogar die Fragen so flüchtig sind wie Öltropfen in einer Schale mit Wasser.

„Wohin fahren wir?“, frage ich, als wir vom Hauptweg des Canyons abbiegen. Im Moment leistet meine Gabe des Sehens mir keinen guten Dienst. Ich erinnere mich, dass ich gesehen habe, wie eine Faust eine Wange zerschmettert. In Dark Crows Stimme höre ich Gedanken wie weit entfernte Worte. Irgendetwas darüber, dass man jetzt ja ein wenig Spaß haben könne, nachdem Chief aus dem Weg sei.

„Ich habe hier draußen ein paar Freunde, denen ich das mit Chief berichten muss“, lügt er.

Ich hasse ihn dafür. Für seine Respektlosigkeit gegenüber Chief. Mein Herz rast. Das hier ist nicht gut.

Dark Crow sieht mich an und lacht glucksend. Ich blicke aus dem Fenster, erinnere mich an den Vogel, aber ich kann ihn nicht finden. Stimmt, von dieser Wirklichkeitsflucht habe ich mich geheilt. Doch wofür? Damit ich das, was kommt, mit voller Wucht erleben kann?

„Geh in den Schmerz hinein“, höre ich jemanden sagen. Wo war das? Georgia?

Verdammt, ich muss denken. Ich spüre, wie meine Zunge in meinem Mund in helle Aufregung gerät. Ich höre sie sagen, dass sie nicht will, dass ich fluche.

Okay, jetzt werde ich wirklich wahnsinnig.

Er biegt scharf ab in eine Schneise und wirft den Ganghebel in Parkstellung. Kein Hogan in Sicht. Nichts.

Oh, ja, ich erinnere mich an Nichts.

Dark Crow zieht sein Messer, das im Sonnenlicht glänzt, und dreht sich zu mir um, als ob wir uns nett unterhalten wollten. „So, hebst du deinen Rock freiwillig, oder werde ich das Vergnügen haben, ihn dir vom Leib zu reißen?“

Ich kann nicht atmen, von sprechen ganz zu schweigen.

„Ich habe das erst zweimal getan“, gibt Dark Crow freimütig zu, „aber diesen Blick in den Augen danach werde ich niemals vergessen. Er ist leer. Nichts übrig.“ Er stürzt sich auf mich und schnappt mit den Zähnen. „Ich werde deine Macht essen. Dann bin ich *Der Eine*.“

Ich erstarre.

Er hebt meinen Rock hoch. Sein Messer streift meinen Oberschenkel, während die andere Hand seinen Gürtel öffnet und seine harte Männlichkeit freigibt. Ich greife hinter mich, versuche den Türgriff zu finden.

„Denk, verdammt noch mal, gar nicht erst darüber nach“, knurrt er, das Gesicht vor Wut verzerrt, und hebt seine Faust.

Die Zeit bleibt stehen.

Ich habe diese Szene gesehen. Bin schon einmal hier gewesen.

Wie durch Magie, als ob ich alle Zeit der Welt hätte, trete ich aus mir selbst heraus. Hier war etwas, denke ich, vollkommen ruhig, und warte geduldig darauf, dass es zu mir kommt.

Oh, ja. Ein Samenkorn. Eine Botschaft. Ich werde sie einfach zulassen. Sie wird zu mir kommen.

Ich höre meine eigene Stimme in meinem Ohr. „Erinnere dich, wer du bist.“

Plötzlich ist alles wieder da. Alles. Das Puzzle ist vollständig, einfach so. Ich habe diese Zukunft gesehen, um die Macht zu haben, sie zu verändern.

„Du kannst mich nie wieder haben!“, schreie ich in den Augenblick hinein, in dem die Zeit stillsteht.

Urplötzlich bin ich wieder in meinem Körper. Seine Faust ist nur Zentimeter von meinem Gesicht entfernt. Ich drehe meinen Kopf zur Seite, und seine Faust streift gerade noch mein Ohr.

Wie durch Magie sehe ich alles vollkommen klar. Einen vollen Aschenbecher, eine noch brennende Zigarette. Im Bruchteil einer Sekunde reiße ich den metallenen Behälter aus seiner Befestigung und schleudere ihn Dark Crow ins Gesicht. Asche fliegt, lenkt ihn ab. Ich nutze die kostbaren Sekunden, um die Tür zu öffnen und mich nach hinten fallen zu lassen.

„Du verdammtes Miststück!“, schreit er. „Dafür werde ich dich in tausend Stücke schneiden!“

Ich stolpere aus dem Wagen und schaue mich verzweifelt nach etwas um, das mir ein wenig Zeit verschaffen könnte. Meine Nemesis folgt mir durch die Beifahrertür, hält dann jedoch abrupt inne. Ich wirble herum, um zu sehen, was ihn dazu gebracht hat, und kann meinen Augen kaum trauen.

Puck, mit einem Gewehr, das fast so groß ist wie er selbst. Es ist auf Dark Crow gerichtet.

„Nein, Puck!“, schreie ich und mache einen Hechtsprung, um meinen Feind aus der Schusslinie zu stoßen. Nicht, weil ich Dark Crows Leben retten will, sondern Pucks süße Unschuld.

Dark Crow stürzt auf Puck zu. Ein Schuss löst sich.

Ein Fenster zersplittert. Blut und Gewebe spritzen umher.

Puck wird mehrere Meter weit zurückgeworfen.

Dark Crows totes, verstümmeltes Gewicht rutscht langsam an der Beifahrertür nach unten, die sein eigener Körper zugeschlagen hat. Seine Hand hält noch immer das Messer umklammert.

Ich blicke an mir herab. Ich bin mit Blut, Gewebe, Hautstücken, Haaren und Asche bespritzt, sehe aus wie ein grausiges Kunstwerk. Als ich mich umdrehe, sehe ich, dass aus einem vor Entsetzen erstarrten Puck ein geisterhafter Schatten seiner Seele aufsteigt, wie ich es auf meinen Reisen auch bei mir selbst gesehen habe. Wann, wenn überhaupt, wird es ihm gelingen, noch einmal hierher zurückzukehren und dieses verlorene Stück seiner Seele zu retten?

Ich laufe zu ihm, ziehe ihn an mich, versuche den Schatten zu packen, aber es ist zu spät. Die Dunkelheit tauft uns, die Hölle ist uns auf den Fersen.

Pucks Kopf ist unter mein Kinn gedrückt. Ein stiller Schrei verzerrt mein Gesicht. Er schlingt die Arme um meine Taille und klammert sich fest. Seinetwegen versuche ich, meine Fassung zurückzugewinnen, schlucke meine Gefühle hinunter.

Wir verharren in einer unheimlichen Stille, bis Puck langsam in Richtung des toten Körpers zeigt. Über uns kreisen bereits die Aasgeier. Es ist jedoch Dark Crow selbst, sein schattenhafter Geist, der begonnen hat, seine eigene, verstümmelte Form zu verzehren.

„Kannst du das sehen?“, frage ich Puck, obwohl er ja derjenige ist, der mich darauf aufmerksam gemacht hat.

Er nickt furchtsam.

„Ich auch.“

Hier, in dieser Nische, ist alles lebendig. Andere Geister kommen, um sich an dem Festmahl zu beteiligen. Ein Horrorfilm direkt vor unseren Augen.

„Wir müssen von hier verschwinden“, sage ich leise, als ob die Geister uns hören und anfangen könnten, auch uns zu verzehren. Ich nehme ihn bei der Hand und ziehe ihn langsam zur Fahrertür des Wagens. Ich wische Glasscherben und Zigarettenkippen vom Sitz und schneide mir dabei in die Hände. Dark Crows schmierige Asche gerät in meinen Blutkreislauf. Es hätte schlimmer kommen können. Vielleicht.

Als der Sitz vom Glas befreit ist, steigt Puck ein und rutscht über den großen Riss in der Mitte.

Ein Albtraum ist vorüber. Ein neuer hat gerade begonnen.

37

Ich drehe den Schlüssel, der noch im Zündschloss steckt. Ein Schauder jagt über meinen Rücken, und ein Gefühl von Kälte überkommt mich. Ist es Dark Crows Geist? Hat er unsere Flucht bemerkt? Oder ist es nur der Schwarze Mann, meiner allzu wilden Phantasie entsprungen?

Ich setze vorsichtig zurück und wende. Dark Crows Körper rutscht vom Wagen ab und fällt zu Boden. Ich bin nicht mutig genug, um einen Blick zurückzuwerfen. Ich folge den Reifenspuren bis zum Hauptcanyon und halte dann an. Wohin jetzt?

Denk nach, Mary, denk nach.

Logisches Denken gewinnt die Oberhand. Ein toter Mann liegt auf der Ladefläche des Trucks, eingehüllt in ein Laken. Einen zweiten haben wir erschossen zurückgelassen. Die Polizei wird kommen. Fragen. Die wirkliche Welt.

Ich sehe Puck an, der immer noch schweigt, die Augen glasig, in seinem Albtraum versunken. Wenn sie uns finden, werden sie ihn mir wegnehmen. Wenn er nach mir ruft, damit ich ihn tröste, werden sie es nicht zulassen. Auch dort wird es Aasgeier geben, die am Bösen herumpicken. Puck wird sie sehen. Ich werde sie sehen. Ich könnte das Spiel wahrscheinlich mitspielen und den Mund halten. Ihm würde es nicht gelingen. Er würde ausflippen. Sie würden annehmen, dass er wahnsinnig ist. Ihn Gott weiß wohin bringen. Ich brauche keine mediale Begabung, um all das sehen zu können.

Es zu sehen bedeutet aber auch, dass ich die Möglichkeit habe, das, was ich sehe, zu verändern, rufe ich mir wieder einmal ins Gedächtnis. Ich werfe einen Blick auf seinen Körper, dann auf mich selbst. Ich bin mit Blutflecken, Körpergewebe und Haaren übersät. Sogar Fetzen aus schwarzem T-Shirt-Stoff sind dabei. Puck scheint noch nicht bemerkt zu haben, dass auch er etwas davon abbekommen hat. Wir müssen uns waschen.

Der heilige Wasserfall.

Ich höre die Worte so deutlich, als ob sie laut ausgesprochen worden wären. Wessen Stimme? Meine? Ich weiß es nicht, aber der Wasserfall ist die Antwort. Es wird eine Zeit kommen, in der ich die Kontrolle über alles verlieren werde, in der dieser Albtraum ein Eigenleben entwickeln wird. Jetzt aber kann ich mit meinem kleinen Freund laufen, kann uns beiden Zeit geben, uns wieder zu beruhigen. Dann können wir uns im Bach waschen. Ich werde irgendeine Geschichte erfinden und ihm erzählen, dass der heilige Wasserfall uns reinigt. Wer weiß, vielleicht stimmt es sogar. Es ist das Mindeste, was ich für meinen kleinen Lebensretter tun kann.

Ich fahre nach Osten, in Richtung des Camps, von dem ich gewusst habe, dass ich es wiedersehen würde, und bete, dass wir weder Touristen noch Einheimischen begegnen. Ich bilde mir ein, dass wir unsichtbar sind. Es ist ein dürftiger Versuch, die Gestalt eines verbeulten Trucks, einer Frau und eines Kindes zu verwandeln. Das Terrain ist schwierig zu navigieren, weil ich es nicht gewohnt bin, auf dem sandigen Canyonboden zu fahren. Wir hüpfen und holpern dahin, sagen beide kein Wort. In Gedanken entschuldige ich mich bei Chief, der dort hinten auf der Ladefläche liegt, denn ich weiß aus eigener Erfahrung, wie hart der geriffelte Boden ist. Auch wenn er nicht bei uns ist, haben seine sterblichen Überreste eine sanfte Behandlung verdient.

Ich beginne, stumme Tränen zu weinen.

Oh, Chief! Wie konntest du nur so schnell gehen? Wieso hast du mir vertraut? Wie konntest du nur glauben, ich sei bereit? Sieh, sieh doch, was mit uns geschehen ist. Chief schweigt natürlich. Wie Puck, der aus dem Fenster starrt, als würde er ein Nichts sehen und sich an etwas erinnern, von dem er sich vielleicht nie wieder erholen wird. Ich ziehe ihn zu mir herüber. Wie schrecklich das alles auch immer gewesen sein mag, ich bin die Erwachsene.

„Alles wird gut, Liebling“, sage ich und lege meinen Arm um ihn. Auch wenn es nicht stimmt. Auch wenn es nie wieder gut sein wird.

Er befreit sich, um mir in die Augen zu sehen, seine eigenen umwölkt und verwirrt, seine kleine Stirn in sorgenvolle Falten gelegt. „Ich musste dich retten“, flüstert er heiser. Kummer erfüllt jedes Wort, lässt es überfließen. Zumindest spricht er wieder.

„Das hast du getan, mein Schatz“, sage ich und frage mich zum ersten Mal, wie es überhaupt möglich war. Wie konnte er wissen, dass ich dort war? Was ließ ihn genau in diesem Augenblick dorthin kommen, und noch dazu mit einem Gewehr, das fast so groß war wie er selbst? Hatte Kenya ihm Engel geschickt? Konnte das bedeuten, dass es noch einen Weg gab? Ich verfluche mich selbst, weil ich immer noch Hoffnung habe, erinnere mich aber gleichzeitig daran, wer ich bin. Es hat mich schon einmal gerettet.

„Warum müssen wir töten?“, fragt er.

Woher soll ich das wissen? Woher soll ich überhaupt etwas wissen?

Ich nehme an, ich sollte es wissen. Immerhin habe ich sogar den *Wahren* Weg, die *Andere Seite* gesehen. Dennoch habe ich darauf keine Antwort. Der kleine Puck – meine Hannah, meine Lilly – erwartet, dass ich ihm eine Antwort gebe. Aber ich habe keine. Ich ziehe ihn näher zu mir heran, liebkose mit meiner freien Hand seine Stirn.

Keine Antworten, aber ich kann ihn festhalten. Vielleicht ist das alles, was wir tun können. Die einzige Antwort, die es gibt. Einander in der Hölle dieses Daseins zu trösten. Ich blicke aus dem rückwärtigen Fenster auf die leblose Gestalt.

Was jetzt, mein Chief? Jetzt, nachdem ich nicht nur darin versagt habe, mich selbst und einen Teil meiner Welt zu retten, sondern auch noch ein unschuldiges Kind mit herein gezogen habe? Ich stoße hörbar die Luft aus und sehe, dass meine Hand auf dem Lenkrad zittert. Ich vernehme keine Antwort.

Wir fahren schweigend weiter, bis Spider Rock in Sicht kommt. Ich werde Chief im Wagen zurücklassen müssen. Ich verberge das Fahrzeug hinter einer dichten Gruppe von Bäumen, so gut es geht. Ihre Tarnung wird reichen, um diejenigen zu täuschen, die nicht so genau hinsehen. Es ist nur eine Frage der Zeit, die für mich noch nie so wirklich war wie in diesem Augenblick.

Ich führe Puck zu dem Pfad, den er besser kennt als ich, halte seine kleine, braune Jungenhand in meiner dünnen, zitternden, sonnenverbrannten Hand. Er stellt keine Fragen, und das ist auch gut so, denn ich habe keine Antworten.

Denk nach, Mary. Denk nach.

Eine alte Stimme. Eine Stimme, die glaubte, dass man mit Denken etwas erreichen kann. Aber mein Gehirn ist erledigt. Zu viele Reisen, zu viel Tragik. Einen Fuß vor den anderen setzen ist alles, wozu ich im Moment in der Lage bin.

Ich bemerke, dass die Tiere uns verlassen haben. Die Ehre, die sie Chief auf seiner allerletzten Wanderung gewährt haben, wird einem kindlichen Mörder und seiner weißen Betreuerin nicht zuteil.

„Bleib stehen!“, sage ich ruhig, aber bestimmt, und drücke Pucks Hand. Er sieht sie auch. Eine Klapperschlange. Wir verharren vollkommen bewegungslos, lassen uns von ihr beobachten.

Momente gehen vorbei. Noch mehr. Das Klappern ist ohrenbetäubend.

Ich erinnere mich und bete zur grünen Tara. Sagte sie nicht, dass sie Schutz bietet gegen Löwen und Stolz, wilde Elefanten und noch mehr? Ich glaube, Schlangen waren auch dabei. Sofortige Hilfe hat sie versprochen.

Verblüfft sehe ich, dass die Klapperschlange sich ohne erkennbaren Grund entfernt. Wortlos nehmen mein kleiner Gefährte und ich unsere Wanderung wieder auf.

Ich hatte also Unrecht. Das Königreich der Tiere hat uns nicht verlassen. Aber was bietet es an? Eine Warnung? Eine Chance im Lotteriespiel von Leben und Tod? Oder eine Veränderung, wie Chief bei einer meiner früheren Wanderungen zum Wasserfall einmal gesagt hat?

Ich kann seine Stimme fast hören. „Wenn du eine Klapperschlange siehst, wird es ein gutes Zeichen sein.“

Ein gutes Zeichen. Das brauchen wir. Aber was kann ich jetzt noch ändern?

China.

Das Wort rührt von derselben Stimme her, die mich hierher zum Wasserfall geführt hat. Ich kann nicht sagen, ob ich sie tatsächlich mit meinen Ohren gehört habe, aber ich habe sie gehört.

China?, frage ich stumm.

China.

Ich höre das Wort, klar und deutlich.

Puck, wenn er es auch gehört hat, sagt nichts.

Aber wie? Ich habe niemanden, der für mich trommelt. Keine Pflanzenmedizin.

Ich höre keine Antwort. Dann, schließlich.

Dein Herzschlag ist eine Trommel.

Ich frage mich, ob ich dazu in der Lage bin. Kann ich zum Schlag meines eigenen Herzens reisen? Kein Chief. Kein Instrument. Kein Salbei. Keine feierliche Zeremonie, um die Geister zu ehren. Nur ich, hier draußen, während ich laufe.

Alles, was du brauchst, ist in dir.

Ist das Chiefs Stimme? Nein.

Deine eigene.

Meine? Ich sage mir selbst, was zu tun ist? Dann ist es also nur meine Einbildung. Ihr kann ich nicht vertrauen.

Ich höre keine Antwort.

Das ist also der Haken an der Sache. Noch einmal in die Leere hineinspringen, nur dem Klang meiner eigenen Stimme vertrauen. Einer Stimme, die mir sagt, dass ich nach China zurückkehren soll, wo der Wahnsinn seit Jahrhunderten auf mich wartet. Und das in dem zerbrechlichen Zustand, in dem ich jetzt schon bin. Haben wir Dark Crow nicht umgebracht? Ist es nicht endlich vorbei?

Nein.

Aber ich weiß nicht, was ich tun soll, wenn ich dort bin.

Du wirst es wissen.

Wir sind mindestens eine Meile gelaufen, seit Puck zum letzten Mal etwas gesagt hat. Zweifelsohne der Schock. Würde er es bemerken, wenn ich mich geistig ausklinke, um eine innere Reise zu unternehmen? Wahrscheinlich nicht.

Ich denke über meine Wahlmöglichkeiten nach und stelle fest, dass ich keine habe. Aber ich nehme an, wenn ich glaube, dass ich einen wasserlosen heiligen Wasserfall dazu bringen kann, dass er ein Wunder bewirkt, kann ich genauso gut auf die seltsame Stimme in meinem Köpf hören, die mir sagt, dass ich die eine Sache tun soll, in der ich mit Chief als meinem Führer versagt habe. Was kann es schaden, wenn ich es versuche?

Ich verlangsame meinen Atem, horche auf meinen Herzschlag, lasse meine Schritte so gleichmäßig wie möglich werden. Ich kann ihn nicht hören. Ich lege meine freie Hand auf meinen Hals, suche meinen Puls. Das hilft. Ich finde ihn, spüre ihn. Ich lasse meine Augen weich werden, gehe nach innen. Tiefer. Atme. Tiefer. Langsam.

Lass es zu.

Bum, bum, bum…

Lass es zu.

Entschlossen stelle ich mir die Baumwurzeln vor, gehe nach unten. Ich schwanke leicht und merke, dass ich beim Gehen vor- und zurückschaukle, höre den Schlag meines eigenen Herzens.

„Hilf mir, Chief", sage ich wortlos zum Himmel und gebe keinen Laut von mir, um Puck nicht zu stören. „Hilf mir, zwischen den Trommelschlägen zu wandern."

38

Nachdem ich die Baumwurzeln hinter mir gelassen habe, sehe ich endlich, was ich sehen muss. Den Ozean mit seinen rückwärts fließenden Wellen. Ich lasse zu, dass ich die feuchte, salzige Luft rieche, die Möwen höre. Ich gehe. Lasse zu, dass ich gehe. Weiter und immer weiter, bis Hangzhou in Sicht kommt. Gestank steigt auf. Verwesende Körper, Urin und Fäkalien.

Ich bin hier, in der Zelle, früh an dem Abend, an dem ich mit Ray allein bin. Meine Seele hat sich gerade gespalten. Ihr schattenhafter Geist schwebt in der Ecke der Zelle. Er ist hässlich und feige, böse auf seine kleine, arrogante, selbstsüchtige Weise.

Ich schaue genauer hin. Das bin also ich?

„Das sind wir alle", sagt Lion, überrascht mich mit ihrer Gegenwart. „Dunkelheit und Licht, fähig zum Bösen und fähig zur Liebe. Wenn du dir eingestehst, wozu du fähig bist, brauchst du niemand anderen, der es für dich ans Licht bringt, der Entscheidungen trifft, die deinen ureigensten Wünschen widersprechen. Wenn du alle Dinge für möglich hältst, dann hast du auch die Macht der Entscheidung."

„Ich weiß, dass ich Dark Crow diese Macht gegeben habe. Wieder und wieder habe ich gesehen, was er damit tut. Ich will meine Macht zurückhaben."

„Dann musst du ändern, was hier geschehen ist", sagt Lion.

„Wie kann ich das? Man kann die Vergangenheit nicht ändern."

„Du kannst es. Erinnere dich, dass die Vergangenheit ebenso wenig real ist wie die Zukunft. Hier, im Traumkörper der nichtgewöhnlichen Realität, kannst du verändern, was immer du willst. Verändere es hier, wie du es willst, und die Auswirkungen werden sich dort oben zeigen."

Ich sehe, dass Ray mich bemerkt hat.

„Hängt also alles von mir ab? Was immer ich träume, wird Realität?“

„Nein. Er muss seine Rolle spielen und seine eigenen Entscheidungen treffen. Du musst auch seine Wünsche berücksichtigen.“

Das erscheint mir nur gerecht. Mit einem Mut, der aus der Verzweiflung geboren ist, verbinde ich meine Seele mit der des Aufsehers, der ich einmal war. Sofort wird mir übel. In Gestalt des Aufsehers nähere ich mich Ray, meinem Gefangenen.

„Keine Sorge, ich werde dir nicht wehtun“, sage ich.

Ray sagt nichts, sieht mich argwöhnisch an und rollt sich an der Wand zusammen. Eine angemessene Reaktion. Was soll ich nur sagen? Was kann ich sagen? Was kann ich tun?

Sag ihm, was du empfindest.

Meine innere Stimme, auch hier. Das ist gut. Ich versuche, mich in Rays Lage zu versetzen.

„Ich will, dass du verstehst“, setze ich an, zögere dann. Wir sprechen ohne Worte. Daran muss ich mich erst gewöhnen. „Ich will dich nicht mehr verletzen.“

„Ich will nicht verletzt werden“, antwortet Ray.

„Ich lasse dich gehen, wenn du das willst, aber es ist gefährlich. Tue ich es, werden sie dich jagen. Sie werden dich finden. Wenn du zurückkehrst, wird es noch schlimmer, und du wirst mit Sicherheit sterben. Wenn ich dich nicht weiter wenigstens ein bisschen verletze, werden sie es merken. Sie werden sehen, dass ich zu nachsichtig bin, und andere werden dir mehr wehtun als ich. Dann wirst du mit Sicherheit auch sterben.“

Ray richtet sich ein wenig auf und sieht mich direkt an. Sein geschundener Körper zittert noch immer vor Angst – eine automatische Reaktion, die ich ihm nicht übel nehmen kann. „Ich weiß, dass du es tust, weil du dich um mich sorgst. Das ist der Grund, warum ich für dich singe.“

Bei diesen Worten wird mein hartes Aufseherherz weich. „Du singst für mich? Ich habe immer geglaubt, du müsstest für Gott singen.“

Ray lächelt – das erste Lächeln, das ich als sein Peiniger sehe. Mein schmelzendes Herz zerreißt und zerspringt in alle Richtungen.

„In einer Hölle wie dieser so umsorgt zu werden lässt mich glauben, dass es einen Gott geben muss."

Ich falle auf ein Knie, ergreife seine Hand und presse sie gegen mein Herz. „Vergib mir, bitte. Sag mir, was ich tun soll. Was immer du sagst, ich werde es tun."

Seine Stimme ertönt ruhig und klar. „Ich vergebe dir. Wirst du mir diesmal ein Lied singen?"

Ich nicke.

„Dann", fügt er hinzu, „nimmst du deinen Knüppel und schlägst mich einmal, hier." Er deutet auf seine Halsschlagader, genau dorthin, wo ich meine Finger an meinen Hals presse, als Mary Margaret, dort oben im Canyon.

„Ich kann nicht!", sage ich.

„Gott wird mich dort finden, wo deine Fürsorge mich verlässt."

Ich ziehe meine Seele zurück, unfähig, meine Tränen zurückzuhalten. „Lion, Lion, wie kann ich das tun? Wie kann ich den Menschen töten, den ich liebe? Wie?"

„Vereine dich mit dem Schatten deiner Seele", sagt Lion fest, „dem Fragment dort drüben in der Ecke. Wenn du das tust, wirst du wieder zu allem fähig sein."

„Dazu will ich aber nicht fähig sein!"

„Dann wirst du auch weiterhin einen Schatten brauchen, der es an deiner Stelle ist. Dark Crow wird immer dazu bereit sein. Denk daran, Ganzheit ist Dunkelheit *und* Licht, so dass im Namen der Liebe sogar der Tod gewählt werden kann."

Ich betrachte das Seelenfragment, dieses Ich, das ich nicht sein kann und doch bin. Es kichert, verhöhnt mich schweigend, als wollte es mich herausfordern. Ohne diesen Teil meiner Seele bin ich ganz bestimmt nicht zu dem fähig, worum Ray mich bittet.

Ich überlege so lange, dass es mir wie eine Ewigkeit vorkommt.

„Komm zurück", zwinge ich mich endlich zu sagen. Meine dunkle, zersprungene Seele bedarf keiner weiteren Ermunterung. Kraft durchströmt mich, während ich endlich wieder ganz werde.

Stärker, als ich es je gewesen bin, und das auf eine Weise, die ich mir nie erträumt hätte, verschmelze ich meine Seele wieder mit der des Aufsehers. Gemeinsam stehen wir dort, und ich nehme meine Waffe in die Hand.

Als der Aufseher würge ich ein Lied hervor, ein bittersüßes Lied des Abschieds. Es scheint Ray zu beruhigen, ihm sogar Freude zu bereiten, während er die letzten Momente bis zu seiner Hinrichtung durchlebt.

Nachdem das Lied vorüber ist, töte ich ihn mit einem einzigen, schnellen Schlag.

Als ich dort oben, als Mary Margaret, über einen Baumstamm stolpere, werde ich mit einem schnellen Fall in die Realität zurückgebracht.

Auch Puck stolpert, weil er noch immer meine Hand hält. Ich reiße ihn an mich und umarme ihn, will ihn niemals wieder loslassen. Gott, habe ich die Dinge bloß noch schlimmer gemacht? Mein eigenes Böses zurückgeholt? Denjenigen, den ich liebe, mit eigenen Händen getötet? Ich spüre sie. Sie durchströmt mich. Macht. Ob gut oder schlecht, weiß ich nicht.

Einfach nur Macht.

Nun, vielleicht werde ich sie in den Tagen, die vor uns liegen, noch brauchen.

Ich schaue auf und stelle fest, dass wir bei Chiefs Heimstätte angekommen sind, so sauber aufgeräumt, als wären wir nie hier gewesen. Aber das waren wir. Diese Reisen mögen bloße Phantasie gewesen sein, aber Chief hat gelebt. Er hat an das alles geglaubt. Das muss ich jetzt auch tun.

Der Wasserfall ist nicht mehr weit.

„Lass uns zum heiligen Wasserfall gehen, damit wir uns im Bach darunter waschen können", sage ich zu Puck und versuche, optimistisch zu klingen. Er sieht an sich herab und bemerkt zum ersten Mal das Entsetzen, das wir abwaschen müssen. Er kreischt, reißt sich das Hemd vom Leib und rennt los in Richtung Bach. Ich bin noch immer erschöpft von meinen Reisen und schwach, weil ich nichts gegessen habe. Ich stolpere hinter ihm her, rufe ihm nach, dass er warten soll, verspreche, dass alles gut wird, und zwinge mich, die Hoffnung zu sein, die ich bin.

Wir erreichen den Bach, der mittlerweile nicht mehr als ein Rinnsal ist. Zu wenig, um daraus zu trinken, von einem Bad ganz zu schweigen. Es macht mich zornig. Zutiefst. In mir erwacht etwas Neues, eine Dunkelheit, die über den aufgestauten Zorn hinausgeht, bei dessen Aufbrechen Chief mir so sehr geholfen hat. Die Rückholung meiner Seele hat funktioniert. Ich bin Dunkelheit und Licht zugleich, die Polarität von all dem, was in mir ist. Das Tier wurde wieder hereingelassen, aber es ist noch lange nicht gezähmt. Gott helfe uns allen.

Die Dunkelheit wächst, gewinnt an Macht.

„Ist ein wenig Wasser so viel verlangt?“, schreie ich in den Canyon hinein.

Die Vögel verstummen, fangen wieder an zu singen. Als ob nichts geschehen wäre. Als ob die Welt nicht im Chaos versinken würde. Als ob mein schöner Puck nicht einer Reinigung bedürfte.

Er sieht mich an, die Augen riesig, die Brauen gefurcht, selbst kurz davor, aus der Haut zu springen.

Dann starrt er mit aufgerissenen Augen an mir vorbei.

„Engel“, sagt er. „Siehst du sie, Mary? Siehst du sie?“

Ich blicke hinter mich, erwarte eine Heerschar geflügelter Helfer, die das Wunder bringen, das Puck verdient. Schließlich habe ich China die Stirn geboten, um diese Hilfe zu erlangen. Aber ich sehe bloß Canyon, Bäume und Sand. Immer, und immer noch, bin ich auf mich allein gestellt.

„Siehst du sie?“, fragt er.

Ich kann und will ihn nicht anlügen. „Nein, Puck, aber das bedeutet nicht, dass sie nicht da sind. Ich kann oft nicht so gut sehen.“

Mein Mangel an Sehvermögen lässt meinen Zorn weiter wachsen. Wie oft bin ich schwach geworden, habe darin versagt, mich und die Welt, die ich liebe, zu retten. Mein Zorn wächst wie Donner, der zuerst in der Ferne grollt, um dann mit voller Wucht direkt vor mir zu explodieren.

Donner. Ja, das ist es! Donner. Blitz.

Oya.

„Tritt zurück, Puck“, sage ich und zwinge mich, daran zu glauben oder wenigstens zu träumen.

Puck wirft einen prüfenden Blick in mein Gesicht. „Geh nicht ohne mich“, bittet er.

„Ich weiß nicht, ob es überhaupt funktioniert“, gebe ich zu. Ich weiß aber, dass es gefährlich ist und dass es selbst dann, wenn es funktioniert, möglicherweise nur noch größeren Schaden anrichtet.

Puck fällt auf die Knie, packt meine Beine und klammert sich daran fest. „Ich weiß, wohin du gehst. Chief hat es mir gesagt. An einen neuen Ort. In ein neues Leben. Ich will auch gehen. Ich habe davon geträumt, wie du es mir gesagt hast. Lass mich nicht allein, Mommy. Bitte, lass mich nicht allein.“

Mommy? Hat er das wirklich gesagt? Oder war es Mary? Doch selbst wenn ich ihn falsch verstanden habe, weiß ich genau, dass das meine Rolle ist. Wenigstens in diesem Moment.

„Ich werde dich nie allein lassen, Puck“, verspreche ich. Ich stelle mich dorthin, wo der Wasserfall, wenn er fiele, auf den Canyonboden treffen würde. Soll die Hölle doch losbrechen, wenn sie will. Ich träume einen neuen Traum. Puck ist ein Teil davon. „Halt dich fest, ganz egal, was auch passiert. Hörst du?“

Er nickt gegen meine Beine.

Ich spreize die Beine ein wenig, stemme meine Füße fest in den Boden.

„Oya“, schreie ich. Der Schrei kommt aus den Tiefen meines Zorns, tiefer, als ich glaubte gehen zu können. Von jenseits der Dunkelheit und des Lichts.

Außer einem schwachen Echo ist nichts zu hören.

„Oya!“ Ich werde lauter. „Lass die heiligen Wasser fließen!“

Nichts außer der brennenden Sonne, obwohl die Vögel diesmal stumm bleiben.

Ruf nicht die Oya dort draußen an. Sie ist nicht dort draußen. Sie ist in dir.

Im Busch höre ich ein Rascheln, sehe einen goldenen Schatten inmitten des Laubs.

„Ein Löwe“, flüstert Puck ehrfürchtig.

„Gut“, sage ich und zwinge mich, daran zu glauben.

Ich rufe alle Tiere und ihr Manna an, so wie ich es in Hawaii bereits einmal getan habe.

„Oya!“, schreie ich, diesmal nach innen, in die Welten innerhalb der Welten, die ich bin. Dabei träume ich, dass Chiefs Traum in mir lebt.

In der Ferne, weit draußen, ein leichtes Grollen. Dann noch eines, und noch eines. Wolken bilden sich. Erst weiß, dann grau, dann schwarz, rollen sie begierig auf uns zu, türmen sich übereinander.

Für einen kurzen Augenblick teilen Sonnenlicht und Dunkelheit denselben Raum. Der Tag tanzt mit der Nacht. Die Wände des Canyons antworten, als hätte ein Künstler sie mit einer unmöglichen Schattierung aus weichem Violett und Magenta getüncht und ließe die Farben nicht mit Worten, sondern mit Wasserfarben aufschreien. Ich habe früher schon gesehen, dass die Wüste sich derart mit Farben schmückt. Diesmal aber sieht es so aus, als sei es eine private Show, aufgeführt nur für uns. Dennoch höre ich nicht auf oder sage, „okay, das reicht“. Schönheit allein reicht nicht. Nicht mehr.

„Ooooooyyyyaaaaa!“ Es ist ein mächtiges, gutturales Grollen, ein Löwe in meiner Kehle. Ich träume von Ray, der zurückkehrt, um das zu sein, was die Welt braucht, was ich allein ihr aber nicht bieten kann.

Der Regen beginnt, erst leicht, dann schwer, bis Schwaden über uns hinwegrollen. Schon bald beginnt der heilige Wasserfall zu fließen, fällt in kaskadenartigen Bändern auf uns herab. Puck und ich stehen unter der Kante und das kühle, reine Wasser wäscht Dark Crow von uns ab.

Aber auch jetzt, nachdem uns diese große Gnade gewährt wurde, höre ich nicht auf. Ich will mehr. Ich will den Traum.

„Ooooyyaaaa... Oooooyyyaaaa... Ooooooyyyyaaaaa...“

Ihr Name wird zu einem Gesang, während der Donner mich brüllend übertönt.

In der Ferne flammt der Blitz auf.

Er kommt näher.

Der nächste Blitz wird uns treffen. Ich weiß, was ich weiß.

Ich sehe ihn in der Ferne, ein gezackter Blitz der Macht, den ich heraufbeschworen habe. Ich bin bereit, die Verantwortung dafür zu tragen.

„Oooooyyyy…“

Der Blitz durchbohrt meine linke Schulter und zuckt durch meinen ganzen Körper, bis hinunter zu dem mutigen kleinen Jungen, der zitternd zu meinen Füßen hockt.

In diesem Blitz sehe ich ein Paar goldenbraune Augen, die direkt in meine eigenen Augen blicken. In diesen Augen weiß ich wieder, was ich weiß.

Ray hat mich gesehen.

Der Gott, der ich bin, hat sich erinnert.

39

„Wie spät ist es?“, frage ich und setze mich im Bett auf.

Ray legt sein Buch zur Seite, um einen Blick auf den Wecker zu werfen. „Erst halb zwölf“, sagt er. „Alles in Ordnung?“

Ich betaste meine linke Schulter und stelle fest, dass sie unversehrt ist. Urplötzlich revoltiert mein Magen und lässt mich zur Toilette rennen.

„Du bist doch nicht wieder schwanger, oder?“, fragt er aus dem Schlafzimmer, leise genug, um die Kinder nicht zu wecken.

Die Kinder? Der Gedanke erscheint mir fremd und vollkommen natürlich zugleich. Ich presse meine heiße Stirn auf die kalte Toilettenschüssel. „Ich glaube, es war nur der Fisch“, erwidere ich.

„Kann schon sein“, stimmt Ray zu, klingt aber nicht überzeugt. Er kommt ins Bad, feuchtet im Waschbecken ein Tuch an und drückt es auf meine Stirn. Mein geliebter Ray. Immer zur Stelle, wenn es darauf ankommt.

Ray?

Ich sehe ihn an, als ob es zum ersten Mal wäre.

Groß, schwarzes Haar, breite Brust, braune Augen mit goldenen Flecken darin, die tanzen, wenn er lacht. Der bestaussehende Navajo, der mir je begegnet ist. Und der klügste noch dazu.

„Chief hat den Fisch auch gegessen“, sagt er. „Ihr ging’s gut, als ich sie ins Bett gebracht habe.“

Plötzlich fällt mir alles wieder ein. Chief. Hier? Eine Sie? Der nächste große Lehrer ist eine Sie?

Natürlich. Chief keines Stammes. Diesen Spitznamen hat Jimmy Two Feathers, ein Mitglied von Rays Clan, unserer Tochter für ihre erstaunliche Weisheit verliehen, die sie bereits im reifen Alter von zwei Jahren zu verkünden begann. Jetzt ist sie sieben, genau wie der ältere Chief es geträumt hatte.

Die Erinnerungen an zwei Leben fügen sich zusammen wie zwei Kartenspiele, die miteinander gemischt werden. Eine vollkommene, nahtlose Übereinstimmung, die es mir erlaubt, mich an den Chief zu erinnern, den ich im Canyon kannte, und an die Tochter, die ich an meiner Brust genährt habe. Dieselbe Seele. Genau wie es geträumt wurde.

„Hat Puck nicht auch Fisch gegessen?“, fragt er und nimmt den Lappen, um ihn in kühlem Wasser auszuwaschen und mir erneut zu reichen.

Puck! Erstaunlicher Puck! Mein fünf Jahre alter Junge. Der größte Hockeyfan, den es jemals gegeben hat.

„Er hat es geschafft“, sage ich laut.

„Was geschafft?“

Ich antworte nicht, sondern gehe mit zitternden Beinen zum Bett zurück.

„Mommy“, sagt Puck. Er steht in der Tür und reibt sich die Augen.

„Schätzchen, wieso bist du auf?“ frage ich.

Oh, Puck! Derselbe kleine Körper, ähnliche Gesichtszüge. Und warum auch nicht? Immerhin ist er zur Hälfte Navajo. Und nicht ein einziges Zeichen des Übertritts an ihm zu sehen.

„He, kleiner Mann, du fühlst dich doch nicht etwa krank, oder?“ fragt Ray.

Kleiner Mann. Mich durchströmt eine Woge der Liebe zu dem Mann, mit dem ich seit neun Jahren verheiratet bin, vertraut und neu zugleich. Mensch gewordener Glaube, einfach nur ein Mann, ein guter Vater, ein liebender Ehemann. Wir haben auch unsere Probleme, aber nicht mehr als jedes andere, glücklich verheiratete Paar.

„Chief hat wieder geträumt“, sagt Puck. Hinter ihm erscheint Chief, eine Göttin mit dunklen Haaren, blauen Augen, die ein so wundersames Ebenbild meiner eigenen Augen sind, und holden Wangen. Ein Cherub höchster Ordnung. Aber dünn, viel zu dünn.

„Wirklich? Komm und erzähl es uns“, sagt Ray und rückt zur Seite, um Platz für beide zu machen.

Ah, ja. Die Träume. Jetzt ergibt es einen Sinn. Es ist schwer, Chief zum Einschlafen zu bringen, und es sieht immer so aus, als wären ihre Augen offen, sogar mitten in der Nacht. Ihre Träume, die eher Visionen gleichen, sind eine ständige Quelle des Staunens geworden. Obwohl ich sie oft herunterspiele, nimmt Ray sie stets ernst. Schließlich ist er der Schamane in unserer Familie. Ich bin nur eine logisch denkende, leicht verklemmte Hausfrau, die verzweifelt versucht, ihre Doktorarbeit zu Papier zu bringen.

„Was ist diesmal passiert, Süße?“, frage ich.

„Daddy war ein Gott“, fängt sie an.

„Verflixt, dieser Traum gefällt mir!“, sagt Ray grinsend.

„Du sollst nicht fluchen“, sage ich aus Gewohnheit. Als mir auffällt, dass er es ist, der jetzt flucht, und nicht mehr ich, muss ich so heftig lachen, dass ich um ein Haar aus dem Bett falle. Chief sieht mich an. Ihre Augen funkeln. Kann sie es denn wissen? Kann es wirklich wahr sein? Hat sie sogar dieses winzige Detail geplant? Oder werde ich gerade verrückt?

„He!“, fährt Puck in seiner üblichen, überschwänglichen Art dazwischen. „Ich habe Engel gesehen. Wirkliche Engel mit weißen Flügeln und tonnenweise Federn, und sie sind rumgeflogen, als ob es überhaupt nicht schwer wäre, und keiner konnte sie sehen außer mir, weil ich ein Engel bin, oder einer war vor diesem Leben, als…“

„Engel? Du meinst, in Chiefs Traum?“, unterbricht Ray, denn das ist alles, was man tun kann, wenn Puck einmal losgelegt hat. Wenigstens hat ihm in dieser Familie noch nie jemand gesagt, dass er uns zu Tode langweilt.

„Nein“, sagt er ganz ernst. Ihm ist offensichtlich nicht bewusst, woher wir gerade gekommen sind. „Wirkliche Engel. Ich habe geschlafen, und dann bin ich wach geworden und habe sie in meinem Zimmer gesehen, und sie haben mir erzählt, Chief ist eine große Botschafterin, die gekommen ist, um dabei zu helfen, die Welt zu retten.“ Er reckt seine kleine Brust vor und strahlt. Er liebt seine große Schwester tief und innig.

„Stimmt das?“, frage ich und sehe meine Tochter an. „Was denkst du, Chief?“

„Was, wenn es gefährlich ist?“, fragt sie scheinbar verschämt.

Ich kenne meine Tochter. Diese Frage stellt sie nicht, weil sie sich fürchtet, sondern weil sie um meine Furcht weiß. Ich habe immer Angst, dass schlimme Dinge geschehen könnten, und sage ihr dauernd, dass sie vorsichtig sein soll. Mein Therapeut glaubt, dass es etwas damit zu tun hat, dass ich Hannah auf so schreckliche Weise verloren habe. Ich frage mich, ob es mir jetzt, nachdem ich weiß, was ich weiß, vielleicht gelingen wird, ein bisschen lockerer zu sein. Schon möglich, aber bis ich die ganze Sache ein wenig besser verstehe, reagiere ich vielleicht am besten so, wie ich es als ihre Mutter tun würde.

„Nun, dann musst du vorsichtig sein“, sage ich ihr.

Sie sieht mich mit unbewegtem Gesicht an. „Was, wenn ich nicht kann?“

Ich spüre einen stechenden Schmerz im Herzen. Was weiß sie über diese Sache mit dem großen Lehrer, das ich nicht weiß? Ich antworte ihr mit einer Bestimmtheit, die ich nicht empfinde. „Dann musst du mutig und stark sein.“

Chief lächelt. „Das kann ich, Mommy. Ich weiß, dass ich es kann.“

„Ich weiß auch, dass du es kannst, Süße“, sage ich.

„Das reicht jetzt“, sagt Ray mit seiner autoritären „Daddy-meint-es-ernst“-Stimme, obwohl er niemandem von uns damit große Angst einjagt. „Es ist spät. Morgen könnt ihr uns alles darüber erzählen. Mommy geht es nicht gut, und wir alle haben einen großen Tag vor uns.“

Sie stürmen davon, ohne dass es einer weiteren Aufforderung bedarf.

Erstaunlich.

„Es geht mir schon wieder besser“, sage ich, obwohl es gerade erst anfängt, wahr zu werden. „Ich glaube, ich gehe und decke sie noch mal zu. Bist du noch wach, wenn ich zurückkomme?“

„Ich bin hier“, sagt er und hebt sein Buch.

Ich gehe den Flur entlang und staune über die Bilder, die dort hängen. Ein Beweis für Jahre, die es niemals gegeben hat. Ich berühre sie, um ganz sicherzugehen. Sie sind so echt, wie es nur geht. War mein Leben als Fahrerin eines Bücherbusses vielleicht nur ein Traum? Mein Gefühl der Sicherheit wird stärker und schwächer, so als ob ich noch nicht vollkommen wach wäre.

Chief wartet im Flur auf mich. „Ich habe es gut gemacht, Süße Mary, oder nicht?"

Süße Mary?

Ich sehe sie aufmerksam an. Weiß sie es? Verdammt, weiß ich es?

„Geh du schon mal ins Bett. Ich komme in einer Minute, dann können wir reden", verspreche ich ihr und gehe in Pucks Zimmer.

Als ich ihn zudecke, wird mir bewusst, dass er jetzt tatsächlich mein kleiner Junge ist, ganz egal, wer er wirklich ist und wer er in den Träumen, die ich geträumt habe, und in den Realitäten, die ich gelebt habe, auch immer gewesen sein mag. Ganz und gar mein, um ihn zu lieben und zu beschützen. Es gibt keine Prügel, an die er sich erinnern muss, keine Eltern, die ihn vernachlässigen, keine Morde. Nur die Aufgabe, ein Junge zu sein und in meinem Haus zu schlafen, in dem Bett, das ich ihm bereitet habe. Ich ziehe die Bettdecke hoch bis zu seinem Kinn und streichle ihm über die Stirn.

„Ich habe wirklich Engel gesehen", versichert er mir gähnend.

„Ich glaube dir", sage ich und weiß, dass ich es zum ersten Mal wirklich tue.

Ich sitze auf der Bettkante und summe ein leises Lied, wie er es gerne mag. Schon kurze Zeit später ist er eingeschlafen. „Gute Nacht, meine Hannah, meine Lilly", flüstere ich. Ich küsse ihn und weiß, was ich immer gewusst habe, aber nie so klar spüren konnte wie in diesem Augenblick. Dass ich die glücklichste Frau der Welt bin.

Ich hole tief Luft und gehe in Chiefs Zimmer. Ihre Drehlampe brennt und lässt die Sterne an der Decke kreisen. Mit dieser Nachttischlampe ist sie eingeschlafen, seit sie ein Baby war und den Geschichten ihres Vaters gelauscht hat, die davon erzählen, wie die Sterne den Himmel zusammenhalten.

„Können wir schaukeln?", fragt sie und geht bereits auf unseren besonderen Stuhl zu. Sie weiß, dass ich nicht ablehnen kann, völlig egal, wie groß sie wird. Wir kuscheln uns hinein, ihr Kopf an meiner

Schulter. Ich genieße es, als ob es das erste Mal wäre. Vielleicht ist es das ja auch.

„Erzähl mir von deinem Traum“, bitte ich und passe meine Stimme der magischen Nachtstunde an.

„Du weißt, dass es kein Traum war, Süße Mary. Wisse, was du weißt.“

„Du… du weißt alles darüber? Über diesen Traum in einem Traum?“

„Natürlich. Liebe ist Bewusstsein.“

„Große Ideen für ein kleines Mädchen. Oder bin ich das kleine Mädchen, und du hast die ganzen Jahre nur so getan? Jahre, die es nicht gegeben hat?“

„Wir haben es geschafft“, antwortet Chief, als wäre damit alles gesagt.

„Und du bist ein Mädchen! Das hatte ich nicht erwartet.“

„Das Weibliche war viel zu lange vergessen. Damit fängt meine Botschaft an.“

Erstaunlich.

„Was also jetzt, meine kluge Botschafterin?“

„Ich werde mich erinnern, aber du wirst vergessen. Es gibt immer noch Dinge, die du lernen musst.“

„Da bin ich mir vollkommen sicher“, sage ich und atme den Duft von Mädchen und Babyshampoo ein, lasse ihn bis in meine Zehenspitzen strömen. „Du wirst in Sicherheit sein, nicht wahr?“

„Das Leben ist nicht sicher“, erinnert sie mich. „Aber dieses Leben ist nicht alles, was es gibt. Das hast du doch gelernt.“

„Ich hoffe, dass ich es bald wieder lernen werde, wenn ich es vergessen habe.“

Chief setzt sich auf und beugt sich zurück, um mir in die Augen zu sehen. „Wenn das dein Traum ist, warum pflanzt du dann kein Samenkorn in deiner Zukunft?“

Der Gedanke nimmt mich sofort gefangen. „Was schlägst du vor?“

„Noch eine letzte Reise“, antwortet sie, als ob sie diese Idee schon die ganze Zeit gehabt hätte. „Morgen. Ich habe einen Teil deines Bauchwehs auf mich genommen, seit du aufgewacht bist. Deshalb wird es keine Lüge sein, wenn ich morgen aus der Schule zu Hause bleiben muss. Ich kann für dich trommeln."

„Die Trommel! Das stimmt!" Die Trommel, adressiert an mich als Mary Margaret Begaye in unserem Haus in der Juniper Street in Scottsdale! Wyunetta hat sie geschickt, und sie ist gestern angekommen. Für uns alle ist Wyunetta die „Große Mutter". Sie mag mich wirklich, obwohl ich eine weiße Frau bin, und besteht immer darauf, dass ich zum Essen bleibe. Jimmy, der mit Ray zusammen aufgewachsen und für ihn so etwas wie ein großer Bruder ist, war zu Beginn weit misstrauischer. Aber irgendwann mochte er mich schließlich auch.

„Sie ist gestorben", sagt Chief sanft, als ob sie unsicher wäre, wie ich es aufnehme. „Morgen wirst du mehr darüber erfahren."

„Ja. Ich habe sie in der anderen Welt gesehen." Die andere Welt, die ich vergessen werde. Ich frage mich, wie kräftig das Samenkorn, das ich pflanzen kann, wohl sein wird. „Okay, morgen unternehmen wir eine Reise."

Chief kuschelt sich wieder an mich.

„Weißt du, woher ich weiß, dass wir beide, du und ich, wirklich eins sind?", frage ich leise, wie ein Wiegenlied.

„Hmmm?"

„Weil dieses Leben, dieser Traum, den du für uns geträumt hast, genau so ist, wie ich selbst ihn geträumt hätte. Ganz genau so."

„Ich weiß", antwortet sie und hört sich ungewohnt müde an.

Ja, ich weiß, dass du es weißt.

Wir schaukeln, bis sie endlich schläft, mit offenem Mund, unschuldig. Zum ersten Mal in ihren sieben Jahren scheint es eine tiefe, erholsame Ruhe zu sein.

„Es wurde auch höchste Zeit", flüstere ich in ihre Haare hinein und besiegele ihren Schlaf mit einem Kuss.

Ich decke sie zu und gehe zu meinem geliebten Ray zurück. Jetzt, wo ich mit zwei Augenpaaren sehen kann, wird mir bewusst, dass ich, was ihn betrifft, einige Änderungen vornehmen möchte. Änderungen, die damit zu tun haben, wie ich bestimmte Dinge getan habe, und damit, dass ich zugelassen habe, dass meine Ängste mich begrenzen. Ein paar „Nichtse“, um die ich mich kümmern muss, solange ich die Macht und das Bewusstsein habe, einen neuen Traum zu träumen.

Ich sehe ihn durch die Tür, gegen ein halbes Dutzend Kissen gelehnt, die Lesebrille auf der Nase. Umwerfend sexy. Das war nie das Problem zwischen uns. Das Problem war immer ich. Nur ich. Nun aber habe ich den Glauben an meiner Seite und erhebe Anspruch auf die Selbstheilung, die ich durch meine Reisen ermöglicht habe. Wie Wind in meinen Segeln spüre ich die natürliche Kraft, die ich schon immer hätte haben können.

„Was liest du denn da?“, frage ich Ray. Ich habe Angst, zu ihm zu gehen, und weiß, wie verrückt das ist, nach all den Jahren.

„Das Tao“, antwortet er. „Hier steht, dass du loslassen und alles bekommen kannst, was du willst.“

Ich lache und frage mich, ob das Buch es irgendwie bis in meine Träume geschafft hat. Hier, in diesem Leben, habe ich bis zu diesem Moment noch nie etwas davon gehört. „Klingt gut, aber für ein Mädchen wie mich nicht so einfach.“

„Manche Leute sind halt ein wenig straffer gespannt als andere“, sagt er mit einem wissenden Lächeln. Er hat meine Anspannung nie so ganz ernst genommen.

„Ich habe auch einen Traum gehabt“, platze ich heraus.

„Du? Einen Traum? Das ist neu.“

Ich nicke. „Er war dem von Chief sehr ähnlich. Sehr ähnlich.“

„Ernsthaft?“ Er ist neugierig, zweifelt nicht einen Moment.

„Ich glaube, es hat etwas mit der Statue zu tun, die du bestellt hast, als du in Afrika warst.“

„Oya? Du glaubst, es war ein schamanischer Traum?“ Er klingt aufgeregt.

„Ja, vielleicht. Die Statue hat… irgendwie… ich weiß nicht… mit mir geredet. Egal, ich habe etwas über sie gelesen, als ich die Kinder heute zur Geschichtsstunde gebracht habe. Sie ist eine Wettergöttin. Stürmisches Wetter und stürmische Veränderung.“

„Wir können sie loswerden, wenn du willst“, bietet er an.

„Nein, es ist nur…“ Tränen beginnen zu fließen.

„Liebling“, sagt er und kommt auf mich zu. Mit einer Handbewegung halte ich ihn zurück. Er ist an diese Geste gewöhnt. Wenn ich mich verwundbar fühle, benutze ich sie nur allzu oft. Das ist eine Sache, die sich ändern wird. Ich bringe mein ganzes Leben zum Stillstand, weil ich Angst vor meinen Gefühlen habe.

„Lass es mich einfach hinter mich bringen“, sage ich. „Du weißt ja, dass ich allem vermeintlich Göttlichen gegenüber ziemlich skeptisch bin.“

„Eine Untertreibung“, unterbricht er mich lachend.

„Trotzdem habe ich, ehe ich ins Bett gegangen bin, dieser Oya gesagt, wenn es eine Chance gäbe, dass sie die Macht hat, etwas mit mir zu tun... mit meinen Begrenzungen... dass... nun ja, dass ich eine Veränderung will.“

Ich hole tief Luft. „Dann bin ich früh ins Bett gegangen, weil ich so müde war, und hatte diesen Traum, in dem Oya vorkam. Und jetzt ist mir klar, warum die Dinge so sind, wie sie sind, und wie verklemmt ich war, immer nur logisch, keine Gefühle. Angst, dir zu nahe zu kommen, dich wirklich zu haben, weil ich dich ja verlieren könnte.“

„Mary, Liebling, du wirst mich nie verlieren, niemals. Du bist die Liebe meines Lebens.“

Seine Worte sind wie ein heiliger Wasserfall. Sie reichen, um mich zu inspirieren, um mich dorthin zu bringen, wo ich sein will.

„Warte hier“, sage ich und gehe ins Bad. An der Tür drehe ich mich noch einmal um. „Nicht einschlafen, okay?“

“Nicht für eine Million Dollar.“

Nachdem ich die Tür geschlossen habe, spritze ich mir Wasser ins Gesicht, putze mir die Zähne, kämme meine Haare und wühle durch den begehbaren Wandschrank. Ich weiß, dass es hier irgendwo ist.

Da ist es. Ich ziehe das Nachthemd hervor, das er mir vor über einem Jahr geschenkt hat. Ein Leopardenmuster, so exotisch, dass ich nur rot geworden bin und es weggelegt habe. Ich habe mir immer wieder vorgenommen, dass ich es einmal für ihn tragen würde. Den Mut dazu habe ich nie aufgebracht.

„Es ist kein Löwe“, flüstere ich. „Aber es wird reichen müssen.“

Als ich es anziehe, fällt es seidenweich über meine Schultern, erinnert mich daran, wie das Wasser von Hawaii sich auf meiner nackten Haut angefühlt hat. Jetzt, nachdem die sinnliche Schönheit meiner Seele zurückgekehrt ist, kann ich sehen, wie ich es für ihn trage. Immer noch ängstlich, aber stark genug, um die Angst zu überwinden.

Ich betrachte meinen Körper. Ein wenig schlaffer nach der Anstrengung von zwei Schwangerschaften, aber immer noch ich selbst. Ich öffne die Tür und stehe zitternd im Rahmen. Ray blickt auf, und seine Augen werden groß, als er die Brille absetzt.

„Ich möchte, dass wir uns so lieben, als wäre es das erste Mal", sage ich und weiß, wie beschränkt es klingt. Aber es ist das erste Mal. Auch wenn er es nicht weiß, will ich, dass er es spürt.

„Verdammt", sagt er, „dieses Tao-Zeug funktioniert tatsächlich."

40

Chief trommelt gekonnt, obwohl ich genau weiß, dass sie es in diesem Leben noch nie getan hat. Ich gehe nach unten, tief und schnell. Lion, die Löwin, erscheint wieder an meiner Seite. Sie sieht aus, als sei sie selbst eine stolze Mama. Stolz auf mich. Ich grinse verlegen. Im Nu kommen wir an dem Wald vorbei, in dem die Tiere und Geistwesen erscheinen und sich vor mir verneigen. Dieses Mal bin ich nicht befangen. Ich weiß, dass ich meine Sache gut gemacht habe. Vielleicht nicht perfekt, aber schließlich bin ich menschlich.

Kenya öffnet schwungvoll ihre Pforte, und wir umarmen uns wie lange verlorene Schwestern. Diesmal ist es ganz anders als bei unserer ersten Begegnung, bei der ich mich über ein zaghaftes Händeschütteln nicht hinausgewagt habe.

„Danke", flüstere ich. „Vielen, vielen Dank."

Sie umarmt mich fest, tritt einen Schritt zurück und nimmt meine Hand. „Ich habe nur Anweisungen befolgt. Bist du hier, um einen Transferantrag zu stellen?" Sie lächelt, um mir zu verstehen zu geben, dass sie nur einen Scherz macht.

„Nein", sage ich. „Mein Leben ist vollkommen. Besser, als ich es mir je erträumt habe. Manchmal treibt Ray mich in den Wahnsinn, und die Kinder verstehen es wirklich, auf den richtigen Knopf zu drücken, und meine halbfertige Dissertation bringt mich fast um. Aber ich habe alles, was ich mir jemals gewünscht habe."

Sie lacht, voll und aus tiefstem Herzen. „Du hast einen weiten Weg hinter dir", sagt sie, führt mich in ihre Höhle und bietet mir einen Platz an. „Ich mache Tee."

Ich beobachte den unnachahmlich weiblichen Schwung ihrer Hüften. Ihre Armreifen klimpern bei jeder Bewegung. Letzte Nacht hatte ich auch ein wenig davon in mir. Ray hat es sicher bemerkt. Ich habe dafür gesorgt, dass keiner von uns geschlafen hat.

„Chief sendet ihre… seine… was auch immer… Chief sendet dir Liebe.“

Sie dreht sich um und lächelt. „Eine erstaunliche Seele.“

Ich nicke und sehe, dass sie drei Tassen hervorholt.

„Wir erwarten Besuch“, beantwortet sie meine stumme Frage.

„Jemand, den ich kenne?“, frage ich. „Ich hätte nichts dagegen, Wyunetta Morningstar noch einmal zu sehen.“

„Sie bereitet sich schon darauf vor, wieder zu inkarnieren“, sagt Kenya mit einem schelmischen Blick. Ich sehe, dass sie vor Aufregung fast platzt.

Mir wird klar, was sie damit sagen will. Ich weiß, was ich weiß.

„Ich bin also wieder schwanger.“ Ich lege eine Hand auf meinen Bauch, fühle das Leben, noch bevor es zu fühlen ist, und weiß, dass ich die Mutter, die mich geliebt hat, die meinetwegen an die Tür des Göttlichen gehämmert hat, nun an meiner Brust nähren werde.

„Es ist alles so schwer zu glauben. Und ich weiß nicht einmal genau, was passiert ist. Wie hat Ray mich schließlich gesehen?“

„Wieder einmal Wyunetta. Sie hat ziemlich lange an seine Tür gehämmert. Er hat ihr natürlich nicht geglaubt. Wie du dich in deinem Zustand der Hoffnungslosigkeit für die Hoffnung entscheiden musstest, so musste er sich in seiner Ungläubigkeit erst für den Glauben entscheiden. Sie hat mit ihm gesprochen, er hat die Leere betreten, und da warst du.“

„Was hat sie gesagt?“

„Ich bin nicht sicher, ob ich mich so genau erinnere“, antwortet sie und weiß, dass ich weiß, dass das nicht stimmt, „aber ich erinnere mich ziemlich sicher, dass die Worte ‚verdammter Idiot‘ darin vorkamen.“

Ich lache. Das hätte sich auch auf mich beziehen können.

Es klingelt an der Tür. Kenya steht auf, um zu öffnen. In der Tür steht eine kleine, stämmige, dunkelhaarige Frau. Ich stehe auf, um sie zu begrüßen, als unsere Gastgeberin sie hereinbittet.

„Mary“, stellt sie vor, „dies ist Robin, dein Samenkorn.“

„Du weißt davon?“, frage ich Kenya und merke, wie albern die Frage ist. Wir alle lachen.

Ich betrachte Kenyas neuen Gast und frage mich, was für ein Samenkorn sie wohl sein soll. Sie sieht mich genauso fragend an, als ob auch sie keine Ahnung hätte. Unsere Augen bleiben aneinander hängen, und ein Gefühl der Verbundenheit wächst. Irgendwo, irgendwie, haben wir uns gekannt. Oder werden uns in der Zukunft kennen.

Kenya bedeutet uns, Platz zu nehmen. Wir sinken in die Kissen. „Man sagt Robin seit Jahren, dass sie einen besonderen Auftrag hat.“

„Nicht, dass irgendwer mir sagen würde, worin dieser Auftrag besteht“, sagt Robin gutmütig.

„Das Gefühl kenne ich“, sage ich und fühle mich in der Gesellschaft dieser beiden Frauen zutiefst wohl. Als ob wir seit Urzeiten Freundinnen wären.

„Seid unbesorgt, meine Damen, alles wird offenbart werden“, sagt Kenya, die sich offenkundig über ihr Geheimnis freut.

Robin und ich sehen sie erwartungsvoll an.

„Nun“, beginnt sie, „Robin ist Schriftstellerin. Eine Geschichtenerzählerin. Sie fragt, worüber sie nach dem Willen der Göttlichen Führung als nächstes schreiben soll.“

„Seit schätzungsweise drei Jahren“, wirft Robin humorvoll ein. „Kenya sagt immer nur, ‚warte, warte'.“

„Natürlich konnte ich kein Wort verraten“, antwortet unsere Gastgeberin und sieht eindeutig vergnügt aus, wie eine Frau, deren große Party nun endlich steigt.

„Was hat das mit mir zu tun?“, frage ich.

„Deine Geschichte, Mary. Sie soll dein Samenkorn sein. Erzähl sie Robin, solange du dich noch erinnerst. Sie wird natürlich alle Einzelheiten verändern müssen, damit du dich nicht erkennst, aber eines Tages, wenn die Zeit genau richtig ist – wann, das wirst du allerdings mir überlassen müssen –, werde ich einen Weg finden, um die Geschichte in deine Hände gelangen zu lassen. Du wirst genau dieselben Lektionen, die du im Canyon bereits gelernt hast, noch einmal neu lernen, aber du wirst nicht wissen, dass es dabei um dich geht.“

Ich kann es sehen. Ein Buch, das auf rätselhafte Weise aus einem Regal fällt, über einen Freund zu mir gelangt oder auf einem Flugzeugsitz auf mich wartet, wo jemand es „zufällig" zurückgelassen hat. Ich lese es und lerne von neuem das, was ich schon bald vergessen haben werde. Ich könnte mich sogar fragen, ob es womöglich nicht doch um mich geht.

„Perfekt", sage ich.

„Es ist eine erstaunliche Geschichte", sagt Kenya zu Robin.

Beide sehen mich erwartungsvoll an. Ich beginne zu reden, erzähle alles, woran ich mich erinnern kann, angefangen bei dem Selenit in Jimmys Laden bis zu dem Moment, in dem mir auffällt, dass Puck seine Kindheit nie zu überleben scheint.

Panik ergreift mich mitten im Satz.

„Kenya", flehe ich sie an, „muss ich mir Sorgen machen? Werde ich ihn verlieren? Meinen kleinen Jungen?" In diesem Moment bin ich nur Mutter, erkenne das Risiko, das jede Mutter auf sich nimmt, das Risiko des Verlustes. „Oh, Kenya, er ist mein Sohn. Ich kann ihn nicht noch einmal verlieren."

Kenya lächelt, aber die Traurigkeit auf ihrem Gesicht ist klar zu erkennen.

Ich rase durch meine Erinnerungen, versuche hier, in dieser Realität, Spuren meiner Nemesis zu finden. „Ich habe Dark Crow in diesem Leben noch nicht gesehen", sage ich. „Ist er wirklich tot? Sind wir wirklich frei?"

In dem Moment, in dem ich das sage, erinnere ich mich daran, dass eine Tragödie durch viele Türen eintreten kann. Schließlich habe ich Hannah verloren, lange bevor ich Dark Crow zum ersten Mal begegnet bin.

„Puck ist nicht einfach irgendein Kind", erklärt Kenya sanft.

„Nein?", frage ich hoffnungsvoll.

„Nein, er ist eine Göttliche Inkarnation der Unschuld, in Engelreichen geboren. Um der Menschheit zu dienen, um zu zeigen, wie schön das Leben sein kann, inkarniert er immer wieder, spielt immer dieselbe Rolle. Wir warten jedes Mal gespannt darauf, ob die Welt sich so weit verändert hat, dass die reine Unschuld ihre Kindheit schließlich überleben kann. Es ist ein großer Traum, aber das ist auch einer der Gründe, warum Norbu hier ist. Damit ein so großer Traum wahr werden kann, müssen wir alle ihn gemeinsam träumen."

Ich nicke. Tränen drohen mich zu überwältigen.

Ich träume, Puck. Ich träume.

Noch während ich mit den Tränen kämpfe, fällt mir etwas auf. Es liegt etwas in der Luft. Kenya hat mir nicht alles gesagt.

„Was ist es?", frage ich und klinge mutiger, als ich mich fühle.

„Da ist noch mehr", gibt sie zu.

„Ja?"

„In Wirklichkeit hat Dark Crow dein jetziges Leben bereits berührt. Lange vor den beiden Leben der letzten zehn Jahre. Sein Vater war nur zur Hälfte Navajo. Die Familie seines Vaters lebte in Washington."

„Meiner Heimatstadt?"

„Genau. Als Dark Crow noch sehr jung war, hat sein Vater während eines Besuchs dort ein zwölfjähriges Mädchen vergewaltigt und ermordet. Dark Crow war der Köder. Er tat so, als wäre er verletzt, um sie anzulocken."

Mein Körper wird schwer wie Blei. „Hannah."

Kenya nickt.

„Und dann frisst ein Bär seinen Vater, und Puck erschießt ihn. Wie angemessen." Ich lache sarkastisch.

Dann überkommt mich ein Gefühl des Friedens. „Eigentlich sollte ich ihn hassen. Mit jeder Faser meines Körpers. Warum tue ich es nicht?"

„Überlegenheit wird im Licht geboren und führt zum Hass. Mitgefühl wird in der Dunkelheit geboren und führt zur Gewaltlosigkeit. Wenn wir uns eingestehen, dass auch wir zur Dunkelheit fähig sind, dann wird das Mitgefühl zu einer vollkommen natürlichen Reaktion."

Wie eine Blume, die sich entfaltet, sehe ich es. Ich sehe alles. „Der schwarze Punkt des Yin im weißen Wirbel des Yang. Der weiße Punkt des Yang im schwarzen Wirbel des Yin. Die unzähligen Fragen in jeder Antwort. Jede Antwort im Fragenden selbst. Die Zeit innerhalb der Zeitlosigkeit. Die Zeitlosigkeit innerhalb der Zeit. Das Große Mysterium ein Geflecht, um zu wissen, was du weißt. Und zu wissen, was du weißt, einschließlich des Wissens, dass alles ein Großes Mysterium ist."

„Du hast verstanden", sagt Kenya lächelnd.

„Diesen Teil darfst du auf keinen Fall vergessen", sage ich zu Robin und fühle mich zuversichtlicher als je zuvor. Ich beende meine Geschichte, indem ich von meiner Tochter berichte, die dort oben sitzt und für mich trommelt.

Als ich fertig bin, sieht meine Biographin mich besorgt an.

„Ich weiß nicht, ob ich es so erzählen kann, wie du es erlebt hast", sagt sie. „Es ist zu unwirklich, zu fantastisch, zu tief. Die ganzen Reisen, Dark Crow und die zwei Taras. Das Sterben mit Chief. Yin und Yang. Ich weiß nicht, ob ich das schaffe."

„Tu einfach dein Bestes", sagt Kenya beruhigend. „Du wirst Führung haben. Aber vergiss nicht, jedes Detail muss unkenntlich gemacht werden. Erfinde Dinge aus deinem eigenen Leben und aus dem Leben anderer Menschen, die du kennst. Verändere die Orte, die Zeiten, die Stämme, alles. Wir wollen nicht, dass Mary sich in der Geschichte erkennt. Nicht mit Sicherheit. Sie darf sich nur fragen, ob es so sein könnte."

„Du musst auf jeden Fall die Essenz bewahren", flehe ich sie an. „Das ist alles, was wirklich wichtig ist."

„Was ist die Essenz?", fragt Robin, als ob sie ein direktes Zitat erwarten würde.

Ich überlege einen Moment und gehe tief in mich hinein, gehe an den Ort, an dem ich weiß, was ich weiß. Es fliegt mir mühelos zu. „Dass Glaube, Hoffnung und Liebe… leben."

Einige Lesermeinungen…

„…ein fesselndes Buch, dessen Lektüre mir große Freude bereitet hat. Seine Lektionen sind es wert, dass man sie genießt. Wie noch in keinem anderen Buch zuvor konnte ich die Worte hören, die Schauplätze sehen und die Düfte riechen. Wirklich unglaublich."

– Normie Kane, Klinische Sozialarbeiterin

„Absolut wunderbar! Eine Synthese aus spirituellen Philosophien, die den menschlichen Zustand erhellen und zu neuem Verstehen führen. *Hundert Wege der Hoffnung* lässt mich hoffen, dass meine Anstrengungen wirklich einen Sinn haben."

– Jean Perkins, Künstlerin

„Brillant! Robin Rice hat die Pforten zu jener alten schamanischen Spiritualität geöffnet, die all denen Hoffung, Liebe und Mut vermittelt, die persönlich wachsen und in dieser Welt etwas verändern wollen."

– Rose Khalsa, Direktorin von *The Shaman's Circle*

„Eine lebendige Geschichte voller Weisheit und Faszination, die Herz und Seele berührt. Je mehr ich gelesen habe, umso süchtiger wurde ich."

– Stacey Wolf, Autorin von *Stacey Wolf's Psychic Living*

„Ich konnte es nicht aus der Hand legen. Teilweise war es mir vollkommen vertraut, und teilweise meinte ich, in der Schule zu sitzen und von einem großen Lehrer unterrichtet zu werden."

– Pam Fields, Immobilienmaklerin

„Eine bezaubernde Entdeckungsreise, die zum Verstehen des eigenen Selbst führt. Sie findet ihren Weg in deine Vorstellung, deine Gedanken und dein Leben.“

– Paul Shaw, Wirtschaftswissenschaftler

„Ein wirklich brillantes Buch. Es hat mich wieder träumen lassen.“

– Tamela Tilly, Betriebswirtin

„Brillant! Eine meisterhaft erzählte Geschichte mit einer erhebenden Vision!“

– Lori Lothian, Looking Deeper Magazine

Weitere Bücher aus dem Verlag Via Nova:

In der Nacht siehst du den Regenbogen nicht

Aus dem Reisetagebuch einer Traumtänzerin

Isabell Serges

Edition Spirituelle Romane

Paperback, 320 Seiten – ISBN 3-936486-35-2

In diesem Buch enthüllt Isabell Serges auf unterhaltsame, spannende, erfrischend-freche und zugleich anrührende Weise ein prototypisches Psychodrama unserer Zeit, das seinen Ursprung in der Trennung von unserem WAHREN SELBST hat. Der Leser wird durch die den Traumreisen innewohnende Wahrheit, Klarheit, Kraft und Ausstrahlung tief berührt und ermutigt, in der Dunkelheit das Licht zu sehen und der göttlichen Lichtspur des Regenbogens in die Freiheit, Heilung und Ganzheit zu folgen. Das Anliegen der Autorin ist, zentrale menschliche Grundthemen zu beleuchten (Tagebuch-Ebene) und gleichzeitig Impulse für ein tieferes spirituelles und mentales Bewusstsein zu geben (Traum-Ebene). Die Botschaft lautet: Vertraue deiner inneren Stimme und werde wieder, der DU BIST!

...bis meine Seele an mich schrieb

Christa Eckert

Edition Spirituelle Romane

Paperback, 216 Seiten – ISBN 3-936486-36-0

In einer Selbsterfahrungsgruppe findet Ines in einem inneren Prozess zum Schreiben, durch das sich ihre Seele offenbart. Sie lässt sich ganz darauf ein, die Botschaften ihrer Feste und die Rätsel ihrer Träume zu entziffern. Immer tiefer leuchtet sie ins Dunkel, bis sie erfährt, dass das Zulassen von Schmerz zugleich das Zulassen von Freude und Lebendigkeit ist. Dieser Roman ist für Menschen, die Selbsterfahrungswege wie Kreativität, Meditation, Familienaufstellungen und Körperpsychotherapie „miterleben“ wollen: Die Leser werden mit einer ergreifenden und fesselnden Unterhaltung beschenkt. Das Buch hilft, den schweren Weg zum eigenen Selbst zu gehen: den der Versöhnung, der Lebendigkeit und der Liebe.

Das größte spirituelle Geheimnis des Jahrhunderts – Erzählung –

Thom Hartmann

Hardcover, 232 Seiten – ISBN 3-936486-05-0

In dieser spannenden Erzählung erlebt der junge und ehrgeizige Journalist Paul Abler ein Abenteuer, das sein Leben in der Tat für immer verändert. Seine spirituelle Reise beginnt, als er seine Arbeit verliert und kurz darauf einem kleinen Mädchen das Leben rettet. Sein erster spiritueller Lehrer nimmt ihn mit in die Vergangenheit: Er reist in die sumerische Stadt Nippur. Sein zweiter Lehrer ist ein seltsamer junger Mann, der mit einer Gruppe Obdachloser in den Tunneln von Manhattan lebt. Er interpretiert die Lehren Jesu auf eine ganz neue, ungewöhnliche Weise und vermittelt Paul eine Reihe erstaunlicher Erkenntnisse über Gott und die Menschen. Dann darf Paul – in einem Augenblick des absoluten Staunens – die Geheimnisse der Schöpfung des Kosmos erleben, und das größte spirituelle Geheimnis aller Zeiten wird ihm offenbart. In diesem wunderbaren Buch schickt der Verfasser seinen Helden Paul auf eine Reise, auf der wir alle ihn gerne begleiten würden, und er lässt ihn Antworten finden, die wir alle zu finden hoffen.

Märchenlicht für Frauen in Trennung und Scheidung

Heilung von Herzenswunden

Heidi Christa Heim

Hardcover, 176 Seiten, 14 Frauenportraits – ISBN 3-936486-56-5

Frauen in Trennung und Scheidung können sich in den Frauenschicksalen der Märchen wiederfinden und dort Wegweisung und Sinn, Trost und Rückenstärkung finden. Märchen verstehen Trennung als Chance und Reifungsweg. Ihre Bilder und Handlungsfäden berühren jene Tiefenschichten der Seele, in denen ein Leben sich neu ordnen kann und in denen Heilung geschieht. In diesem Buch werden zwölf Zaubermärchen aus der Sicht der getrennt lebenden Frau betrachtet. Die Phasen weiblicher Trennungstrauer werden in Beziehung gesetzt zu den Stufen der Suchwanderung der Frau im Märchen. Anregungen zur inneren Schau einzelner Märchenbilder und behutsame Verständnishilfen zu den einzelnen Märchensymbolen schließen die Schatzkammer der Märchen auf, aus der jede Leserin sich dann holen kann, was für ihren eigenen Weg hilfreich und für ihre persönlichen Herzenswunden heilend ist. Dem Buch sind Frauenportraits des Jugendstils beigegeben, die Frauen als wunderbare Geschöpfe zeigen und so die mutmachende Tendenz des Buches verstärken.

27 Perlen der Weisheit von Willigis Jäger

Keiko Nimura-Eckert (Hrsg.)
Gerd Aumeier (Fotoillustrationen)

Hardcover, 96 Seiten – ISBN 3-936486-44-1

Der bekannte Zenmeister und Kontemplationslehrer Willigis Jäger ist heute für viele Menschen zu einem Wegbegleiter auf dem Weg nach innen geworden. Eine langjährige Schülerin von Willigis Jäger, die Japanerin Dr. Keiko Nimura-Eckert, hat 27 Texte aus den Veröffentlichungen ihres Meisters mit Liebe und Achtsamkeit ausgesucht. (Die Zahl 27 ist in Japan eine heilige Zahl spirituellen Wachstums.) Sie geben Antwort auf die Grundfragen des Lebens, die heute so viele Menschen bewegen. Der Fotodesigner und Künstler Gerd Aumeier hat aus seiner eigenen meditativen Praxis schöpfend mit einer durchgehenden visuellen Symbolsprache spirituelle Inhalte in künstlerischen Farbillustrationen sichtbar gemacht. So ist ein attraktiver Band mit spirituellem und künstlerischem Tiefgang entstanden, der nicht nur zur persönlichen Besinnung einlädt und der Wahrheits- und Sinnsuche dient. Er ist sowohl in seiner äußeren Form als auch vom Inhalt her als ein anspruchsvolles Geschenk geeignet.

Die Kraft gelebter Visionen

Mit Liebe und Erfolg zu neuen Perspektiven

Stephan Petrowitsch

Paperback, 288 Seiten – ISBN 3-936486-65-4

Wahrer Erfolg basiert darauf, eine individuelle, kraftvolle Vision zu entwickeln, sich seiner wahren Ziele und Lebensaufgabe bewusst zu werden und an sich selbst gezielt zu arbeiten. Der Leser erfährt in diesem Buch sowohl, was ihn bisher daran gehindert hat, diese Aufgaben zu erkennen, als auch, wie er seine Ziele finden und umsetzen kann. Die vorgestellten Methoden verbinden uralte spirituelle Überlieferungen mit den Erkenntnissen der Quantentheorie und bringen diese in Einklang mit einem neuen, göttlichen Menschenbild. Ein solcher Mensch berücksichtigt in seinem Handeln nicht nur das eigene Wohl, sondern auch die Bedürfnisse der Umwelt, anderer Menschen und Lebewesen. Das Buch zeigt, wie unser Geldsystem diese Verantwortung für unsere Mitwelt unterdrückt. Ein existierendes Modell im Bereich des Geldsystems, das gleichzeitig unsere derzeitige Wirtschafts- und Gesellschaftskrise schrittweise lösen könnte, weist uns den Weg aus den herrschenden Missständen.

Wege in die Wirklichkeit

Ein Bewusstseins-Programm

Uma Ulrike Reichelt

Paperback, 152 Seiten – ISBN 3-936486-67-0

Wege in die Wirklichkeit – heraus aus den Verstrickungen, mitten hinein zu uns und zu dem, was wirklich ist. Aus der Idee, ein Bhagavadgita – Übungsbuch zu schreiben, entstand dieses praktische und übersichtliche Handbuch, welches sich des Heiligen im Alltäglichen sowie der Frage „Und wie setze ich das jetzt konkret um?“ annimmt. Was uns daran hindert zu springen und wie wir es dennoch schaffen können, das ist hier erfahrbar – in anregenden Texten, durch gezielte Reflexionsfragen, Übungen und Hilfestellungen von der Sinnes- bis zur Seinsebene. Der Sprung in die Wirklichkeit ist eine Entdekkungsreise des Bewusstseins und des Herzens. Es ist eine Bestärkung, sich selbst zu erkennen, um wirklich zu leben und von der tiefen Sehnsucht heimführen zu lassen. Springen dürfen übrigens alle – immer und immer wieder.

Die innere Sphäre des Menschen

Das Tor des Herzens öffnen

Mansukh Patel

Paperback, 216 Seiten – ISBN 3-928632-72-8

Dr. Patel hat die seltene Gabe, die etwas rätselhaften und schwer fassbaren Facetten unseres Lebens zu ergründen. Es scheint, als ob er in der Lage wäre, tief in unseren Geist einzutauchen, unsere profunden Bedürfnisse zu verstehen und eine fertige und anwendbare Lösung für unsere unausgesprochenen Fragen zu haben.

Jeder hat irgendwann in seinem Leben nach einer Lösung für die Verwirrung und die Konflikte, die einen manchmal überkommen, gesucht. Jeder von uns hat zu verstehen versucht, warum unsere Beziehungen nicht immer auf die erhoffte Weise funktionieren, und manchmal haben wir unsere Hände ausgestreckt, nur um festzustellen, dass unsere Träume unerreichbar sind.

„Die innere Sphäre des Menschen“ zeigt auf einfache und klare Weise, wie Dr. Patel vorgeht, um Glück und Erfolg zu erlangen. Seine Techniken beruhen auf jahrelanger Forschung und persönlicher Erfahrung. Sie sind praktisch anwendbar, sicher und äußerst effektiv.

Kreative Wunscherfüllung

Die kosmischen und irdischen Gesetze des Wünschens

Hans Vater

Hardcover, 256 Seiten – ISBN 3-936486-16-6

Wunscherfüllung ist kein Luxus. Denn unerfüllte Wünsche halten uns fest; erfüllte Wünsche dagegen machen uns frei, voranzuschreiten zu neuen und beglückenderen Stufen des Lebens. Hans Vaters praktisches und zugleich tiefgründiges Weisheitsbuch gibt die Methoden und Techniken an die Hand, unsere Wünsche zu verwirklichen. Es analysiert eingehend die Gesetze und Prinzipien, die hinter den einzelnen Wunschtechniken stehen und die sie wirksam machen. Diese Gesetze sind die Regeln des großen kosmischen Schöpfungsspiels, welches wir in Gottes Auftrag mitgestalten und dessen Ziel es ist, uns zu der Einheit zurückzuführen, die wir in Wahrheit nie verlassen haben. Das Buch zeigt uns, wie wir durch die Anwendung der mächtigen Seinsgesetze unser Leben gesünder, glücklicher und erfolgreicher gestalten können. Das Verständnis dieser Gesetze hinterlässt beim Leser ein tiefes Gefühl der Geborgenheit und des Vertrauens in ein geordnetes und liebevolles Universum.

Wenn es verletzt, ist es keine Liebe

Chuck Spezzano

9. Auflage

Gebunden, 416 Seiten – ISBN 3-928632-20-5

Dieses Buch verändert Ihr Leben. Ein Wissender zeigt den Weg, wie Sie ein Leben führen können, das erfüllt ist von Liebe und Verstehen, von Freude und Glück. Sie erfahren in 366 Kapiteln wichtige Lebensgrundsätze, die Ihre zwischenmenschlichen Beziehungen auf eine höhere Ebene heben.
Die Weisheit der Liebe, die der Verfasser in jahrzehntelanger Forschungsarbeit als Psychotherapeut, als weltweit bekannter Seminarleiter, als visionärer Lebenslehrer entdeckt und in klare Weisungen umgesetzt hat, verwandelt Sie und berührt Ihr wahres Wesen, das Liebe ist. Durch die angebotenen Übungen, die das theoretisch Erkannte auch in den praktischen Alltag umsetzen, wird das Buch zu einem Wegbegleiter und Ratgeber in bedrängenden Beziehungsnöten. Wenn Sie Schritt für Schritt in die wichtigsten Grundprinzipien der Liebe eingeführt werden, reifen Sie in Ihrer Selbsterkenntnis, können Ihre Beziehungen in Partnerschaft und Freundschaft neu ordnen, vertiefen und intensivieren. Sie können die Ursachen für Ihre Schwierigkeiten in der Liebe erkennen, Blockaden auflösen und seelische Wunden heilen lassen.

Karten der Erkenntnis auf dem Weg nach innen

Das Buch der Erkenntnis

7. Auflage

Chuck Spezzano

48 künstlerisch gestaltete Karten, Buch: 144 Seiten – ISBN 3-928632-32-9

Wollen Sie mehr Selbsterkenntnis gewinnen, persönliche Ziele und verborgene Wünsche erkennen, die Beziehungen im Privat- und Berufsleben verbessern, Ursachen für Probleme herausfinden und auflösen, Hindernisse auf dem Weg nach innen beseitigen? Dann sind die Karten der Erkenntnis und deren Erklärung eine große Hilfe. Sie sind einfach zu benutzen, hilfreich und inspirierend. Ganz gleich, ob Sie „sofortige Antworten" auf alltägliche Fragen oder langfristige Lösungen für die großen Herausforderungen des Lebens suchen, es wird Ihnen und Ihren Freunden helfen, positive Entscheidungen zu fällen und Veränderungen für eine bessere Zukunft herbeizuführen. Im beiliegenden Buch der Erkenntnis findet der Leser den Schlüssel zum Verständnis und zur Verwendung der Erkenntnis-Karten. Chuck Spezzano erläutert im einzelnen die Bedeutung aller 48 Karten und erklärt eine Vielzahl von Möglichkeiten, mit ihnen zu arbeiten und sie zu deuten. Außerdem werden über zehn verschiedene Legesysteme beschrieben.

Goldene Äpfel – Spiegelbilder des Lebens

Lehrreiche und humorvolle Geschichten, Weisheiten und Aphorismen aus aller Welt

Kambiz Poostchi (Hrsg.)

Hardcover, 264 Seiten, 12 ganzseitige Abbildungen – ISBN 3-936486-51-4

Jede Kultur verfügt über einen literarischen Schatz, in dem sich deren Geschichte, Denkungsweise und Mentalität widerspiegeln. Viele Texte, die aus einer mündlichen Tradition in die Schriftlichkeit gesichert wurden, sind oft archetypisch, sprachlich poetisch-prägnant und zeitlos. Kambiz Poostchi versteht sich als Vermittler der Kulturen und hat ein multikulturelles Kompendium geschaffen. Lebensweisheiten verbergen sich darin, sie wollen wie Schätze geborgen und ins eigene Leben integriert werden. Die Lebenshaltung, die sich dahinter verbirgt, ist eine bejahende und dynamische. Wer beruflich gerne mit Lehrgeschichten und Texten arbeitet, kann hier gezielt suchen und wird fündig werden. Wer in seinem persönlichen Leben Denkanstöße liebt, wird in den *„Goldenen Äpfeln"* viele Spiegelbilder des Lebens finden, die zur Quelle geistiger wie seelischer Kraft werden können. Auch die handverlesenen Grafiken in diesem Buch repräsentieren unterschiedliche Kulturen und Regionen unserer Welt und widerspiegeln die bunte Mannigfaltigkeit der Ausdrucksformen menschlicher Kreativität.